FEUER
WERKE
VERLAG

Das Buch

1941: Das Roma-Mädchen Rubina flieht mit seiner Familie vor der drohenden Deportation in die tiefen Wälder des Sauerlandes. Dort lernt sie, Hunger, Kälte und Entbehrungen zu trotzen. Doch als ihr kleiner Bruder stirbt, scheint Rubina daran zu zerbrechen.

2008: Martin, Rubinas Sohn, geht nach einer gescheiterten Ehe ganz in seinem Beruf als Zeitungsredakteur auf. Als er Claudia begegnet und sich sofort in sie verliebt, gerät sein geordnetes Leben aus den Fugen. Beide verbindet der Kampf mit unheilvollen Erinnerungen an ihre Kindheit und eine Familiengeschichte, die sie zutiefst geprägt hat. Doch genau diese Gemeinsamkeiten scheinen es unmöglich zu machen, ganz zueinander zu finden. Denn je mehr sie sich aneinanderklammern, desto härter wird ihre Liebe auf die Probe gestellt.

Die Autorin

Charlotte Kliemann studierte in Münster Biologie und Medizin, brach beides auf der Zielgeraden ab und fand sich schließlich dort wieder, wohin es sie immer gezogen hatte: in literaturwissenschaftlichen und philosophischen Seminaren. Lange Zeit widmete sie sich der Familie und der Betreuung ihrer vier Kinder, lektorierte nebenbei wissenschaftliche Arbeiten und füllte die Schubladen ihres Schreibtisches mit Romankonzepten und -fragmenten. Doch um sich neu zu erfinden, ist es nie zu spät – also machte sie mit ihren schriftstellerischen Ambitionen ernst und veröffentlicht nun ihren Roman, „Die Zeit der vergessenen Kinder" im FeuerWerke Verlag. Sie lebt in Lübeck und arbeitet als freiberufliche Autorin und Lektorin.

Die Zeit der vergessenen Kinder

Ein Roman von Charlotte Kliemann

Mehr zur Autorin finden Sie auf
www.facebook.com/charlottekliemann2019
www.feuerwerkeverlag.de/kliemann/

Abonnieren Sie auch unseren Verlags- und Autoren-Newsletter und erfahren Sie so als Erster von unseren **Neuerscheinungen, Autorennews** und exklusiven **Buch-Gewinnspielen**:
www.feuerwerkeverlag.de/newsletter

Originalausgabe Dezember 2019

Maracuja GmbH, Laerheider Weg 13, 47669 Wachtendonk
Herstellung: Books on Demand GmbH
Printed in Europe
Umschlaggestaltung: Büro Süd (buerosued.de)
Lektorat: Anita Held
ISBN: 978-3-945362-65-5

You can close your eyes to the things you don't want to see, but you can't close your heart to the things you don't want to feel.

Johnny Depp

Kapitelübersicht

In der Nacht war Schnee gefallen, der am Morgen dort, wo die einfallenden Strahlen der Sonne einen Weg in den Wald fanden, gelb leuchtete. Rubina stapfte allein zwischen den Bäumen voran, fort von dem Lager und dem warmen Feuer. Ihre mageren Beine waren blau vor Kälte, bis zu den Knien versanken sie im Schnee.

»Rubina, komm zurück«, schrie der große Bruder, »komm sofort zurück, Mario braucht dich!«

Rubina blieb stehen, und ohne sich umzuwenden, schüttelte sie den Kopf. Trotzig trat sie mit dem Fuß auf. Wie sollte sie Mario helfen? Sie hatte gelernt, mit der Kälte und dem Hunger zu kämpfen, aber den Tod würde sie nicht besiegen können, vor dem Tod würde sie Mario nicht retten können. Sie bückte sich, mit einer Handvoll Schnee wusch sie sich die Tränen aus dem Gesicht. Dann lief sie weiter, auf die Sonne zu, die weit vorn zwischen den Stämmen der Bäume stand.

2006–2008

Erste Begegnung

AN einem Morgen im November 1976, kurz nach meinem elften Geburtstag, nahm meine Mutter mich zu einem Ausflug mit in den Wald oberhalb des Möhnesees und kehrte allein wieder zurück.

Bis dahin war ich nicht weniger glücklich gewesen als andere Kinder, ein Junge, der auf Bäume kletterte, sich raufte und die Knie aufschlug.

Es war ein Mittwoch, und meine Mutter hatte mich überreden müssen, die Schule zu schwänzen. »Komm schon, Martin, es ist doch nur ein Tag«, sagte sie. Doch auch die folgenden zwei Tage blieb mein Platz im Klassenzimmer leer – es war nicht leicht gewesen, mich zu finden.

Fast dreißig Jahre später hörte ich das erste Mal von Claudia und verliebte mich sofort in sie.

Ich nehme an, anderen Männern in meinem Alter passiert es nicht oder in nur ganz seltenen Fällen, dass sie sich unweigerlich zu einer Frau hingezogen fühlen, nur weil sie deren Lebensgeschichte gelesen haben. Nicht etwa eine Geschichte, wie man sie von Prominenten kennt, in einer Zeitschrift oder einem Magazin, sondern auf einem herrenlosen Laptop.

Mein Bruder Robert hatte ihn mir durch einen Paketdienst schicken lassen. Er führt ein Unternehmen für Haushaltsauflösungen, und mitunter fallen ihm die merkwürdigsten Dinge in die Hände. Den Laptop hatte er in einem Haus gefunden, das zum Verkauf stand und das er von allem freiräumen sollte, was die ehemalige Besitzerin zurückgelassen hatte und was von einem Leben zeugte, das nun nicht mehr zu ihr gehörte. In einem der halb leeren Zimmer stand er, aufgeklappt, als hätte er auf Robert gewartet. Das Ganze war eigenartig gewesen, noch eigenartiger war es, dass auf der Festplatte eine einzige Datei lag, der Lebensbericht einer Claudia Arnsberg, eben jener Frau, die das Haus zum Verkauf anbot.

Robert hatte die Geschichte gelesen, und er war der Meinung, mich müsse ein solcher Fund interessieren, schließlich sei ich doch bei meiner Zeitung Redakteur des Kulturteils. Vielleicht aber hatte sie ihn auch erschreckt, und er wollte sie loswerden.

In nur einer Nacht las ich die Aufzeichnungen dieser Claudia Arnsberg, und am frühen Morgen lag sie im Traum neben mir im Bett. Meine Hand berührte ihr Haar – das Haar, das ich einige Wochen später wiedererkannte, als der Wind, der von der Ostsee her über Travemünde wehte, es ihr aus dem Gesicht strich, während sie mir einen kurzen Blick zuwarf.

Ich hatte mich auf die Suche nach ihr begeben, es war wie ein Zwang gewesen. Ich war nach Norden gefahren und hatte mit ihren ehemaligen Nachbarn gesprochen. Doch niemand konnte mir sagen, wohin sie gezogen war. Immerhin hatte ich ihren Schwiegervater ausfindig gemacht. Er lebte in Travemünde, und ich besuchte ihn. Wir unterhielten uns lange, aber wo Claudia sich jetzt aufhielt, das mochte er mir nicht verraten. Bevor ich mich verabschiedete, legte ich ihm einen Zettel mit meiner Handynummer auf den Tisch, mit der Bitte, sie an Claudia weiterzureichen. Mein Besuch war für ihn eine Abwechslung gewesen, und er versprach mir, ihr von mir zu erzählen.

Als ich wieder im Auto saß, ich hatte ein wenig abseits geparkt, hielt vor dem Haus ein blauer Mini. Eine Frau stieg aus, groß und schlank. Sie ging auf das Haus zu, und als der Seewind ihr das blonde Haar aus dem Gesicht blies, sah sie zu mir herüber mit einem melancholischen, beinahe flehenden Blick, und ich wusste augenblicklich, dass es Claudia war.

Die Liebe traf mich so heftig, dass ich mich nicht rühren konnte, dass ich noch minutenlang, als sie längst im Haus verschwunden war, auf die hinter ihr ins Schloss gefallene Tür starrte und schließlich viel zu schnell durch die Siedlung davonraste, als wäre ich auf der Flucht.

Ich fuhr nach Hause und dachte unentwegt an diese für mich unfassbar schöne Frau und an die Melancholie, die sie umgeben hatte, durch die sie so unnahbar gewirkt hatte, obwohl dieses Gefühl mir doch vertraut war. Dennoch hoffte ich auf irgendein Lebenszeichen von ihr. Aber ich wartete vergebens.

Anfangs zählte ich die Wochen, die ohne ihren Anruf vergangen waren. Da glich sie noch einer neu gewonnenen Zuversicht, die mich auf ungewohnte Weise wieder mit dem Leben verband. Doch dann wurde das Warten Teil meines Alltags. Und das Grübeln. Was hatte mich an jenem Tag, als ich in Travemünde von der Liebe getroffen in meinem Wagen gesessen hatte, so gelähmt, dass ich nicht aufspringen und auf Claudia zugehen konnte? Wäre es nicht das gewesen, was die Liebe von mir forderte, diesen unglaublichen Zufall, diesen Augenblick, der mir geschenkt worden war, zu nutzen?

Ich machte meine Arbeit, ich las Erzählungen und Romane und schrieb in der Redaktion an meinem Schreibtisch die dazugehörenden Artikel, doch irgendwie las ich überall auch diese beiden Fragen. Ich fuhr nach Dortmund und sprach mit meiner geschiedenen Frau, verbrachte mit meinen Kindern die mir zustehenden Wochenenden, und immerzu waren die beiden Fragen gegenwärtig.

Dann geschah es immer öfter, dass das Bild meiner Mutter sich in das Grübeln mischte, wie eine Mahnung, nicht weiterhin die Augen vor ihrem Leben zu verschließen, das ja auch meines bestimmte. Inzwischen wusste ich, wie sie betrogen worden war und dass auch wir zu ihrem Leid beigetragen hatten, wir, die wir ihre Trauer um das, was sie verloren hatte, nicht bemerkten. Und ich ahnte, dass ihr Schicksal und meine Sehnsucht nach einer Frau, deren Leben ich kannte und die mir gleichzeitig so unerreichbar fern schien, miteinander verknüpft waren.

Da war es nur noch ein kleiner Schritt, und mein Entschluss war gefasst. Wann immer ich Zeit hatte, schrieb ich. Seite um Seite füllte ich mit der Geschichte meiner Mutter.

Und nach zwei Jahren, in denen ich nach und nach die Hoffnung aufgab, Claudia jemals wiederzusehen, hatte ich ein Buch geschrieben. Währenddessen war das Leben weitergegangen, die Jahreszeiten waren an mir vorübergezogen und aus meinen Kindern waren Teenager geworden, und immer hatte mich in Gedanken die Frau begleitet, die einmal im Traum neben mir gelegen hatte und die mir einige Wochen später einen kurzen, traurigen Blick zugeworfen hatte.

Und dann, als ich bereit war einzusehen, dass mein Warten vergeblich war, und alle Vergeblichkeit sich zu einer kleinen, quälenden Wunde komprimiert hatte – begegneten wir uns doch noch.

2008

Nebeneinander

AM Kölner Hauptbahnhof stieg ich aus dem Zug in das laue Licht unter dem Hallendach und ging, ohne einmal innezuhalten, dem Dom entgegen.

Es war ein sonniger, ungewöhnlich heißer Tag im Mai. Schon während der Zugfahrt hatte ich meine Krawatte gelockert. Wie eine Schlinge hing sie nun um meinen Hals, nur der Dachbalken fehlte, an dem ich das lange Ende hätte verknoten können. Weiß der Teufel, was mich dazu bewogen hatte, an einem solchen Tag eine Krawatte umzubinden, in dezentem Dunkelblau.

Ich saß zwischen gut gelaunten Menschen, die Schlinge wie das Zeichen einer Ächtung um den Hals. Ich vermisste die Intimität meines Volvos. Ich hatte auf ihn verzichtet, weil ich zu feige gewesen war, mich an einem Samstagmorgen in der Kölner City um einen Parkplatz zu schlagen. Also saß ich im Zug, inmitten eines belanglosen Geredes und einer geradezu unerträglichen Wochenendfröhlichkeit. Und ich fragte mich, ob man mir ansah, dass ich zu einer Frau fuhr, nach der ich mich zwei Jahre lang vergebens gesehnt hatte.

Nach vierzig Minuten Fahrt hatte sich auf der rechten Seite der Rhein in die Stadt gezwängt. Ich war aufgestanden, zur Zugtoilette gegangen und hatte mir die Schlinge vom Hals genommen. Ich faltete sie, so gut es ging, zusammen und steckte sie in die Hosentasche. Zu pinkeln wagte ich nicht, im Zug läuft man immer Gefahr, sich zu bekleckern, und auf die Klobrille mochte ich mich nicht setzen. Für den äußersten Fall gab es ja die Bahnhofstoilette. Ich ließ mir kaltes Wasser über die Hände laufen und versuchte, dem Blick in den Spiegel zu entgehen. Aber irgendetwas drängte mich, mein Gesicht zu prüfen.

Ich war perfekt rasiert, das helle graue Sakko stand mir. So weit, immerhin, schien doch alles gut zu sein. Wenn nicht die Augen wären, diese schon unangenehm großen Augen, viel zu dunkel, viel zu unergründlich, mit dem beharrlichen Flackern des Zweifelns.

Während ich auf den Dom zuging, spürte ich die Krawatte in der Hosentasche. Die Schlinge musst du loswerden, dachte ich, mit der Schlinge in der Tasche kann es nichts werden.

Der Dom stand da wie immer: keine Hilfe, keine Zuflucht, sondern eher eine Herausforderung. Auf dem Platz davor wimmelte es von Menschen, und auch ich legte wie alle anderen den Kopf in den Nacken und starrte eine Weile zu den Türmen hinauf.

Dann ein Blick auf die Uhr: noch zehn Minuten.

Die Domplatte dampfte die Mittagshitze ab, die Menschen drängten hierhin und dorthin. Ich musterte die Männer, keiner, kein einziger trug eine Krawatte. Ich strich an einem Abfallbehälter vorüber, eine leichte Bewegung des Arms, und ich war das Knäuel aus der Tasche los.

Entspannung stellte sich nicht ein. Stattdessen zog ich planlose Kreise über den Platz. Dass ich hier war, das passte nicht zu mir, nicht zu demjenigen, der ich in den zwei Jahren des vergeblichen Wartens ganz allmählich geworden war.

Genau genommen hatte ich es wohl meinem Buch zu verdanken, das niemand lesen wollte. Aber *darum* hatte ich dieses Buch doch nicht geschrieben. Nicht, um einen Köder auszulegen, an dem sie würde anbeißen können.

Wie war sie darauf aufmerksam geworden? *Sie* hatte es wohl gelesen, nahm ich an. Tatsache war: Sie hatte beim Verlag angerufen und ihre Handynummer hinterlegt. Meine Handynummer, die ich ihr über ihren Schwiegervater hatte zukommen lassen, hatte ich nur ihretwegen nie geändert. Doch sie musste diesen wunderlichen Weg über den Verlag wählen.

Er würde demnächst eine Kontaktbörse eröffnen, hatte mein Lektor gewitzelt. Bei der Verlagssuche für mein Buch war ich im Internet auf Andreas Schulte, einen ehemaligen Klassenkameraden, gestoßen und hatte ihn angerufen. Im Nachhinein konnte ich mir nicht erklären, wie es eigentlich dazu gekommen war. Vielleicht hatte die Erinnerung an ihn, wie er im zehnten Schuljahr jeden Morgen vor Unterrichtsbeginn die Mathe-Hausaufgaben von mir abschrieb, dazu beigetragen, meine sonstige Zurückhaltung aufzugeben. Das lag zwar mehr als zwanzig Jahre zurück, aber trotzdem war uns beiden klar, dass er meine Bitte, sich mein Manuskript anzusehen und sich für eine Veröffentlichung einzusetzen, nicht einfach ablehnen konnte. Tagelang hatte ich diesen Anruf verflucht, mit dem ich einen mir inzwischen Fremden genötigt hatte, sich mit meinen Angelegenheiten zu beschäftigen. Und dann meldete sich auch noch die Frau, die seit zwei Jahren meine Gedanken beherrschte, bei ihm mit dem abwegigen Wunsch, ihre Handynummer an mich weiterzureichen.

Mit so einer Kontaktbörse würde er sicher bessere Ergebnisse erzielen als mit Manuskripten, hatte Andreas noch angefügt, und mir war so schnell keine passende Antwort eingefallen auf die bissige Bemerkung wegen des Freundschaftsdienstes, den er mir mit der Veröffentlichung des Buches erwiesen hatte, das nun floppte. Aber immerhin war ich geistesgegenwärtig genug, mir die Nummer zu notieren, auf die ich so lange gehofft hatte.

Doch dann ließ ich zwei Wochen verstreichen, bevor ich sie anrief. Zwei Wochen, die ich meinte, nötig zu haben, um mich auf unsere erste Begegnung vorzubereiten.

Als ich ihre Stimme am Telefon hörte, hatte ich sofort ihr Bild wieder vor Augen, wie sie aus dem Auto stieg, auf das Haus ihres Schwiegervaters zuging und der Seewind sich in ihrem Haar verfing. So deutlich sah ich es vor mir, als wären seitdem nur ein paar Minuten vergangen.

Jetzt lebte sie in Köln, und wir verabredeten uns für den kommenden Samstag.

Sie erwarte mich an der Kreuzblume vor dem Dom, hatte sie gesagt und erklärt, die Kreuzblume sei eine Nachbildung der einen Turmspitze in Originalgröße. Und ich hatte verwundert getan, als hätte sie mir etwas außerordentlich Erstaunliches mitgeteilt.

Oben auf der kurzen, breiten Treppe blieb ich schließlich stehen, den Dom im Rücken wie eine pausenlose Provokation von Beständigkeit. Neben der Kreuzblume scharte sich eine Touristengruppe um die

Reiseleiterin, mit erhobener Stimme redete sie auf die ihr zugewandten Gesichter ein. Ein Strom von Menschen trieb gemächlich die wenigen Stufen hinauf, teilte sich vor mir und drängte hinter mir ins Domportal.

Ich stand wie ein in den Boden gerammtes Hindernis, und ich dachte: Sie wird nicht kommen, sie hat es sich anders überlegt. Ich stellte mir vor, wie ich zurückfahren und mir sagen würde, dass doch eigentlich alles beim Alten geblieben sei.

Da fiel mir eine Frau auf, am Rand der Touristengruppe, groß und schlank. Sie trug ein hellblaues Sommerkleid und eine Sonnenbrille. Ich sah sie im Profil, und die Liebe traf mich wieder wie ein heftiger Schreck. Ich machte einen Schritt zurück und stieß einen jungen Mann an. »Sorry«, murmelte ich. Der Mann nickte mir zu und berührte leicht meinen Arm. Es wirkte wie eine Geste der Beschwichtigung, und tatsächlich, der Schreck löste sich auf, und es blieb eine unbestimmte Stimmung, irgendwo zwischen banger und hoffnungsvoller Erwartung.

Ja, ich hatte sie wiedererkannt, vor allem das Haar erkannte ich wieder, blond und in Wellen bedeckte es ihre Schultern und den Rücken.

Sie ist also doch gekommen, dachte ich, und in diesem Augenblick wandte sie den Kopf und sah in meine Richtung. Wegen der Sonnenbrille war nicht auszumachen, ob sie ausdrücklich mich ansah. Sie löste sich aber von der Gruppe und ging sehr direkt auf mich zu, im Laufen nahm sie die Sonnenbrille ab und ließ sie in die Tasche fallen, die ihr über der Schulter hing.

Ich wagte es nicht, ihr geradeheraus entgegenzublicken, und sah halbwegs über sie hinweg auf die Kreuzblume.

Sie setzte einen Fuß auf die unterste Stufe und blieb stehen.

»Martin Heuser?«, fragte sie.

»Ja«, sagte ich und tat, als wäre ich aus tiefen Gedanken aufgeschreckt worden.

Sie stieg die Stufen hoch und streckte mir zwischen den vorwärtsdrängenden Menschen die Hand entgegen: »Ich bin Claudia Arnsberg. Es freut mich, Sie kennenzulernen.«

Mit der freien Hand strich sie sich das Haar hinters Ohr.

Ich drehte mich kurz zum Dom um, der auch jetzt, wie ich ja gleich bei meiner Ankunft schon bemerkt hatte, keine Hilfe war.

Für zwei oder drei Sekunden hielt Claudia meine Hand, und ich gab mir alle Mühe zu lächeln.

»Haben Sie schon gegessen?« Sie blinzelte gegen das Sonnenlicht und hielt sich dann schützend die Hand, die die Strähne hinter das Ohr geschoben hatte, über die Augen.

Ich verneinte und hätte beinahe, nur um auch einmal mehr als Ja und Nein zu sagen, verlauten lassen, ich müsse eigentlich nichts essen, als sie einen Vorschlag machte.

»Gleich dort drüben«, sagte sie, »gibt es ein Restaurant, das neu eröffnet hat. Wir könnten es ausprobieren.«

Wir arbeiteten uns gemeinsam gegen den Strom voran und gingen zum *Gaffel* hinüber. Ich hatte von der Neueröffnung in der Presse gelesen. Das *Gaffel* war ziemlich angesagt.

Ich sagte etwas Ähnliches mit einer knödeligen Stimme, während ich sie neben mir spürte wie etwas Leichtes, Flüchtiges.

Sie lachte. »Warum nicht?«, fragte sie. »Warum nicht was Angesagtes?«

Dabei sah sie zu mir herüber, interessiert, vielleicht auch prüfend. Hier, im Schatten der Häuser, fiel mir ihre Augenfarbe auf. Veilchen, dachte ich, käme sie in einem alten Roman vor, hätte sie veilchenblaue Augen.

Vor dem *Gaffel* musste entschieden werden: draußen oder drinnen. Ich sollte entscheiden. Weil ich der Gast sei. Ich entschied mich für drinnen.

Hinter dem Eingang blieben wir gleichzeitig stehen: Vor uns ein riesiger Schankraum, von Säulen unterteilt, vom Sonnenlicht durchflutet, das durch ein gewaltiges Oberlicht fiel und in den holzgetäfelten Wänden versickerte.

»Beeindruckend, nicht wahr?«, fragte sie. Sie schien stolz zu sein auf ihren Vorschlag.

Ich stimmte zu. »Eine gute Wahl, hierher zu gehen«, sagte ich.

Sie glitt vor mir her zwischen den Tischen entlang, umspült vom Stimmengewirr der Gäste. Tief im Raum fanden wir Platz, sie mir gegenüber. Ich sah mich unauffällig nach dem Notausgang um, und als ich das grüne Licht mit der fliehenden Strichfigur gefunden hatte, wurde ich sicherer.

Sie fragte mich nach meinem Buch, ob es sich noch gut verkaufen lasse und ob ich vorhabe, ein weiteres zu schreiben.

Also doch: das Buch.

»Na ja«, antwortete ich, »meine Kinder haben es gelesen und vielleicht noch eine Handvoll notorischer Leser, die alles lesen, was ihnen in die Hände fällt.«

Ich versuchte zu lächeln, doch wie immer war es mir unangenehm, über das Buch zu sprechen. Als hätte ich mit dem Geschreibe etwas offenbart, ein Geheimnis, das ich besser für mich behalten hätte und das nun Rückschlüsse auf mich zuließe.

Wenn ich einen passenden Stoff fände, brachte ich reichlich wichtigtuerisch hervor, für den es sich lohne, ein zweites zu schreiben, würde ich wohl nicht widerstehen können.

Ich sagte *widerstehen*, als ginge es um eine Verführung.

Sie lächelte, irgendwie nachsichtig. Und immer noch lächelnd sagte sie, *sie* habe es mit großem Interesse gelesen.

Sie strich sich wieder die blonde Haarsträhne hinter das Ohr, und fuhr – jetzt in einem ganz ernsten Tonfall – fort: Es sei eine unvorstellbar grausame Zeit gewesen, und wie ich wisse, habe sie sich auch damit auseinandersetzen müssen, und in gewisser Weise sei sie gleichfalls eine Betroffene, auch wenn Jahrzehnte dazwischenlägen, eben eine nachträglich Betroffene. Und die Menschen, die ich beschriebe, wie sie immerzu vertrieben worden seien, ständig in Gefahr, und wie sie Tag für Tag nur um ihr Überleben gekämpft hätten – das sei ihr sehr nahegegangen.

Es schmeichelte mir, ihrer Stimme zuzuhören, wie sie nahezu schwärmend über das sprach, was ich mir einmal unter einigen Mühen abgerungen hatte und das mir, wenn ich es jetzt las, so unbegreiflich erschien, als hätte in den vielen Stunden am Schreibtisch jemand Fremdes neben mir gestanden und es mir zugeflüstert.

Ich beobachtete Claudias Hand, die zwischen Daumen und Mittelfinger, schmalen langen Fingern, einen Bierdeckel auf der Tischplatte kreisen ließ. Und bevor sie mein Buch weiter loben konnte, wechselte ich das Thema. Ich erkundigte mich nach ihren Kindern und nach ihrem Hund.

Sie ging sofort darauf ein. Sie sagte, mit den Kindern laufe alles gut. Nur mit dem Hund sei das so eine Sache. Er habe im Winter eingeschläfert werden müssen, und die Erinnerung an den sterbenden Hund auf dem Tisch in der Tierarztpraxis, die setze ihr immer noch zu.

Ich versuchte, so etwas wie Anteilnahme auszudrücken. Und dann wussten wir eine Zeit lang nichts zu sagen. Sie aß einen Salat, ich ein Gulasch mit Roggenbrötchen, dazu trank ich ein Kölsch. Ich bot ihr von meinen Brötchen an. »Gerne«, sagte sie, ohne zu zögern.

Beim Kaffee bat sie plötzlich um Entschuldigung. Es tue ihr leid, dass sie sich damals, als ich versucht hätte, mit ihr in Kontakt zu kommen, nicht gemeldet habe.

Ich wusste darauf nichts zu sagen, und um ihre Entschuldigung nicht so verloren im Raum stehen zu lassen, fragte ich sie ein wenig unmotiviert, wie es ihr jetzt ginge.

Jaja, nickte sie, sie komme zurecht.

Ich kannte ja ihre Geschichte, zwei Jahre lang hatte ich sie mit mir herumgetragen. Ich hatte sie auf dem Laptop gelesen, den mein Bruder mir geschickt hatte, weil auch er sie gelesen und weil sie ihn erschreckt hatte.

Sie hatte von ihren Eltern erzählt. Der Vater stammte aus einer Familie überzeugter Nationalsozialisten, die während des Dritten Reichs eine wichtige Rolle gespielt hatte. Die Mutter war jüdischer Herkunft, die meisten ihrer Vorfahren waren in Auschwitz umgekommen. Die Eltern wollten mit ihrer Ehe so etwas wie ein Bündnis der Versöhnung schließen, ihre gemeinsame Tochter Claudia sollte das Zeichen der Überwindung der Vergangenheit sein. Es hatte etwas Mystisches, beinahe Heiliges.

Ich sah Claudia an, wie sie mir gegenübersaß, an ihrem Kaffee nippte und den Blick durch den Raum schweifen ließ. Ich wusste, dass sie neununddreißig Jahre alt war, und ich versuchte, sie mir als Kind vorzustellen. Ein zartes Kind mit immer ernsten Augen, aus denen das

Wissen sprach, eine Verantwortung zu haben: die Vergangenheit vergessen zu machen.

Wie es dazu kommen konnte, dass das Bündnis der Eltern zerbrach, obwohl sie ihre Tochter, das Zeichen der Versöhnung, doch immer vor Augen hatten, dafür fand ich in Claudias Aufzeichnungen keine Erklärung.

Die Mutter hatte sich in eine Affäre gestürzt, der Vater fühlte sich verraten und begann seinerseits Verrat an seiner Tochter. Er hatte sich an ihr vergangen. Auf mich wirkte es, als hätte er das schänden wollen, das ihm einmal heilig gewesen war und das mit dem Bruch des Bündnisses für ihn jeden Wert verloren hatte. Sein Leben erschien ihm daraufhin widerwärtig, und er setzte ihm ein Ende. Die Mutter floh aus Deutschland nach Afrika, neuen Aufgaben entgegen. Claudia blieb allein zurück, tief verletzt und gedemütigt. Sie war vierzehn Jahre alt, ein Alter, in dem man sich noch selbst die Schuld am eigenen Unglück und dem der Eltern zuschreibt.

Ich hatte viel darüber gegrübelt, warum den Eltern nach ihren Fehltritten kein Neuanfang gelungen war. Warum hatten sie sich von ihrer Tochter, die ihnen doch so wichtig gewesen war, abgewendet, als hätten sie plötzlich jedes Interesse an ihr verloren? Und wie so häufig in letzter Zeit hatte sich mir eine Frage aufgedrängt: Was zum Teufel machte eigentlich diese Vergangenheit mit uns, an der wir doch gar nicht teilgehabt hatten und die doch schon fast zwei Generationen hinter uns lag?

Claudia lebte fortan in einem Internat. Erst während ihres Studiums fand sie wieder eine Familie, sie heiratete einen geschiedenen Mann, der eine kleine Tochter, Mireille, mit in die Ehe brachte. Doch Claudias ständige Furcht, wieder alleingelassen zu werden, belastete das Verhältnis. Daran änderten auch die beiden gemeinsamen Kinder nichts, die in den folgenden Jahren geboren wurden.

Ich hatte mich diesem Mann immer verbunden gefühlt, obwohl ich mir doch nichts mehr wünschte, als an seine Stelle zu treten. Ich konnte seine Ohnmacht nachempfinden, wenn alle Liebe wirkungslos blieb und schließlich nur noch Beschämung war. Nur der Alkohol hatte ihm geholfen, dass er die Situation und sich selbst ertragen konnte. Und als man ihm diese Zuflucht nehmen wollte, wählte er den

Freitod. Claudia hatte daraufhin das Haus, in dem sie zusammen gelebt hatten, verkauft und dort den Laptop mit ihrer Geschichte zurückgelassen.

Das war äußerst sonderbar, und ich konnte es mir nur mit ihrer damals wohl maßlosen Verzweiflung erklären, denn zum zweiten Mal war sie alleingelassen worden, zum zweiten Mal musste sie sich für den Tod eines ihr doch lieben Menschen schuldig fühlen.

Das alles musste tiefe Spuren hinterlassen haben, nach denen ich jetzt suchte. Doch allenfalls in einer ganz leichten Steifheit der Schultern fand ich eine Andeutung, als läge darauf eine Last, unter der sie sich keinesfalls beugen wollte.

Es ginge ihr gut, sie komme zurecht, wiederholte sie, sie habe ja auch ihre Arbeit, die lenke sie ab.

Sie schwieg, sie starrte in ihre Kaffeetasse, die sie mit beiden Händen umschloss. Sie schien zu warten, dass ich nachfragte. Glücklicherweise war ich aufmerksam.

Dass sie Jura studiert hatte, wusste ich. Also fragte ich, was sie denn arbeite, und sie antwortete knapp: »Juristische Korrespondenzen für einen Onlineshop. Fahrräder.«

Hauptsächlich Mahnungen und Rechtsbelehrungen, lächelte sie dann, das meiste könne sie von zu Hause aus erledigen, so sei sie immer für die Kinder da.

Sie trank einen Schluck von ihrem Kaffee, griff nach ihrer Tasche und kramte darin, als suchte sie etwas.

Jetzt fiel mir auf, dass sie traurig war, wie damals, vor zwei Jahren, als sie durch den Seewind auf das Haus ihres Schwiegervaters zuging. Doch sie hatte wohl gelernt, damit umzugehen. Sie wird sich Hilfe geholt, wahrscheinlich eine Therapie gemacht haben, dachte ich und betrachtete den Scheitel auf ihrem gesenkten Kopf.

Sie führte mich noch zum Rhein hinunter. Wir gingen durch die Grünanlagen. Ich sah uns mit den Augen anderer Spaziergänger, wie wir langsam nebeneinander den Weg entlangschlenderten. Nebeneinandergehen, das hatte etwas Magisches für mich, es war eine Form von Vertrautheit.

Wir sprachen wieder über mein Buch. Sie interessierte sich dafür, was darin *authentisch* sei und was *fiktiv*. Im Grunde genommen sprachen wir über mich. Wenn auf dem Fluss ein Frachter vorübertuckerte, sahen wir hinüber auf das stumpfe Silber des Wassers, das durch den gleitenden Schiffsrumpf aufgebrochen wurde zu kleinen schmutzig grauen Wellen, die sich an die Wände schmiegten und zum Heck rollten.

Schließlich begleitete sie mich zum Bahnhofsvorplatz, und hier fragte ich sie, ob wir uns wiedersehen würden. Es hatte nicht viel Mut erfordert, die Stimmung war heiter. Straßenkünstler bevölkerten den Platz, Zirkusartisten machten Sprünge zu Trommeltönen und bildeten plötzlich eine menschliche Pyramide, eine Band spielte Countrymusik. Sie stimmte sofort zu, sie zierte sich nicht. Doch dann verabschiedeten wir uns, ohne etwas Konkretes ausgemacht zu haben.

Auf dem Bahnsteig ging ich schnell auf und ab, um mich von dem quälenden Gefühl eines Versäumnisses zu befreien. Doch anstatt ruhiger zu werden – ich hatte ja ihre Telefonnummer, jederzeit konnte ich sie erreichen –, fiel mir das verpasste Fußballspiel von Schalke ein, Schalke gegen Eintracht Frankfurt. Ich dachte an die gewohnte harmlose Geborgenheit vor dem Fernseher, wenn ich allein war und doch zusammen mit dem Erfolg oder Misserfolg der Mannschaft.

Unwägbarkeiten mied ich wie die Pest. Das war im Laufe der Jahre zu einem Lebensprinzip geworden. Jetzt, nach meinem ersten Treffen mit Claudia, als ich auf dem Kölner Bahnhof auf meinen Zug wartete, um nach Hause zu fahren, und an das verpasste Fußballspiel dachte, hatte ich bereits mit meinem Prinzip gebrochen. Das Merkwürdige war, dass es mich plötzlich amüsierte. Ich lächelte vor mich hin. Und ich tat noch etwas anderes: Ich ließ eine Ahnung abblitzen, an diesem kleinen Lächeln blitzte sie ab, die Ahnung, dass ich einen Preis würde zahlen müssen für dieses Lächeln.

Schließlich war ich gezwungen, stehen zu bleiben, immer mehr Menschen drängten die Treppe herauf. Auf der Höhe der Bahnsteige spähten ihre Gesichter erwartungsvoll nach rechts und links, als hätte man ihnen für heute Abend hier oben an Gleis vier eine besondere Attraktion versprochen.

Züge schlichen sirrend unter das Hallendach, zogen sanft an und flossen wie in plötzlicher Eile rasch davon. Und prompt überkam es mich, das offenbar Unvermeidliche: Die Atmosphäre großer Bahnhöfe, das Kommen und Gehen, eine organisierte Mobilität, alles weckte meine Sehnsucht, wie immer, wenn ich unterwegs war. Manchmal hatte ich das Verlangen zu juchzen, manchmal zu weinen. Es war ergreifend, und es war lästig, dieses Sehnen, dieses Fern- und Heimweh. Es verdunkelte mein Selbstverständnis. Und es war albern, ich fuhr ja nur mit dem Regionalexpress von Köln nach Essen, am Samstagabend zwischen lauten, fröhlichen Menschen. Ich fuhr zurück zu meiner Drei-Zimmer-Wohnung am Stadtpark, in der ich seit Jahren lebte, ohne das Bedürfnis zu haben, daran etwas zu ändern.

Klischee-Opfer hatte Robert mich genannt. Ich sei Opfer eines Klischees, wenn mich solche Gefühle heimsuchten, mehr nicht. Und ich glaubte ihm. Ich hatte ihm immer geglaubt. Er war mein Bruder, zu ihm hatte ich aufgesehen, und wer weiß, vielleicht war ich dank seiner überhaupt noch hier.

Mit den anderen Fahrgästen schob ich mich in den Waggon. Geschäftsschluss, dachte ich, und ich stellte mir Claudia vor, wie sie die letzten Minuten genutzt hatte, wie sie diesem Tag noch etwas Praktisch-Sinnvolles abgerungen hatte und in einem der Kaufhäuser um die Auslagentische gehastet war, um schnell noch eine Besorgung zu erledigen.

Der Zug war überfüllt, ich blieb auf der unteren Plattform stehen. Schwüle Luft, unzählige Stimmen, niemand stand allein und schwieg wie ich.

Aber hatte ich nicht während des ganzen Nachmittags geredet? Über mich geredet? Hatte ich überhaupt für irgendetwas Interesse gezeigt, was sie anging? Wie war sie zum Dom gekommen? Mit der Straßenbahn? Mit dem Auto? Wo hatte sie geparkt? Noch nicht einmal danach hatte ich gefragt.

Und dann musste ich ihr auch noch diese peinliche Geschichte erzählen. Unten am Rhein war es gewesen, während wir nebeneinander durch die Grünanlagen gegangen waren und ich mich unentwegt mit den Augen der anderen gesehen hatte – ein Mann mit auffallend dunkler, olivfarbener Haut, als wäre er gerade aus dem Urlaub gekommen, mit schwarzem Haar und wenigen grauen Strähnen, und neben sich die blonde schlanke Frau.

Auf der Promenade waren wir stehen geblieben. Ein roter Zug glitt auf die Hohenzollernbrücke und durchbrach in gleichbleibendem Tempo das filigrane Gewirr aus Metall und Schatten. Wir blickten auf den Anleger hinaus, an dem ein Schiff vertäut war. Eine leichte Kühle stieg aus dem Wasser auf. Möwen gaben sich schreiend auf und ließen sich fallen, besannen sich im letzten Moment und stießen sich wie von einem ausgespannten Tuch von der Wasserfläche ab und stiegen schwerelos wieder auf.

Claudia streckte die Arme über den Kopf, die Finger verflochten, und legte dann die verschränkten Hände auf ihr Haar. Ihr Kleid hob sich und warf Falten im Rücken. Ich stand neben ihr und konnte nicht sehen, wie weit es über die Beine hochgerutscht war.

Von ihr aus könne es den ganzen Sommer so heiß bleiben, sagte sie.

Bis dahin hatten wir in erster Linie über mich geredet. Jetzt wäre der Augenblick gewesen, um von ihr zu sprechen, doch ich antwortete nur, dass ich die Sommerwärme auch liebte. *Liebte*, sagte ich und erschrak, wie lässig mir das Wort über die Lippen kam. Es war so unpassend, es klang so übertrieben. Claudia sah weiterhin, die Hände auf dem Kopf, auf den Fluss und machte mich darauf aufmerksam, dass unter uns der Tunnel mit der Bundesstraße 51 entlangführe. Ich kannte den Tunnel, doch wieder tat ich so, als wunderte ich mich.

Auf dem vertäuten Schiff lief ein Hund auf und ab. Ich wollte bemerken, wie sicher der Hund sich doch bewegte, so unmittelbar am Wasser, da ließ sie die Hände vom Kopf fallen und fragte: »Wie haben Sie es erfahren? Und wann?«

Mehr sagte sie nicht. Ich verstand sofort, was sie meinte. Um meine Herkunft ging es, das war mir gleich klar, und ich wunderte mich darüber, wie selbstverständlich sie davon ausging, dass ich nicht mit dem Wissen um diese Herkunft aufgewachsen war, sondern dass man sie mir eines Tages hatte erklären müssen.

In ihrer Frage hatte etwas Dringliches gelegen, als hinge alles Weitere von meiner Bereitschaft ab, ihr darauf zu antworten.

Erst jetzt im Zug, allein zwischen den lauten Menschen, kamen mir Zweifel. Hatte ich so ausführlich sein müssen? Und hatte ich meine Mutter immer wieder Rubina nennen müssen, als handelte es sich um eine entfernte Bekannte?

Während wir langsam weitergegangen waren, hatte ich es ihr erzählt. Hatte ich geschwafelt?

»Sieben war ich«, so hatte ich begonnen, »mein Bruder Robert drei Jahre älter.«

Claudia sah mich an mit ihren blauen Augen. Veilchenblau, hatte ich wieder gedacht. Dieses in Jahrhunderten abgegriffene, speckig gewordene Wort, immerzu war es mir durch den Kopf gegangen.

Auf dem Teppich hätten wir gehockt, meine Mutter in der Mitte, ich rechts von ihr, Robert auf der linken Seite, sagte ich, während die veilchenblauen Augen Wort für Wort aus mir hervorlockten. Warum wir dort gesessen hätten, wüsste ich nicht mehr. Auch warum Rubina dort zwischen uns geweint habe, hätte ich vergessen. Ihre Stirn auf ihren aufgestellten Knien, so hätte sie geweint. Und ich hätte Angst vor ihr gehabt, unheimlich sei sie mir gewesen, weil sie weinte. Eine Mutter darf nicht weinen, hätte ich damals gedacht, wenn eine Mutter weint, dann ist die Welt in Unordnung, dann stimmt mit der ganzen Welt etwas nicht.

Nein, ich hatte nicht geschwafelt, unten an der Rheinpromenade. Ich hatte Claudia nicht gelangweilt, sonst wäre ihr Blick nicht so einfühlsam gewesen, so empathisch.

Dann habe Rubina uns diese Geschichte erzählt. Wo ich herkomme, das sei der Titel der Geschichte gewesen. Und sie habe uns angesehen, mich und meinen Bruder, und hinzugefügt: Und wo *ihr* herkommt. Immer wieder fiel das Wort *Roma.* Ich hatte dieses Wort noch nie zuvor gehört. Meine Mutter sprach es mit einem merkwürdigen Schmerz in den Augen aus, sodass ich nicht wagte nachzufragen. Und auch Robert nahm es stumm hin. Aber er fragte am nächsten Tag seine Klassenlehrerin, und mittags, auf unserem Weg von der Schule nach Hause, erklärte er es mir.

Und der Schluss ihrer Geschichte, sagte ich zu Claudia, sei ein Versprechen gewesen: Niemals würde sie uns weggeben, niemals.

Da blieb Claudia stehen. »Warum das? Warum hat sie das gesagt?« Sie fragte, als wäre sie bestürzt, zumindest verwirrt. Dann hielt sie wieder schützend die Hand über die Augen. Ich hatte an ihrem Ellbogen vorbei auf den Fluss gesehen und mit den Schultern gezuckt: Ich hätte es vergessen.

1957

Rubina

RUBINA brach auf, ließ das Lager an der Eisenbahn hinter sich und schleppte ihren Koffer durch die Siedlung. Er hing ihr um den Hals, mit jedem Schritt schlug er gegen den Bauch.

Der Juli-Himmel war glasig weiß, da, wo er am Ende der Siedlung hinter den Hausdächern wegtauchte, kräuselte er sich grau. Sicher würde es noch Regen geben, dann würde sie umkehren müssen.

Sie ging von Haus zu Haus und setzte entschlossen ihren Zeigefinger auf die Klingelknöpfe. Dann legte sie den Daumen gegen den Verschluss des Koffers, ein leichter Druck, der Koffer sprang auf und war augenblicklich ein Bauchladen. Ordentlich aufgereiht war dort alles zu finden, was eine Hausfrau zum Nähen brauchte: Knöpfe in verschiedenen Größen und Farben, Gummilitze für die Unterwäsche, Nähgarn, Nähnadeln, Maßbänder, Schneiderkreide.

Die lückenlose Üppigkeit des Nähbedarfs vor ihrem Bauch, sagte Rubina ihren Spruch auf: »Liebe Frau, fehlt Ihnen etwas, Nähgarn …«

Nie war es nötig, den Spruch zu vervollständigen, denn spätestens nach dem *Nähgarn* wurde die Tür zugeschlagen. Um ein bisschen Abwechslung in das trübe Geschäft zu bringen, zog sie mal die Knöpfe vor, mal die Nähnadeln, mal die Gummilitze. Und wenn sie so gar nichts verkaufte und der verächtliche Blick der Mutter immer näher rückte, begann sie auch schon mal mit der Schneiderkreide.

»Liebe Frau, fehlt Ihnen etwas, Schneiderkreide …«

»Schneiderkreide?« Der junge Mann, der in der offenen Tür stand, zeigte sich interessiert: »Was ist das? Könnte ich das gebrauchen?«

Rubina machte erschrocken einen Schritt zurück.

Der Mann hob beschwichtigend die Hände: »Bitte, haben Sie keine Angst. Sie haben Glück, ich habe Urlaub, sonst hätte Ihnen niemand geöffnet.«

Rubina sah auf ihren Bauchladen hinunter. »Mit Schneiderkreide«, sagte sie, »kann man Markierungen auf Stoff anbringen, zum Beispiel wo der Saum genäht werden soll, sie lässt sich leicht wieder ausbürsten.«

»Sie drücken sich sehr gewählt aus«, bemerkte der Mann.

Rubina sah auf. Sie sah dichtes blondes Haar, das wie ein paar Besenborsten in die Stirn des Mannes hing. Es war das Haar, das Rubina sofort Vertrauen einflößte. Und zu dem blonden Haar sagte sie: »Ich lese viel, Bücher.«

Was für Bücher sie denn lese, wollte er wissen.

Alles lese sie, was sie bekommen könne.

Was sie denn gerade lese?

Rubina sah von den wirren blonden Haaren auf die sauber aufgereihten Knopfheftchen und Nähgarnrollen vor ihrem Bauch hinunter. »Der Fall Maurizius«, sagte sie leise.

»Jakob Wassermann?« Der Mann nickte. »Alle Achtung.«

Er strich sich langsam das Haar aus der Stirn, als nähme er sich einen Moment Zeit, um nachzudenken, und brauchte dann ihre Hilfe bei der Auswahl der Knöpfe. Sie wagte sich einen Schritt vor und sah ihm jetzt in die Augen, helle blaue Augen. Und sie fand etwas in ihnen, das ihr angenehm war. Es war eine Klarheit, eine blanke Klarheit, die sie bisher nur in den Augen von Kindern gesehen hatte.

Sie riet ihm, da er ja ein Mann sei, zu braunen Knöpfen und dazu passend zu einem braunen Nähgarn.

»Und die Schneiderkreide«, erinnerte er sie.

Er stopfte sich Knöpfe, Nähgarn und Schneiderkreide in die Hosentasche und ging ins Haus, um Geld zu holen. Rubina wartete an der Tür. Sie betrachtete gelbliche Fliesen am Boden, große schwarze Blumen an den Wänden und eine schmiedeeiserne Garderobe, an der ein Mantel hing. Und sie las den Namen an der Türklingel: Heuser.

Der Mann kam zurück mit einem Glas Wasser und einem Buch. Er reichte ihr das Glas und sagte, sie sähe müde aus. Sie bedankte sich und trank. Der Mann sah ihr zu, und das Klare, Blanke in seinen Augen ruhte auf ihrer Hand, die das Glas hielt, wanderte zu ihrem Hals hinunter, wo sie mit jedem Schluck die Bewegung des Kehlkopfes spürte, und hob sich dann zu ihren Augen und begegnete ihrem Blick, der den Weg seiner Augen beobachtet hatte.

Sie hielt ihm schnell das leere Glas hin und bedankte sich noch einmal. Er stellte es hinter sich auf die Fliesen und legte ihr das Buch in den Bauchladen, auf die Nähutensilien.

Ob sie Knut Hamsun kenne, fragte er.

Sie schüttelte den Kopf. Er sagte, das sei ein norwegischer Schriftsteller. Er warf ihr einen fragenden Blick zu, wohl um zu prüfen, ob sie wisse, wo Norwegen liege.

Sie hielt seinem Blick stand und sagte, sie habe bisher noch nie einen skandinavischen Schriftsteller gelesen.

Der Mann nickte zufrieden: Dann solle sie dieses Buch mitnehmen und lesen. Es sei sehr eindrucksvoll und berührend, der Schriftsteller sei zwar ein Nazi gewesen, aber das habe ja nichts mit seinen Büchern zu tun.

Sie holte schnell und tief Luft, schob den Bauchladen ein Stück von sich weg auf den Mann zu und bat ihn, das Buch dort herunterzunehmen, sie wolle es nicht haben.

Er griff langsam nach dem Buch, und er sagte leise: »Verzeihung.«

Aus seiner Hosentasche holte er ein Zweimarkstück und reichte es ihr und sagte noch einmal: »Verzeihung.«

Sie schüttelte den Kopf: Sie habe kein Wechselgeld.

Der Mann sagte, sie solle die zwei Mark als Bezahlung nehmen, sie habe ihn so gut beraten. Und ob sie es ihm übel nähme, die Sache mit dem Buch?

Sie schüttelte wieder den Kopf. »Nein«, sagte sie leise.

Da streckte der Mann ihr über den Bauchladen hinweg seine Hand entgegen: »Ich heiße Heiner«, sagte er. Sie zögerte, sie sah auf das blonde Haar, das ihm schon wieder wie ein paar Besenborsten in der Stirn hing, und sie überließ ihm ihre Hand und sagte: »Ich bin Rubina.«

»Rubina«, wiederholte Heiner andächtig: Das sei ein Name, der strahle wie ein Edelstein.

Rubina lächelte, und Heiner fragte, ob sie sich vielleicht einmal wiedersähen.

Samstags hätten sie einen Stand auf dem Markt, antwortete Rubina, dort könne er Stoffe und Tücher und Teppiche kaufen.

Am selben Abend klopfte der Mann, der Heiner hieß und Knöpfe, Nähgarn und Schneiderkreide gekauft hatte, an die Tür ihres Wohnwagens. Vom Fenster aus hatte Rubina gesehen, wie er über den Platz kam, die zwischen den Wohnwagen spielenden Kinder fragte und auf ihren Wagen zuging. Es hatte geregnet, und vor der kurzen Holztreppe hatte sich eine Pfütze gebildet. Er stand in der Pfütze, ohne Rücksicht auf seine Schuhe zu nehmen. Der Großvater hatte die Tür geöffnet, und Heiner bat ihn höflich, mit Rubina sprechen zu dürfen.

Rubina spreche nicht mit jedem dahergelaufenen Mann, antwortete der Großvater.

Heiner ließ sich nicht beirren. Er wolle Rubina etwas fragen, sagte er, etwas Wichtiges.

Was das denn wohl sei, wollte der Großvater wissen.

Heiner zögerte, und dann sagte er: Er wolle Rubina fragen, ob sie zu ihm in sein Haus kommen wolle, er würde sie gerne heiraten.

Wenn Rubina vorhabe zu heiraten, dann müsste sie ihn, den Großvater, um Erlaubnis bitten, und er würde sie niemals einem Gadscho, der abends an die Tür klopfte, zur Frau geben.

Heiner zog aus seiner Hosentasche ein Portemonnaie: Zweitausend Mark habe er mitgebracht, die würde er dem Großvater geben, wenn er die Heirat erlaube.

Da war sie aufgestanden und zum Großvater an die Tür gegangen. Sie sah ihm über die Schulter, sie sah auf den jungen Mann hinunter, von dem sie wusste, dass er Heiner Heuser hieß. Er stand in der Pfütze und musste schon nasse Füße haben. Sie sah in sein freundliches Gesicht. Sein Blick traf sie, blank und zärtlich. Sie kannte viele Blicke, verächtliche, gleichgültige, begehrliche. Mit einem solchen Blick, einem zärtlichen, hatte sie bisher nur einer angesehen, und das war vor langer Zeit gewesen.

Über die Schulter ihres Großvaters rief sie dem Mann Heiner in der Pfütze zu, ob er von ihr verlangen würde, das Kind, das sie einmal haben würden, wegzugeben.

Heiners zärtlicher Blick verwirrte sich: »Ein Kind weggeben? Warum sollte ich so etwas tun?«

Da sagte sie zu dem Großvater, er solle das Geld nehmen, sie würde mit dem Mann gehen und in seinem Haus leben.

Es gab ein Palaver, und schließlich ging sie in den Wagen zurück und packte ihren Sack. Währenddessen dachte sie unentwegt daran, wie nass Heiners Füße inzwischen sein müssten. Die Mutter versuchte, sie festzuhalten, doch sie riss sich los, drängte den Großvater beiseite und stieg die Stufen hinab in die Pfütze. Sie stellte sich an Heiners Seite. Der zog das Geld aus seinem Portemonnaie und reichte es dem Großvater hinauf.

Sie gingen nebeneinander über den Platz, und alle sahen, dass sie nun zueinander gehörten. Er hatte ihr den Sack abgenommen und über seine Schulter geworfen und nach ihrer Hand gegriffen. Die Mutter stand in der offenen Tür des Wagens und sah ihr nach. Rubina drehte sich noch einmal zu ihr um, und sie nahm den Blick der Mutter mit in ihr neues Leben, wie eine weitere Schuld.

Während sie mit Heiner Hand in Hand durch die Straßen ging, sagte er, er sei Buchhändler und das habe ihm gefallen, dass sie so gerne lese, und die zweitausend Mark habe er im Lotto gewonnen, ein Auto habe er sich kaufen wollen und jetzt sei er froh, dass er es nicht getan habe.

2008

Kinder

CLAUDIA rief mich am Sonntag an, dem Tag nach unserem ersten Treffen, es war gegen elf Uhr. Sie bedankte sich für den schönen Nachmittag, sie klang wie ein gut erzogenes kleines Mädchen. Meine Geschichte bewege sie noch immer, sagte sie, und wie merkwürdig sich doch alles gefügt habe.

Ich sagte: »Ja.« Obwohl mir unklar war, was sie meinte.

Ich hörte, wie sie Luft holte, und dann sagte sie ein wenig zögernd: Sie habe gestern ganz vergessen, sich nach meiner Mutter zu erkundigen, nach meinen Eltern, ergänzte sie, wie es ihnen jetzt ginge, wo sie lebten und so … Das habe vielleicht den Eindruck gemacht, als interessiere sie sich nicht dafür, aber das sei nicht so, es interessiere sie sogar sehr, sie habe diese Geschichte nur erst einmal verdauen müssen, nein, verdauen sei nicht das richtige Wort …

Ich unterbrach sie und rief unwirsch in das Mikro meines Handys, ich hätte zu meiner Mutter schon seit Langem keinen Kontakt mehr.

Von draußen wehte die ungewöhnliche Maiwärme herein. Ich stürzte mich in das sonnige Rechteck am Fenster, lief in den Schatten hinter dem Schreibtisch und zurück in die Sonne. Ich sah in den Park hinunter, Kinder verschwanden hinter Bäumen, stürmten kreischend wieder hervor, Hunde jagten Bällen hinterher, die ihnen aus dünnen verlängerten Armen über die Wiese geschleudert wurden.

Ich konnte meine Worte nicht zurückholen. Das, was ich gesagt hatte, war längst bei Claudia angekommen. Ich hörte es an ihrem Schweigen. Auf gut Glück, dass sie es als eine nähere Erklärung ansehen würde, sagte ich: »Sie waren geschieden, später, und mein Vater ist vor vier Jahren verstorben.«

Claudia flüsterte das übliche *Das tut mir leid*, das es mir nicht leichter machte, sondern das eigenartige Ungleichgewicht zwischen uns noch verstärkte. Meine Waagschale senkte sich tief hinunter mit all dem Unausgesprochenen, dem, was ein Außenstehender als meine Geheimnisse bezeichnen würde, während ihre Waagschale unbeschwert nach oben stieg, weil sie sich alles, wie man so sagt, von der Seele geschrieben hatte und weil mir ihre Vergangenheit bis in jede Einzelheit gegenwärtig war. Bei ihr schien die Sache klar: Vergangenheit war Vergangenheit, war das, was sie einmal aufgeschrieben hatte, und jetzt war jetzt. Bei mir waren Vergangenes und Gegenwärtiges nichts anderes als eine einzige trübe Brühe, ein Morast, in dem man durchs Ungewisse stolperte, ohne Aussicht, jemals klar zu sehen und einen Weg zu finden.

Plötzlich lachte Claudia kurz auf, sie änderte die Stimmlage, beinahe quiekend begann sie: »Was halten Sie davon …«

Ich ließ sie wieder nicht ausreden, ich unterbrach sie und erklärte schnell, es sei mir unangenehm, gestern so lange über mich gesprochen zu haben.

Weiß der Teufel, warum ich es für nötig hielt, gerade jetzt darauf einzugehen.

»Aber wieso denn unangenehm?«, wunderte Claudia sich. Sie hatte zurück zu ihrer weichen, ein wenig singenden Stimme gefunden: Sie hätte doch schon längst erzählt, was es von ihr zu erzählen gebe, und es wären so schöne Stunden gewesen, gestern.

Dann war es eine Weile still zwischen uns. Ich hütete mich, etwas zu sagen, in Claudias Gegenwart schien es unberechenbar, was ich von mir gab.

Mit der Wärme fiel das Spektakel der Vögel ins Zimmer ein. Es füllte unser Schweigen, als lauschten wir beide. Harmonisch, schoss es mir durch den Kopf, Vögel singen immer harmonisch, und die, die gemeinsam einem Gesang lauschen, sind immer in ihrem Lauschen harmonisch verbunden.

Ich versuchte, mich an die ursprüngliche Bedeutung des Wortes zu erinnern, Harmonika, das musste auch daher kommen. Da war Claudias Stimme wieder in meinem Ohr, so selbstverständlich, als hätten wir nicht minutenlang hilflos geschwiegen: Sie lud mich ein in ihr Haus in Köln, ihre Kinder sollte ich kennenlernen, an einem der nächsten Wochenenden, wenn ich Zeit hätte.

Damit hatte ich nicht gerechnet, nicht nach diesem quälenden Gespräch. Ich ließ mich auf den Stuhl an meinen Schreibtisch fallen, mechanisch zog ich das Notebook heran und nannte geschäftsmäßig einige Termine. Wir einigten uns auf den Samstag in drei Wochen.

Ich solle doch ein paar Fotos mitbringen, bat Claudia noch, von meinen Eltern, aus meiner Kinderzeit, das interessiere sie sehr.

Mittags bekam ich Besuch von meinen Zwillingen. Ulrike hatte sie vor dem Haus abgesetzt. Vorher, am Telefon, hatte sie mir Verhaltensanweisungen gegeben. Damit ihre Erziehungsarbeit nicht immer wieder zunichtegemacht würde. Das müsse mir doch auch klar sein, die Kinder seien in einem problematischen Alter. Da müssten wir als Eltern an einem Strang ziehen, da müsse auch ich mich mal ausnahmsweise kooperativ zeigen. Es ginge nicht, dass die Kinder sich nach den Besuchen bei mir jedes Mal derart aufmüpfig aufführten. Ich solle doch bitte etwas Sinnvolles mit den beiden unternehmen, einen Museumsbesuch, von ihr aus auch einen vernünftigen Film ansehen.

Ich war stumm geblieben, wie immer, wenn sie mir Vorwürfe machte. Ich hatte ihr einmal unrecht getan, das konnte sie mir nicht verzeihen. Und dass ich mich weigerte, mich zu rechtfertigen, war eine weitere Provokation. Plötzlich hatte sie die Stimme gehoben, sie hatte jenen klirrenden Unterton bekommen, in dem ich immer Ulrikes ganze Verachtung meiner Schwäche wiederfand, meiner Untauglichkeit, mich in dieser Welt durchzusetzen: Und dann solle ich meine Tochter mal nach einem gewissen Felix fragen, hatte sie in den Hörer gekläfft und dann aufgehängt.

Die Kinder stürmten durch das Treppenhaus, Nina warf sich an meinen Hals, Yaro streckte mir seine Faust entgegen zum Faustcheck.

Wie immer wurde ich übermannt von der Tatsache, dass diese beiden jungen Menschen meine Kinder waren. Diese Lebendigkeit, dieses Leuchten in der Hinwendung zum Leben, *ich* hatte es hervorgebracht, aus dem Nichts hatte ich es in die Welt hinein erschaffen.

Kannte Ulrike diese überwältigende Freude, diesen unglaublichen Schöpferstolz? Sie war immer unzufrieden mit dem Ergebnis, für sie war der Schöpfungsakt noch längst nicht abgeschlossen, für sie waren die Kinder eine tägliche Herausforderung, eine fortgesetzte Aufgabe der Formung und Korrektur. Diese lebenszugeneigte Kraft, die ich sah, war für sie nichts als ein Quell des Widerstandes.

Es war ja nicht so, dass ich mir meines Vorteils nicht bewusst war: Ich kannte meine Kinder nur im Ausnahmemodus, ich konnte es mir leisten, sie zu verklären, ohne die alltäglichen Querelen, die ein ständiges Zusammenleben mit sich brachte. Also zollte ich meinen Tribut zur Erziehungsarbeit und schlug essen gehen vor, dann Museum oder Kino.

Ein zweistimmiges Stöhnen antwortete mir.

»Wie kannst du dich so bevormunden lassen?«, rief Nina. »Werde doch endlich mal selbstständig.«

Ich sah sie ratlos an. Ich hatte nur einen Wunsch: einen Tag mit meinen Kindern zu verbringen, an dem sie jene innige Zufriedenheit ausstrahlten, die nur glückte, wenn man keine Forderungen an sie stellte, wenn man ihnen ihre Freiheit ließ und sich ihnen überantwortete.

Also setzte Nina das Programm fest: Essen liefern lassen, in der Sonne im Park abhängen, ein Eis aus der Eisdiele. Yaro war mit allen Plänen einverstanden, solange keine Museen oder Kinos darin vorkamen.

Wir bestellten beim Chinesen. Yaro brauchte zwei Portionen, Nina eine halbe, dazu einen Liter Cola.

Mich irritierten die Hände meiner Kinder. Die Hände waren leer, kein Handy, über das sie sich alle paar Minuten beugen mussten, das dann ihre unbedingte Aufmerksamkeit forderte. Handyverbot, das wusste ich von meinen Kollegen, war die wirksamste Waffe gegen Aufsässigkeit und Faulheit, überhaupt gegen alle Unarten, die Kinder so an sich hatten. Eine Maßnahme, die auch Ulrike sicher gerne zu Hilfe nahm.

»Abgeschaltet, im Rucksack«, strahlte Nina mich erwartungsvoll an.

»Warum das?« Ich war besorgt, ein Tag ohne Handy, das musste schiefgehen, das würde ungut im Gedächtnis hängen bleiben.

»Mann, Papa, wir wollten dir eine Freude machen.« Wie immer, wenn Nina so plötzlich lachte, erinnerte sie mich an meine Mutter. Das Haar lockig und dicht, die immer gebräunte Haut und natürlich die Augen, die dunklen, beinahe schwarzen Augen.

Ja, ich würde Claudia die Fotos von meiner Mutter zeigen. Meine Tochter hat viel Ähnlichkeit mit ihr, werde ich dazu sagen. Claudia wird auch nach meinem Sohn fragen. Yaro hat die blauen Augen meiner Ex-Frau geerbt, werde ich antworten, doch sein Haar ist schwarz und lockig wie Ninas. *Ex-Frau* werde ich sagen, obwohl ich auch *die blauen Augen seiner Mutter* sagen könnte. Claudia wird den Wunsch äußern, meine Kinder kennenzulernen. Unsere Kinder sollen sich kennenlernen, wird sie sagen, sie sind doch im gleichen Alter. Und sie wird so anständig sein, nicht noch einmal nach meiner Mutter, nach meiner heutigen Mutter zu fragen. Nein, die wird keine Rolle mehr spielen, aber wir, wir werden etwas unternehmen, es würde ja Sommer werden – vielleicht wir alle zusammen eine Woche lang an der See, Claudia barfuß durch den Sand stapfend, lachend, mit windverwehtem Haar …

»Papa, hör zu«, rief Nina.

Es ging wie immer erst einmal um Finanzielles. Und sie hatten sich viel vorgenommen. Keine Bitte um eine Aufstockung des Taschengeldes. Ein neues Skateboard für Yaro musste her. Das Training im Verein, das erforderte ein neues Brett, und ich hätte doch selbst gesagt, wie wichtig es sei, dass er dort im Verein trainiere, ernsthaft trainiere.

Bei Nina war es das Fahrrad. Ihres sei über zwei Jahre alt. Zwölf sei sie gewesen, als sie es gekriegt habe. »Zwölf, Papa, das musst dir mal vorstellen, da muss ich immer noch mit zur Schule fahren.«

Ich sah hilflos von einem zum anderen. Es würde Ärger geben, Gezeter am Telefon, Drohungen, weil ich mich nicht an die Vereinbarungen hielte. Doch nirgendwo stand geschrieben, dass ich meinen Kindern keine Geschenke machen dürfe.

Ihren Dank wehrte ich ab. Das war Ulrikes Erziehung, dieses *Danke, Papa*, so diszipliniert, dass von echter Freude kaum etwas zu spüren war.

Aber dann setzte Nina sich auf meinen Schoß, rückte meine Brille zurecht und machte mir Komplimente: »Geiles Brillengestell«, sagte sie, überhaupt sähe ich echt gut aus, nur das Hemd, das sei total daneben. Babyblau! Entweder weiß oder schwarz, vielleicht noch dunkelblau, aber doch nicht dieses Kitschblau.

Beim Essen fragte ich, was es denn mit Felix auf sich habe.

Nina schnaubte. Yaro klärte mich auf: Nina ginge mit Felix.

Sie sei vierzehn, ob sie nicht ein bisschen zu jung sei, um mit einem Jungen zu gehen, fragte ich vorsichtig, und wer dieser Felix denn sei.

»Einer aus meiner Klasse«, murmelte Nina unwillig. Und Yaro kam ihr zu Hilfe: Felix, der sei in Ordnung.

Nina nahm mein Bierglas, trank einige Schlucke und forderte, wir sollten endlich mal kapieren, dass sie keine kleinen Kinder mehr seien. Ich gäbe mir ja wenigstens Mühe, ganz im Gegensatz zu Manfred, der sich jetzt wohl endgültig bei ihnen eingenistet habe.

Ich hatte Manfred, Ulrikes neuen Lebensgefährten, Weihnachten kennengelernt, am zweiten Weihnachtstag, als ich Nina und Yaro zu unseren traditionellen Winterferienwochen abholte. Er war mir nicht unsympathisch gewesen.

Ich dachte an Claudia und meinen Besuch bei ihr in drei Wochen, und ein längst vergessenes Gefühl regte sich, um den Magen und um das Herz herum, ein Gefühl des Anerkanntwerdens, als hätte die Welt beschlossen, mich doch noch zu bemerken und sogar zu akzeptieren.

Und eingelullt von diesem warmen Gefühl sagte ich, Manfred sei doch ein ganz netter, verträglicher Typ.

Darum ginge es doch gar nicht, erregte sich Nina, ich müsse ihn ja nicht jeden Tag ertragen, er sei so etwas von voll rückständig, man könne ihn einfach nicht ernst nehmen.

Ich trank in einem Zug mein Bier aus, und es schmeckte großartig.

Während der Rückfahrt nach Dortmund stand der Himmel abendgrau und reglos über den Straßen, unter ihm aber war alles in Bewegung. Animiert durch die sommerlichen Temperaturen mussten sie sich regen wie Moleküle in warmer Luft, Menschen, die spazierten, joggten, die ein Sonntagabendvergnügen suchten.

Ich lehnte ungewohnt entspannt in meinem Sitz, lässig eine Hand am Steuer, die andere locker auf meinem Schenkel – da fragte Nina mich, ob ich mich verliebt hätte.

Mit einem Ruck richtete ich mich auf und umfasste das Lenkrad mit beiden Händen. Was das jetzt für eine Frage sei, schnaufte ich.

»Du lächelst die ganze Zeit, so nach innen«, sagte sie. »Ja echt, Papa«, bestätigte Yaro.

Ich stotterte herum. Schleierhaft, wie sie darauf kämen.

Nina wollte wissen, wie sie hieße, nur den Vornamen.

Ich presste die Lippen aufeinander, und Nina schmiegte sich an meinen Arm und bettelte: »Komm schon, Papa.« Und plötzlich hatte ich es gesagt. »Claudia«, hatte ich gesagt.

»Hört sich gut an«, stellte Nina fest, »wann können wir sie denn kennenlernen?«

Ich räusperte mich: Davon könne noch überhaupt keine Rede sein und außerdem sei ich nicht gewillt, dazu auch nur noch ein Wort zu sagen.

»Papa«, empörte Nina sich, »wir sind schließlich deine Kinder. Das geht doch auch uns etwas an.«

»Finde ich auch«, ließ Yaro sich von hinten vernehmen.

Sie würden jedenfalls schweigen, versprach Nina, Mama erführe nichts von ihnen.

Das sei mir scheißegal, behauptete ich.

Es war mir nicht egal. Eine Genugtuung bereitete es mir. Weil es Ulrike, wenn nicht gerade beunruhigen, so doch nachdenklich stimmen würde, dass ich lebensuntaugliche Figur tatsächlich jemanden gefunden hatte, den meine Geschichte berührte, der das Zusammensein mit mir genoss, der vielleicht das in mir erkannte, was ich in guten Stunden zu sein meinte: ein empfindsamer, feinsinniger Charakter.

Ich war noch in der Redaktion und im Fitnessstudio gewesen, und es war schon nach Mitternacht, als ich zu Hause den Karton mit den Fotos suchte. Claudias sonderbarer Wunsch ließ mir keine Ruhe. Ich fand den Karton schließlich in meinem alten Reisekoffer auf dem Kleiderschrank. Außerdem entdeckte ich darin die Schultüte, die ich bei meiner Einschulung im Arm gehalten hatte – davon musste es auch ein Foto geben –, und mehrere Stapel von Karl-May-Büchern und Micky-Maus-Heften. Unter den Heften zog ich das weiße Kaninchen hervor, das meine Kinderzeit begleitet hatte. Inzwischen war es grau, die Ohren hingen schlaff herunter und das rote Halsband war verblichen. Ich setzte es auf meinen Schreibtisch, ich würde es Nina anvertrauen.

Die Fotos schüttete ich auf den Tisch und wählte als Erstes das mit der Schultüte aus: Ich, knielange dunkelblaue Hose und weißes Polohemd, stehe nicht ganz gerade, weil ich mir das Bein kratzen muss, Robert neben mir hat einen Arm um meine Schulter gelegt. Es würde Claudia gefallen.

Noch einige weitere Kinderfotos legte ich dazu: ich auf dem Dreirad; mit Robert auf der Wippe eines Spielplatzes; mein Vater und ich zwischen Kühen auf einem Bauernhof in den Alpen, im Hintergrund weiße Berggipfel. Dann meine Mutter, Robert und mich an der Hand, vor einem Ausflugscafé. Sie trägt einen engen grauen Rock und eine rote Bluse mit weiten Ärmeln, das schwarze Haar ist zusammengebunden. Sie lächelt verlegen, ein Bein hat sie leicht angehoben, als wollte sie es vorzeigen oder gleich einen Schritt machen.

Ich sortierte ein Foto aus, das mich als Fünfzehnjährigen zeigt, mit langem Haar und übergroßen unglücklichen Augen. Stattdessen entschied ich mich für ein späteres: Klassenfahrt nach Rom, siebzehn Jahre muss ich alt gewesen sein. Ich sitze mit zwei Freunden auf dem Rand der Fontana di Trevi, neben mir ein Mädchen. Ich lache, das Haar ist immer noch lang und ungekämmt, ich sehe verwegen aus. Das Mädchen, werde ich Claudia erklären, ist Irene, meine erste Liebe, aber so recht ist nie etwas daraus geworden.

Ich schob nichtssagende Urlaubsaufnahmen beiseite, und plötzlich fiel mir zwischen rotstichigen Strandszenen *das* Foto entgegen. Schwarz-weiß und ein wenig verblichen. Zehn Jahre ist meine Mutter alt. Sie sitzt vor einem Trümmerhaufen auf aufgeschichteten Backsteinen. Hinter ihr eine Hausruine, in einer Fensteröffnung erkennt man zwei Köpfe. Meine Mutter lächelt, sie trägt ein weites Kleid und eine Jacke mit zu kurzen Ärmeln. Sie ist barfuß, und auf dem Schoß hält sie einen vielleicht dreijährigen Jungen mit hellem Haar.

Ich drehte das Foto um und las auf der Rückseite: *Rubina and Gero, June 1945.*

Ich wusste, dass es von einem amerikanischen Fotografen aufgenommen worden war, kurz nach der Besetzung des Ruhrgebietes. Er hatte die amerikanischen Truppen begleitet, und er hatte alles, was ihm aufgefallen war, mit seiner Fotokamera festgehalten. Auch das dunkelhaarige zehnjährige Mädchen mit dem kleinen blonden Jungen.

1939

Rosa und die SA-Männer

DIE drei Männer kamen an einem Nachmittag im März. Sie trugen feine Mäntel und Hüte, keine Uniformen, obwohl sie behaupteten, vom städtischen Polizeiamt zu sein. Morgens hatte es geschneit, ein wenig Schnee war liegen geblieben. Doch überall quoll die dunkle Erde hervor, als drängte sie dem Frühling entgegen. Von den Bäumen tropfte es, nass glänzende Äste wiesen wie knochige Finger in schwarzer Seide auf die beiden Wohnwagen.

Rosa verließ sich ganz auf Johann.

Sie machten keinen Ärger, sagte er, die Herren sollten nur die Bauernfamilie fragen, der Bauer Lange-Böhmer würde es bestätigen.

Johann trat einen kleinen Schritt auf die Herren zu, mit gespreizten Beinen blieb er stehen: Seit drei Jahren schon hätten sie ihre Wagen hier auf dem Hofgelände stehen, und er arbeite hier als Knecht, und seine Frau helfe in der Küche, im Sommer auf dem Feld. Sie würden alle bezahlt, sie bräuchten nicht zu stehlen.

Rosa nickte. Mit einer Hand prüfte sie, ob ihr Haar im Nacken ordentlich zusammengebunden war. Rubina drückte sich an ihr Bein. Rosa nahm sie auf den Arm, die Schuhe der Kleinen weichten so schnell durch.

Ob er das Familienoberhaupt sei, wurde Johann gefragt. Der Mann hatte einen Notizblock aus seiner Manteltasche gezogen, einer der anderen reichte ihm einen Bleistift.

Nein, das Familienoberhaupt sei sein Vater Wilhelm, antwortete Johann, aber der sei heute mit dem Sohn des Bauern zum Schlachthof gefahren.

Rosa sah voll Stolz in Johanns Augen, in denen, ohne zu flackern, ein dunkles, ruhiges Licht brannte.

Wer in dem zweiten Wagen hause, wollte der Mann wissen.

»Mein Bruder Karl mit seiner Frau Mathilde und seinem Sohn.«

»Die helfen auch auf dem Hof?«

»Jawohl.«

Der Mann notierte sich die Antworten und erklärte, dann müssten sie jetzt die Wagen von innen einer Inspektion unterziehen.

Bruno und Gescha hockten vor dem Ofen. Sie waren auf dem Schulweg nass geworden. Als einer der Männer einen Schritt in das Wageninnere machte, setzten sie sich auf ihre Plätze.

Es sei sauber und warm da drinnen, teilte der Mann den anderen beiden mit und ließ seinen Blick an Rosa herabgleiten.

Rosa straffte den Rücken: »Für was halten Sie uns? Wir sind keine Dreckschweine.«

Johann kniff die Augen zusammen, sie solle schweigen. Er stand sehr aufrecht mit seinen gespreizten Beinen und überragte die Männer trotz der Hüte, die sie trugen, um einen halben Kopf.

Sie habe Hunger, sagte Rubina auf Romani, und Rosa strich ihr sanft mit zwei Fingern über den Mund.

Ob sie lesen könnten, fragte der Mann, der in den Wagen gesehen hatte. Deutsch sprächen sie ja beide ganz gut, und ordentlich sähen sie ja auch aus. Und ob das ihre Kinder seien, da in dem Wagen.

»Jawohl«, antwortete Johann und sein Blick ruhte sicher auf dem Gesicht des Mannes. Er könne lesen und die beiden älteren Kinder gingen hier zur Schule.

Damit wäre jetzt Schluss, erklärte einer der anderen Männer, hier könnten sie nicht bleiben, sie müssten auf den zentralen Lagerplatz, und vorher hätten sie sich auf dem Amt zu melden, um sich registrieren und fotografieren zu lassen.

Er zog aus seiner Aktentasche ein Schriftstück. Da stände alles drin, auch, wo genau sie sich zu melden und wohin sie ihre Wohnwagen zu bringen hätten, gleich morgen.

Der Bauer habe ihnen erlaubt, hier ein kleines Haus zu bauen, wandte Johann ein und spreizte die Beine noch ein Stück weiter. Nur zwei, drei Monate müssten sie noch sparen. Es solle etwas Massives werden, gemauert.

Daraus würde nichts, sagte der Mann mit der Aktentasche, aber es wäre gut, wenn sie gespart hätten, dann könnten sie den Stellplatz in dem Sammellager bezahlen.

Als Wilhelm zurück war, las Johann vor, was die Polizei von ihnen verlangte. Wilhelm fragte den Bauern um Rat. Der wollte keinen Ärger mit den Behörden. Zum Arbeiten könnten sie jeden Morgen auf den Hof kommen, es sei ja nicht weit.

Wilhelm traf die Entscheidungen: Sie würden in das Sammellager wechseln, vorerst. Aber keinesfalls würden sie sich auf dem Amt fotografieren lassen.

Am nächsten Morgen spannten sie die Pferde an. Karl und Johann führten die Wagen, die anderen liefen nebenher, nur Rubina kniete drinnen auf der Bank unter dem Fenster und sah hinaus.

Die Hufe der Pferde klappten auf der Straße, das Holz der Räder knarrte. Bruno und Gescha rannten voraus, sie freuten sich, dass sie nicht in die Schule mussten.

In der Nacht hatte Rosa sich Sorgen gemacht. Auch Johann hatte wach gelegen. Sie drückte sich zärtlich an seinen Rücken, und er legte einen Arm nach hinten auf ihre Hüfte. Sie solle schlafen, sagte er, und wenn es gar zu arg würde, dann könnten sie immer noch weiterziehen, hinunter ins Sauerland, irgendwo in den Wäldern würden sie schon unterkommen. So habe er es mit Wilhelm ausgemacht. »Und«, hatte er gesagt, »wenn wir das Haus schon gehabt hätten, wäre es anders gekommen.«

Jetzt wehte Rosa die frische Märzluft ins Gesicht, die Enden ihres Kopftuches flatterten um ihre Schulter, der weite Rock schlug ihr um die Beine. Sie ging hinter Johann her und bewunderte seinen kräftigen ausholenden Schritt. Sie musste lachen, sie rief: »Johann.« Er wandte sich zu ihr um, und als er sie lachen sah, legte er den gestreckten Zeigefinger auf seine Stirn, ihr persönliches Zeichen, dass das Glück, was auch kommen würde, auf ihrer Seite sein werde.

Der Weg führte durch bewohnte Straßen. Rosa rief die Kinder zurück und nahm sie an die Hand. Zwei Männer spuckten vor ihnen aus, eine alte Frau, die in der offenen Haustür stand, bekreuzigte sich. Rosa blickte vor sich auf das Straßenpflaster und befahl den Kindern, die Augen zu senken. Doch Johann erwiderte jeden Blick, ohne eine Regung zu zeigen.

Der Platz war schon dicht besetzt. Ein Mann, Josef mit Namen, geleitete sie durch die Reihen zum Rand des Lagers. Es waren nur wenige Schritte bis zu einem hohen Zaun, der mit Stacheldrahtrollen gesichert war. Dahinter, in der Ferne, erhoben sich die dunklen Türme der Kokerei.

Hier sei es besser, sonst sei nur noch etwas frei, wo es stänke, na, sie wüssten schon, sagte Josef.

Während die Männer die Pferde zurückbrachten, um dann ihre Arbeit auf dem Bauernhof zu erledigen, ging Rosa mit den Kindern von Wagen zu Wagen. Viele der anderen Lagernden kannte sie schon lange. Auch Kathi, die mit Christof, einem Cousin von Johann, verheiratet war, traf sie wieder. Kathi forderte Bruno und Gescha auf, jeden Morgen zu ihr zu kommen und ihre Schiefertafeln mitzubringen. Vor ihrem Wohnwagen gebe sie Unterricht im Rechnen und Schreiben.

Am Nachmittag klopften wieder zwei Männer der Polizei an die Wohnwagentür. Dieses Mal trugen sie Uniformen, und sie hatten eine Frau mitgebracht.

Sie käme von der Rassenhygienischen Forschungsstelle, sagte die Frau, und sie setzte hinzu, Rosa brauche keine Angst zu haben, sie würde nur einen Zettel an ihren Wagen heften mit einem Verzeichnis der Bewohner.

Bei dem Wort *Rasse* war Rosa zusammengefahren. Nun strich sie nervös ihren Rock glatt. Sie wünschte, dass Johann hier wäre, sie war sich nicht sicher, ob sie richtig handelte, als sie der Frau ihre Namen nannte. Rubina kletterte die drei Stufen aus dem Wagen hinunter, und Rosa nahm sie auf den Arm, sie fühlte sich wohler, wenn sie das Kind spürte.

Die Frau legte das Papier an die Holzwand des Wagens und schrieb. Einer der Polizisten pinselte mit Farbe eine Zahl neben die Tür.

Ob sie auf dem Amt gewesen und fotografiert worden seien, wollte er wissen.

»Nein«, antwortete Rosa.

Ihre Schwägerin Mathilde stellte sich zu ihr, so nah, dass sich ihre Schultern berührten.

Heute sei es zu spät, sagte der Polizist, aber gleich Montagfrüh müssten sie sich registrieren lassen, sie bekämen dann eine Bescheinigung, die sie bei jeder Kontrolle vorzuzeigen hätten.

Als die Leute gegangen waren, befahl Rosa Bruno nachzusehen, was auf dem Zettel stand, den die Frau mit Reißzwecken an der Tür befestigt hatte. Bruno las Zeile für Zeile.

»Es sind unsere Namen«, sagte er.

Am Abend schnitt Johann einen Durchgang in den Zaun, durch den sie in die Büsche kriechen konnten, denn der Schmutz und Gestank an den Latrinen waren unerträglich.

Es war dunkel geworden, und überall im Lager wurden Feuer entzündet. Die Männer saßen beisammen und spielten Karten. Auch die Frauen hatten sich um ein Feuer versammelt.

Rosa ging mit Mathilde zu ihnen hinüber. Sie hockten auf Holzkisten um das Feuer, manchmal redeten sie alle gleichzeitig, und sie waren sich einig darin, dass das Leben immer hart gewesen sei, dass aber neuerdings auf allem etwas laste, etwas Drückendes, Beklemmendes, wovon die Luft voll sei und der Erdboden und manchmal, wenn man zum Himmel hinaufsehe, auch er.

In der Nacht neben Johann auf ihrem Schlaflager lobte Rosa die Wasserstelle. Es gebe zwar nur diese eine, aber immerhin sei das Wasser sauber, irgendwie kämen sie damit schon zurecht.

Johann antwortete nicht. Rosa sagte, dass sie wieder ein Kind erwarte.

Johann drehte sich zu ihr um. Das sei gut, sagte er, Rubina sei immerhin fast vier Jahre alt, aber ein Junge müsse es werden.

Jeden Morgen ging Rosa mit den Männern zum Hof, sie half in der Küche und beim Saubermachen. Sie nahmen den Pfad an den Feldern entlang, so mieden sie die Wohnstraßen. Auf diesem Weg kehrte Rosa mittags allein zurück.

In den folgenden Wochen kamen regelmäßig zwei SA-Männer ins Lager, patrouillierten eine Zeit lang auf und ab und stießen mit den Stiefelspitzen gegen die Holzkisten um die Feuerstellen. Manchmal fragten sie nach den Bescheinigungen. Klopften sie bei Rosa an die Tür, schüttelte die den Kopf.

Im April wurden die Büsche hinter dem Zaun dichter, helles Grün platzte aus den trockenen Zweigen, und frühmorgens wurde Rosa vom Singen der Vögel geweckt. An einem Morgen nach mehreren Regentagen glänzte der Himmel blau wie poliert. Die ersten Sonnenstrahlen überzogen den Morast zwischen den Wagen mit filigranem Silber, schimmernd wie Edelsteine waren die Pfützen darin eingelassen.

Eine merkwürdige Unruhe hatte Rosa früh hinausgetrieben. Sie lief am Stacheldraht auf und ab und spähte über die Büsche hinüber zu den schwarzen Türmen der Kokerei, aus denen der gelbe Rauch heute zaghaft aufstieg und unter dem blauen Himmel zerschmolz.

Besorgt legte sie die Hände auf den Bauch: Dem Kind ging es gut. Was bedeutete es dann, dieses innere Flattern?

Als sie in den Wagen zurückkehrte, hörte sie Rubina wimmern. Der Kopf der Kleinen war heiß, das Haar klebte feucht auf der Stirn, und sie klagte über Schmerzen im Hals.

Rosa ging nicht mit den Männern zum Hof. Sie wickelte nasse Tücher um Rubinas Waden, und Kathi, die sich mit Kräutern auskannte, kochte Tee.

Am frühen Nachmittag kamen die SA-Männer. Rosa wusch draußen in einer Wanne Wäsche. Auch dieses Mal konnte sie keine Bescheinigung vorweisen, sie schüttelte nur den Kopf. Einer der Männer trat drohend auf sie zu. Sein Blick fiel auf die Kette mit dem kleinen silbernen Kreuz, die sie um den Hals trug.

Der SA-Mann blieb stehen. Ob sie katholisch sei, fragte er, und sie antwortete: Ja, und sie ginge regelmäßig zur Beichte.

Er starrte auf das Kreuz, er schien nachzudenken. Rosa trocknete sich an der Schürze die Hände und setzte hinzu, der Pfarrer habe ihr erklärt, sie brauche keine Angst zu haben, vor Gott seien alle Menschen gleich, vor Gott gebe es keine Rassen, nur Redliche und Sündige.

Da schnellte der Arm des SA-Mannes vor, er packte sie und warf sie zu Boden. Kathi lief hinzu. »Sie ist schwanger«, rief sie und hob die Faust. Sie half Rosa wieder auf die Beine.

»Das fehlt noch«, schrie der SA-Mann, »dass sich das Gesindel auch noch vermehrt.« Kurzer Prozess würde jetzt gemacht, sie würden eingesperrt.

Die beiden Männer griffen sich die Frauen. Rosa kreischte und wehrte sich, Kathi stemmte die Beine in den Boden.

Christof sprang aus seinem Wagen und stellte sich den Männern in den Weg. »Lasst unsere Frauen in Ruhe«, sagte er mit fester Stimme.

Rosa wurde losgelassen. Der SA-Mann riss seine Pistole aus dem Gürtel. Er streckte Christof den Arm entgegen. Eine Ewigkeit lang schien alles erstarrt zu sein. Rosa sah in aufgerissene Münder und geweitete Augen, und dann schlug ihr eine Explosion gegen den Kopf. Die Welt dröhnte, und langsam driftete das Dröhnen in einem Schwirren davon. Gleich darauf sirrte die Luft von feinen Geigentönen, als striche ein Virtuose schwermütig über die Saiten.

Christof hatte sich Rosa zugewandt, maßlos erstaunt starrte er sie an, dann taumelte er, er drehte sich ungeschickt, als wäre ihm ein Tanzschritt missglückt, und brach zusammen.

Die Kinder krochen in die Wagen, alle anderen standen stumm, die Köpfe lauernd vorgestreckt, jederzeit bereit loszuspringen.

Immer länger dehnte der Geigenspieler die Töne, immer leiser führte er den Bogen …

Ein Kreischen schrillte über den Platz, Kathi warf sich neben ihren Mann, sie schlug den Kopf auf seine Brust und schrie.

Es dauerte lange, bis ein Krankenwagen vor dem Lager hielt. Er wurde sofort von Männern und Frauen umringt. Der SA-Mann trieb sie auseinander und bellte Befehle in die verschlossenen Gesichter, aber er griff nicht ein, als Kathi hinter der Trage in den Wagen stieg.

Rosa lief zum Hof, sie krallte sich in Johanns Arm fest und schrie es ihm ins Gesicht. Johann krümmte sich vor Schmerz, der sonst unangreifbare Stolz in seinen Augen zersplitterte. Rosa fing an, laut zu weinen, doch Johann richtete sich wieder auf, die Festigkeit kehrte in seinen Blick zurück. Er verbot Rosa zu klagen. Christof sei stark, er würde es schaffen.

Wilhelm sprach mit dem Bauern. Der bot ihnen an, die Nacht in seiner Scheune zu verbringen. Rosa wurde zurückgeschickt, die Kinder zu holen.

Am Lagerplatz wartete sie auf Kathi. Rubina schlief, Bruno und Gescha saßen auf der Treppe, bereit aufzubrechen. Überall an den Wagen lehnten und hockten Wartende, um sie herum sangen die Vögel, als ob nichts geschehen wäre. Rosa lief auf und ab, mit jedem Schritt schleppte sie die Angst mit, die wie etwas Schweres in ihrer Brust drückte.

Der Erdboden ließ die Dämmerung frei, die langsam aufstieg und feucht und kühl um die Menschen strich. Zwischen den Wagen war es schon dunkel, und zwei Feuer brannten, als Kathi endlich kam. Ihr Rock war zerrissen, das Haar zerzaust, sie weinte. Umringt von den Lagernden drehte sie sich unaufhörlich um sich selbst und klagte laut, den Kopf im Nacken, das Gesicht zum Himmel erhoben.

Auf der Trage neben Christof hatte sie gelegen, sein röchelnder Mund an ihrem Hals, während der Krankenwagen ohne sonderliche Eile durch die Straßen gefahren war. Als mit einem Mal das Röcheln verstummte, hielt der Wagen, und einer der Sanitäter löste sie aus Christofs Armen. Die SA-Männer waren ihnen in ihrem Auto gefolgt und gaben Befehle. Schreiend forderte Kathi den Leichnam für die traditionelle Totenwache, doch man herrschte sie an, den Mund zu halten, sonst würde sie hinausgeworfen. Der Krankenwagen wurde zur Gerichtsmedizin umgeleitet, und Kathi saß neben der Trage und weinte lautlos. Dort angekommen klammerte sie sich an den toten Christof und wollte erzwingen, unten in den gekachelten Kellern bei ihm zu wachen. Die SA-Männer hatten sie mit Stößen ihrer Pistolenkolben hinausgetrieben. Allein war sie durch die Stadt gelaufen, beschimpft hatte man sie und mit Steinen beworfen.

Rosa holte einen Kessel, füllte ihn mit Wasser und stürzte ihn vor Kathis Wagen um. So musste er liegen bleiben, damit Christofs Totengeist nicht zurückkehrte, um sie für die ausgebliebenen Rituale zu bestrafen. Anschließend verbrannten sie Kathis Kleider.

Dann schlich Rosa mit ihren Kindern durch die Dunkelheit an den Feldern entlang zum Hof. Karls Familie und Kathi mit ihren Töchtern folgten ihr. Abwechselnd trugen sie die kranke Rubina. Kathi klagte unablässig, doch Rosa hatte keine Tränen. Wie eine herabstürzende Flut hatte die Angst alle anderen Gefühle aus den Verankerungen gerissen, und nun trieben sie ohne Sinn in dem alles überschwemmenden Grauen.

Die Frauen lagerten in der Scheune bei den schlafenden Kindern. Der Geruch des Heus beruhigte Rosa ein wenig, sie hielt Kathi im Arm, der die Augen zugefallen waren. Draußen saßen die Männer. Rosa lauschte auf die gedämpften Stimmen, manchmal hörte sie Johann leise singen, ab und zu schnaubte ein Pferd im Stall nebenan oder eine Kette rasselte. Sie legte eine Hand auf ihren Bauch, dort pochte das Kind mit kleinen Bewegungen.

Rosa schlug ein Kreuz. »Verlass uns nicht gänzlich«, betete sie.

Draußen entstand eine Unruhe. Rosa sah durch die Spalten des Scheunentors etwas sich ducken und wieder hochschnellen wie ein großes geschmeidiges Tier. Die Stimmen wurden heftig und überschlugen sich.

Das Tor wurde beiseitegeschoben. Johann ließ sich zu Rosa ins Heu fallen, sein Atem ging schwer. Kathi schreckte auf und starrte ihn voller Angst an.

Christofs Mulo sei zu ihnen gekommen, flüsterte Johann, in der Gestalt einer riesigen Katze. Der Mulo habe sie vor einer Gefahr warnen wollen, und Wilhelm habe entschieden, dass sie morgen weiterzögen.

Als die Sonne aufging, ließen sie sich ihren Lohn auszahlen und holten die Pferde aus dem Stall.

Vom Lagerplatz aus wurden sie von den anderen bis zur Landstraße begleitet. Dann zogen sie allein weiter, Richtung Süden. Wilhelm, Johann und Rosa mit ihren drei Kindern, Karl und Mathilde mit ihrem Sohn und Kathi mit ihren beiden Töchtern.

1976

Der Baum

Er tröstet mich, der Baum. Mit seiner Rinde berührt er meine Schulterblätter und meine Arme. Im ersten Moment, als sie die Stricke immer fester zog um mich und den Baum, da ist er grob gewesen und auch kalt und feucht. Aber seit es endgültig dunkel ist, fühlt er sich warm an, und er schmiegt sich beinahe weich an meinen Rücken.

Ich spüre es, nachdem ich aufgehört habe zu schreien.

Ich lege den Kopf an den Stamm und sehe hinauf in die Dunkelheit. Ich kann sie nicht sehen, die Baumkrone, aber ich weiß, dass sie über mir ist. Und dort hinauf frage ich, ob er mich gesehen hat, ob er uns gesehen hat, wie wir den Wiesenhang hinaufgeklettert sind. »Weißt du«, sage ich leise, »sie ist meine Mutter, und sie ist eine Romni.«

Ich weine ein wenig, weil ich es dem Baum verraten habe, aber er knarrt mit seinen Ästen, bei ihm ist das Geheimnis gut aufgehoben. Ich frage ihn wieder, ob er uns gesehen hat, wie wir den Hang hinaufgestiegen sind, meine Mutter und ich hinter ihr. »›Indianer‹, hat sie gesagt, ›wir spielen Indianer.‹ Sie war albern und hat immerzu gelacht«, flüstere ich in die Baumkrone hinauf.

Ich reibe den Hinterkopf hin und her, ich streichle den Stamm mit meinem Haar. »Ich bin elf«, sage ich leise, »mit elf spielt man doch nicht mehr Indianer mit seiner Mutter, doch sie ist böse geworden: ›Martin, du tust, was ich sage, wir machen einen Ausflug und spielen Indianer.‹«

»Aber die Stricke«, schreie ich jetzt laut, »die Stricke hat sie ja erst hier im Wald aus ihrer Tasche geholt.«

Ich schreie, so laut ich kann, obwohl sie mir unheimlich sind, meine Schreie so allein in der Dunkelheit. Ich schreie, weil ich sie wieder sehe, wie sie gegangen ist, wie sie sich noch einmal umgedreht und gewinkt und gelacht hat. Ich schreie, weil ich an den Stricken gezerrt habe, so wie jetzt, und sie den Hang hinuntergerutscht ist, Stück für Stück, bis sie verschwunden war.

Ganz plötzlich höre ich auf zu schreien. Ich bewege die Schultern, soweit es möglich ist, und der Baum streicht mir mit seiner Rinde beruhigend über den Nacken. Manchmal kratzt er mich, ganz sachte.

Ich schließe die Augen. Es gibt ohnehin nichts zu sehen. Der Nebel ist immer näher gerückt, und mit der Dunkelheit ist er schmutzig geworden. Wie eine braune schmutzige feuchte Wolldecke hüllt er mich ein, und er wischt mir die Tränen aus dem Gesicht.

Ich halte die Augen geschlossen, und mein Kopf pendelt hin und her über die Rinde des Baumes.

2008

Ein guter Geist

IM Radio fade Songs, jede halbe Stunde unterbrochen von Verkehrsnachrichten und dem Wetterbericht. Keine Staumeldungen für die A3, über Deutschland ein Tiefdruckgebiet, Temperaturen im Westen um achtzehn Grad und Regen, nur der Norden und Nordosten lagen noch unter dem Einfluss des Hochs über Skandinavien mit Temperaturen von dreißig Grad.

Der Wagen rollte zischend über die nasse Autobahn, eine halbe Stunde noch und ich würde in Köln sein.

Als ich mich vor drei Wochen das erste Mal mit Claudia getroffen hatte, war es warm und sonnig gewesen, eine schüchterne Sympathie hatte uns verbunden, und ich hatte viel zu viel über mich geredet. Es war ein Versehen gewesen, das Gerede. Sie hatte es hervorgelockt, alles, was ich gesagt hatte, hatte sie hervorgelockt mit ihrem einfühlsamen Blick aus veilchenblauen Augen.

In einer halben Stunde würde ich wieder in ihre Augen sehen, ihrem Blick ausgesetzt sein. Und außerdem dem ihrer Kinder. Den ganzen heutigen Tag lang hatte ich jemand zu sein in ihren Augen, in den Augen ihrer Kinder.

Aber wer zum Teufel müsste ich denn sein, um ihren Vorstellungen gerecht zu werden? Doch wohl nicht einer, der Geschichten erzählt über eine Mutter, die einen wildfremden Mann heiratete, nur weil ihr die helle Farbe seines Haares gefiel und weil dieser Mann sich verwirren ließ durch die prophylaktische Frage nach seinen Absichten, eventuell ein Kind auszusetzen. Was zum Teufel sollten Claudia und die Kinder denn auch denken von einem Mann, der zwei Jahre lang auf eine Frau gehofft hat, deren Leben er kannte, die er aber bei der ersten

Begegnung nicht anzusprechen gewagt hatte und in deren Haus er nun kam, als wäre nichts gewesen? Wie sollten sie ihm da nicht misstrauisch begegnen und von ihm fordern, sich erst einmal zu beweisen?

Schließlich würde es doch nur sein wie immer. Sie würden enttäuscht sein, weil ich sie nicht hatte überzeugen können. Und ihre Enttäuschung würden sie mir übel nehmen, ihre Ernüchterung, ihre unerfüllten Erwartungen würden sie mir ankreiden. Und am Ende bliebe wieder nichts anderes, als sich rechtzeitig davonzumachen, rechtzeitig, bevor man fortgejagt würde.

Draußen senkten die Regenwolken sich behäbig immer tiefer herab, als zöge ihr Gewicht sie herunter und als wollten sie sich niederlassen auf die Wälder, die grau verhüllt unbeweglich auf sie warteten, und auf Felder, die ausharrten, nass und verlassen, als ob ein Tod über den Erdboden kröche und sich langsam ausbreitete.

Dreimal hatten wir in den drei Wochen miteinander telefoniert. Zweimal hatte Claudia angerufen, einmal ich, das war gestern Abend gewesen. Plötzlich hatte ich nach dem Telefon gesucht und ihre Nummer gewählt. Als das Rufzeichen ertönte, wusste ich schon nicht mehr, warum ich anrief und was ich ihr überhaupt sagen sollte. Glücklicherweise hatte ich nicht dem Impuls nachgegeben, wieder aufzulegen. Es hätte nur noch weitere Erklärungen erfordert, sie hätte ja gesehen, dass ich angerufen und den Versuch wieder abgebrochen hatte, das hätte ich erklären müssen, da wäre ich nicht drum herumgekommen, denn heutzutage wurde ja jede unbedachte Regung sofort von irgendwelchen Algorithmen aufgegriffen und verarbeitet, nichts ließ sich mehr schnell zurücknehmen und ungeschehen machen.

»Sarah Arnsberg«, hatte sich ihre Tochter gemeldet, und ich musste sie erst einmal ins Bild setzen, wer ich war.

»Hier ist Martin Heuser«, sagte ich, »deine Mutter hat vielleicht von mir gesprochen, wir haben uns vor drei Wochen getroffen und sie hat mich für morgen zu euch eingeladen. Ich möchte mich nur versichern, ob es dabei bleibt.«

Hochtrabend hatte ich mich ausgedrückt, dabei musste sie so alt sein wie Nina.

In ihrer Antwort meinte ich dann auch eine Reserviertheit zu spüren: Soweit sie wüsste, bliebe es dabei.

»Gut«, sagte ich, »dann bis morgen.«

Wie immer hatte ich sofort die Stimmung und den Tonfall meines Gesprächspartners übernommen.

»Möchten Sie meine Mutter noch sprechen?«, fragte sie. Ich hörte Stimmen, und bevor ich antworten konnte, hatte Claudia den Hörer übernommen. Ob ich gerne italienisch äße, sie wolle selbst kochen, auch wenn es sicher nicht so exklusiv würde wie im *Gaffel*, lachte sie.

Zu diesem Zeitpunkt hatte ich schon alles in die Wege geleitet.

Ich hatte Claudias Adresse bei Google Maps gesucht und gesehen, dass sie in einem Haus wohnte mit Garten und viel Grün in der Umgebung. Ich fuhr nach Oberhausen zu einem Züchter, den mir eine Kollegin empfohlen hatte, und suchte einen Welpen aus. Für einen kleinen Rüden entschied ich mich, ein weißes quirliges Fellknäuel. Berger Blanc Suisse, erklärte der Züchter, eine Hand auf dem Kopf eines großen, erstaunlich weißen Schäferhundes, das seien ganz besondere Hunde. Ich musste mir die Eltern des Welpen ansehen, die mich auf eine freundliche, selbstbewusste Art ignorierten, und ich musste zu Protokoll geben, was ich mit dem Welpen vorhatte, wer der zukünftige Besitzer sein würde. Selbst als ich Claudias Adresse und Telefonnummer preisgab, weil alles in der Abstammungsurkunde vermerkt werden musste, waren mir keine Bedenken gekommen. Auch das nötige Equipment besorgte ich gleich, alles geschah zielgerichtet, in beinahe freudiger Erregung.

Aber dann, als alles erledigt war und es kaum noch ein Zurück gab, überrollten mich die Zweifel. Wie würde Claudia es aufnehmen, wenn ich sie mit einem Hund überfiele? Einmal hatten wir uns bisher gesehen, in einer unpersönlichen Umgebung. Nun hatte sie mich in ihr Zuhause eingeladen, und ich stand gleich mit einem Welpen vor der Tür, nur weil sie über den Tod ihres alten Hundes geklagt hatte. Und machte es nicht ganz den Eindruck, als wollte ich mich bei den Kindern einschmeicheln? Hatte ich nicht genau das gedacht, seit sie mich in ihr Haus eingeladen hatte? Die Kinder musst du gewinnen, ohne die Kinder wird es nicht klappen?

Und Nina und Yaro? Wie sehr hatten sie sich einen Hund gewünscht. Sie würden sich hintergangen fühlen, zu Recht, und da war es nebensächlich, dass ihr Hundewunsch an Ulrike gescheitert war, nicht an mir.

Ich drosselte das Tempo, ich war früh dran. Auf der A3 Richtung Köln nur mäßiger Verkehr. Die Scheibenwischer neigten sich beflissen nach links und rechts und schippten eifrig Regenwasser hin und her.

Neben mir auf dem Beifahrersitz stand der Transportkorb. Ich hatte den Welpen am Morgen beim Züchter abgeholt. Erst hatte der kleine Kerl gejault. Hilflos schob ich immer wieder einen Finger durch das Gitter, er kaute auf der Fingerkuppe herum und schlief dann ein.

Hin und wieder warf ich einen Blick auf ihn, auf die Pfoten, die unruhig im Schlaf zuckten, und auf die geschlossenen schwarzen Augenlider. Und dann sah ich hinüber auf die Gegenfahrbahn, auf der ich heute Abend zurückfahren würde, und dachte: In welcher Verfassung wirst du dann sein?

Eigentlich gab es nur zwei Möglichkeiten: Entweder würde ich Erfolg gehabt haben und glücklich sein, Mark Knopfler aufdrehen und den Rhythmus mitschlagen, mit der flachen Hand auf das Lenkrad, oder alles würde aus sein, und ich würde hierher, hier hinübersehen und daran denken, dass nur einige Stunden vorher alles möglich gewesen war.

Claudia öffnete mir die Tür, heute in Jeans und etwas Grünem, das um ihre Arme flatterte. Während der ganzen Fahrt hatte ich mich vor diesem ersten Augenblick gefürchtet, und tatsächlich machte sie eine Bewegung, als wollte sie mich umarmen. Es blitzte in ihren Augen, und ihre Hände flogen vor, nicht weit, vielleicht zehn oder zwanzig Zentimeter.

Genau diese zehn oder zwanzig Zentimeter fuhr mein Oberkörper zurück, bereit, ganz nach hinten auszuweichen.

Es war der Hund, der unglückselige Hund, der in seinem Käfig auf dem Beifahrersitz darauf wartete, hier aufgenommen zu werden. Seinetwegen wich ich vor Claudia zurück. Warum hielt ich nicht wie jeder andere Mann einen Blumenstrauß in der Hand, für die Kinder Schokolade?

Claudia lachte verlegen, sie wischte mit dem linken Arm durch die Luft, als verscheuchte sie eine Mücke vor ihrem Gesicht.

»Kommen Sie herein«, sagte sie.

Ich blieb stehen und wies nach hinten: Ich hätte noch etwas im Auto, etwas, das ich mitgebracht hätte, das müsste ich erst noch holen.

In diesem Moment sprang die Tochter die Treppe herunter. Sie hielt ein Handy in der Hand, sah aber aufmerksam zu mir herüber. Sie glich Claudia, schmal mit blondem Haar.

»Das ist Sarah«, rief Claudia.

Sarah kam auf mich zu und schob dabei das Handy in die Gesäßtasche ihrer Jeans. Sie wirkte kindlicher als Nina, ich war mir nicht mehr sicher, ob sie wirklich schon vierzehn Jahre alt war. Ich erwiderte ihr *Hallo* und sagte dann: »Kommst du mit zum Auto? Du kannst mir helfen, etwas hereinzutragen.«

Sie zögerte, Claudia nickte aufmunternd. Sarah musste ich zu meiner Verbündeten machen, zweifellos würde sie begeistert sein, und die Freude ihrer Tochter würde Claudia nicht gleichgültig lassen.

»Das ist heute kein schönes Wetter«, bemerkte ich, während wir die wenigen Schritte durch den Vorgarten gingen, dabei hatte der Regen nachgelassen. Sarah erwiderte nichts. Warum hatte ich nicht wenigstens Nina mitgenommen? Sie hätte vieles leichter gemacht mit ihrem Temperament und ihrem offenen Wesen.

Ich öffnete die Autotür. Der Welpe fiepte und kratzte mit zwei Pfoten an den Gitterstäben. Sarah sah mich verblüfft an.

»Ich dachte, ihr würdet euch vielleicht freuen.« Ich sprach leise, als dürfte Claudia uns nicht hören.

»Der ist für uns?« Sarah starrte mich entgeistert an.

»Ich dachte, ihr könntet ihn gebrauchen«, sagte ich wieder, reichlich unbeholfen.

Ich öffnete das Gitter, Sarah griff in den Korb und hob den Hund heraus. Sie drehte sich zum Haus um, den Welpen auf dem Arm. »Mama!«, rief sie.

Ich sah zu Claudia hinüber, und meine Hoden sprangen vor Schreck in die Bauchhöhle zurück. Claudia lehnte in der Tür, blass und bestürzt, und ihr Blick ruhte unbeweglich auf mir.

»Mama«, rief Sarah wieder, »er hat uns einen Hund mitgebracht.«

Claudia kam auf uns zu, langsam und immer noch blass. Mit einer bewegten, lebhaften Stimme, die nicht zu ihrem verstörten Ausdruck passen wollte, rief sie: Gestern Abend sei es gewesen – und ihre Augen leuchteten intensiv, so veilchenblau wie vor drei Wochen, als ich ihr die Geschichte meiner Mutter erzählt hatte –, gestern Abend noch, rief sie, da hätten sie über einen Hund gesprochen, die Kinder hätten gebettelt und sie habe gesagt, dass sie sich einfach nicht dazu entschließen könne, sie könne sich nicht entschließen, sich wieder auf ein Haustier einzulassen. Ja, wenn ihnen jemand einen Hund *schenken* würde, das wäre etwas anderes. Einen Hund *geschenkt* zu bekommen, habe sie gesagt, das sei etwas ganz anderes.

Sie stand dicht neben mir, und wir beide sahen auf ihre Tochter, die glücklich lachte und den Welpen an sich drückte.

Nicht einmal vierundzwanzig Stunden sei das her, sagte Claudia wieder und berührte mit den Fingerspitzen meinen Arm, eigentlich habe ja nur eine Nacht dazwischengelegen, seit sie diesen Gedanken ausgesprochen habe, und jetzt brächte ich ihnen dieses kleine Wesen. Wie ein guter Geist, der Wünsche erfüllt.

»Und jetzt bringst *du* uns dieses kleine Wesen«, hatte sie gesagt.

Ich legte eine Hand locker auf das Dach meines Wagens und redete laut über Hunderassen und Züchter, über Stammbäume und gesunde Hüften, allerlei Fachwissen, das meine hundeerfahrene Kollegin an mich weitergegeben hatte. Und gleichzeitig versuchte ich mir darüber klar zu werden, ob ich Claudia jetzt auch duzen sollte oder ob es angemessener sei, es vorher anzusprechen, vielleicht eine witzige Bemerkung fallen zu lassen zu dem plötzlichen Du. Oder konnte es sein, dass jetzt mit dem kleinen Hund, den ich wie *ein guter Geist* durch das trostlose Regenwetter hierhergefahren hatte, dass mit dem Hund diese verkrampften Regeln, die immerzu nur Schranken zwischen Menschen setzten, dass mit dem Hund das alles nun nicht mehr galt?

Ich redete und redete und sah mich außerstande, damit aufzuhören, solange mir keine Lösung eingefallen war, wie ich mit diesem unerwarteten Du verfahren sollte.

Unterbrochen wurde ich von Claudias Sohn Benjamin, an den ich überhaupt nicht mehr gedacht hatte. Er musste zwei oder drei Jahre jünger sein als Sarah. Er stürmte aus dem Haus auf uns zu und verlangte, den Hund auch einmal halten zu dürfen, wurde aber von Claudia gezwungen, mich erst zu begrüßen.

Während wir Hundebett, Futter und Näpfe ins Haus trugen, entwickelte ich doch noch ein Konzept, das Du betreffend. Ich würde mich erst einmal mit dem Dativ und dem Akkusativ vorwagen.

Ich wurde ins Wohnzimmer geführt, helle Möbel, hellgrüne Wände, eine Bücherwand, dazwischen Antikes, eine Biedermeierkommode und ein schwerer Eichentisch. Das Zimmer hatte etwas Lichtes, als würde es von einem breiten Sonnenstrahl beschienen und schwebte über dem unbeweglich grauen Garten, nur durch die gewichtigen alten Möbelstücke daran gehindert, endgültig aufzusteigen und davonzugleiten.

An dem Eichentisch saßen wir beim gemeinsamen Essen. Sarah, wie in einem Seligkeitstaumel, sprang immer wieder auf und spielte mit dem Hund. Ich lobte Claudias Essen, Cannelloni, Zucchinigemüse mit Ciabatta, ich lobte es ein wenig zu häufig, sodass ich befürchtete, es könnte den Eindruck machen, als wollte ich durch das viele Loben etwas Mangelhaftes, das dem Essen anhaftete, überspielen. Doch Claudia lachte dankbar, sie lachte oder lächelte ohnehin die ganze Zeit, sie schien glücklich zu sein. Ein Schwindel hatte sie alle gepackt, ein Glückseligkeitsschwindel, ausgelöst durch einen kleinen tollpatschigen Hund und einen guten Geist, der ihn zu ihnen gebracht hatte. Wie berauscht kam Claudia immer wieder auf die seltsame Fügung mit dem Hund zurück und auf meine bemerkenswerte Fähigkeit, ihre Wünsche so prompt zu erfüllen. Auch ich ließ mich schließlich mitreißen, ich hockte auf dem Boden, der Hund kroch über meine Beine, ich rollte mir mit Sarah einen Ball zu, dem der Hund hinterherjagte, und lachte genauso glücklich wie Claudia, als Benjamin plötzlich von hinten seine Arme um mich legte. In diesem allgemeinen Taumel war es ein Leichtes für mich, Claudias unausgesprochenes Angebot anzunehmen:

Dir, dich, du, ich duzte sie, wo es nur ging, ich beschwor geradezu Situationen herauf, die es erforderten, sie anzusprechen.

Nur zweimal fühlte ich an diesem Tag ein Missbehagen. Erst hatte ich, als Claudia mir ihren Sohn Benjamin vorstellte, behauptet, er könne mit seinem dunklen Haar und den blauen Augen glatt ein Bruder von Yaro sein, und hatte damit nichts anderes angedeutet, als dass er genauso gut wie Yaro mein Sohn sein könne. Glücklicherweise war diese Ungeschicklichkeit im allgemeinen Trubel um den Hund untergegangen.

Dann hatte ich noch während des Essens unnötigerweise erzählt, wie sehr mein Bruder und ich uns als Kinder einen Hund gewünscht hatten, doch meine Mutter hätte keinen Hund im Haus haben wollen, weil sie Hunde für unrein hielt. Was hatte ich erwartet? Dass die Kinder unreine Hunde lustig fänden? Weiß der Teufel, was mich immer wieder dazu trieb, von meiner Mutter anzufangen. Es war ja wie ein Zwang. Ich war also genötigt gewesen zu erläutern, was sie damit gemeint hatte, denn die Kinder hatten gefragt, und überhaupt schienen sie plötzlich sehr interessiert.

Claudia war besorgt gewesen, ich hatte es gemerkt an der zögernden Art, wie sie nach ihrem Weinglas gegriffen hatte. Sie hatte ihre Kinder ermahnt, ein bisschen Rücksicht zu nehmen. Sie waren sofort verstummt, wie eben sensible Kinder verstummen, wenn sie spüren, dass ihre Wissbegierde auf eine Tür gestoßen ist, hinter der das undurchschaubare Leben der Erwachsenen beginnt. War es tatsächlich so weit gekommen, dass ich vor neugierigen Kinderfragen geschützt werden musste?

Am Abend, als es Zeit wurde aufzubrechen, schlug Benjamin vor, ich solle über Nacht bleiben, morgen sei doch Sonntag. Er hatte sich mit der Unbekümmertheit eines Elfjährigen neben mich gesetzt und erklärt, mit mir sei es so lustig.

Das also hatte ich erreicht: Ich hatte bei den Kindern gepunktet. Aber ich hatte doch nicht vorgehabt, mit ihnen zusammen über Claudia herzufallen. Meilenweit waren wir davon entfernt, zusammen ins Bett zu steigen. Und eine Anstandsnacht auf dem Sofa, das war doch lächerlich.

Ich führte mein Rasierzeug an, das ich nicht dabei hatte.

Der Supermarkt habe bis 23 Uhr geöffnet, sagte Sarah, da könne man alles kriegen.

Ich sah ihr an, dass sie sich hatte überwinden müssen, um Benjamins Wunsch zu unterstützen. Ihre ernsten Augen teilten mir mit, dass ich im Bett ihrer Mutter keine angenehme Vorstellung für sie sei, dass sie es aber, wenn es ihre Mutter glücklich mache, akzeptiere.

»Kinder, bedrängt unseren Gast nicht so«, hörte ich Claudia sagen. Ich fuhr zusammen. War ich denn nur ein Gast? Warum das jetzt? Nach diesem Tag, an dem sie mehrmals ihre Hand auf meinen Arm gelegt hatte, einmal sogar auf meine Hand? Sah sie denn nicht, dass sie mich nicht auf Distanz halten musste?

Doch sie sah es. Sie sprang erschrocken auf und räumte die Gläser zusammen, als wäre es ein nicht gutzumachendes Versäumnis, diese Arbeit nicht längst getan zu haben.

Ich wollte ihr helfen, doch Benjamin hielt mich fest. »Sie ist abends immer so traurig«, flüsterte er mir ins Ohr.

Claudia ordnete die schmutzigen Gläser auf dem Tablett, mit den Fingerspitzen griff sie deren Rand und schob sie hin und her, ihre langen Finger wie das Gerüst eines Gewölbes über den Öffnungen.

Die Stimmung war mit einem Mal angespannt. Die Kinder hatten mich aufgefordert zu bleiben, sie dienten ihrer Mutter einen Mann an, der ihnen akzeptabel erschien, weil er ungefragt dringende Wünsche erfüllte, weil er ihnen wie ein guter Geist einen Hund ins Haus gebracht hatte. Und der Mann wünschte sich nichts mehr als ihre Mutter, aber doch nicht heute Nacht. Vielleicht in drei oder auch zwei Wochen, wenn alles weiterhin so gut lief. Und was die Mutter sich wünschte, das wusste wohl niemand hier so recht.

»Ich hätte einen Vorschlag«, sagte ich plötzlich und wunderte mich über die Selbstverständlichkeit, mit der ich sprach: So bald wie möglich sollten wir uns wieder treffen, und dann würde ich Nina und Yaro mitbringen.

»Ja, hier bei uns«, rief Sarah, »und dann kochen wir alle zusammen.«

Sofort fielen mir Dokumentarfilme über sogenannte Patchworkfamilien ein, eine Küche voller halbwüchsiger Kinder, die mit Töpfen hantierten, und dazwischen eine Mutter und ein Vater, ein wenig hilflos angesichts der plötzlichen Kinderschar und der weitreichenden Auswirkungen, die ihre Angst vor dem Alleinsein gehabt hatte.

Vielleicht hatte dieses Bild, das schnell und eigentlich ohne eine emotionale Wertung durch meine Erinnerung geweht war, eine Spur in meinem Gesichtsausdruck hinterlassen – Claudia warf mir einen bittenden, zweifelnden Blick zu, mit den Händen immer noch die Gläser ordnend.

»Großartig«, rief ich schnell, möglicherweise etwas zu laut, um alle Zweifel zu zerstreuen. Denn zum Teufel, das war es doch, was ich wollte, sie wollte ich und ihre Kinder und meine Kinder, uns alle zusammen wollte ich, notfalls auch zusammen kochend.

Und Claudia schien erleichtert zu sein, sie ließ endlich von den Gläsern ab. »Ja, so machen wir es«, stimmte sie begeistert zu, »gleich nächstes Wochenende, hier bei uns. Ja, Martin?«

Die Kinder waren in ihren Zimmern verschwunden, der Welpe war die Treppe hinaufgetragen worden, und Claudia begleitete mich hinaus. Ich hatte den Wagen entriegelt, wir standen uns neben der Fahrertür gegenüber. Die Luft war kühl und feucht, es roch nach nassen Blütenbüschen. Noch war es Mai.

Sofort schossen mir dienliche Begriffe durch den Kopf: Wonnemonat Mai, Monat der Liebe, Tanz in den Mai, leichte Silberwölkchen schweben – während Claudia sich entschuldigte.

Ob sie mich gekränkt habe, das sei nicht ihre Absicht gewesen, sie sei nur so unsicher, eigentlich habe sie nur den Wunsch, alles richtig zu machen …

Ich sah es, ich nahm es wahr, das Seil, das sie mir über den Rand des Abgrundes zuwarf, dort hing ich in der Felswand und hoffte auf Rettung. Ich würde es ergreifen, das Seil, und sie würde mich zu sich hochziehen, gemeinsam würden wir zu etwas Neuem aufbrechen, etwas Einmaligem, das ich deutlich spürte, das mich berauschte wie eine rasante Autofahrt in einem offenen Wagen.

»Womit solltest du mich gekränkt haben?«, fragte ich leise. Doch die Wörter verklebten zwischen Zunge und Gaumen, ich bezweifelte, ob sie überhaupt zu hören waren. Ich sehnte mich nach einem Whisky.

Claudia machte einen Schritt auf mich zu, sie war mir jetzt sehr nahe, und sie sagte: Der Hund und alles andere, das habe doch eine Menge Geld gekostet, das könne sie doch gar nicht so ohne Weiteres annehmen.

Ihr schmales Gesicht, so nahe bei mir, mit den in der Dunkelheit schwarzen Augen verschmolz mit dem Blütenduft, und ich versuchte zu begreifen, was sie da gerade gesagt hatte. Ich schüttelte den Kopf, weiß der Teufel, warum ich den Kopf schüttelte. Ich wollte herausfinden, warum ich den Kopf schüttelte, und anschließend wollte ich darüber nachdenken, ob ich sie nicht einfach küssen sollte, jetzt sofort, sie in die Arme nehmen und küssen …

Da kam sie noch ein wenig näher, und sie sagte in ihrer manchmal überraschend unkomplizierten Art, sie sagte es ziemlich laut und sehr nahe an meinem Mund: »Martin? Ich würde dich gerne küssen.«

Es war unglaublich. Sie hatte die Antwort auf das, über das nachzudenken ich nicht mehr kam. Ich tastete nach ihren Lippen, sie war ja so nahe an meinem Mund, und nach ihrer Zunge tastete ich, und sie tastete zurück. Es war ja lange her. Wann hatte ich denn das letzte Mal eine Frau geküsst? Ich presste sie an mich, und sie musste ihn spüren, meinen Wunsch, wir würden unsere stillschweigende Abmachung die nicht gemeinsame Nacht betreffend auf der Stelle ändern.

Aber sie machte sich los und öffnete mir die Fahrertür. Ich setzte mich, und bevor sie die Tür zuschlug, sagte sie, sie sei sehr glücklich und sie freue sich auf das nächste Wochenende mit unseren Kindern und ich solle, wenn ich zu Hause sei, anrufen, sonst würde sie nicht schlafen können.

2008

Auf der anderen Seite des Fensters

In dieser Woche telefonierten wir jeden Tag miteinander, meistens vormittags, wenn ich noch zu Hause war. Viel wussten wir uns nicht zu sagen, gegenseitige Beteuerungen, wie schön der vergangene Samstag gewesen sei und wie groß die Vorfreude auf den nächsten. Manchmal erzählte Claudia kleine Episoden von dem Hund, die Kinder hatten ihm den Namen *Alaska* gegeben. Über unseren Kuss und die weitere Zukunft sprachen wir nicht.

Gleich am Sonntag hatte ich Nina und Yaro angerufen. Wie immer schalteten wir eine Telefonkonferenz und ich präsentierte ihnen Claudias Einladung an uns drei als große Überraschung. »Na also«, rief Nina, »es geht doch.« Ein günstiger Moment, um ihnen den Hund zu beichten. Die Reaktion fiel erstaunlich milde aus. Nina meinte, eigentlich habe sie einen Anspruch darauf, jetzt beleidigt zu sein, und es sei mein Glück, dass sie gerade keinen Bock darauf habe. Und Yaro erklärte mir, den Wunsch nach einem Haustier erfüllt zu bekommen, gehöre zu den menschlichen Grundrechten, dem Recht auf freie Entfaltung, und das sei ihnen vorenthalten worden.

Ich gab bereitwillig zu, dass einiges schiefgelaufen sei, was mir jetzt leidtäte. Und nach diesem Eingeständnis hielt ich es für mein Recht, das Gespräch zu beenden.

Am nächsten Abend rief Ulrike mich in der Redaktion an. Seit wir geschieden waren, setzte sie sich über meine Bitte, hier nur in Notfällen anzurufen, immer wieder hinweg. Ich hatte eine Besprechung mit meinen Mitarbeitern verlassen und vor die Tür gehen müssen.

Ob ich eigentlich gar nichts dazu zu sagen hätte, dass Nina mit Jungen herummache, und überhaupt, immerzu setzte ich den Kindern Flausen in den Kopf, sie müsse sich um alles kümmern und die Fäden in der Hand behalten, damit nicht alles aus dem Ruder liefe, und immer verstände ich es so einzurichten, dass sie schließlich als der Buhmann dastände.

Ich telefonierte auf dem Gang, die Zimmertüren waren geöffnet, Tastaturen klapperten, Kollegen hasteten vorüber, der eine oder andere grinste vielsagend.

Es sei besser, das Gespräch ein andermal weiterzuführen, sagte ich leise in mein Handy, morgen früh zum Beispiel, jetzt sei ich mitten in einer Besprechung.

Morgen früh müsse sie arbeiten, es ginge nicht, dass sie sich immer nach mir richtete und dass ich in altbekannter Manier vor allen Problemen auswiche, und im Übrigen gäbe es auch nichts weiter zu besprechen, sie erwarte ja nur, dass ich Nina zur Räson brächte. »Und schaff die Sache mit dem Hund wieder aus der Welt«, rief sie und legte auf.

Ich wählte sofort ihre Nummer: »Was für ein Hund?«

»Na der, den du ihnen schenken willst.«

»Wieso einen Hund schenken? Davon war nie die Rede«, rechtfertigte ich mich und schwitzte.

Einige Sekunden lang blieb es still, dann sagte Ulrike: Wenn das so sei, würde es wohl dringend Zeit, dass ich mit Nina mal ein ernstes Wörtchen redete. Sie klang sanftmütiger, entschuldigte sich sogar für die Störung.

Trotzdem fühlte ich mich den ganzen Abend über unbehaglich, bis mir nachts auf dem Heimweg die Idee kam, ihr einen Blumenstrauß zu schicken. Nein, dachte ich erleichtert, besser noch: Ich würde ihr am Samstag, wenn ich die Kinder abholte, die Blumen persönlich überreichen, Gladiolen, ihre Lieblingsblumen, und Marzipankonfekt, das sie so gerne aß.

Am Tag vor meinem Ausflug mit den Kindern nach Köln fiel mir der Briefumschlag mit den Fotos in die Hände. Bei meinem letzten Besuch hatte ich sie vergessen, und Claudia hatte mich gemahnt, dieses Mal daran zu denken. Ich verstand nicht, was ihr an meinen Kindheitsfotos lag, was sie sich von Momentaufnahmen aus meiner Vergangenheit versprach.

Ich goss mir einen Whisky ein und setzte mich, um meine Auswahl noch einmal zu überprüfen. Ich als Kind auf dem Dreirad, neben meiner Mutter, als Halbwüchsiger lässig auf dem Brunnenrand der Fontana di Trevi – die Fotos waren Fenster, durch die ich in eine vergangene Zeit sah, wie mit einem Blick in eine weite Ferne.

Was würde Claudia darin erkennen, was erzählten ihr die Bilder über mich? Waren denn der Junge auf den Fotos und ich dieselbe Person? Wie war dann diese Gleichzeitigkeit möglich: ich, der ich hier saß, und durch das Fenster des Fotos in den weiten Raum des Vergangenen blickte, auf den Siebzehnjährigen, der sich auf dem Brunnenrand in Rom lümmelte? Ich, hier auf der einen Seite des Fensters, und auf der anderen ich, der Teenager? Oder lag gerade in dieser Gleichzeitigkeit des Vergangenen und des Gegenwärtigen das Geheimnis eines jeden Menschen?

Ich schob die Fotos zurück in den Briefumschlag, nur eines blieb liegen, schwarz-weiß, leicht angestoßen an den Ecken. *Rubina and Gero, June 1945.* Meine Mutter als zehnjähriges Mädchen mit dem kleinen hellhaarigen Jungen auf dem Schoß vor den Trümmern des Krieges.

Und mit einem Mal durchfuhr es mich: Dieses Foto, auf dem ich gar nicht abgebildet war, das zu einem Zeitpunkt aufgenommen worden war, als es mich gar nicht gab, als noch nicht einmal die Weichen gestellt waren, dass ich je existieren würde, dieses Foto sagte mehr über mich als sämtliche Kinderaufnahmen, es sagte *alles* über mich.

Dieses Foto, dachte ich, dokumentiert ein Verhängnis, ein Verhängnis, das – jetzt wurde ich ein wenig pathetisch – zum Verhängnis meines Lebens wurde.

Wenn Claudia etwas über mich erfahren wollte, wenn sie mich suchte auf den Fotos meiner Jugend, dann würde ich ihr dieses eine zeigen müssen, auf dem ich gar nicht zu sehen war.

Der kleine Junge mit dem Namen Gero hatte sich aufmerksam dem Fotografen zugewandt, seine Hände lagen auf den Armen des

Mädchens, das ihn umschlungen hielt. Ich versuchte, seine Augen zu erkennen, helle blaue Augen mussten es sein, die sonst vertrauensvoll, manchmal zärtlich auf das Mädchen, das einmal meine Mutter werden sollte, gerichtet waren.

Vielleicht hatte der amerikanische Fotograf ihnen die Backsteine zusammengestellt zu einem Hocker, damit er sie dort fotografieren konnte. Irgendwo in den Straßen zwischen den Trümmern musste er ihnen begegnet sein, dem dunklen Mädchen mit dem hellen dreijährigen Jungen an der Hand. Dass sie keine Geschwister waren, wird ihm auf den ersten Blick klar gewesen sein. Schokolade und Kekse wird er ihnen geschenkt haben und zugesehen, wie sie ausgehungert darüber hergefallen waren. In gebrochenem Deutsch wird er sie gefragt haben, nach ihren Eltern, nach ihrem Zuhause. Was wird meine Mutter ihm geantwortet haben? Wird sie, immer noch misstrauisch gegenüber den Verhältnissen, stumm geblieben sein?

Ihre Namen hatte er verstanden, und auf seine Weise hatte er wohl auch ihr Schicksal verstanden, er hatte in ihnen Menschen gesehen, die zu diesem verbrecherischen Land gehörten und seine Opfer waren. Vielleicht hatte er vorher Aufnahmen vom Elend der Konzentrationslager gemacht und hatte nicht fassen können, was in diesem Land geschehen war. Und vielleicht sind ihm dann diese beiden Kinder, Rubina und Gero, die allein in den Trümmern lebten und sich Tag für Tag durchschlugen, vielleicht sind sie ihm eines Tages zum Symbol geworden dafür, dass die Truppen, mit denen er gekommen war, zwar eine feindliche Armee besiegt hatten, aber noch lange nicht das Elend der Ressentiments.

1939–1941

Rosa und die Flucht

AM 17. Mai 1939 kamen sie auf dem Lagerplatz in Remscheid an.

Sie waren lange unterwegs gewesen, mehrere Wochen hatte ihre Reise gedauert. Immer wieder wurden sie angehalten und kontrolliert. Manchmal verweigerte man ihnen die Weiterfahrt auf der Straße, dann mussten sie zeitraubende Umwege über steinige Feldwege nehmen. Besonders schlimm war es in den Städten. Einmal hielt man sie beinahe zwei Wochen lang fest, und eines Morgens dann zwang man sie, sofort aufzubrechen und weiterzuziehen.

Hier wurden sie auch fotografiert. Wilhelm wagte nicht, sich zu widersetzen, obwohl die Männer, die sie zum Amt führten, unbewaffnet waren.

Anschließend sah Johann jedes einzelne der Papiere, die ihnen ausgehändigt worden waren, durch.

Es seien Bescheinigungen darüber, dass sie ohne Bescheinigung angetroffen worden seien und dass sie Zigeuner seien, erklärte er.

Die Kinder kicherten über die Fotografien, und Rosa hatte besorgt gefragt, was das für sie bedeute.

Das bedeutet, hatte Johann gemeint, dass die Beamten ihre Zeit und ihre Schreibmaschinen dafür verwenden, unsinniges Zeug zu tippen.

Am letzten Tag, bevor sie Remscheid erreichten, waren sie von Sonnborn aus dem Lauf der Wupper nach Süden gefolgt. Die Straße schmiegte sich in die Windungen des Flusses, der sie begleitete, manchmal heimlich hinter Büschen verborgen. Es gab nicht viel Verkehr, sie kamen unbehelligt voran. Schon am Morgen fing es an, kräftig zu regnen, und während des ganzen Tages goss es ohne Unterlass. Schweigend zogen sie durch das gleichmäßige Rauschen, in dem jedes Geräusch sich auflöste und mit dem Regenwasser die Böschung hinunter in den Fluss gespült wurde. In einem kleinen Wald, geschützt durch die Bäume, schlugen sie früh ihr Nachtlager auf. Das Holz, das sie fanden, war zum Anfeuern zu nass, also hüllten sie sich in trockene Decken, tranken kaltes Regenwasser und aßen ihre Brotreste.

Gleich bei Sonnenaufgang brachen sie wieder auf. Der Himmel war noch grau, aber es regnete nicht mehr. Sie hatten sich nach Osten gewandt und waren bald auf die ersten Häuser gestoßen. Hier hatte Rosa die Führung übernommen, sie kannte sich in der Stadt aus, sie war hier aufgewachsen.

Die Wolkendecke zeigte Risse, und die Sonne schien, als sie auf dem Lagerplatz ankamen, doch es war noch kühl, und Rubina wickelte sich bibbernd in Rosas Rock. Der Regen hatte den Boden aufgeweicht, die Räder ihrer Wagen gruben sich in den Morast, die Pferde traten auf der Stelle. Die anderen Männer eilten ihnen zu Hilfe, häuften Stroh vor die Radkufen und packten mit an, bis die Wagen richtig standen.

Das Lager war sehr schmutzig, überall lagen Abfälle herum, Katzen schlichen um die Dreckhaufen und bedrohten sich gegenseitig mit wilden Schreien, Papierfetzen kreiselten im Morgenwind, bis sie von den Wasserlachen eingefangen wurden. Aber es gab keine Stacheldrahtzäune, alle konnten sich frei bewegen.

Rosa traf hier ihre Mutter und die Familien ihrer beiden Brüder wieder. Es machte die schlimmen Umstände für sie ein wenig erträglicher. Sie ekelte sich vor dem Schmutz und vor den zwei Plumpsklos. Der Gedanke war ihr unerträglich, ihre Kinder auf ein Klo zu schicken, das auch von anderen Familien benutzt wurde.

Ja, ihre Lage hier sei nicht gut, klagten die anderen, aber immerhin würden sie kaum behelligt, nur ab und zu käme ein Beamter von der Stadt und ermahne sie, den Platz sauberer zu halten. Doch sie wüssten nicht, wo sie den Müll lassen sollten, und wenn sie ein Feuer machten, um ihn zu verbrennen, gäbe es sofort Ärger.

Wilhelm sorgte dafür, dass die Abfälle nach und nach in einer kleinen Feuerstelle verbrannt wurden, vielleicht würden dann auch diese Besuche ausbleiben.

In der Nähe fanden sie einen Bauern, bei dem sie die Pferde unterstellen durften und der jetzt im Sommer Arbeit für sie hatte. Er schickte sie zum Einwohnermeldeamt, damit alles seine Ordnung habe. Sie bekamen wieder eine Bescheinigung, die sie gut aufbewahren sollten.

»Wohnhaft im Lager Gründerhammer, im Wohnwagen«, las Johann zu Hause vor. Rosa nahm das Papier und hielt es mit beiden Händen. Stolz sah sie sich um: neben der Tür der Eckschrank aus poliertem Holz, den ihr Vater gezimmert hatte, hinter ihr der schwarze Ofen mit den Herdringen, unter den Fenstern mit den grünen Samtvorhängen die Bänke, darauf die bunten Kissen. Und sorgfältig schob sie das Papier in die Schublade der Kommode.

Sie waren rechtzeitig in Remscheid angekommen, um das Totenmahl für Christof auszurichten. Auf der Wiese hinter den Wagen stellten sie Tische auf, Kathi verteilte in Öl gebackene Teigringe, und Christof saß mitten unter ihnen an seinem Platz, der für ihn gedeckt war. Karl spielte auf seiner Geige, und sie sangen und waren glücklich, wieder alle beisammen zu sein.

Am folgenden Tag nahm Kathi den Unterricht für die Kinder wieder auf, auch Rubina begann schon mit dem Lesen. Nur manchmal am Abend, wenn die Frauen sich am Feuer versammelten, hob Kathi ihr Gesicht zum Himmel und weinte um ihren Mann.

Am Abend des 23. September setzten bei Rosa die Wehen ein. Sie verlangte, zu den Dominikanerinnen ins Krankenhaus gebracht zu werden. Sie kannte die Dominikanerinnen, zu ihnen hatte sie Vertrauen. Sie war noch ein Kind gewesen, als sie mit einer Lungenentzündung bei ihnen in einem kleinen Zimmer gelegen hatte. Das Zimmer war warm gewesen, und man gab ihr ein richtiges Bett. Vor dem Fenster stand ein Baum, seine kahlen Äste wurden jede Nacht in blankes Eis getaucht, das am Morgen in der rosa Wintersonne glitzerte. Die Schwestern in ihren weiten schwarzen Kleidern und den weiß gerahmten Gesichtern gingen ein und aus und wuschen und fütterten sie und scherzten mit ihr. Die Eltern hatten an ihrem Bett sitzen und sich aufwärmen dürfen, und die Schwestern hatten freundlich mit ihnen gesprochen.

Hier wollte Rosa ihr viertes Kind zur Welt bringen, das vierte, das ihr so wichtig war, an dem in dieser unwirtlichen Zeit ihre Hoffnungen hingen.

Sie kniete auf einem Handkarren, Johann zog sie durch die Straßen, die Familie folgte ihnen. Die Männer trugen ihre Anzüge mit den feinen hellen Streifen, frisch gebügelte Hemden und sauber gebundene, breite Krawatten, die Frauen hatten ihre schönsten Kleider angezogen und ihren Schmuck angelegt. In Mathildes Hand baumelte ein Sack mit drei gerupften Hühnern, die hatten sie dem Bauern abgekauft.

Wenn Rosa stöhnte, blieben alle stehen, und Rosa stützte sich auf den Rand des Karrens und schnaufte, begleitet von dem sanften Zischen der Gaslaternen über ihnen.

Fußgänger, die ihnen begegneten, wechselten die Straßenseite, doch Wilhelm und Johann zogen höflich den Hut. Einmal fuhr ein Auto an ihnen vorüber, der Fahrer drückte die Hupe und schüttelte ihnen seine Faust entgegen.

Das Portal des Krankenhauses wurde nur einen Spaltbreit geöffnet, in der Lücke hing das weiße Gesicht einer Schwester, die zaghaft grüßte. Johann stellte sich vor.

Seine Frau Rosa habe Wehen, sagte er in gemessenem Ton, sie sei als Kind hier schon einmal gepflegt worden und wünsche sich die Hilfe der verehrten Schwestern bei der Geburt ihres Kindes. Als Bezahlung habe er drei frische Hühner mitgebracht, den Rest würden sie mit Geld begleichen.

Er zwängte den Sack mit den Hühnern durch den Spalt und hielt der Schwester seinen aufgebundenen Geldbeutel hin.

Mit einem Ruck wurde der Türflügel aufgerissen, und die Schwester ließ sie eintreten. Sie bat um Entschuldigung, alle im Haus seien ein wenig ängstlich, die Gestapo ließe ihnen keine Ruhe. Sie sei Schwester Amalia und Johann solle den Geldbeutel wieder wegstecken. Die Hühner brächte sie in die Küche und sie würde Schwester Anita-Marie holen, die sei die Hebamme.

Sie wies auf zwei Bänke im Vorraum. Dort sollten sie warten.

Rosa setzte sich und spreizte die Beine, der weite Rock hing bis auf den Boden wie ein Vorhang, hinter dem große Dinge vor sich gingen.

Sie wimmerte unter den Wehen, Kathi tupfte ihr den Schweiß aus dem Gesicht. Aus einem dunklen Flur glitt Schwester Anita-Marie heran, hinter ihr rollte Schwester Amalia eine Trage. Johann erhob sich, er setzte an, seine Bitte zu wiederholen.

Schwester Anita-Marie lächelte, sie wisse schon Bescheid. Sie strich Rosa beruhigend den Rücken und half ihr, sich auf die Trage zu legen.

»Wir bringen sie jetzt in den Kreißsaal«, sagte sie. »Aber wenn das Kind geboren ist, müsst ihr alle gleich wieder gehen.« Es sei nicht ungefährlich, ständig lungere die Gestapo im Haus herum, erst letzte Woche sei sie selbst zwei Tage lang auf dem Amt verhört worden.

Rosa wurde in den Kreißsaal geschoben, Kathi und Mathilde blieben bei ihr, die Männer warteten auf dem Flur vor der Tür. Schwester Amalia zeigte Johann den Weg zur Kapelle. Dort solle er für Rosa und das Kind eine Kerze anzünden, und dort könne er eine Spende in den Opferstock werfen.

Am frühen Sonntagmorgen des 24. September gebar Rosa ihr viertes Kind.

Kathi kam aus dem Kreißsaal. Sie legte Johann das Kind in die Hände. »Dein Sohn, Johann«, sagte sie.

Noch im Morgengrauen kehrten sie zum Lagerplatz zurück. Die anderen stolperten aus ihren Wagen und umringten sie. Johann nahm Rosa das Kind ab und zeigte es herum.

Rosa weckte die Kinder. Sie legte Rubina den kleinen Bruder in den Arm.

»Er gehört jetzt zu unserer Familie, eure Aufgabe ist es, immer auf ihn aufzupassen.«

Dann streckte sie sich auf der Bank aus, und sie fragte Johann: »Bist du glücklich? Und ist es ein gutes Zeichen für uns, dass es ein Junge ist?«

Er setzte sich zu ihr und nahm ihre Hand. »Ja«, sagte er, »ich bin glücklich. Und es ist ein gutes Zeichen. Bis jetzt hat uns selbst ihr Krieg Glück gebracht, jetzt brauchen sie uns, weil sie keine Männer mehr haben, die arbeiten können. Vielleicht lehrt sie das, in Zukunft mehr Achtung zu zeigen.«

Fünf Tage später wurde der Junge nach Johanns Großvater auf den Namen Mario getauft.

Ein Kaplan aus Menden kam zu ihnen, um die Zeremonie vorzunehmen. Der zuständige Priester hatte es abgelehnt, ein Kind vom Lagerplatz zu taufen.

»Er hält es nicht für schicklich, dass wir in seine Kirche kommen«, hatte Johann Rosa berichtet, »er brächte seine Gemeinde in Gefahr, doch er weiß von einem Kaplan, der kommen würde, um unseren Sohn hier zu taufen.«

Rosa hatte angefangen zu weinen. Es könne doch nicht sein, dass sie daran gehindert würden, ihr Kind in Gottes Haus zu bringen. Und Gescha solle doch im nächsten Jahr zur heiligen Kommunion gehen.

Johann tröstete sie. Was im nächsten Jahr sei, darüber solle sie sich jetzt nicht den Kopf zerbrechen. Er würde morgen nach Menden fahren, der Bauer leihe ihm seinen Pferdekarren, und in Menden würde er mit dem Kaplan sprechen.

Johann lief dann einige Minuten lang erregt vor Rosa auf und ab. Rosa spürte, dass ihn etwas beschäftigte, sie schwieg und wartete. Endlich setzte er sich zu ihr auf die Bank, und mit fester Stimme sagte er, er habe den Bauern gebeten, Taufpate ihres Jungen zu werden.

Rosa musterte verwundert sein Profil, es fiel ihr schwer, ihre Fragen zurückzuhalten, und Johann sprach auch schon weiter: Der Bauer habe sich daraufhin lange geräuspert und sich auch umgedreht und ausgiebig ausgespuckt. »Er hat mich in seine Küche geführt, seine Frau und die Mädchen hinausgeschickt und mir einen Platz am Küchentisch angeboten. Zwei Gläser hat er mit Wacholderschnaps gefüllt und mit mir angestoßen. ›Auf deinen Sohn, dass er zu einem ganzen Mann heranwachse‹, hat er gesagt und dann die Patenschaft ausgeschlagen.« Die Unterarme auf den Tisch gestützt, habe er Johann direkt in die Augen gesehen und erklärt:

»Johann, du bist zuverlässig und kannst kräftig anpacken, deshalb schätze ich dich und nehme an, du willst auch weiterhin auf meinem Hof arbeiten, aber wenn ich als Hofbesitzer jetzt eine solche Beziehung zu dir einginge, dann gäbe es Gerede, und da du ein kluger Mann bist, verstehst du sicher, dass man in diesen Zeiten immer wachsam sein muss und möglichst nicht auffallen sollte.«

Johann legte eine Pause ein, und Rosa ordnete die Falten ihres Rockes.

Er habe sich für den Schnaps bedankt, fuhr Johann fort, und sei hinausgegangen, um den Kuhstall auszumisten. Er habe die Forke in das Stroh gestoßen und es auf die Schubkarre geworfen, und mit jeder Karre, die er draußen auf dem Mist ausgekippt habe, sei ein Stück seines Ehrgefühls zurückgekehrt. »Und als ich die Karre ein letztes Mal in den Stall geschoben habe, schlich plötzlich die Tochter des Bauern hinter der Tür hervor. Sie hat mich mit sich in die hinterste Stallecke gezogen und mir zugeflüstert, sie sei Angelika und sie sei bereit, Patin unseres Sohnes zu werden, nur dürfe niemand davon wissen …«

Johann lehnte sich auf der Bank zurück und strich sich zufrieden über das Haar, aber Rosa sah ihn zweifelnd an, und endlich fragte sie, warum er unbedingt einen Gadscho als Pate für ihren Sohn wolle.

Die Zeiten seien unruhig, erwiderte er, und es sei gut, Freunde unter den Gadsche zu haben, auf die man sich verlassen könne. Und für den Kaplan aus Menden wäre es vielleicht leichter, zu ihnen zu kommen. Außerdem, diese Angelika sei eine sympathische junge Frau, ganz und gar vertrauenswürdig.

Rosas Zweifel waren nicht ausgeräumt, doch Johann sah es nicht gerne, wenn sie seine Entscheidungen kritisierte. Also schwieg sie.

Am Tag der Taufe schien die späte Septembersonne über die Wiese hinter dem Lagerplatz. Sie zeichnete schimmernde Konturen um die Menschen, die sich dort versammelt hatten, und sie spannte unter den Baumkronen Fächer aus weißem Licht aus, hinter denen etwas verborgen schien, etwas Großes, Ursprüngliches der Natur.

Rosa hatte Tische zwischen den Bäumen aufgestellt und Teller und Gläser aufgedeckt. Auf einem Hocker stand eine kleine Wanne.

Angelika kam in Begleitung des Kaplans, sie trug ein Kopftuch, das sie weit ins Gesicht gezogen hatte. Der Kaplan war mit dem Bus aus Menden gekommen, Angelika hatte an der Haltestelle auf ihn gewartet.

Wie es die Höflichkeit erforderte, ging Rosa ihnen zur Begrüßung entgegen. Angelika streifte ihr Kopftuch ab, hinter den Wagen war sie sicher vor den Blicken von der Straße. Rosa betrachtete sie neugierig und berührte andächtig Angelikas glattes blondes Haar, und sie sagte, ihre Augen seien so blau wie der Himmel im Sommer.

Angelika überreichte den Eltern in eine Windel gewickelte Geldscheine. Rubina hängte sich an ihre Hand und zog sie zu einem Korb, der im Gras stand und in dem der Täufling in einem weißen Kleid schlief. Neben ihm lag ein Hobel.

»Unser Vater möchte, dass er einmal ein Schreiner wird wie unser Großvater«, erklärte Bruno.

Johann schleppte warmes Wasser heran und füllte die Wanne, der Kaplan richtete einen Tisch zurecht mit Bibel und Kerze, und Angelika hob den kleinen Mario aus dem Korb. Sie tauchte ihn in seinem Kleid ins Wasser, während der Kaplan den Taufsegen sprach.

Solange die Sonne wärmte, blieben sie zusammen, aßen und tranken. Es wurde viel gesungen, und Karl begleitete sie auf seiner Geige.

Von diesem Tag an wurden sie regelmäßig von Angelika besucht. Sie kam, wenn es dunkel war, und immer hatte sie kleine Geschenke für die Kinder dabei, bunte Stifte und Papier zum Malen, kleine Stoffpuppen, die sie genäht hatte, oder sie brachte ein Märchenbuch mit, aus dem sie vorlas. Rosa hatte keine Einwände mehr, dass sie ihren Wagen betrat, und wenn Angelika den kleinen Mario im Arm hielt und Rubina auf ihrem Schoß saß und mit den blonden Haaren spielte, dann sah Rosa sie an, als gehörte sie zu ihnen.

Die Sonne hatte nur ein kurzes Intermezzo gegeben. In den ersten Oktobertagen setzte starker Regen ein, und dann regnete es beinahe ununterbrochen. Der Lagerplatz glich einem See. Johann legte Bretter aus, damit sie nicht bis zu den Knöcheln im Morast versanken. In den Wagen wurde es feucht, die Holzwände hielten der Nässe nicht stand.

Johann hatte auch eine Regentonne aufgestellt, dort schöpfte Rosa das Wasser, das sie zum Waschen brauchten. So konnte sie endlich Koch- und Waschwasser voneinander trennen.

Jeden Morgen ging Johann zum Hof, um zu arbeiten. Von dort brachte er am Abend Kartoffeln, Möhren und Milch mit, manchmal sogar Wurst. Und er brachte die neuesten Nachrichten mit: Deutsche Truppen sind siegreich in Polen. Warschau hat kapituliert. Rechtliche

Besiegelung des Anschlusses von Österreich. Umsiedelung der deutschstämmigen Bevölkerung des Baltikums.

Was das heiße, wollte Rosa wissen.

»Das heißt, dass es bislang niemanden gibt, der ihnen Einhalt gebietet«, antwortete Johann und: »Mach dir darüber keine Gedanken, es ist nicht unsere Sache.«

Rosa hörte auf Johann, sie dachte nicht darüber nach. Sie freute sich an ihren Kindern. Die Großen machten Fortschritte im Schreiben und Rechnen, der kleine Mario trank gut und wurde kräftig. Und wenn nicht der ständige Regen gewesen wäre, hätten es beinahe glückliche Wochen sein können.

Es war gegen Ende des Monats, als zwei Männer vom Amt zum Lagerplatz kamen. Sie trugen lange Regenmäntel und Stiefel und hatten Schirme aufgespannt. Sie gingen von Wagen zu Wagen, ließen sich die Meldebescheinigungen zeigen und händigten allen Familien ein Papier aus.

Rosa hatte den schlafenden Mario gerade in seinen Korb gelegt. Sie hatte sich vor dem Spiegel in der Innenseite der Schranktür das Haar gebürstet und ihre Figur geprüft, von Woche zu Woche wurde sie schlanker. Mit den Fingern fuhr sie über ihre Haut auf den Wangen und zog die kleinen Fältchen um die Augen straff. Johann war ein Bild von einem Mann, da durfte sie sich nicht gehen lassen. Aber erst gestern hatte er ihr zugeflüstert, sie sei die verführerischste Frau aller Roma mit dem lieblichsten Gesicht unter Gottes weitem Himmel. Und dann hatte er ihr neue Ohrringe ans Ohr gehängt, eine Perle in einer feinen silbernen Blüte. Sie drehte sich vor dem Spiegel, sie lächelte sich zu. Gut, ihre Nasenflügel wurden etwas breit, wenn sie lachte, das hatte sie immer gestört. Aber meine Zähne, dachte sie, so weiß und gesund, und mein Mund … was hatte Johann einmal gesagt? …

Als es klopfte, band sie sich hastig das Haar zusammen und warf ihren Schal über. Die Männer standen hintereinander auf dem schwankenden Brett, der hintere hielt den Regenschirm über beide, während der vordere sich eine Aktentasche an die Brust drückte und mit einem Papier wedelte.

Rosa solle herauskommen und dieses Schreiben entgegennehmen. Es gäbe einen neuen Beschluss, dem unbedingt alle Folge zu leisten hätten. Ab sofort dürfe niemand dieses Lager verlassen, jeder dürfe seiner Arbeit nachgehen, aber keinesfalls weiterziehen.

Rosa stieg zögernd die drei Stufen hinunter.

»Nun komm schon«, rief der Mann, »wir tun dir nichts.«

Mit gestrecktem Arm fasste sie das Papier und sprang zurück in den Wagen, sie verriegelte die Tür und trieb die Kinder in die hintere Ecke. Aus dem Fenster sah sie die Männer über die Balken balancieren und an der Straße in ein Auto steigen.

Am Abend gab es nur ein Gesprächsthema, das Schreiben mit der Überschrift: Festsetzungsbeschluss. Aber Wilhelm war nicht ernsthaft beunruhigt. Es ginge ihnen doch gut hier, sie hätten doch sowieso nicht vor weiterzuziehen.

Zum Jahreswechsel ging der Regen in Schnee über, und es wurde eisig kalt. Jeden Morgen hackte Johann das gefrorene Wasser in der Regentonne auf und füllte Rosas Wanne mit Eisbrocken. Dann stapfte er durch den Schnee zum Hof.

Rosa blieb mit den Kindern allein. In diesem Winter machten die Kinder den Frauen große Sorgen, sie waren so häufig krank. Nach wochenlangem Husten starb die Tochter von Rosas Bruder, da hatten auch Kathis Kräuteraufgüsse nicht helfen können. Und Mathildes kleiner Sohn, der im Dezember geboren worden war, wurde nur einige Wochen alt. Mathilde hatte nicht genügend Milch, und die Kuhmilch vom Bauernhof vertrug der Kleine nicht. Rosa hatte ihn ab und zu an ihre Brust gelegt, doch dann hungerte Mario, und Wilhelm hatte es untersagt.

Mit dem Frühling, den alle so sehnlich erwartet hatten, kamen neue Gerüchte. In den benachbarten Gemeinden waren Lagerplätze geräumt und die Menschen verschleppt worden, niemand wusste, wohin. Der Bauer hatte sich auf dem Amt erkundigt, er brauche die Arbeitskräfte vom Platz Gründerhammer, gerade jetzt im Sommer, sonst könne er seinen Hof nicht mehr bewirtschaften.

Doch man hatte ihn beruhigt.

Hier sei nichts dergleichen geplant, erzählte Johann am Abend Rosa, und man habe dem Bauern zugesagt, ihn rechtzeitig zu informieren, damit er sich gegebenenfalls nach anderen Arbeitern umsehen könne.

Aber Rosa war in ständiger Alarmbereitschaft. Nachts lag sie häufig wach und ging immer wieder in Gedanken durch, was sie einpacken müsste, sollten sie gezwungen sein, plötzlich zu fliehen. Manchmal setzte sich ein Summen in ihren Ohren fest, dann lauschte sie auf ihre Angst, bis das Summen anschwoll und sich mit mächtigem Getöse durch die Dunkelheit bohrte und schließlich dröhnend über sie hinwegrollte. Johann hielt sie fest und flüsterte: »Sie meinen nicht uns, sie fliegen weiter.«

So verging der Sommer. Ein weiterer strenger Winter folgte, und mit dem ersten lauen Frühlingswind wehten wieder schlimme Nachrichten heran.

Johann kehrte abends mit einem großen Sack an Vorräten zurück. Das Amt habe dem Bauern geschrieben, in den nächsten Tagen würden Fremdarbeiter aus Polen auf den Hof geschickt, dann solle er die Männer vom Gründerhammer entlassen. Und der Bauer habe ihm geraten, sich in Sicherheit zu bringen. Mehr als sie zu warnen, könne er nicht für sie tun.

Es wurde nicht viel beratschlagt. Zu Fuß wollten sie aufbrechen, in getrennten Gruppen, noch während der Dunkelheit die Wupper überqueren und sich im Wald vor der großen Talsperre treffen.

Rosa war nur kurz erschrocken gewesen. Ruhig machte sie sich an die Arbeit, mit sicheren Handgriffen, die sie so oft durchdacht hatte, packte sie die nötigen Sachen zusammen. Auch Rubina musste ein Bündel mit ihren Kleidern tragen.

Es war Ende Mai 1941 und die Nacht vor ihrem sechsten Geburtstag, als Rubina an der Hand ihrer Schwester Gescha hinter ihren Eltern auf die Wälder zuging, die jetzt ihr Zuhause werden sollten.

1976

Der Baum

ICH war eingeschlafen, mit dem Baum in meinem Rücken. Jetzt liegt der Nebel kalt auf meinem Gesicht. Tropfen rinnen neben mir den Stamm hinunter, kriechen mir ins Ohr. Sie machen ein Geräusch, ein glucksendes Geräusch. Ich schüttle den Kopf.

Ich versuche, die Beine zu bewegen. Sie fühlen sich schwer und taub an, nur da, wo die Stricke in die Haut einschneiden, an den Fußgelenken und über den Knien, spüre ich Schmerzen.

Alles ist schwarz und still und ganz nahe bei mir, so nah, dass ich nicht wage, wieder zu schreien. Man schreit nicht, wenn alles so dicht bei einem ist.

Ich presse die Wange an den nassen Stamm, ich bin ihm dankbar, weil er da ist, der Baum, weil er sich um mich kümmert. Ich drehe den Kopf so weit, bis mein Mund beinahe die Rinde berührt, und ich frage ihn, ob er etwas weiß, ob er weiß, wie das ist, wenn eine Mutter mit ihrem Kind Indianer spielt, ob er weiß, wann sie zurückkommt und die Stricke aufknotet und das Spiel zu Ende ist. Ich frage ihn nicht, ob er weiß, *warum* eine Mutter an einem ganz normalen Schultag plötzlich einen Ausflug machen und Indianer spielen will und dann weggeht, als hätte sie vergessen, dass sie und ich, dass wir mitten in einem Spiel sind. Ich will ihn nicht quälen, den Baum, der sich um mich kümmert, ich will ihn nicht quälen mit Fragen nach einem Warum.

Dann kann ich nicht anders, ich muss mal. Und damit der Baum es nicht merkt, singe ich ihm etwas vor. Jeden Morgen geht die Sonne auf in der Wälder wundersamer Runde, singe ich. Immer wieder diese eine Zeile.

Aber das Singen hilft nicht, ich muss wieder weinen, und ein bisschen schreie ich auch wieder, obwohl es so dunkel ist und alles so nah bei mir ist.

Und ich denke an Robert, in seinem Bett, mit dem leeren Zimmer nebenan und dem Badezimmer mit dem Klo auf der anderen Flurseite. Was hat sie ihm erzählt? Ich denke an Frau Neumann, die Lehrerin, und an meinen leeren Platz am Morgen, direkt unter dem zweiten Fenster. Wen wird sie nach mir fragen?

Nein, das Singen hilft nicht gegen das Weinen, und trotzdem singt es leise weiter in meinem Kopf: Jeden Morgen geht die Sonne auf in der Wälder wundersamer Runde.

2008

Nina

ICH hatte unruhig geschlafen, und als ich endgültig wach war, es war sechs Uhr vier, spürte ich sofort den Druck im Nacken und in den Nieren, wie immer vor einer Entscheidung, die fallen würde, ohne dass ich einen Einfluss darauf hätte. Ich stand auf und warf einen Blick aus dem Fenster. Einzelne Wolken, ein Hang zum Sonnigwerden – eigentlich gute atmosphärische Voraussetzungen für diesen Tag.

Es war Samstag, der 7. Juni, der Tag, an dem meine und Claudias Kinder das erste Mal zusammenkommen würden. Dass es auch der Tag der Eröffnung der 13. Fußball-Europameisterschaft war, ein Event, auf das ich mich seit ungefähr einem Jahr innerlich vorbereitet hatte, fiel mir beim Duschen ein, und die einzige Empfindung, den dieses die halbe Welt in Atem haltende Ereignis an diesem Morgen unter der Dusche in mir hervorrief, war ein verständnisloses Erstaunen über die unbekümmerte Gleichzeitigkeit der Geschehnisse, die sich in meiner Person schnitten.

Beim Frühstück sah ich die Zeitung durch, ich hatte noch viel Zeit, vielleicht las ich deshalb meinen Artikel. Ich las flüchtig und hastig, als täte ich etwas Verbotenes. Grundsätzlich mied ich alles von mir Geschriebene nach der Veröffentlichung.

Es war eine längere Buchbesprechung, ein Roman von Sofja Tolstaja, der Ehefrau Leo Tolstois. Sie hatte ihn am Ende des 19. Jahrhunderts geschrieben, doch erst hundert Jahre später war er erschienen und jetzt ins Deutsche übersetzt worden. Er trug den Titel *Eine Frage der Schuld*. Eine intelligente, geistvolle Frau, in einer unglücklichen Ehe lebend, wird von ihrem Mann erschlagen und nimmt sterbend die Schuld für sein Verbrechen auf sich.

Mir war gleich klar, dass meine Schlussfolgerung den Roman überinterpretierte. Meine Analyse war noch angemessen, gesellschaftskritisch und historisch orientiert. Allgemein verständlich und in lockeren Worten hatte ich ausgeführt, welchen für uns nicht mehr vorstellbaren Einfluss Tradition und Erziehung damals hatten und wie selbst das Erkennen ihrer repressiven Wirkung nicht davor schützte, sich ihrer Autorität zu unterwerfen. Auf eben diesen Missstand wies die Autorin mit ihrem Roman hin, für ihre Zeit eine Pionierleistung. Hier hätte ich den Schlusspunkt setzen müssen. Doch ich hatte noch einen Abschnitt dazugefügt, ich hatte das Buch aus seiner Zeit gelöst und allgemein gefragt – aber wen eigentlich? –, warum es Menschen so selten gelänge, sich frei zu machen von allem, das sie als Individuum beschränkt, seien es soziale Zwänge, religiöse oder familiäre Herkunft.

Ich las es, und obwohl ich es selbst geschrieben hatte, war ich bestürzt. Dieser Zug, sich zu entblößen, diese Neigung, alles und jedes in Beziehung zu meiner persönlichen Situation zu setzen, würde ich es jemals kontrollieren können?

Im Blumenladen holte ich zwei Blumensträuße ab. Ich hatte sie am Anfang der Woche bestellt, die obligatorischen Gladiolen für Ulrike, Sonnenblumen für Claudia. Dieses Mal würde kein Hund auf dem Beifahrersitz wimmern und die Begrüßung verkomplizieren, dieses Mal würde ich einen Blumenstrauß zwischen uns halten, an dem vorbei, wie ein allgemein übliches Ritual, wir einen flüchtigen Kuss austauschen könnten.

Die Floristin, mit schmächtigen Schultern unter ihrem grünen Kittel, steckte etwas Blaues, das ich für Disteln hielt, zwischen die großen, gelb leuchtenden Blüten und wickelte Klarsichtfolie um die Sträuße. Ich dachte, dass offenbar eine Affinität besteht zwischen zarten Blumenstängeln und entsprechenden Frauen, da wandte sie sich von ihrem Werktisch um und bemerkte, Unterschiedlicheres als diese beiden Blumensträuße könne es eigentlich nicht geben. Ihre Hände arbeiteten weiter, während sie mich ansah, nachdrücklich ansah, als hätte sie nicht *Blumensträuße* gesagt, sondern *Frauen.*

Darüber grübelte ich während meiner Fahrt nach Dortmund nach, und je intensiver ich den Unterschieden sowohl zwischen den beiden Blumensträußen als auch den beiden Frauen auf den Grund ging, desto tiefer wurde meine Bewunderung für die kleine Floristin, die in ihrem Umgang mit den Blumen eine Einsicht gewonnen hatte, mit deren Hilfe sie die Dinge des Lebens ordnete, als wären es bunte Blüten.

Bei Ulrike, dachte ich, musste man sich geborgen fühlen, selbstsicher wie sie war, mit beiden Beinen im Leben stehend, immer zupackend, wenn ein Problem auftauchte. Nur ein Mal hatte ich sie fassungslos erlebt, weinend, aus der Bahn geworfen. Als ich sie verlassen hatte.

Und Claudia? Wie ein sensibles Messgerät, jede Stimmung aufzeichnend, immer auf der Hut, nicht verletzt zu werden, und mit derselben Sensibilität sich einfühlend in alles, was ihr begegnete. Und dann, plötzlich aufblitzend, die Momente von Direktheit, Offenheit, als wäre es ihr eigentliches, verschüttetes Wesen.

Und da war es wieder, das Gefühl, das mich berauscht hatte, als Claudia mir beim letzten Abschied so überraschend nahe gewesen war. Ich spürte wieder das Neue, das auf mich wartete und dem ich entgegenging, und ich fühlte mich bereit, es für mich in Besitz zu nehmen.

Ich stieg aus, obwohl die Kinder sofort zur Stelle waren. Yaro sah auf den Blumenstrauß in meiner Hand und rief Ulrike an die Tür. Ich streckte ihr Blumen und Pralinen entgegen.

»Es tut mir leid«, sagte ich.

Sie fragte nicht, was mir leidtue. Sie war ein wenig irritiert.

Dass ich dich bei der Erziehung im Stich lasse, hätte ich geantwortet. Doch ich war froh, dass sie darauf verzichtete, es zu hören. Sie trug eine neue Brille mit dunklen Rändern, die ihr gut stand.

Das sei eine nette Überraschung, meinte sie und nahm Blumen und Pralinen an sich, aber lieber sei ihr, wenn ich sie bei den Problemen mit den Kindern unterstützen würde.

Ich hob, um Entschuldigung bittend, die Hände.

Manfred löste sich aus dem Hintergrund und stellte sich neben Ulrike. Wir reichten uns die Hand. Er übersah Blumen und Pralinen und murmelte etwas von viel Spaß mit den Kindern.

Ich meinte, einen ironischen Unterton gehört zu haben, und suchte in seinem Gesicht nach einem entsprechenden Grinsen, aber ich fand nur ein höfliches Lächeln. Vielleicht eine Spur zu höflich, dachte ich, als ich zu meinem Volvo zurückging.

»Was soll das jetzt gewesen sein? Blumen?«, spottete Nina, als wir im Schritttempo durch die Wohnstraßen rollten.

»Eure Mutter rackert sich ganz schön ab, und das muss man auch mal anerkennen.«

»Ich finde das anständig von Papa«, half Yaro mir.

Und Nina bemerkte in meine Richtung: »Hoffentlich hast du für Claudia auch einen Blumenstrauß.«

»Yes, hat er, liegt hinter mir im Kofferraum«, ließ sich Yaro von der Rückbank vernehmen.

Ich hielt den Zeitpunkt für günstig: Was sie sich dabei gedacht hätten, zu behaupten, ich würde ihnen einen Hund schenken, hinter Ulrikes Rücken?

»Das war Nina«, rief Yaro.

Nina grinste. Mama habe voll Terror gemacht, wegen irgendwelcher Peanuts, völlig überzogen, und da habe sie auch mal nerven wollen, und dabei sei es ihr so herausgerutscht.

Ob ihr klar sei, dass das nicht in Ordnung war?

»Das ist mir klar, auch ohne dass du darauf herumreitest«, sagte Nina zum Seitenfenster hinaus. Und als sie keine Anstalten machte, sich mir wieder zuzuwenden, streichelte ich ihren Hinterkopf. Ich brauchte heute eine gut gelaunte Nina.

Versöhnlich fragte ich sie, wie denn die Sache mit Felix stände.

Langsam drehte sie den Kopf. »Felix, wer?«, wunderte sie sich.

»Hieß er nicht Felix?«

»Mann, Papa, das ist Wochen her.«

»Jetzt ist es Sascha«, klärte mich Yaro von hinten auf.

Ich sah Nina von der Seite an, sie strahlte zurück.

Das würde mir jetzt ein bisschen unheimlich, wagte ich zu bemerken, und ich fügte, um meinem Erziehungsauftrag nachzukommen, hinzu, ich hätte den Eindruck, sie übertreibe es mit ihren Jungenbekanntschaften.

»Jungenbekanntschaften!«, schnaufte sie. »Was soll daran denn unheimlich sein?« Und dann belehrte sie mich, dass sie erstens die Jungen schon seit Jahren kenne und dass sich daran auch nichts ändern ließe, denn sie säße ja mit ihnen in einer Klasse, und dass zweitens das Ganze nichts Besonderes sei, alles just for fun.

Wenn das so sei, warum sie sich dann nicht ein anderes Hobby zulegen könne, eines, das den Eltern nicht so an den Nerven zerre?

Nina lachte fröhlich: »Und was machst du? Was ist mit Claudia? Wo fahren wir denn gerade hin?«

Ich überlegte, wie ich ihr den Unterschied erklären sollte und worin der Unterschied überhaupt bestand. Dass es einen gab, schien mir offensichtlich.

Da fragte sie, wie wir uns kennengelernt hätten.

»Kein Kommentar«, antwortete ich.

»Mann, Papa«, schmollte sie und wollte wissen, ob wir schon miteinander geschlafen hätten.

»Nina, halt die Klappe«, rief Yaro von hinten.

Ich schnappte nach Luft.

Das ginge sie überhaupt nichts an, schimpfte ich, und wenn sie dort auch nur eine solche Bemerkung fallen lassen würde, dann wäre dieses erste Mal das letzte Mal, dass ich sie mitgenommen hätte.

Eine halbe Minute blieb es still, dann fragte Nina: »Aber geküsst habt ihr euch doch?«

Darauf antwortete ich nichts.

»Na, immerhin etwas«, stellte sie zufrieden fest.

Verlegenes Herumsitzen im Wohnzimmer, man schlägt die Beine übereinander, stellt gleich darauf beide Füße wieder auf den Boden, scheue Blicke zwischen den Kindern, neugierige zu Claudia, die bietet Orangensaft an und fragt nach der Schule – so oder ähnlich hatte ich es erwartet an unserem ersten gemeinsamen Tag.

Stattdessen: Die Tür flog auf, kaum dass wir gehalten hatten, ein knapper Austausch von Namen, eine vollendet höfliche Begrüßung in Claudias Richtung, und im nächsten Augenblick tobten die Kinder mit dem Hund durch den Garten. Nina rollte wie als kleines Mädchen über den Rasen, ließ sich das Gesicht ablecken, sprang auf und spielte mit Benjamin Fußball. Yaro saß im Schneidersitz neben Sarah, sie steckten sich gegenseitig Kopfhörer in die Ohren und tauschten Musik aus.

Ich blieb mit Claudia allein, der Couchtisch trennte uns. Sie äußerte sich begeistert über meine Kinder, Nina so temperamentvoll und Yaro so besonnen und nachdenklich. Wir tauschten uns über Erziehungsprobleme aus, als wären wir abseits eines Elternabends zufällig ins Gespräch gekommen.

Doch dann stand sie auf und berührte mit den Fingerspitzen die Blütenblätter der Sonnenblumen in der Vase.

»Woher hast du gewusst, dass Sonnenblumen meine Lieblingsblumen sind, Sonnenblumen und Margeriten?«

Ich hob die Schultern: »Ich sah sie dort stehen und fand, sie passten zu dir.«

»Intuition also«, sagte sie, »du hast eine erstaunliche Begabung zur Intuition.«

In ihren Augen wohl ein Lob. Ich war unangenehm berührt, obwohl es unangebracht war, dieses kleine quälende Gefühl, das war mir klar.

»Aber wahrsagen kann ich nicht.« Sofort ärgerte ich mich über meine Zimperlichkeit.

Claudia lachte. »Schade«, sagte sie, und ich lachte mit, als hätte ich einen Scherz gemacht.

Schließlich musste das Mittagessen hergerichtet werden, und wir kamen zu dem Teil des Tages, der mir aus den erwähnten Dokumentarfilmen schon vertraut war. Claudia hatte Pizzateig vorbereitet. Damit wurden Backbleche ausgelegt, die Kinder schnitten Tomaten und Salami, verteilten Sardellen und Käse. Ich lehnte am Küchenschrank und beobachtete Claudia. Sie hatte versucht mitzumachen, war aber von den Kindern ignoriert worden und hatte sich zurückgezogen. Jetzt warf sie mir den schon erwarteten Blick zu, ratlos, was diese selbstverständliche Harmonie zwischen den Kindern denn nun für uns bedeute.

Die Kinder arbeiteten eifrig, schwatzten und lachten, in seinem Korb in der Ecke schlief der völlig erschöpfte Welpe, und Claudia war da, nur zwei Schritte von mir entfernt. Als wäre ich immer noch Zuschauer eines Films, sah ich alles mit den Augen eines Fremden, vielleicht von außen durch das Fenster, ich sah uns, sechs Menschen und einen Hund, vereint und auf dem besten Weg, zu einer glücklichen Familie zusammenzufinden, und ohne Frage setzte der aufmerksame Beobachter voraus, dass ich, hier mittendrin, Dankbarkeit empfinden müsste über diese unverhoffte Eintracht.

Tatsächlich flutete sie meine Brust, eine warme Dankbarkeit, mein Herz gab seinen gewohnten harten Rhythmus auf und schlug weich und geschmeidig. Ich schloss meine Arme um Claudia, und sie erwiderte die Umarmung sofort.

Welches Glück, welches unerlaubte Glück, dachte ich. Ich presste sie an mich, und über ihre Schulter sah ich in Ninas Gesicht, und ich sah den Schatten, der sich blitzschnell auf ihr Lachen schob.

Claudia und ich waren nebeneinander an den Tisch verbannt worden, den großen Familientisch. Die Kinder wieselten um uns herum und deckten Teller und Gläser auf.

»Wo ist denn Nina?«, fragte ich Yaro.

»Die sitzt bei Alaska, hat keinen Bock mehr.« Yaro nahm von Sarah Besteck entgegen, umständlich. Er umschloss ihre Hände und forderte sie auf, sie vorsichtig aus der Höhlung herauszuziehen und die Gabeln und Messer dabei in seine Hände fallen zu lassen. Sie kicherten beide.

Ich strich mir das Haar zurück, ich schwitzte. Claudia fragte mich mit einem Blick, ein wenig unsicher. Ich schob meinen Stuhl zurück, doch Benjamin sprintete schon in die Küche. »Nina, komm essen«, rief er.

Nina kam, und ich sah, dass Gefahr im Verzug war.

»Dann bietet mal euer Meisterwerk an«, sagte Claudia munter.

Sarah verteilte Pizzastücke, Nina hielt schnell die Hand über ihren Teller: »Hab keinen Hunger.«

»Ey, Nina, jetzt verdirb nicht alles mit deinen Launen.« Yaro, wie immer zur Vernunft mahnend.

»Was? Was verderbe ich?«, schrie Nina plötzlich über den Tisch. »Ich? Verderbe ich Papa sein Spiel?«

Alles was vorher so wuselig und lebendig gewesen war, war schlagartig erstarrt. Wie schockgefroren saßen wir und rührten uns nicht.

»Klar«, schrie Nina in die reglosen Gesichter, »jetzt ist er total verknallt, und Claudia fällt darauf rein. Und dann, mit einem Mal, überkommt es ihn. Ach, die Zweifel und die Angst! Und was weiß ich.«

Sie verdrehte die Augen und fuchtelte mit den Händen über ihrem Kopf.

»Und dann lässt er sie stehen, und sie heult und kann sehen, wie sie damit fertig wird. Ja, Scheiße, echt hinterfotzig von mir, dass ich ihm das verderbe.«

Die Eisesstarre hielt an, niemand schien zu atmen. Und ich wusste, von meiner Reaktion hing es ab. Alles hing davon ab, wie ich jetzt reagierte. Und während die Angebote zu möglichen Antworten in meinem Kopf rasend schnell rotierten, dass ich meinte, ihr brausendes Kreiseln müsse jedes Wort übertönen, hörte ich mich sprechen, wie aus weiter Ferne, doch ruhig und überlegt: »Nina, ich finde es sehr ungerecht von dir, mich hier auf diese Weise zu beschuldigen. Dein Vorwurf basiert allein auf deiner Perspektive der Dinge. Zugegeben, das ist für dich eine entscheidende. Aber bevor du mich hier in dieser Runde schlechtmachst, hättest du dir vielleicht besser auch meine Sicht der Dinge angehört – und die deiner Mutter, und dann hättest du gesehen, dass die Angelegenheit, auf die du anspielst, nicht auf einen so einfachen Nenner zu bringen ist.«

Nina sah vor sich hin. Allgemeines Schweigen, niemand rührte sich. Ich stand allein, allein gegen den Rest der Welt. Ich holte Luft für meine weitere Verteidigung. Wie sie aussehen sollte, wusste ich noch nicht. Da sagte Yaro in die drückende Stille hinein: »Also, ich finde es auch ziemlich daneben, dass Nina hier so großkotzig mit dieser Sache herausgeplatzt ist, aber wenn die anderen Sichtweisen so wichtig sind,

Papa, dann musst du dir schon die Frage gefallen lassen, warum ihr euch nie die Mühe gemacht habt, mit uns darüber zu sprechen.«

Die Starre löste sich ein wenig, Benjamin rutschte auf seinem Stuhl hin und her, und Claudia sah mich von der Seite an. Ich wagte nicht, mich ihr zuzuwenden, aber ich spürte jetzt, dass ich auf dem richtigen Weg war, dass ich es in den Griff bekam.

»Ja«, gab ich zu, »das war ein Versäumnis, das, wie man sieht, sich böse gerächt hat … es tut mir sehr leid, und nicht nur, weil wir jetzt alle in dieser unangenehmen Situation stecken. Ich verspreche hoch und heilig, wir werden das so schnell wie möglich nachholen. Ja, Nina?«

Nina sah immer noch vor sich hin und umkreiste unablässig mit dem Zeigefinger den Rand ihres Tellers.

Ich redete weiter, um zu überspielen, dass sie mir eine Antwort verweigerte. Ich sagte Belangloses, und ich bat um Entschuldigung für den Überfall mit unseren ungelösten Familienproblemen gleich beim ersten gemeinsamen Treffen.

Endlich wagte ich einen Blick in die Runde, nur Claudia mied ich. Ich erschrak über die betretenen Mienen, besonders über Sarahs, die mir feindselig vorkam, und für einen Augenblick lang war ich bereit aufzugeben, mich in das Unvermeidliche zu schicken, von dem ich immer und überall ahnte, dass es mich einholen würde.

Da hob Nina den Kopf. Saublöd sei es von ihr, so etwas zu sagen, und es tue ihr leid, die Stimmung versaut zu haben … »Aber nötig war es doch«, fügte sie an.

Es war ein Rettungsanker, den sie mir zuwarf, gerade als ich mich dem Untergehen überlassen wollte, und im selben Moment wurde ich auch schon an Land gezogen. Claudia legte ihre Hand auf meinen Arm. Es war eine beschwichtigende und auffordernde Geste zugleich, und ich sah ihr in die Augen, die mich mit sinnender Ernsthaftigkeit erforschen wollten.

Da habe sie völlig recht, sagte ich zu Nina gewandt, es sei längst nötig gewesen, nur der Zeitpunkt jetzt sei wohl etwas unglücklich.

Und ich hörte Claudia neben mir, die Nina mit einer weichen Stimme fragte, ob sie nicht doch die Pizza, die sie gebacken hätten, probieren wolle.

»Ja, gleich.« Nina schob ihren Stuhl zurück, sie umrundete den Tisch und legte mir von hinten die Arme um den Hals. Ob ich sie jetzt nicht mehr hier mit hin nähme, flüsterte sie mir ins Ohr.

Ich drehte den Kopf und küsste sie auf die Wange. »Mein kleiner Räuber«, flüsterte ich zurück, »was sollte ich denn ohne dich machen?«

Nina hüpfte auf ihren Platz zurück, und dort angekommen, sagte sie laut: »Nur damit ihr es wisst, ich hab meinen Papa lieb.«

»Das ist doch mal 'ne Ansage«, bemerkte Yaro, und links von mir sagte Sarah, ein wenig traurig, aber gar nicht mehr feindselig, jede Familie habe Probleme, das sei doch total normal, dass nicht alles glattlaufe.

Claudia fragte mich, ob ich einen Aperitif haben wolle, Cognac oder einen Whisky?

»Gerne, einen Whisky«, antwortete ich, und unter dem Tisch wischte ich mir mit der Serviette die feuchten Handflächen ab. Ich hob das Whiskyglas in Sarahs Richtung, und dankbar erklärte ich, sie habe gerade eine sehr kluge Bemerkung gemacht.

Dann wurde gegessen, und allmählich wurden die Stimmen wieder lebhaft. Über Computerspiele wurde diskutiert, über Musikcharts und Facebook. Claudia und ich saßen da wie an einem unbekannten Kontinent Gestrandete, wie unter Wesen mit merkwürdigen Gebräuchen und einer zweckentfremdeten Sprache.

Nina stellte sich plötzlich in die Zimmermitte, sie wippte mit den Hüften und sang einige Musiktitel vor. Wir klatschten, Yaro pfiff auf zwei Fingern, und Claudia mischte sich ein und fragte, ob sie auch ein Musikinstrument spiele.

Zum Klavierspielen würden sie beide verdonnert, erklärte Nina.

Claudia begeisterte sich, das sei doch wunderbar, Klavier spielen zu können, und Nina beschwerte sich über das öde Zeug, das sie üben müssten, und dann rief sie laut über den Tisch, sie habe eine supergeile Idee: »Was haltet ihr davon, wenn wir alle zusammen eine Homepage von uns ins Netz stellen, mit Fotos und Geschichten, über den Hund und so?«

Bevor ich fassen konnte, was sich in Ninas wildem Kopf jetzt wieder zusammenbraute, sprangen die Kinder schon auf und stürmten die Treppe hinauf, an den Computer. »Ein cooles Design aussuchen«, rief Sarah uns zu, und ich hörte Nina, sie übertönend: »Und das nächste Mal bringen wir Fotos mit, zum Einscannen.«

Ich sackte ein wenig zusammen, ich fühlte mich wie der sprichwörtliche Jemand, der probeweise einen Schneeball geworfen hat und dann von einer Lawine überrollt wird.

Der Welpe trottete aus der Küche heran, und Claudia lockte ihn in den Garten, wo er sich mitten auf den Rasen hockte und pinkelte. Sie ging an mir vorbei in die Küche, immer noch mit dem sinnenden Ausdruck im Gesicht. Ich folgte ihr, und während sie am Schrank stand und aus einer Tüte Futter in den Hundenapf schüttete, sagte ich zu ihrem Rücken, es wäre wohl an der Zeit, dass ich ihr das eine oder andere erklärte.

Sie bückte sich und stellte den Hundenapf auf den Boden. Sie trug eine blaue Bluse, die sich beim Bücken vorwölbte. Ich sah den Spitzenrand eines roten BHs. Er erschien mir unerreichbar fern. Ob ich diese roten Spitzen jemals berühren werde, schoss es mir durch den Kopf, und die Zukunft breitete sich vor mir aus wie ein morastiges Feld, in dem ich mit jedem Schritt, den ich mich voranwagte, unwiderruflicher versinken würde.

Da Claudia am Schrank stehen blieb und nicht antwortete, fragte ich sie, ob sie Ninas Vorwurf gegen mich verschreckt habe.

Nein, sagte sie sofort, sie sei nicht verschreckt, vielleicht ein bisschen irritiert. Andererseits verstände sie Ninas Situation. »Ich glaube, du bist ihr sehr wichtig, und sie wird Angst haben, dich zu verlieren.« Mit solchen Reaktionen müsse man rechnen, und es käme ja auch alles etwas plötzlich, fügte sie an.

»Meinst du, wir sollten uns mehr Zeit lassen?«, fragte ich, und ich dachte, dass weder ein Nein noch ein Ja mir bei meiner Suche nach einem festen Pfad helfen würde.

Claudia antwortete weder mit Ja noch Nein, sie sagte: »Ich weiß nicht.« Und dann schlug sie die Hände vor das Gesicht, und hinter den Händen sagte sie: »Die Zeit macht mir solche Angst, alles, was ich anfange, zerrinnt mir zwischen den Fingern.«

Über uns die Stimmen der Kinder, Lachen und Fußgetrampel, und es waren nur wenige Schritte über die Fliesen der Küche nötig, bis ich Claudia wieder in meinen Armen hielt. Ich zog ihr die Hände vom Gesicht und küsste sie, und sie sagte: »Martin, ich fühle mich so wohl bei dir, das macht mir auch solche Angst.«

Ich steckte meine Nase in ihr Haar. »Was würde wohl jemand sagen, der uns beobachten könnte?«, fragte ich. Und bevor ich meine Frage beantworten konnte, antwortete sie: »Er würde uns für ziemlich töricht halten, er würde den Kopf schütteln und denken, warum greifen sie ihr Glück nicht beim Schopf und halten es fest.«

»Du sagst es«, flüsterte ich, und ich gab mir Mühe, sie so fest wie möglich zu halten.

2008

Meine Mutter

Es war noch nicht ganz dunkel, als wir uns verabschiedeten. Die Kinder tauschten Wangenküsse, Claudia nahm meine hängende Hand. »Wir telefonieren«, sagte sie.

Dann rollten wir durch die Dämmerung auf der Autobahn wie durch weichen, schwebenden Sand. Im Westen zerlief die Sonne orangegelb, einzelne Wolken trieben uns entgegen, dunkel mit weiß leuchtenden Rändern. Auf der Böschung am Fahrbahnrand reckten Büsche ihre Zweige wie verkohlte Glieder in das Graublau des Abendhimmels.

Jetzt musste es geschehen, das war mir klar, noch während dieser Fahrt würde ich es ihnen sagen müssen.

Nina fror, ich fuhr das Fenster hoch und drehte die Heizung auf. Die Kinder saßen hinter mir. Ich redete zur Windschutzscheibe, das machte es leichter. Ab und zu, wenn uns ein Scheinwerfer traf, warf ich einen Blick in den Rückspiegel. Ich sah, dass Nina ihren Kopf auf Yaros Schulter gelegt hatte. Dass sie weinte, hörte ich dann an ihrem Schniefen.

Sie wollten beide nicht nach Hause. Yaro rief Ulrike an, dass sie bei mir übernachteten.

Ich öffnete eine Flasche Rotwein. Auch den Kindern goss ich ein Glas voll, ich dachte nicht einmal daran, was Ulrike dazu sagen würde. Schließlich lag ich auf meinem Bett, an jeder Seite ein schlafendes Kind. Hier auf dem Bett hatte ich Nina versprechen müssen, mich – »trotz allem, Papa, trotz allem« – endlich um meine Mutter zu kümmern. Ich lauschte den Atemzügen und schwebte auf meinem Schmerz, der mich immer getragen hatte, solange er mir allein gehört hatte. Ich schwebte, weil der Alkohol ihn mir so angenehm machte, ein runder, weicher, wohliger Schmerz. Ich griff hinter mich, nach dem Glas, ich spülte den Rotwein mit Whisky hinunter. Würde ich nun Abschied nehmen müssen von dem, was immer bestimmt hatte, wer ich war? Würde ich meine Wunden heilen lassen müssen? Schwebte ich deshalb so wohlig daher, weil wieder einmal ein Abschied bevorstand? Weil das Neue seinen Tribut forderte, die Asche des Alten?

Ich wurde wach, als Nina mir einen Becher Kaffee unter die Nase hielt. Die Kinder hatten Brötchen geholt und den Tisch gedeckt. Ich solle mich stärken, bevor ich meinen Bruder anriefe.

»Wenn jemand weiß, ob sie noch lebt und wo, dann Robert«, hatte ich am Abend gesagt.

»Dann rufst du ihn eben morgen an und fragst«, hatte Nina entschieden, tatkräftig wie ihre Mutter. Überhaupt, meinte sie, würde es Zeit, dass sie ihren Onkel Robert mal wieder besuchte.

Nach dem Frühstück wurde mir das Telefon in die Hand gedrückt. Die Kinder verzogen sich in die Küche, schlossen die Tür und klapperten dahinter demonstrativ mit dem Geschirr.

Ich öffnete das Fenster. Sommerliche Wärme quoll ins Zimmer, die Morgensonne schüttete über die Parkbäume weißes Licht, das zwischen den Blättern hing wie feine Spinnenweben.

Robert wich mir aus. Ich wurde laut: Sein Großer-Bruder-Getue gehe mir auf den Sack, endlich hätte ich mich dazu aufgerafft, mich mit der Sache auseinanderzusetzen, das sollte er einmal anerkennen, und außerdem hätte ich ein Recht darauf zu erfahren, was aus unserer Mutter geworden sei, und nebenan warteten meine Kinder, die ebenfalls ein Recht darauf hätten, über ihre Großmutter Bescheid zu wissen.

»Warum?«, fragte Robert. »Warum plötzlich?«

»Erinnerst du dich an Claudia Arnsberg?«, fragte ich zurück.

Eine Weile blieb es still. »Du hast sie gefunden?«

»Darüber sprechen wir ein anderes Mal«, sagte ich versöhnlich, »jetzt brauche ich eine Antwort.«

Das Gespräch dauerte eine halbe Stunde, dann rief ich die Kinder herein. Ich sah, dass Nina wieder geweint hatte.

Yaro links, Nina rechts, saßen wir auf meinem Sofa. Die Sommersonne stieß ihre Strahlen heiß an unsere Hinterköpfe.

»Sie lebt in einer psychiatrischen Einrichtung«, sagte ich, »in Roberts Nähe. Er besucht sie einmal im Monat.«

Dass er für einen Teil ihres Unterhaltes aufkam, verschwieg ich. »Reg dich nicht auf«, hatte Robert gesagt, »mein Unternehmen wirft mehr als genug ab, und du musst schon für deine Kinder blechen.«

»Nächstes Wochenende fahre ich hin, dann gehen wir gemeinsam zu ihr.«

»Wir alle«, rief Nina begeistert.

Ich drückte sie an mich. »Nein, erst einmal Robert und ich, und dann werden wir weitersehen.«

Am nächsten Abend rief Yaro mich in der Redaktion an. Alarmiert riss ich das Handy ans Ohr.

»Hallo, Papa.« Seine Stimme klang verkrampft fröhlich.

Er stehe gerade an der Straßenbahnhaltestelle und habe einen Moment Zeit. Er wolle nur kurz etwas sagen, es sei nichts Wichtiges.

Es waren viele Störgeräusche zu hören, Verkehrslärm und fremde Stimmen. Er sprach leise, und nachher war ich mir nicht mehr sicher, ob ich ihn richtig verstanden hatte: Er sei ja kein Kind mehr, und wenn ich jemanden brauche, um mich über diese Familienangelegenheiten auszuquatschen, dann könne ich immer auf ihn bauen.

Mir fiel keine Erwiderung ein. »Ach, Yaro«, sagte ich hilflos.

»Okay«, rief er wieder betont fröhlich, »die Bahn kommt.«

Ich ließ mich nach hinten gegen die Stuhllehne fallen. Wie war es so weit gekommen? Und wo würde es hinführen? Ich hatte meinen Kindern eine Tür geöffnet, ich hatte ihnen Einblick in mein Inneres gewährt, sie hatten sich umgesehen und ihre Schlüsse gezogen. Und wie lange würde es nun dauern, bis auch andere durch mich ein und aus gingen, wie es ihnen beliebte?

Ein Kollege rief zum Umtrunk in die Redaktionsküche, er hatte Geburtstag. Die Luft war trotz der geöffneten Fenster rauchverhangen.

Ich aß ein Stück Kuchen und trank Mariacron. Der Chef nahm mich beiseite, er sprach mich auf meinen Artikel über Sofja Tolstaja an. Eine Wochenzeitung – Genaueres wollte er nicht sagen – habe sich nach mir erkundigt, ganz unverbindlich, nichts Konkretes. Er würde mich gerne halten, wenn er auch verstehe, dass ich ein solches Angebot, sollte es erfolgen, kaum ausschlagen könne. Ginge es mir allerdings nur um Zählbares … er habe einen guten Draht nach oben, da ließe sich sicher etwas machen.

Ich gab mir Mühe, gelassen zu wirken. Bisher, sagte ich, sei noch niemand auf mich zugekommen. Gegen eine Gehaltserhöhung hätte ich aber nichts einzuwenden.

Ich solle bei Gelegenheit bei ihm vorbeisehen. Er legte mir jovial seine Hand auf den Rücken. »Ich weiß, dass du schweigen kannst, Martin«, sagte er und nickte.

Im letzten Jahr, kurz vor Weihnachten, hatten wir uns zufällig in einer Kneipe getroffen. Es war ein Samstagabend gewesen, mich hatte es hinausgetrieben. Wie immer in der Vorweihnachtszeit fiel es mir schwer, mit mir allein zu bleiben. Ich wollte mit niemandem sprechen, nur die Anwesenheit von Menschen musste ich spüren. Der Chef hatte an einem Tisch gesessen, ohne Begleitung, und da er mich gesehen hatte, war mir nichts anderes übrig geblieben, als mich zu ihm zu setzen. Er hatte wohl schon einiges getrunken, deshalb war seine Zunge gelöst, denn schon nach wenigen Minuten erzählte er mir von seiner Frau, die krebskrank zu Hause lag und von ihm und ihrer Schwester gepflegt würde. Von Mann zu Mann vertraute er mir seine sexuellen Nöte an. Wir bestellten eine Flasche Wein, ich machte einige Andeutungen zu meiner Scheidung, die ja schon Jahre zurücklag. Das musste ihm das Gefühl gegeben haben, ich hätte mein Herz vor ihm ausgeschüttet. Er bot mir das Du an, und wir tranken Brüderschaft. Dann schob er mir unter der flachen Hand über den Tisch eine Visitenkarte zu: »Eine Adresse, etwas sehr Seriöses.« Oder ob ich wieder liiert sei, fragte er erschrocken. »Momentan nicht«, antwortete ich und ließ die Karte in meine Hosentasche gleiten. Nachdem ich dafür gesorgt hatte, dass er in ein Taxi stieg, war ich zu Fuß zu meiner Wohnung gegangen. Im Licht einer Laterne hatte ich die Visitenkarte gelesen und sie dann im nächsten Abfallbehälter entsorgt.

Der Kollege, der Geburtstag hatte, stieß noch einmal mit mir an.

»Martin«, rief er, »wünsch mir Glück.«

Sofort bildete sich ein Kreis um uns, ich hörte den Gesprächen zu, ich lachte, wenn es angebracht war zu lachen. Der Kollegin mit den Hunden zeigte ich auf meinem Handy ein Foto von Alaska. Sie rief ein ums andere Mal: »Wie süß!« und reichte mein Handy herum.

Zurück an meinem Schreibtisch rief ich Yaro an. »Danke für dein Angebot«, sagte ich, und dass er ein feiner Kerl sei.

Yaro brummelte verlegen, und als ich auflegen wollte, rief er: »Warte, Papa. Wir finden, ich meine Nina und ich, wir finden, dass sie, also, ich meine Claudia, dass sie ein echt super Typ ist.«

Robert empfing mich wie immer herzlich, mit Umarmung und Knüffen in die Seite. Seine Freundin Irina mit langem schwarzem Haar und schmalen Augen irritierte mich nach wie vor, was nicht besser wurde, als ich beim gemeinsamen Essen von ihr aufgefordert wurde, ihnen bei einer Entscheidung zu helfen: Ich hätte doch Erfahrung mit Kindern.

»Irina möchte ein Kind«, sagte Robert und sah uns bedeutsam an.

»Du sagst das, als ginge es darum, sich eine Pythonschlange zuzulegen«, beschwerte sich Irina.

Robert grinste. Er beginne ja, sich allmählich mit dem Gedanken anzufreunden, nur sei er der Meinung, man solle es nicht übers Knie brechen.

»Ich habe nicht ewig Zeit, für mich ist der Zug bald abgefahren«, gab Irina zu bedenken und warf das Haar zurück. Sie sei beim Arzt gewesen, der habe keine Einwände, es sei alles in Ordnung, nur solle sie nicht mehr zu lange zögern.

Ich hob die Schultern: »Es ist sehr schwer, in dieser Angelegenheit allgemeine Ratschläge zu erteilen. Da macht wohl jeder ganz eigene Erfahrungen.«

Dann solle ich einfach mal erzählen, wie es für mich gewesen sei, als meine Kinder geboren wurden, schlug Irina vor, und wie es heute sei, große Kinder zu haben.

Ich tat ihr den Gefallen und stellte erstaunt fest, dass ich mit einem gewissen Enthusiasmus daherredete.

Wohl weil das Gespräch sich nun einmal in diesem intimen Bereich bewegte, fragte Robert mich nach Claudia. Ich hatte die Frage erwartet und mich darauf vorbereitet. Dass sie von sich aus den Kontakt gesucht hatte, erwähnte ich, und dann sprach ich hauptsächlich von unserem letzten Treffen, von der unkomplizierten und schnellen Freundschaft zwischen den Kindern und von Ninas Idee einer gemeinsamen Homepage.

Von Ninas Ausbruch beim Mittagessen sagte ich nichts, und auch den Hund verschwieg ich.

»Ich nehme an«, sagte Robert, »dass es dir ernst ist – wenn du plötzlich über unsere Mutter Bescheid wissen willst.«

»Vielleicht«, antwortete ich, und Robert sah mich nachdenklich an.

Irina aber fühlte sich durch mein Gerede in ihrem Kinderwunsch bestätigt. Sie hängte sich an Roberts Arm und meinte, sie sollten es doch ruhig versuchen.

Sicher, sagte Robert, sicher könnten sie versuchen, ein Kind zu machen. Aber alles, was dann folgte, sei kein Versuch mehr, dann habe jeder Tag, jeder Schritt, den sie taten, etwas Endgültiges, dann sei nichts mehr zurückzunehmen.

Am Sonntagmorgen, gleich nach dem Frühstück, bei dem Irina mir zweimal zugezwinkert hatte, als hätten wir ein Geheimnis miteinander, fuhr Robert mit mir zur Klinik.

»Wir sind mal weg, auf die Psychische«, rief er Irina zu. Manchmal sagte er auch hemmungslos Klapse.

Vom Parkplatz aus gingen wir über asphaltierte Wege durch den Klinikpark. Ein strammer, kalter Wind versetzte die Büsche in rastlose Unruhe, hinter den Baumkronen schwankte die Sonne und behielt die Juniwärme für sich.

Ich schloss meine Jacke, und Robert versuchte zu scherzen: »So ist das eben hier im Norden, unten in unserem guten alten Ruhrpott, da wärmt man sich ja gegenseitig.«

Ich starrte gebannt auf das Gebäude vor uns mit einem gläsernen Eingang und zwei Anbauten, die sich wie muskulöse Arme in den Park streckten und alles, was in ihre Nähe geriet, griffen und ohne Zögern in die Eingangstür schoben wie in einen gierigen Schlund.

Die Frau im Empfang, eingesperrt in einen Glaskasten, grüßte Robert mit Namen. Er lief vor mir her, und ich sah mich verstohlen um, Besucher mit Blumensträußen, Familien mit Kindern, die an kleinen Tischen zusammensaßen, eine sonntägliche Atmosphäre. Dann eine erste Warnung: In einem Erker lehnte eine junge Frau an einer Fensterbank und weinte, eine ältere versuchte, sie zu trösten.

Auch Robert schlenkerte einen Blumenstrauß neben sich her. Für die Schwestern auf der Station, hatte er mir erklärt, unsere Mutter mag es nicht, wenn Blumen im Zimmer stehen.

Im Auto hatte er mir zwei Einkaufstaschen in die Hand gedrückt, randvoll mit Saft-Tetrapacks, Schokolade und Cremetuben. Ich hatte ihn verwundert angesehen, und er hatte mich in die Marotten unserer Mutter, wie er es nannte, eingeweiht: Ganz verrückt sei sie nach Schokolade und nach Kirschsaft, und Handcreme brauche sie in Unmengen. Was sie damit mache, sei ihm nicht ganz klar. Irina kaufe für sie in der Drogerie immer das halbe Regal leer.

Apropos Irina, hatte er noch gesagt, er werde ihr ja den Gefallen tun mit dem Kind, und er selbst sei ja durchaus auch interessiert und er sähe ja auch ein, dass es für sie beide Zeit würde, schließlich wolle er nicht für den Großvater seines Kindes gehalten werden, aber er habe eben eine gehörige Menge Respekt vor dem, was da auf sie zukomme.

Ich hatte irgendetwas gebrummelt wie: Das ginge wohl jedem so, und hatte dann einige Mühe, das Bild von Robert und Irina bei der Umsetzung ihres Entschlusses aus meinem Kopf zu verbannen.

Mit entschlossen wiegendem Schritt ging Robert auf das Ende des Ganges zu, er bog um eine Ecke und sprang, immer zwei Stufen nehmend, eine Treppe hinauf. Ich blieb dicht hinter ihm. Plötzlich, von einer Sekunde zur anderen, fing mein Herz an zu rasen. Während wir vor einer Tür mit Milchglasscheiben standen – Robert hatte auf eine Klingel gedrückt – und warteten, fragte er: »Alles in Ordnung?«

»Nur ein bisschen angespannt«, sagte ich und schluckte in einem fort, als könnte ich mein hüpfendes Herz so hindern, in den Hals hochzusteigen.

»Verständlich«, meinte er, und im selben Moment wurde innen ein Schlüssel gedreht.

»Hallo, Herr Heuser«, rief eine Schwester. Sie strahlte und schob dabei den Unterkiefer vor, ihr Pferdeschwanz aus leuchtend rotem Haar schwang fröhlich hin und her, als wäre Roberts Besuch eine ganz besonders gelungene Überraschung.

»Heute bringe ich meinen Bruder mit«, sagte Robert, und zu mir gewandt: »Das ist Schwester Julia, sie ist eine persönliche Freundin unserer Mutter.«

Schwester Julia lachte freundlich mit ihrem Unterkiefer: »Ja, Rubina und ich, wir verstehen uns so gut.« Und sie behauptete, es sei sehr schön, dass ich gekommen sei, denn gestern sei es Rubina nicht so gut gegangen, und mein Besuch würde sie sicher aufmuntern.

Sie nahm die Blumen und die Tasche mit dem Kirschsaft entgegen und verschwand in einem Zimmer gleich neben der verschlossenen Tür, aus dem Zigarettenqualm herausquoll und unbekümmertes Lachen.

Robert ging wieder unbeirrt voran, den Flur entlang. Sämtliche Zimmertüren standen offen, aus den Öffnungen kippte helles Licht auf den Fliesenboden des Flurs, manchmal huschte ein grauer Schatten durch die sonnigen Rechtecke, verhaltenes Gemurmel mischte sich mit dem Geruch von Kaffee und Putzmitteln.

Robert blieb stehen und sah mich prüfend an: »Okay, bist du bereit? Noch können wir wieder umkehren, kein Problem.«

Ich zog genervt die Augenbrauen hoch.

»Wie du willst«, sagte er und verschwand um einen Türpfosten. Ich blieb hinter ihm. Ein weißes Bett mit Nachttisch, ein Fenster ohne Griff, davor ein Gitter, das das Sonnenlicht in ordentliche Quadrate teilte, unter dem Fenster ein Tisch mit einer PET-Flasche und einem Pappbecher und mitten im Raum ein Sessel. In dem Sessel kauerte ein roter Bademantel, zwei dünne Stämmchen mit der Rinde einer alten Eiche steckten in gelben Socken und stützten den Saum des Bademantels, oben über dem Halsausschnitt schwebte ein buschiger dunkler Haarschopf und in dem Haar eine große getrocknete, braune Feige.

Mir wurde augenblicklich übel. Ich suchte nach einem Waschbecken für den Notfall, und ich fand eines, hinter mir, neben der Tür.

Robert beugte sich ohne jede Scheu zu dem Bademantel hinunter, der unbeweglich in dem Sessel lehnte. Laut sagte er in die trockene Feige: »Hallo, Mutter, wach auf, du hast Besuch, ich bin's, Robert, und ich habe Martin mitgebracht.«

In der Feige öffneten sich zwei dunkle feuchte Augen, und auf einen Schlag erkannte ich das Gesicht wieder, so wie es mir von meinen Fotos vertraut war. Nur war es hinter Runzeln und Falten verborgen. Ja, es waren die Gesichtszüge, in die ich mich auf den Fotos so oft vertieft hatte. Doch sie waren hier nur andeutungsweise vorhanden, sozusagen als Idee, als müsste ein Bildhauer sie aus der groben zerklüfteten und faltigen Struktur erst noch fein herausmodellieren – die gerade Nase, die hohen Wangenknochen, das Grübchen im Kinn, den großen geschwungenen Mund.

Robert war plötzlich verschwunden, ich stand ungeschickt herum. Die Übelkeit hatte das Herzrasen verdrängt. Sicherheitshalber drehte ich mich noch einmal zu dem Waschbecken um. Drei Schritte bis dorthin, schätzte ich, noch konnte ich mir Zeit lassen.

Die Augen, feucht und schwarz, fixierten mich, genau genommen meinen Hals, unter dem Kehlkopf, gerade dort, wo die Übelkeit klebte und mich zum ständigen Schlucken zwang. Ich wechselte die Einkaufstasche mit der Schokolade und den Handcremetuben von einer Hand in die andere, und ich verlagerte mein Gewicht von einem Bein auf das andere und hatte keine Vorstellung, wie ich mich jetzt zu verhalten hatte.

Endlich kam Robert wieder, mit zwei Stühlen, einen schob er mir in die Kniekehlen. Ich sackte auf die Sitzfläche und musste die Füße unter den Stuhl ziehen, um nicht mit den Schuhspitzen an die gelben Socken zu stoßen. Vor mir auf der Sessellehne lag schlaff eine schmale, perfekt manikürte Hand mit Ringen, silberne Ringe mit ziselierten Symbolen und Türkissteinen, Ringe, die plötzlich, als wäre ein Vorhang aufgerissen worden, sonnig vernebelte Zimmer heraufbeschworen und ein leichtes Körpergefühl, das zum Hüpfen verleitete, zum Lachen und schnellen Weinen.

Ich atmete tief und presste eine Hand auf den Magen.

Die feuchten Augen sahen weiterhin dorthin, wo ich gestanden hatte, die Falten um den Mund verstrichen, und ich hörte meinen Namen mit einer mir ganz in Vergessenheit geratenen Stimme: »Martin …«

»Ja«, rief Robert, »Martin ist hier. Siehst du, wie groß er geworden ist? Ein richtiger Mann. Freust du dich?«

Er nahm mir die Tasche ab: »Hier, Mutter, Schokolade haben wir dir auch mitgebracht, die mit den Nüssen und Rosinen, die du so gerne magst.«

Eine Tafel legte er ihr in den Schoß, die anderen auf den Nachttisch. Er öffnete eine Schublade und schüttete die Cremetuben hinein. Dann ging er schon wieder hinaus. »Einen Kaffee holen«, murmelte er.

Ich blieb allein mit dem Wesen in dem roten Bademantel, das die Gesichtszüge meiner Mutter trug und das mit ihrer Stimme sprach, allein mit der zarten gepflegten Hand mit den Ringen meiner Mutter und der Schokolade in ihrem Schoß.

Ich starrte auf die Ringe, und in meinem Kopf hämmerte es: Ja, sie ist es, verdammt, mach dir nichts vor, sie ist es.

Ich suchte nach einem Gefühl in mir, nach Furcht oder vielleicht Freude – Wiedersehensfreude. Aber jede Fähigkeit, etwas zu fühlen, schien mir abhandengekommen zu sein. Ich saß hier neben dieser alten, verwitterten Frau, die einmal meine Mutter gewesen war und der Dreh- und Angelpunkt meines Fühlens und die mich eines Tages gezwungen hatte, jedes Gefühl zu ihr in mir zu ersticken. Und nun hatte ich erwartet, mit einem Besuch den Abgrund zwischen uns zuschütten zu können und mir eine Mutter zurückzuholen, eine Mutter, wie die meisten Menschen sie vorweisen konnten, als Legitimation ihrer berechtigten Existenz.

So ähnlich würde ich es Robert erklären, nachher, wenn wir wieder zurückführen. Denn er würde mich fragen. Und?, wird er fragen, hast du gefunden, was du gesucht hast?

Dann würde ich es ihm so erklären, dachte ich. Möglicherweise, würde ich sagen, war es das, was ich mir von diesem Besuch versprochen hatte.

Eine Legitimation deiner berechtigten Existenz?, würde Robert nachfragen, vielleicht besorgt, vielleicht auch amüsiert. Vielleicht würde er mich auch belehren: Dafür brauchst du keine Mutter. Du selbst bist die Legitimation deiner Existenz. Er würde es wie eine oft wiederholte Mahnung sagen.

Sehr wahrscheinlich würde mir keine adäquate Entgegnung einfallen. Wenn dir jetzt keine Antwort einfällt, dachte ich, dann wird dir nachher auch nichts einfallen. Mag sein, dass es um etwas geht, wofür Worte nicht schwer und dunkel genug sind.

Dann verlor ich den Faden, denn ich sah, wie die gepflegte Hand von der Sessellehne rutschte und das lila Papier der Schokoladentafel auffaltete. Ich sah, wie die andere Hand ihr zu Hilfe kam. Auch an ihr blinkten Ringe, die ich wiedererkannte, und ich hoffte wenigstens auf das schwebende Kindheitsgefühl, das mich eben noch so überrascht hatte. Doch selbst das blieb aus.

Nachdem das Papier aufgeklappt war, hoben beide Hände die Tafel an. »Möchtest du ein Stück, Martin?«, fragte mich die mir vertraute Stimme freundlich, und in den Augen blitzte es auffordernd, und im selben Moment schoss die Erinnerung hervor: der Geruch in unserer Küche nach Kräutern und gebratenem Fleisch und den Blüten des Kirschbaums vor dem Fenster, das Dunkle und Warme des Treppenhauses im Winter, ihr Lachen, mit dem sie mir einen zärtlichen Klaps auf den Hintern gab, ihr lautes Singen und die manchmal wirbelnden Tanzdrehungen, wenn sie durch die Zimmer lief und aufräumte. Für zwei Sekunden war alles aufgetaucht, hatte die Oberfläche des Vergessens durchstoßen und sank dann wie mit Steinen beschwert wieder zurück.

Meine Hand zitterte, als ich mir einen Riegel von der Schokolade abbrach, gehorsam sagte ich: »Danke.« Meine Mutter nickte zufrieden und legte die Tafel wieder in ihrem Schoß ab.

Robert war zurück und drückte mir einen Pappbecher mit Kaffee in die Hand.

»Ist aus dem Automaten«, sagte er, »schmeckt aber nicht schlecht.«

Hinter ihm kam die Schwester mit dem roten Pferdeschwanz herein. »Rubina«, rief sie und ihr Unterkiefer strahlte eine unbegreifliche Fröhlichkeit aus, »ist alles in Ordnung? Oh, ich sehe, ihr nascht schon zusammen.«

Meine Mutter lächelte, und leichthin sagte sie, als feierten wir eine Party und ständen lässig mit Sektgläsern in den Händen beisammen:

»Schwester Julia, kennen Sie denn schon meinen Sohn Martin? Er ist eben zurückgekehrt.«

»Ja«, antwortete Schwester Julia, »ich habe seine Bekanntschaft schon gemacht. Wie schön, dass er hier ist, das ist ein Grund zur Freude, nicht wahr?«

»Ja, wahrhaftig, das ist es«, sagte meine Mutter. Sie ordnete ihr Haar ein wenig und bat um ein Glas Wasser. Robert füllte am Tisch unter dem vergitterten Fenster ihren Becher. Die Schwester tätschelte meinen Arm und ließ uns wieder allein.

Ich trank den Kaffee und aß die Schokolade, meine Übelkeit war bis auf einen leichten Druck im Oberbauch verschwunden. Robert erzählte unserer Mutter, dass ich bei einer Zeitung arbeitete und man jeden Tag einen Artikel von mir lesen könne. Sie nickte immer wieder zufrieden, als billigte sie meine Berufswahl, als träfe sie genau die Vorstellung, die sie sich von mir gemacht hatte. Meine Kinder erwähnte Robert nicht. Stattdessen unterhielten sie sich, nachdem es über mich nichts mehr zu sagen gab, ausgiebig über das Klinikessen, über die Abneigung meiner Mutter gegenüber Kohlgemüse und über andere Patienten, von denen sie wie von alten Bekannten sprachen.

Anschließend liefen wir zu dritt, meine Mutter in der Mitte, den Flur auf und ab. Sie ging langsam, doch aufrecht und sicher. Sie hatte sich mit ihren mageren Armen bei uns untergehakt, und wir schlenderten an den offenen Türen vorüber. Sie wandte ihr runzeliges braunes Gesicht in die Zimmer und grüßte höflich, und aus allen Zimmern antwortete ihr ein respektvolles: »Guten Morgen, Rubina.«

Nach diesem Spaziergang führten wir sie zu ihrem Sessel zurück. Sie ließ sich gegen die Rückenlehne fallen und schloss die Augen, sie schien erschöpft zu sein.

Robert flüsterte mir zu: »Sie wird gleich einschlafen, wir sollten jetzt gehen.«

Er nahm ihre Hand und sagte laut: »Ruh dich aus, Mutter. Bis zum nächsten Mal.«

Ich machte es ihm nach, ich griff die hängende Hand und sagte: »Auf Wiedersehen, Mutter.«

Da saß sie mit einem Ruck aufrecht, die beiden zartgepflegten Hände schnappten zu, mein Handgelenk war in einer Klammer von beringten Fingern gefangen.

»Du hast dir dein Haar gefärbt, Gero«, zischte es mir entgegen, »gib es zu.«

Weit geöffnete Augen schossen Pfeile auf mich ab. Der Kopf flog hin und her, die Halswirbel knirschten.

»Ach, Gero, warum hast du das getan?«, stieß sie jammernd hervor. »Dein schönes blondes Haar.«

Der Kopf fiel schlaff nach vorn, doch die Hände hielten mich eisern fest.

Robert war aus dem Zimmer gestürzt. »Schwester Julia«, hörte ich ihn den Gang hinunterrufen, »kommen Sie, schnell.«

Meine Mutter warf den Kopf in den Nacken, die Pupillen drängten sich zum Fenster hin in die linken Augenwinkel, als erhofften sie sich Erlösung von den sauber auf- und aneinandergereihten Quadraten. Tränen holperten über die schrumpeligen Wangen, tropften auf den Kragen des roten Bademantels. Langsam wandte sie den Kopf mir wieder zu, sie fixierte mich, und in plötzlicher maßloser Wut herrschte sie mich an: »Die Finger sollte man dir abhacken, Mario, so etwas tut man nicht, Strafe muss sein.«

Durch meine Finger arbeiteten sich Tausende von Ameisen. Ich stand gebückt, halb über meine Mutter gebeugt, als nähmen wir lange und schmerzlich Abschied voneinander. Ich wagte nicht, mich zu rühren. Und dann musste ich an das Kind denken, das Robert und Irina haben wollten, und an Ninas merkwürdige Gefühlsschwankungen und daran, dass es doch gar nicht so schlecht gewesen war, drei Jahrzehnte lang um diesen Irrsinn hier einen Bogen gemacht zu haben.

Auf dem Flur wurden schnelle Schritte laut, Schwester Julia kam ins Zimmer, ihr Unterkiefer hielt sich ernst zurück. Sie nickte Robert beruhigend zu.

»Sie hat einen psychotischen Schub«, stellte er wichtigtuerisch fest, als wäre er der behandelnde Arzt.

Die Schwester schüttelte leicht den Kopf. Meine Mutter weinte wieder, Irrlichter jagten durch ihre Augen. Schwester Julia beugte sich zu ihr hinunter, unsere Köpfe berührten sich fast.

»Rubina, Sie öffnen jetzt Ihre Hände«, sagte sie fest.

Meine Finger liefen blau an, ich stöhnte leise vor Schmerzen.

»Rubina, sehen Sie doch, wie hässlich Ihre Hände sind«, lockte die Schwester. »Kommen Sie, wir wollen sie eincremen.«

Meine Mutter stieß einen gellenden Schrei aus. »Nicht Gero, nicht ihn«, kreischte sie.

Schwester Julia zog eine Ampulle aus der Kitteltasche. Sie hantierte hinter meinem Rücken, und dann schlug sie den roten Bademantel auf. Ich drehte mich schnell weg. Robert stand neben mir, wie bereit, mich aufzufangen.

Die Zange um mein Handgelenk lockerte sich, und ich konnte mich befreien. Ich zählte die Schritte bis zum Waschbecken. Ja, es waren genau drei. Und während ich würgte, aber nichts heraufbrachte, beobachtete ich aus den Augenwinkeln, wie Robert unsere Mutter zum Bett trug und Schwester Julia sie sorgsam zudeckte.

Am Nachmittag fuhren Robert und Irina mit mir an die Ostsee. Sie waren der Meinung, frische Seeluft würde mir jetzt guttun. Wir standen eine Weile am Strand und sahen auf das Wasser hinaus, das kobaltblau strahlte und aus seinen Abgründen hier und da grellweißen Schaum ins Sonnenlicht hinaufhob.

Robert hielt Irinas Hand, den anderen Arm legte er mir um die Schulter. Ich sackte ein wenig in den Sand ein. Der Wind blies kräftig, Böen knallten mir gegen die Ohren, und in die Paukenschläge hinein sagte ich: »Ich glaube, ich werde es ihr verzeihen.«

Roberts Arm verstärkte anerkennend seinen Druck, und Irina beugte sich vor und zeigte mir ihr Gesicht mit einem breit gezogenen Mund, als wollte sie gleich weinen.

Schließlich quetschten wir uns zu dritt in einen Strandkorb mit dem Rücken zur See und aßen Irinas Kuchen zu Kaffee aus der Thermoskanne.

In der Nacht im Gästezimmer schlief ich kaum. Das lag zum einen an dem Vorfall mit meiner Mutter, zum anderen daran, dass Irina mir etwas zugeflüstert hatte, als wir aneinandergedrängt in dem Strandkorb saßen und der Wind an allem rüttelte, was sich bewegen ließ. Sie habe Robert endlich rumgekriegt, hatte sie mir ins Ohr geflüstert, und das habe sie auch mir zu verdanken und nun müsse sie nur genau rechnen, damit es auch klappe.

Am Morgen, als Irina unter der Dusche stand, hatte ich endlich Gelegenheit, mit Robert allein zu sprechen.

Ob er sich mal bei den Ärzten erkundigt habe? »Ich meine«, sagte ich, »wegen eures Kinderwunsches und unserer Mutter.«

Er tat leicht belustigt. »Du machst dir Sorgen, dass deine und meine Brut auch eines Tages in der Klapse enden?« Klar habe er das vorher abgeklärt. Kein Mensch werde nur wegen einer genetischen Veranlagung psychotisch. Da gehörten die entsprechenden negativen Umstände in den sensiblen Entwicklungsphasen dazu. Und davon habe unsere Mutter mehr als genug gehabt.

Er redete noch eine Zeit lang weiter, und ich nickte ab und zu, als lauschte ich einem Vortrag für betroffene Familienangehörige.

Das Entscheidende, um eine Familie zu gründen, habe der Arzt ihm versichert, sei, ob man die richtige Frau für sich gefunden habe.

»Und das hast du ja«, versuchte ich, ihn zu bestätigen.

»Bist du anderer Meinung?« Robert sah mich überrascht an.

»Nein, eben nicht«, beteuerte ich schnell, »ich beneide euch, wie gut ihr zusammenpasst.« Und vorsichtshalber fügte ich noch hinzu: »Es ist frappierend, wie harmonisch es zwischen euch zugeht, nach so vielen Jahren.«

Robert klopfte mir auf die Schulter: »Das wird schon bei dir, ich hab ein gutes Gefühl bei dieser Claudia Arnsberg.«

Und beim Abschied sagte er: »Nimm's nicht so schwer, Bruder.«

Ich fragte mich, ob er meine geplatzte Ehe mit Ulrike meinte oder das gestrige Vorkommnis mit unserer Mutter. Ich entschied mich für das Naheliegendere: Es sei schon in Ordnung, das nächste Mal würden wir sie nicht so überrumpeln.

Zwischen Tür und Angel verabredeten wir einen Besuch in den Sommerferien, mit den Kindern.

»Und bring Claudia mal mit«, rief Irina mir zu, als ich schon in meinem Volvo saß. Und ich sagte wieder: »Vielleicht.«

Ich winkte aus dem Seitenfenster, und sobald es mir sicher schien, schlug ich den Weg zur Klinik ein. In einem Supermarkt kaufte ich eine Tüte voll Schokolade. Nicht die in dem lila Papier, sondern bunt verpackte, auch keine mit Rosinen und Nüssen, sondern mit Marzipan, Nugat, Mandelcreme.

Dann ging ich durch den Park, ich passierte souverän den Glaskasten mit der Empfangsdame und lief durch die Gänge, ich stieg die Treppe hinauf und klingelte an der verschlossenen Tür. Wieder öffnete Schwester Julia. Doch das Strahlen gelang ihr heute nicht so recht. »Herr Heuser, wie gut, dass Sie noch einmal kommen. Rubina macht uns Sorgen.«

Ihr Unterkiefer hielt sich kummervoll zurück: »Sie will nicht aufstehen, sie will nicht essen und nicht trinken.«

Ich wich dem Unterkiefer aus und sah auf ihre Stirn, die sich unter meinem Blick in gramvolle Falten legte, wie ein Netz von Schienen, die jeden, der sich von ihnen leiten lassen wollte, in die Irre führen mussten.

Was zum Teufel hatte ich mir dabei gedacht, hier ein weiteres Mal aufzutauchen? Was wollte ich denn besser machen als Robert? Wollte ich mir allen Ernstes eine Zusage abholen, dass sie auch mich achtete? Eine geistig verwirrte alte Frau, die in guten Tagen meine Mutter gewesen war?

Ich wandte mich zur Tür: Es sei wohl besser, wenn ich ein andermal wiederkäme.

»Nein, Herr Heuser.« Schwester Julia legte ihre Hand an meinen Oberarm: »Bleiben Sie, das ist eine Chance.«

Eine Chance für wen? Für mich? Für meine Mutter?

»Haben Sie keine Scheu«, sagte sie, »ich bleibe bei Ihnen im Zimmer.«

Während wir an den offenen Türen vorübergingen, hinter deren sonnigen Rechtecken sich heute nichts regte, redete Schwester Julia leise auf mich ein: Wenn Rubina die Flüssigkeitsaufnahme weiter verweigern würde, dann müsse ihr spätestens am Abend ein Tropf gelegt werden, und das bedeute auch, dass sie fixiert werden müsse, damit sie sich die Kanüle nicht herausreißen könne, und das wäre alles in allem ein arger Rückschritt …

Ein lang gezogener Klageschrei hallte durch den Flur.

»Keine Sorge, das ist sie nicht.« Schwester Julia griff wieder nach meinem Arm, und sie hielt ihn fest, bis wir in das Zimmer traten.

Ich vermisste sofort die Lichtquadrate, die Vorhänge waren zugezogen. Meine Mutter lag auf dem Rücken im Bett.

»Setzen Sie sich zu ihr«, sagte Schwester Julia leise, »berühren Sie sie, damit sie spürt, dass Sie da sind, und dann erzählen Sie ihr irgendetwas, von Ihrer Arbeit, von Ihren Kindern. Auch wenn sie keine Reaktion zeigt, sie wird es schon verstehen.«

Ich schob den Sessel ans Bett und setzte mich auf die Armlehne. Die Augen meiner Mutter waren geschlossen. Sie trug ein orangefarbenes Nachthemd mit einem blauen Blumenmuster, der rote Bademantel hing über dem Fußende. Vorsichtig legte ich meine Hand auf das bunte Nachthemd, da, wo der Arm in die Schulter überging. Ich zuckte zurück, ich hatte ein Skelett ertastet.

»Nur Mut«, flüsterte hinter mir Schwester Julia.

Ich wartete, bis sie sich in die offene Tür zurückgezogen hatte.

»Mutter«, sagte ich entschlossen, »ich bin's, Martin. Erinnerst du dich? Ich war gestern hier bei dir. Ich wollte dich noch einmal sehen, bevor ich wieder abreisen muss. Ach ja, Schokolade habe ich mitgebracht, vielleicht magst du ja auch Marzipan und Nugat und so was.«

Ich sah mich nach Schwester Julia um. Sie lehnte am Türpfosten, und sie lächelte mir zu.

Ich redete leise weiter in das runzelige Feigengesicht, von den Artikeln, die ich für die Zeitung schrieb, und von Nina und Yaro, ihren Enkelkindern. Wenn ich nicht weiterwusste und eine Pause machte, hörte ich draußen eine Kreissäge kreischen, und ich dachte daran, wie viel Aufmerksamkeit es erforderte, dass man beim Sägen mit den

Fingern nicht vor das Sägeblatt geriet. Und dann wehte wie eine nachdrückliche Warnung der Klageschrei auf dem Flur vorbei.

Meine Mutter lag regungslos, während ich weitgehend unverdrossen erzählte. Als ich aufstand, weil ich es für schicklich hielt, mich allmählich zu verabschieden – ein kritischer Augenblick –, hob sie plötzlich ihre Hände. Doch sie griff nicht zu, es war eine bittende Geste.

Ich hatte eine spontane Eingebung: Aus meiner Brieftasche holte ich das Foto von Nina und Yaro, das ich immer bei mir trug. Ich steckte es ihr zwischen die Finger.

»Das sind sie, Nina und Yaro«, erklärte ich. »Siehst du, wie viel Ähnlichkeit Nina mit dir hat? Ich lasse es dir hier, dann kannst du es dir immer anschauen.«

Schwester Julia kam näher, ihr Unterkiefer lachte vorsichtig: Gleich morgen würde sie einen Bilderrahmen mitbringen, und dann könne Rubina sich das Foto auf den Nachttisch stellen.

Wir gingen hinaus, während meine Mutter wie eine aufgebahrte Tote, der man ein Foto zwischen die kalten Finger geklemmt hatte, liegen blieb.

Unten im Park suchte ich mit den Augen den einen Gebäudearm nach dem Fenster ab, hinter dessen Gitter meine Mutter eingesperrt war, und ich dachte an Ansichtskarten, die man sich früher aus dem Urlaub schickte und auf denen man das Fenster, das zum eigenen Hotelzimmer gehörte, mit einem Kreuz markierte.

Ich setzte mich in mein Auto, um zurück nach Essen zu fahren, zurück zu meiner Arbeit, zu meinen Kindern und vielleicht auch zurück zu Claudia.

2008

Die Liebe der Magdalena

EINE Woche später bekam ich Besuch von Claudia. Sie kam allein, es sollte ja eine Aussprache werden. Ich musste mich erklären, Ninas Vorwurf stand noch zwischen uns.

Vom Fenster aus beobachtete ich, wie sie ihren Wagen parkte, immer noch den blauen, jetzt schon etwas klapperigen Mini. Rückwärts fuhr sie langsam in die Lücke und stand gleich perfekt, korrigierte aber noch zweimal, fünfzig Zentimeter vor und fünfzig Zentimeter zurück.

Bei unserem letzten Treffen vor einer Woche hatte sie gescherzt, der Hund, den ich ihnen geschenkt habe, würde ja nun einige Konsequenzen nach sich ziehen. Das war noch vor Ninas folgenschwerer Entladung gewesen. Ich war sofort unsicher geworden. Alles, was mit dem Hund zusammenhing, schien mir immer noch riskant zu sein.

Doch sie hatte gelacht: Nun müsse ein neues Auto her, das alte sei ja nicht hundetauglich.

Während ich hinunterging und die Tür öffnete, nahm ich mir vor, ihr heute meine Hilfe bei der Auswahl eines neuen Wagens anzubieten.

Das Wetter hatte sich dem Anlass unseres Treffens angepasst, Nieselregen füllte wie grauer Staub die Luft. Die Baumkronen im Park hingen nass und schwer über den Stämmen, eine drückende Last, die jeder Baum auf sich nahm, um seiner Existenz gerecht zu werden.

Claudia war ausgestiegen, sie prüfte den Abstand ihres Wagens zu dem vor ihr parkenden und bückte sich dann in die offene Fahrertür. Mit ihrer Tasche kam sie wieder hervor. Sie schlug die Autotür zu und warf einen kurzen Blick zum Himmel hinauf.

Ich rief ihr zu: »Warte, ich hol einen Schirm.«

Sie drehte sich zu mir um und winkte. »Nicht nötig«, lachte sie und sprang über die Pfütze im Rinnstein. Ich starrte auf ihre Schuhe, irgendetwas Hellblaues, Minimalistisches, wie es Balletttänzerinnen tragen.

Als wäre sie in großer Eile, schlüpfte sie an mir vorbei durch die Tür, streifte aber dabei mit der Hand meine Hüfte, eine sicherlich zufällige Berührung. Nebeneinander stiegen wir die Treppe hinauf. Ich bat um Entschuldigung für das schlechte Wetter, und sie lachte wieder.

Kaum hatte ich die Wohnungstür hinter uns geschlossen, griff Claudia in ihre Tasche, zog ein Buch hervor und legte es auf die Kommode neben der Garderobe. *Die Liebe der Magdalena* las ich, von Rainer Maria Rilke. Soweit ich mich erinnerte, war es eine Übertragung von Rilke aus dem Französischen. Während meines Studiums hatte ich sie sicher einmal gelesen, doch ich hatte keine Vorstellung mehr von dem Inhalt. Dieses Buch schien ein kostbares Exemplar zu sein, sehr wahrscheinlich eine Erstausgabe.

Claudia stand vor mir, noch in ihrer feuchten Jacke, und knetete die Griffe ihrer Tasche zwischen den Fingern.

Dieses Buch, die Liebe der Magdalena, sagte sie und hetzte atemlos von einem Wort zum anderen, das habe sie mir mitgebracht, es stamme wohl noch von ihrer Großmutter, von ihrer Großmutter Marthe, ich würde mich sicher erinnern, die, die in Auschwitz geblieben sei. Sie habe keine Ahnung, welche Wege es genommen habe, erst vor Kurzem habe sie es zwischen ihren Büchern entdeckt.

Sie holte Luft und sah zur Seite auf das Buch, und ich dachte noch, wie sonderbar es klang: die in Auschwitz geblieben ist, als Claudia anfing, aus dem Buch zu zitieren.

Diese Liebe der Magdalena, das sei etwas ganz Besonderes von Rilke. Sie hastete voran, als wollte sie etwas, das unbedingt gesagt werden musste, schnell loswerden: Also, es würde zwar oft Gott erwähnt, aber daran müsse man sich nicht stören, denn es käme so etwas Wunderbares vor wie: Die Liebe weiß nicht, sich zu bescheiden, ihr Verlangen ist ihre Vorschrift; oder: Die Liebe hat Furcht vor nichts, als dass sie fürchten könnte. Das sei doch einfach zauberhaft gesagt. Und von einem Vorrat von Liebe sei die Rede, der sich nicht aufbrauchen ließe, oder Magdalena würde als eine pure Liebende bezeichnet, die unter dem Kreuz vergehe, und schön fände sie auch, dass die Liebe keine Geselligkeit möge, dass die Liebe das Land und die Einsamkeit möge, weil sie dort freier sei.

Sie hielt inne und sah mich verlegen an. Ich war einigermaßen verwirrt. Sie war noch nicht fünf Minuten hier bei mir und hatte schon ungefähr zehnmal das Wort Liebe ausgesprochen. Geradezu beschwörend hatte sie es wiederholt, wie eine Zauberformel, die einem das erschließen soll, von dem man argwöhnt, dass es fern aller Möglichkeiten liegt, dass es nie eine Wirklichkeit haben wird.

Sofort wehrte ich mich dagegen. Ich hängte ihre Jacke auf einen Bügel und redete mir ein, es sei ihre Offenheit, dass sie so großzügig mit dem Wort Liebe umging, dass sie damit gleich die Weichen für diesen Tag, den wir ganz für uns haben würden, gestellt hätte. Ja, genauso wird es sein, dachte ich, sie stimmt uns ein auf diesen Tag, einen Tag voller Liebe zwischen uns beiden.

So dachte ich, solange ich an der Garderobe hantierte und Claudia in meinem Rücken stand. Doch als ich mich zu ihr umwandte und ihr unglückliches bittendes Lächeln sah, wurde mir klar, dass sie mir die Liebe in Worten angeboten hatte als Ersatz für eine handelnde, für eine handgreifliche Liebe, und ich fragte mich, ob es angebracht wäre, sich um Claudia Sorgen zu machen, weil ihr vielleicht meine Nähe nicht guttat, weil es ihr ja Angst machte, dass sie sich bei mir so wohlfühlte. Und mir schnürte sich die Kehle zu bei der Befürchtung, dass es schon jetzt so weit sei, dass ich schon jetzt, da es kaum einen Anfang gab, würde entscheiden müssen zu gehen.

Sie zog das Buch wieder von der Kommode und hielt es mir hin, mit einem jetzt traurig bedeutsamen Lächeln, mit dem sie mir eine Annäherung zu verwehren schien. Ich stand da mit hängenden Armen, unfähig, sie um Claudia zu schließen und ihr meine Liebe zu zeigen. Stattdessen nahm ich sie ihr ab, *Die Liebe der Magdalena*, und mit einem Mal sagte ich: »Die Liebe hat Furcht vor nichts, als dass sie fürchten könnte.«

»Das ist treffend?«, fragte sie leise und sah mich zweifelnd an.

»Das ist verdammt treffend, erschreckend treffend.«

Ich hielt Rilkes Buch in der Hand, während ich Claudia meine Wohnung zeigte. Ich hatte aufgeräumt, und ich fand, dass alles recht passabel aussah. Nur in meinem Arbeitszimmer auf und um den Schreibtisch herum stapelten sich Bücher und Zeitungen. Hier stellte ich *Die Liebe der Magdalena* direkt neben dem Laptop ab, gleichsam zur dringlichen Arbeitserledigung.

Zwischen den Büchern schien Claudia sich heimisch zu fühlen, sie sah sich unbefangen um, und sie fand die Unordnung inspirierend. Es sähe nach Arbeit aus, sagte sie, nach produktiver Arbeit, und durch die vielen Bücher würde sie sich gerne einmal durchlesen.

Ich schlug ihr vor, sich auszusuchen, was und wie viel sie wolle. Sozusagen im Austausch für den Rilke, sagte ich, obwohl so ein einmaliges Buch durch nichts zu ersetzen sei.

Sie ging in die Hocke und zog von einem Bücherstapel *Der Schatten des Windes* von dem Spanier Zafón. »Davon habe ich gehört, aber irgendwie habe ich immer vergessen, es mir zu besorgen.«

»Ja, das ist eine interessante Geschichte und im Mittelpunkt steht auch ein Buch.« Warum ich *auch* sagte, dazu fiel mir auf die Schnelle keine Erklärung ein. Vermutlich begann ich deshalb, aus dem Stegreif eine Art Literaturkritik zu verfassen. Um dieses unerklärliche *Auch* zu überspielen, redete ich einen ganzen Artikel, obwohl mir klar war, dass mein Eifer lächerlich wirkte.

Das alles würde sie gerne einmal überprüfen, meinte Claudia, als ich endlich innehielt. Sie lächelte amüsiert, als hätten meine Ausführungen sie erheitert, und ich nahm mir vor, mich ab sofort ein wenig distanzierter, eben unaufdringlicher zu verhalten.

Immer noch lächelnd lobte Claudia die Lage meiner Wohnung, so zentral und doch so im Grünen. Überhaupt gab sie zu allem unentwegt Freundliches von sich, wahrscheinlich gelangte ich daher zu der Ansicht, meine Zimmer wirkten, wenigstens auf den ersten Blick, ganz akzeptabel.

Draußen stand der Nieselregen ohne Bewegung vor den Fenstern. Die Bäume im Park hatten ihre Konturen geöffnet, transparent und zerbrechlich schwebten sie über dem Erdboden, wie bereit, sich jederzeit ganz im Grau aufzulösen. Ich bedauerte noch einmal das trübe Wetter und erklärte, dass im Arbeits- und im Wohnzimmer, dass in diesen beiden Zimmern im Sommer vom späten Vormittag bis zum Abend die Sonne hereinscheine, dass man sie also guten Gewissens lichtdurchflutet nennen könne, und wie schade es sei, dass wir heute nicht in diesen Genuss kämen.

Aber Claudia unterbrach mich, sie wies auf die Jugendstil-Tischleuchte, die Ulrike mir in unseren guten Jahren geschenkt hatte, und beteuerte, das Licht dieser Lampe mit den hängenden Blütenkelchen könne ohne Weiteres mit jedem Sonnenlicht konkurrieren und sie könne sich nichts Schöneres vorstellen als diese leuchtenden verspielten und doch irgendwie strengen Jugendstilmotive.

Ihre Anspannung schien sich verflüchtigt zu haben, was sicher auch mein Verdienst war, da ich ihr nicht unnötig zu nahe kam. Sie blieb vor den beiden Grafiken von Karl Otto Götz stehen, die ich mir in einer schwachen Stunde geleistet hatte, und wollte von mir wissen, was mir zu solchen abstrakten Darstellungen einfiele. Mir fiel im Moment absolut nichts dazu ein. Ich hatte mir ja auch vorgenommen, etwas zurückhaltender zu agieren, und doch behauptete ich plötzlich, mit einem Mal geradezu tollkühn geworden, ich müsse dabei an Umarmungen denken; so wie die Farben dort beschwingt einander entgegenflössen, stellten sie den Moment vor einer zärtlichen Umarmung dar.

Sie rührte sich nicht. Sie ergriff nicht die Flucht. Und ich legte vorsichtig von hinten meine Arme um sie. Sofort hob sie ihre über den Kopf und umschlang meinen Nacken. Ich triumphierte. Also doch. Sie hatte mir die Liebe als Wort kredenzt, es war die Vorspeise oder vielmehr das Vorspiel gewesen.

Ich roch ihr Parfüm, ein Duft, wie ihn normalerweise eine Schale mit frischem Obst verbreitet. So standen wir eine Weile, ihr Rücken an meiner Brust. Sie starrte auf die Grafiken, ich über ihre Schulter auf ihren Ausschnitt, in dem es eigentlich nichts zu sehen gab, da sie etwas Hochgeschlossenes, Enganliegendes trug, wieder in Hellblau.

Hellblau, registrierte ich, das scheint ihre Lieblingsfarbe zu sein, das solltest du dir merken. Mein Mut kehrte zurück, und ich war wieder in der Lage, mir das zu sagen, was ich mir sagte, seit wir an jenem Tag im Mai, jenem ersten Tag, nebeneinander über die Rheinpromenade spaziert waren: Mit Claudia wird es etwas anderes werden, bei ihr wird der Fluch keine Kraft haben.

Ich zeigte ihr auch das Schlafzimmer auf der anderen Seite des Flurs. Es taktvoll auszusparen, erschien mir nicht sinnvoll. Eine solche Auslassung hätte ja förmlich auf einen wunden und dunklen Punkt aufmerksam gemacht.

Claudia betrat dann das Zimmer auch offensichtlich gelöst. Sie lobte die blaue Wandfarbe. Blau fördere die Entspannung, teilte sie mir sachlich mit, im Tonfall einer Innenarchitektin. Und woher ich denn dieses wunderschöne alte Bett habe?

»Es ist ein Erbstück aus der Familie meines Vaters«, erläuterte ich, »mein Bruder Robert war als der Ältere zwar erbberechtigt, aber er hat es nicht haben wollen. Mit den Gründen ist er nie so recht herausgerückt.« Ich hätte ja auch so einige Familienvorbehalte, bemerkte ich noch, aber mit dem Bett hätte ich erstaunlicherweise keine Schwierigkeiten.

Ich presste schnell die Lippen aufeinander, um ein süffisantes Lächeln zu unterdrücken, das aus meinen Mundwinkeln kriechen wollte, mehr oder weniger hinter meinem Rücken, denn so zu lächeln, so anzüglich und selbstgefällig, das war ja ganz untypisch für mich.

Claudia war wohl nichts aufgefallen. Sie fuhr fort, Nettigkeiten auszuteilen: Das Bett passe wundervoll zu den blauen Wänden, und im Ganzen habe das Zimmer eine angenehme Atmosphäre.

Sie stellte sich ans Fenster, die Arme vor der Brust verschränkt. Und ich ging aus dem Zimmer … ich holte Rilkes *Liebe der Magdalena* und warf sie auf die Bettdecke. Was ich mir dabei dachte, darüber war ich mir nicht ganz im Klaren. Es hatte etwas Herausforderndes, wenn nicht Aufforderndes.

Claudia sah weiterhin aus dem Fenster und sagte, der Blick hier hinaus sei nicht so spektakulär wie der vorne auf den Park mit seinen Bäumen, aber dieser winzige Garten hier zwischen den Häusern habe etwas Anheimelndes. »Wie auch dieses ganze Zimmer«, fügte sie hinzu und übersah *Die Liebe der Magdalena* auf meiner Bettdecke.

In der Küche wurde offensichtlich, dass ich nicht für sie gekocht hatte, wie sie es für mich getan hatte.

Also – ein Rührei oder Tomatentoast mit überbackenem Käse, das brächte ich wohl fertig, ließ ich verlauten, aber sie wolle ich lieber zu einem exzellenten Chinesen ausführen.

»Tomatentoast mit Käse«, entschied Claudia, »genau darauf habe ich jetzt Appetit.«

Mein Versuch, sie doch noch zum Chinesen zu überreden, scheiterte an ihrem unbedingten Willen, sich mit einem Tomatentoast zu begnügen. Es zeigte sich, dass sie damit eine ausgesprochen kluge Wahl getroffen hatte, denn beim gemeinsamen Zubereiten der Toasts verflogen auch die Reste der Spannungen zwischen uns. Ein Weiteres zu der immer lockerer werdenden Stimmung trug sicher der Rotwein bei, den wir zu unserem wenig festlichen Mahl tranken und bei dem auch Claudia sich nicht zurückhielt, obwohl doch ihr Wagen unten auf der Straße parkte.

Während des Essens dachte ich ab und zu daran, dass mit dem Abräumen der Teller unweigerlich der Teil des Tages erreicht sein würde, der ja der eigentliche Anlass unseres Beisammenseins hier sein sollte.

Der Augenblick meiner Beichte rückte dann auch bedrohlich näher, als wir uns schließlich mit einem Kaffee nebeneinander auf meinem Sofa niederließen. Gleichwohl wagte ich es erst einmal, meinen Arm um ihre Schulter zu legen. Ich versuchte, aus der Haltung dieser Schulter Claudias Stimmung zu ergründen, genauer gesagt versuchte ich, mit meinem Arm ihre Bereitschaft zu ertasten, sich von mir wenigstens einmal küssen zu lassen. Streng genommen wäre es ja erst das dritte Mal – ich wischte schnell den Gedanken an Nina und ihren Kommentar beiseite und näherte meinen Mund probeweise Claudias Ohr. Sie lächelte, neigte mir sogar ihren Kopf entgegen, und dabei erinnerte sie mich an die Fotos: Ob ich ihr nicht endlich die versprochenen Kinderfotos von mir zeigen wolle, jetzt hätten wir doch Zeit dafür.

Ich seufzte, stand aber auf und holte den Umschlag mit meiner Fotoauswahl. Ich schüttete sie auf dem Tisch aus und suchte nach dem grundlegenden Foto: meine Mutter als zehnjähriges Mädchen in den Trümmern mit dem kleinen Jungen Gero auf dem Schoß, schwarz-weiß und abgegriffen. Wenn schon kein Weg daran vorbeiführte, dann wollte ich es ohne große Umschweife erledigen.

Doch Claudia stürzte sich gleich auf die Farbfotos. Sie ordnete den Vierjährigen auf dem Dreirad neben den Sechsjährigen mit der Schultüte und behauptete, sie würde mich in diesem Kind eindeutig wiedererkennen, der Blick wäre noch haargenau derselbe – und die Körperspannung, daran habe sich nichts geändert. Daraufhin griff sie nach dem Foto mit meiner Mutter, in der Mitte zwischen Robert und mir, vor dem Ausflugslokal. Eine auffällig schöne Frau, kommentierte sie und zog mich als Siebzehnjährigen auf dem Rand der Fontana di Trevi zu sich heran. Sie sah mich aus den Augenwinkeln an und fragte: »Wie viele Mädchenherzen hast du denn damals gebrochen? Die Mädchen müssen ja auf dich geflogen sein.«

Ich zeigte auf Irene, die neben mir auf dem Brunnenrand hockte, und wollte mit meiner mir schon vor Wochen zurechtgelegten Erklärung beginnen: dass Irene meine erste Liebe gewesen sei, dass aber aus unerklärlichen Gründen nie etwas daraus geworden sei und dass ich auch immer eher den Eindruck gehabt hätte, die Mädchen lachten heimlich über mich, denn eigentlich sei ich ein Sonderling gewesen, ein Einzelgänger.

Aber merkwürdigerweise sagte ich jetzt nichts von alledem. Ich hob stattdessen die Schultern und lächelte vielsagend, als wollte ich andeuten, dass es im Grunde müßig sei, die Schar von Mädchen, die ich mit Liebeskummer hinter mir gelassen hätte, in eine konkrete Zahl zu bannen.

Claudia lehnte sich zurück und betrachtete mich, wie schon einige Male zuvor, mit ihrem sinnenden, forschenden Blick. Ich traute ihr durchaus zu, dass sie mich durchschaute, und deshalb fing ich an zu reden.

»Die Zeit …«, sagte ich und tippte mit dem Finger auf die Fotografien, ob auch ihr es so gehe, dass solche Fotos ein Unbehagen hervorriefen, dass man sich eigenartig gespalten fühle. »Einerseits ist man derjenige, der auf dem Bild zu sehen ist, andererseits ist man der, der es sich anschaut. Wie durch ein Fenster sieht man auf sich selbst in der Vergangenheit, sozusagen Beobachteter und Beobachter zugleich, aber gewissermaßen ist man doch dieselbe Person, auch wenn man sich natürlich verändert hat oder meint, sich verändert zu haben.«

Claudia hatte mich währenddessen unverwandt angesehen. Ich bemerkte, dass der Ausdruck ihrer Augen umgeschlagen war. Eine Unruhe flackerte in ihnen, die ich auf Anhieb nicht deuten konnte, die mir aber etwas zu verstecken schien, etwas, vor dem sie sich fürchtete, das stärker war als sie. Ja, so musste es sein, sie fürchtete sich, und sie fürchtete sich, *weil* es stärker war als sie.

»Ich finde …«, sagte sie, und ihre Stimme klang brüchig, als drückte dieses Mächtige, vor dem sie sich fürchtete, schwer auf jedes Wort, als würde es Sprünge in die Wörter schlagen, die doch aber nötig waren, wie ich längst eingesehen hatte, wenn wir nicht jetzt schon an der übermäßigen Zuneigung zueinander scheitern wollten. »Ich finde«, wiederholte sie, »man sieht das Vergehen der Zeit. Du siehst auf den Fotos die Veränderungen von heute zu damals, und das ist nichts anderes als das Vergehen der Zeit.«

»Dann sollte ich sie am besten so schnell wie möglich wieder in ihren Karton auf dem Kleiderschrank verbannen«, versuchte ich zu scherzen, zugegebenermaßen etwas platt, und ich lächelte verzweifelt aufmunternd, denn ich fühlte mich plötzlich elend mit Claudias Furcht neben mir und meinem sofort aufkeimenden Gedanken, zu kapitulieren und diesen sich hoffnungslos aneinanderreihenden Kompliziertheiten zu entfliehen.

»Du meinst, weil wir dem Vorrücken der Zeit so erbarmungslos ausgeliefert sind?«, fragte sie mit ihrer bebenden Stimme. »Aber wenn Zeit Veränderung ist«, sagte sie zögernd, »dann gibt es immer die Möglichkeit, sie unwirksam zu machen, ihr zu entkommen.«

»Du meinst, wenn man etwas findet, das von den Veränderungen ausgenommen ist, dann kann man zumindest in diesem Punkt der Zeit entfliehen?«

»Ja«, antwortete sie und sah nach hinten über die Lehne auf den Park hinaus, »soweit ich weiß, gibt es da nur eins, bei dem das möglich ist.«

Ich starrte auf ihr Profil, das sich geschlossen und homogen dem unklaren Grau vor dem Fenster entgegenschob, und ich vergaß meine Bereitwilligkeit zu resignieren, aber ich reduzierte mein Begehren auf den Wunsch, einmal mit den Lippen diese schwungvolle und doch strenge Profilkante entlangfahren zu dürfen, einmal mit der Zunge die Augenbrauen, den Nasenrücken befühlen zu dürfen. Wenigstens das möge mir heute zugestanden werden, flehte ich stumm, und laut fragte ich, für mich völlig unerwartet und auch unsensibel: »Wovor hast du solche Angst?«

Sie schüttelte den Kopf, immer noch zum Fenster abgewendet, und plötzlich sagte ich: »Die Liebe will sich nicht bescheiden, ihr Verlangen ist ihre Vorschrift … meinst du nicht auch, wir beleidigen sie, wenn wir sie missachten, die Liebe und ihr Verlangen und ihre Vorschrift?«

Claudia kehrte mir ihr Gesicht wieder zu, in ihren Augen eine verzagte Bitte. Und schlagartig erkannte ich, dass dies der Augenblick war. Dieser Moment jetzt bot mir die Chance, nein, er bot *uns* die Chance, und würde ich sie nicht ergreifen, für uns beide ergreifen, dann hätte ich versagt.

Ich nahm ihren Kopf in meine Hände, ich zog sie zu mir heran. Und von der Vorschrift der Liebe ganz und gar übermannt, überließ sie sich uns beiden.

Ich vergaß die Linie ihres Profils, ich griff nach den zahllosen anderen Linien, die sie mir bereitwillig in die Hände legte.

Als wir auf mein Bett fielen, stieß mich *Die Liebe der Magdalena* in den Rücken, mit dem Ellbogen schob ich sie zum Fußende …

Am Abend musste ich Claudia einmal aus meinen Armen freigeben, sie rief ihre Kinder an, denen sie versprochen hatte, vor dem Dunkelwerden wieder zu Hause zu sein. Es war dann kurz vor Mitternacht, als sie losfuhr. Alles in mir sträubte sich dagegen, sie gehen zu lassen. Doch sie hatte im Bettzeug nach der *Liebe der Magdalena* gesucht, sie hatte darin geblättert und mir dann vorgelesen: »Du musst wissen, dass darin das Geniale der Liebe liegt, sie weigert sich nicht, gefangen zu sein, nur will sie zu gleicher Zeit auch ihre Freiheit haben. Das heißt, sie will gefangen sein nur durch ihren eigenen Willen …«

Aber es gäbe doch noch etwas richtigzustellen, bat ich, ich hätte ihr doch etwas auseinanderzusetzen, was denn damit sei, deswegen sei sie doch hierhergekommen?

»So? Bin ich das?«, fragte sie zurück, und sie lächelte ein wenig spöttisch, aber dabei so glückstrahlend, dass ich sie festhielt und verlangte, ihr jetzt sofort meine ganze Geschichte erzählen zu dürfen.

Sie befreite sich aus meinen Händen: Sie sei gerade so happy, sagte sie, das solle ich ihr mal gönnen, sie wolle diesen unglaublich schönen Tag nicht mit einer traurigen Geschichte beenden.

Woher sie denn wisse, dass es eine traurige Geschichte werden würde, sie kenne sie doch gar nicht?

Ich versuchte, sie wieder in die Arme zu schließen. Sie duldete es, sie presste sich sogar an mich, und sie flüsterte, das sage ihr ihre Erfahrung. »Solche Geschichten, die man ein Leben lang mit sich herumschleppt und die auch die Kinder verwirren und auch ihr Leben beeinflussen, die sind immer traurig, da geht es immer um Leid, um Verzweiflung, um Einsamkeit, um all diese traurigen Dinge eben.«

Ich ließ sie schließlich ziehen, ich gab ihrer Liebe die Freiheit, auf der sie so bestand.

»Doch du«, rief ich ihr zum Abschied in die stille feuchte Dunkelheit hinterher, in der meine Stimme gespenstisch dumpf klang, »du bist hier gefangen.« Wie ein Gorilla schlug ich mir mit den Fäusten auf die Brust: »Hier, hier drin bist du gefangen.«

Die folgenden zwei Stunden lag ich auf meinem Sofa, das Whiskyglas griffbereit. Ich hatte die Sportnachrichten angesehen, und nun drehte ich, während ich auf Claudias Anruf wartete, das Foto von meiner Mutter in den Händen, in den Händen, in denen ich noch Claudias Haut spüren konnte; ihre Brust, ihre Schenkel, ihren ganzen Körper konnte ich über diese Hände heraufbeschwören. Und doch waren sie nicht zufrieden mit der Erinnerung, die sich in die Handflächen eingeprägt hatte, doch sehnten sie sich, als hätten sie etwas auf zumindest unbestimmbare Zeit verloren.

Jetzt hielten sie das Bild von dem Mädchen, das einmal meine Mutter werden sollte, und dem kleinen Jungen auf ihrem Schoß, und gleichzeitig vibrierte in ihnen die Frau, die ich ja eigentlich schon seit Jahren liebte, seit ich ihre Lebensgeschichte gelesen hatte. Und ich dachte an *meine* Geschichte, die ich heute hätte preisgeben sollen, und zufrieden streckte ich die Beine.

1942

Rubina und Mario

DIE Nacht hatte glitzernde Perlen auf die Fäden der Spinnweben gefädelt. An grün bemoosten Baumwurzeln vorbei marschierten Pilze, dicht gedrängt in Kolonnen, sie reckten die Köpfe, jeder versuchte, über die anderen hinüberzusehen, nach vorne, wo die Kolonne ins Unterholz verschwand. Endlos marschierten sie. Waren die Ersten unter die Zweige abgetaucht, wurden die Reihen hinten sofort wieder geschlossen.

Rubina hockte auf dem Waldboden, sie steckte einen Zeigefinger zwischen die Zehen, mit dem anderen tippte sie einem Pilz in der letzten Reihe auf den Hut.

»Ihr müsst nicht weglaufen«, sagte sie. Sie gab sich Mühe, freundlich zu klingen. Es war nicht leicht, die richtigen Worte zu finden, sie wollte niemanden verletzen.

»Es ist so«, sagte sie vorsichtig, »wir dürfen euch nicht essen ... es ist das Gift in euch ...«

Mit einem Ruck hielt die Kolonne an. Rubina sprang auf die Füße. Das Kleid, das sie trug, war viel zu weit und schlenkerte ein paarmal hin und her um den mageren Körper. Sie setzte sich gleich wieder, es schien ihr unhöflich, mit den Pilzen zu reden, wenn sie so hoch über ihnen stand. Sie dachte angestrengt nach, aber es fiel ihr nichts ein, was sie ihnen noch hätte sagen sollen.

Mario hockte sich zu ihr.

»Sie sind endlich stehen geblieben«, erklärte sie ihm.

Mario nickte bedächtig. »Stehen geblieben«, bestätigte er.

Rubina ließ sich auf den Rücken fallen. Die Septembersonne stemmte Balken aus porösem Silber zwischen die Stämme, Stützen, die den Sommer im Wald verankerten. »Sommer, geh nicht weg«, sang Rubina und streckte die Arme der Sonne entgegen. Sie öffnete die Hände, als wollte sie durch die Zweige nach der Sonne greifen. Der kleine Bruder lag jetzt auch auf dem Rücken, auch er hob die Arme und sang: »Sommer, geh nicht weg.« Rubina zog ihn zu sich, legte sich seinen Kopf auf die Brust, und dann krabbelten ihre Finger über seinen Bauch. Sofort kreischte Mario vor Vergnügen, und sie rollten beide lachend durch das dünne Gras der Lichtung.

Die Septembersonne schob immer breitere Balken in den Wald hinunter. Im Lager herrschte Unruhe. Alle bereiteten sich auf den Aufbruch vor. Die Mutter und die Tanten hängten sich die Beutel für das Wasser über die Schultern und gingen zum Bach hinunter. Der Vater hatte den Glutkäfig gefüllt, er vergrub die Aschereste und deckte Laub und Moos über die Feuerstelle.

Die Sonne richtete ihre luftigen Balken weiter auf. Rubina rollte immer noch mit Mario über die Lichtung. Gescha setzte locker ihren nackten Fuß auf Rubinas Rücken. Ob Rubina ihre Sachen beisammenhabe?

Rubina richtete sich auf, mit der einen Hand versuchte sie, Mario zu kitzeln, mit der anderen wies sie auf das braune Bündel am Fuß einer Buche. Es war ihre Decke, die sie zusammengeknotet hatte, in dem Bündel ein Mantel für den Winter, eine Jacke und die Felle für die Füße und Marios Mantel, den sie früher getragen hatte, und eine Hose aus Leder, dazwischen die Schiefertafel und Marios Holzschwert.

Die Sonnenstrahlen versilberten die Baumkronen, die Blätter in ihrem Glanz regten sich nicht, der Wald atmete ruhig und gleichmäßig. »Sommer, geh nicht weg«, sang Mario wieder. Rubina hievte sich das Deckenbündel auf den Rücken und griff nach Marios Hand. Sie stellten sich zu den anderen.

Bienen surrten um sie herum. Der Großvater hob den Arm und schritt entschlossen in das Leuchten des Spätsommers, das ihn gleich wie feinste glitzernde Wassertropfen umhüllte. Die Gruppe folgte ihm.

»Großvater Wilhelm ist ein Engel«, stellte Rubina fest. Und damit keine Zweifel aufkamen, fügte sie hinzu: »Siehst du die Flügel.«

Es war eine weitere Feststellung, keine Frage. Mario sah zu ihr auf, die dunklen Augen voll Vertrauen. »Ein Engel«, bekräftigte er.

»Er führt uns dorthin, wo es immer Sommer ist«, behauptete Rubina, »und wo es so viele Beeren und Pilze und Kaninchen gibt, dass wir nie mehr Hunger haben.«

»Kaninchen«, wiederholte Mario sehnsüchtig.

Es war der zweite Sommer, der hier in den Wäldern zu Ende ging. Rubina hatte den letzten Winter nicht vergessen. Sie war jetzt sieben Jahre alt, und sie erinnerte sich genau an die kleine Cousine, die hier im Wald geboren worden war und eines Morgens, weiß und starr wie der Frost selbst, in einem Erdloch gelegen hatte, das der Vater dann schnell zuschüttete, während die Mutter und die Tanten vor Schmerz geschrien hatten.

Noch viele Tage glimmerte das Sonnenlicht durch den Wald und versteckte jeden Baum hinter warmen Schleiern, durch die der Großvater sie von Lagerplatz zu Lagerplatz führte. Doch täglich setzte die Sonne ihre Lichtbalken jetzt ein wenig schräger auf die Lichtungen, und bald konnten sie ihrer Aufgabe, den Sommer zu stützen, kaum noch gerecht werden. Die grünen Blätter hatten sich verfärbt, gelb und rot, und nachts war es kalt. Rubina wickelte sich und den kleinen Bruder fest in die Decke ein, und die Bäume breiteten eine zweite Decke aus buntem Laub über sie aus. Doch jeden Morgen wachten sie bibbernd auf.

Und eines Abends kam der Frost. Er kam nicht mit einem blauen Himmel und klarer Luft, nein, hinterlistig kroch er heran, feucht und muffig riechend. Arglistig verbarg er sich zwischen den Stämmen und fiel ihnen plötzlich in den Rücken, als sie ihr Lager aufgeschlagen hatten. Rubina und der kleine Bruder drückten sich an die Mutter, alle rückten sie näher zusammen um die winzige Feuerstelle, und sie schlürften die heiße Suppe aus der Handvoll Wurzeln, die sie heute gefunden hatten.

Für eine kleine Weile wurde ihnen warm, und der Frost zog sich in den Wald zurück und wartete ab. Dicht über den Boden duckte er sich und hauchte flockige Nebelwölkchen in das Unterholz. Am Feuer wusste jetzt jeder wieder etwas zu sagen. Rubina schloss ihre Arme um

Mario, ihre Mutter Rosa stimmte ein Lied an, und Rubina sang laut mit. Sie sangen alle, bis der Frost die Geduld verlor. Er reckte sich, dass die Rinden der Bäume ächzten und knackten, er atmete tief ein und blies schwebende Eiskristalle über die Menschen, und er bewaffnete sich mit spitzen Speeren, die stieß er Rubina zwischen die Schulterblätter, in den Nacken und ins Kreuz und in die Hände.

Am nächsten Tag suchten sie die Nadelwälder auf, die die Sommerwärme länger festhielten. Rubina legte ihre Schlafstelle mit Tannenzweigen aus, so wie sie es gelernt hatte, bis sie ein dichtes, federndes Lager hatte, und sie errichtete eine Schutzwand aus Zweigen gegen den Wind. Sie drängte sich mit den anderen um das Feuer und trank heißen Tee aus getrockneter Minze. Doch die Kälte war stark, stärker als sie, und sie war beharrlich. Unermüdlich strich sie um sie und den kleinen Bruder herum, und Rubina wusste, dass sie mit Bedacht nach ihren ersten Opfern suchte.

Rubina kannte ihre Gier. Im letzten Winter hatte die kleine Cousine sterben müssen. Jetzt war Mario der Jüngste, und Rubina spürte unentwegt die verlangenden Augen der eisigen Kälte, die Mario verfolgten, stier und erbarmungslos. Nachts presste Rubina ihn fest an sich, und sie wickelte ihren Mantel um ihn.

Sie kannte auch den Verbündeten der Eiseskälte, und der ließ sich nicht durch einen Mantel beeindrucken, der schlich nicht um sie herum und trat zwei Schritte zurück, wenn sie Marios blau gefrorene Füße und Hände massierte, der wusste, wo die Menschen zu packen waren, der wusste, dass man sie von innen packen musste, der setzte sich in ihnen, in ihrer Mitte fest und höhlte sie aus, bis sie nicht mehr waren als eine brüchige Hülle, doch so schwer an Gewicht, dass sie diese hohle Schale nur unter großen Anstrengungen voranschleppen konnten.

Ja, wenn der Hunger nicht wäre, davon war Rubina überzeugt, dann wäre alles nur halb so schlimm, dann würden sie der Kälte trotzen können, dann würden sie sich sogar über den Schnee freuen wie früher, als sie noch im Wohnwagen gelebt hatten und ganz selbstverständlich die Straßen entlanggezogen waren.

Nebel überschwemmte das Tal, Bäume reckten ihre Astgerippe aus der Nebelflut, grauweiß überschüttet schwammen sie langsam dahin und blieben doch immer in ihrem Blick. Rubina ging hinter einem der letzten Stämme am Waldrand in Deckung, unwillig zog sie Mario mit sich. Sie war ärgerlich: Mario hatte nicht im Lager auf sie warten wollen, er hatte geweint und geschrien, bis die Mutter ihm erlaubt hatte mitzugehen.

Bruno hatte abgeraten, es sei zu gefährlich, Mario sei noch nicht schnell genug.

»Rubina wird auf ihn aufpassen«, hatte die Mutter gesagt.

Rubina wusste, dass Bruno recht hatte: Es war zu gefährlich, Mario war zu klein, er war nicht geschickt genug, und sie würde weniger tragen können mit Mario an der Hand.

Der große Bruder und die Schwester voran robbten sie am Waldrand entlang. Das Tal wurde flacher, der Nebel spuckte ihnen Kaltes in die Gesichter.

Und dann, ganz plötzlich, waren sie vor ihnen, aufmarschiert in schnurgeraden Reihen, aus der grauen Unendlichkeit auf sie zukommend. Auf gekräuselten Blättern reichten sie ihr großes festes Inneres dar. Rubinas Magen krampfte sich vor Freude zusammen, Kopf an Kopf, dicht gedrängt und ordentlich aufgereiht, so viele Kohlköpfe, dass sie keinen Tag mehr hungern müssten, den ganzen Winter lang.

Sie duckte sich hinter die Geschwister, sie achtete darauf, dass auch Mario sich kleinmachte. Der Wald hinter ihnen gab keinen Laut von sich, kein Baum knackte warnend mit den Zweigen, kein Eichelhäher schrie alarmiert auf. Vor ihnen sonderten sich kleine Nebelschwaden ab, deckten die Kohlköpfe zu und krochen langsam weiter, auf die andere Seite des Tals.

Sie verharrten lange, bis Bruno leise das Kommando gab. »Jetzt«, flüsterte er.

Sie sprangen auf und rannten los, auf das Feld zu. Rubina zerrte Mario hinter sich her. Blitzschnell waren die Decken ausgebreitet, Bruno ging in die Hocke, sein Messer fuhr unter die Kohlköpfe, einen nach dem anderen warf er Gescha und Rubina zu, einer nach dem anderen polterte in die Mitte der Decken. In den Reihen glänzten weiße Schnittwunden, aus denen sämige Tropfen quollen, die braune Erde rollte sich um die Stümpfe zusammen, voller Sorge nach den Wunden tastend.

Gescha zischte: »Genug.« Bruno klappte das Messer ein. Mit bebenden Händen verknotete Rubina ihre Decke, sie wuchtete den Sack auf ihren Rücken … da sah sie sie aus dem Nebel heraustreten. Sie waren zu zweit. Sie trugen dicke Mäntel und Mützen, sie dampften wie Ackergäule, und wie Ackergäule stampfend trabten sie heran.

Bruno schoss los, auf den Waldrand zu, er rannte nicht in Richtung des Lagers, er lief vom Lager weg. Gescha blieb dicht hinter ihm. Rubina schleppte den Sack und riss Mario mit sich. Der Abstand zu Gescha wurde größer. Mario stolperte, Rubina schleifte ihn hinter sich her. Der Sack mit den Kohlköpfen rutschte ihr von der Schulter. Mit einem Arm zerrte sie Mario voran, mit dem anderen das, worauf alle warteten, was sie vor dem Hungertod bewahren sollte. Sie hörte die Ackergäule in ihrem Rücken schnaufen, und plötzlich fehlte das Gewicht an ihrer rechten Hand. Sie taumelte, sie ließ auch den Sack mit den Kohlköpfen fallen, sie schnellte herum.

Mario wand sich in den dicken wattierten Armen, lautlos kämpfte er im Dunst des weißen Atems, der die Gesichter der Männer verhüllte. Rubina stürzte sich auf einen der dicken Mäntel, klammerte sich an einem der Beine fest, um es umzureißen. Schnaubend wurde sie abgeschüttelt, sie fiel auf den Sack, der Knoten löste sich, Kohlköpfe rollten den Kämpfenden zwischen die Füße. Mario wurde von zwei schwarzen Handschuhen niedergedrückt, einen Arm zur Seite ausgestreckt, und dann, Rubina hatte nicht gesehen, woher, zerschnitt eine Axt den Atemdampf und schlug auf dem Boden auf.

Mario sprang auf, die Hand ohne Finger hielt er weit von sich, mit den Blicken suchend warf er den Kopf hin und her. Rubina sah sie, die Finger, sie lagen zwischen den Kohlköpfen, bleich wie gehäckseltes Holz.

Die Ackergäule trampelten davon, verschwanden hinter dem Nebel.

Rubina saß auf ihrer Decke, starrte auf die Finger, dann auf Mario und sah zu, wie er sich bückte, wie er mit der Hand ohne Finger nach seinen Fingern griff, und sie hörte ihn aus weiter Ferne schreien, als es ihm nicht gelang.

Bruno war zurückgehetzt, er stieß Rubina hoch, er packte sich Mario, lud ihn auf den Rücken. Rubina sammelte hastig ihre Kohlköpfe ein, legte die Finger nebeneinander dazu. Gemeinsam stolperten sie auf den Wald zu, jagten zwischen den Bäumen entlang.

Irgendwann blieb Bruno stehen. Er ließ Mario auf das Laub gleiten, er riss einen Streifen Stoff von seinem Hemd ab und wickelte ihn um die Fingerstümpfe.

Sie hätten Hunde, die könnten einer Blutspur folgen, flüsterte er, deshalb dürfe nichts mehr heraustropfen.

Mario lag da, bleich mit geschlossenen Augen, und regte sich nicht. So hing er auch auf Brunos Schulter, während sie lange in die falsche Richtung wanderten, bevor Bruno in einem Bogen auf das Lager zuging. Weinend schleppte sich Rubina hinter den Geschwistern her, bis Gescha ihre Hand nahm.

Am Abend richtete Rubina ihre Schlafstelle in einem Gebüsch ein, weit weg von den anderen und weit weg vom Feuer.

Es hatte einen heftigen lauten Streit gegeben, der Vater hatte die Mutter beschuldigt, er hatte auf sie eingeschlagen. Großvater Wilhelm ging dazwischen und wies ihn zurecht, und die Mutter schrie auf Bruno und Gescha ein, sie stieß Rubina um und fauchte sie an, ausdrücklich habe sie ihr den Auftrag gegeben aufzupassen. Die Tanten weinten laut, und die Cousins und Cousinen umringten Mario heulend, der regungslos, ohne Besinnung auf seiner Decke lag.

Da hatte Rubina ihre Sachen in ihre Decke gewickelt und sich einen Platz außerhalb des Lagers gesucht.

Gescha brachte ihr eine Schüssel mit gekochtem Kohl und forderte sie auf, zu ihnen ans Feuer zu kommen, der Großvater habe gesagt, es sei nicht ihre Schuld.

Rubina wandte sich ab, sie erwiderte nichts.

Immer wieder ging die Sonne auf und kroch matt eine Weile unterhalb der Baumkronen dahin. Häufig gab sie sich den grauen Wolkenmassen geschlagen, versteckte sich hinter ihnen, um ihre Schwäche zu verbergen. Tag für Tag beobachtete Rubina sie und wartete auf die

Dunkelheit. Sie kauerte auf ihrem Lager, abseits von den anderen. Längst schon gehörte sie nicht mehr zu ihnen, spürte weder die Kälte noch den Hunger. Sie aß und trank, was man ihr hinstellte. Wenn die Männer Jagdglück gehabt hatten, war ein Stück Fleisch dabei. Sie hatte vergessen, welche Wonne es war, solch ein fettiges, weiches Stück Fleisch zu essen, sie würgte es hinunter wie die harten Wurzeln.

Bisweilen kam die Mutter, setzte sich zu ihr und weinte. Dann weinte Rubina auch. Aber wenn die Mutter sie in ihre Arme nehmen wollte, schlug Rubina sie weg.

Auch die Tante Kathi kam und versuchte, sie zu überreden, mit ihr zu Mario zu kommen: Mario habe Wundfieber und sie sei mit ihrem Kräuterwissen am Ende, nichts wolle helfen. Doch sie, Rubina, sie könne vielleicht helfen, denn wenn Mario ab und zu das Bewusstsein erlange, weine er nach ihr.

Rubina presste dann die Fäuste vor die Augen, und sie antwortete nicht.

Nach und nach kamen sie alle, immer wieder, sie köderten sie mit ihrer Nähe, mit der Wärme des Feuers, mit dem kleinen Bruder, der sich nach ihr sehne. Alle möglichen Gründe dachten sie sich aus, die es angeblich nötig machten, dass sie zu ihnen käme und sich mit ihnen an das Feuer setzte, dicht zu Mario, der dort lag, bleich und nahe bei der Glut, damit er in seinem Elend nicht auch noch frieren musste. Und vermutlich erwarteten sie auch noch, dass sie seine Hand hielte, die mit den Fingern, die ihr unentwegt das Bild der anderen vor Augen führen würde, der anderen, mit der er seine verloren gegangenen Finger hatte einsammeln wollen und aus der das Blut getropft war.

Wenn sie kamen, sich auf ihre Decke setzten und so versuchten, sie zu überreden, sah Rubina sie nicht an, sie sprach nicht mit ihnen, sie verbarg das Gesicht zwischen den Knien und wartete, bis sie endlich aufgaben. Schließlich wich sie ihnen aus, frühmorgens lief sie weg von ihnen, sie versteckte sich und kehrte erst zurück, wenn die Dunkelheit sich um die Baumstämme wand, sie heranlockte, mit ihrer Kälte und Schwärze in sie hineinkroch und ihr Schlaf und Vergessen versprach.

Während der Nacht waren aus den trockenen Zweigen des Busches feste kleine weiße Federn gewachsen. Manche lösten sich ab, schwebten unentschlossen über Rubina hinweg und verschwanden unerkannt in der weißen Decke, unter der sie lag.

Wie ein Blitz schlug Freude in Rubina ein, und gleich darauf brannte sie im Schmerz wie nie zuvor. Als die Kälte den Sommer vertrieben hatte, der doch so lange versprochen hatte, für immer zu bleiben, da hatte Rubina Mario etwas versprochen. Sie hatte es ihm versprochen, um ihm Mut zu machen. Sie wollte ihn zwingen, jeden kalten Wintermorgen aufzuwachen, gespannt den Kopf zu heben und sich umzusehen, ob nicht endlich, während sie geschlafen hatten, der Wald weiß geworden war. Ja, sie hatte versprochen, mit ihm im Schnee zu spielen. Er hatte sich nicht erinnern können. »Schnee?«, hatte er gefragt, und sie hatte ihm den Schnee beschrieben: »Er ist nicht einfach weiß«, hatte sie erklärt, »er glitzert und funkelt, als hätte jemand Edelsteine zu Staub gemahlen, und er ist weich, du kannst fallen, ohne dir wehzutun.«

Sie hatte ihm nicht verraten, dass der Schnee kalt war und nass, so nass, dass er selbst durch die Felle drang, mit denen sie ihre Füße umwickelten.

Rubina kroch unter der Decke hervor, sie robbte aus dem Busch heraus und rannte los. Sie rannte, um ihnen zu entgehen, denn auch heute würden sie wieder kommen, sie würden den Schnee anführen: Jetzt, da es geschneit habe, da müsse sie doch endlich zu ihnen ans Feuer zurückkehren.

Rubina lief, sie strauchelte über die blauen Schatten der Bäume, sie stürzte – ja, es tat nicht weh zu fallen, wenn der Wald weiß war –, sie sprang wieder auf, die Sonne schlug ihr eine grelle Faust ins Gesicht, Rubina taumelte gegen einen tief hängenden Ast, er stieß sie um, er bewarf sie mit nassem, kaltem Schnee.

Sie blieb liegen, sie rollte sich zusammen, sie kreuzte die Arme über dem Kopf und nahm sich vor, nie wieder aufzustehen, sich nie wieder zu bewegen.

So verharrten sie regungslos, die Bäume und Rubina. Nichts rührte sich, kein Laut war zu hören, die Zeit hatte den Wald aufgegeben, Rubinas Gedanken standen still.

Da tastete etwas Warmes nach ihrer Hand, es streichelte ihren kleinen Finger, unendlich langsam und ganz zart griff es nach den anderen und deckte sie mit luftiger Wärme zu.

Rubina hob die Hand und dann den Kopf. Sie saß auf einem goldenen Teppich und blinzelte in das gelbe Licht der Sonne, die weißen Zweige leuchteten wie der Porzellanboden der Tasse, die Angelika der Mutter geschenkt hatte – das war vor langer, langer Zeit gewesen.

Angelika … warum hatte sie so lange nicht an sie gedacht? Wenn Angelika hier bei ihr wäre, dann würde alles gut, vor ihr brauchte Rubina sich nicht zu schämen, mit ihr könnte sie sprechen. Angelika würde ihr helles Haar aus der Stirn streichen und es mit der ganzen Hand oben auf dem Scheitel festhalten, und dabei würde sie nachdenken und dann etwas sagen. Sie würde etwas sagen, zu dem es keine Einwände gäbe, und plötzlich würde die Welt völlig verändert aussehen, und alles, was so aussichtslos geschienen hatte, würde eine Seite zeigen, von der aus man herangehen konnte, von der aus man etwas tun konnte. Ja, Angelika würde in die Hocke gehen, sie würde sie ansehen mit ihren Augen, die blau waren wie die Seen im Sommerlicht, und sie würde sagen: »Du darfst Mario nicht alleinlassen, vielleicht bist du wirklich die Einzige, die ihm helfen kann. Weil du dich jetzt einsam fühlst, darfst du ihn doch nicht auch einsam machen.«

Rubina stand langsam auf, sie klopfte sich den Schnee vom Mantel und rieb die blau gefrorenen Knie. Sie starrte unschlüssig vor sich hin, sie sah zu, wie der Sonnenfleck über ihre Füße schlich.

Ja, wenn Angelika hier wäre, die wüsste, was zu tun wäre, die würde den Kopf schütteln, dass ihr die Haare wieder ins Gesicht fielen, und traurig würde sie fragen: »Was stehst du hier herum, Rubina? Du weißt doch, dass Mario auf dich wartet.«

Rubina blickte hoch in den Wald. Weit vorne, da zwängte sich die Sonne zwischen zwei Baumstämmen hindurch, ganz klein machte sie sich, nicht größer als ein Kohlkopf war sie, aber golden und leuchtend. Ja, sie war noch da, sie wollte nicht vergessen sein, auch wenn sie gegen den eisigen Schnee nichts ausrichten konnte. Sie klemmte zwischen den Baumstämmen, und sie war sich ihrer Sache ganz gewiss: Bald werde ich wieder in voller Pracht aufsteigen, summten ihre Strahlen, ich werde wieder die Alte sein und doch auch neu und frisch.

Rubina stürzte los, sie riss die Beine hoch, sie hüpfte und sprang über Äste, die sich weich unter dem Schnee wölbten. Sie lief ihrer Spur nach … und bald lief sie in ein Geräusch hinein.

Sie blieb stehen und lauschte. Ein zartes Lachen? Heiteres, lebhaftes Flüstern? Die Bäume warfen es sich zu, rechts lachte es leise, links antwortete ein kicherndes Wispern.

Rubina lief weiter, immer lauter wurden die Bäume, das Lachen wurde schrill, das Kichern schwappte über, jetzt jammerte es und kreischte, es weinte und klagte.

Rubina sah den Rauch des Lagerfeuers aufsteigen, sie sah gebeugte Gestalten, die sich plötzlich aufrichteten und die Arme hochrissen, die sich drehten und wieder nach vorne fielen, die sich hinkauerten und mit den Fäusten auf den zerstampften Schnee hämmerten und dabei wimmerten und schrien und schluchzten.

Und plötzlich war sie mitten unter ihnen, und sie jammerte und klagte mit ihnen, sie warf sich neben das schmale Bündel aus Marios Decke, und sie schrie seinen Namen in den ungerührten frostigen Waldboden.

1976

Der Baum

ALLMÄHLICH wird der Nebel heller, milchig rosa. Die Helligkeit kriecht aus dem Tal heran, sie fließt über den Waldboden um die Bäume herum auf mich zu.

Vor mir, irgendwo von weit vorne und unten, schwingt ein Geräusch heran, ein feines Vibrieren der Luft. Ich lausche. Glockengeläut. Es verklingt und dann ganz deutlich zwei Schläge einer Glocke.

Ich lege den Kopf zurück und sehe an dem Baum hoch. Es tut mir gut, den Baum zu sehen, der so groß ist, so mächtig und unangreifbar und der seine schwarzen Äste über mir ausbreitet.

Er hat einen weiten Blick über das Tal. Er wird sie viel eher erkennen als ich, wenn sie die Anhöhe heraufsteigt. Der Nebel ist ja mit einem Mal verschwunden.

Sie wird, wenn sie hier oben ankommt, sich suchend umsehen und dann, wenn sie mich entdeckt hat, lachen und zu mir kommen. Sie wird mich zur Schule bringen. Sie wird die Stricke aufknoten und mir die tauben Hände und Beine reiben, und sie wird eine Tasche dabei haben, nein, den Picknickkorb wird sie mitbringen, mit meinem Frühstück. Wir werden mit dem Zug zurückfahren, und dort, in dem warmen Zug, werde ich das Brot essen und den Kakao trinken, den sie mitgebracht hat. Und während ich kaue, wird sie mir alles erklären.

Vielleicht kommt Robert mit, er wird wissen wollen, wo ich gewesen bin. Und ich muss mich von dem Baum verabschieden und versprechen, ihn hin und wieder zu besuchen.

Möglich, dass ich zu spät zum Unterricht komme. Aber sie wird es Frau Neumann erklären. Ich werde mich auf meinen Platz neben

Thomas setzen und mir Mühe geben, genau aufzupassen. Jeden Tag will ich mir jetzt Mühe geben, genau aufzupassen.

Ich spähe zum Waldrand hinüber. Auf der anderen Seite des Tals steckt die Sonne auf den kahlen Baumwipfeln. Wie aufgespießt, rot vor Zorn.

Gleich, dort in dem roten Sonnenlicht muss sie am Waldrand erscheinen, mit dem Picknickkorb über dem Arm.

Aber wird sie sich freuen, mich hier zu finden? Nein, nein, sie wird zornig sein, sie wird schimpfen, weil ich stinke, weil ich schmutzig bin, weil ich in die Hose gemacht habe.

Ich fange wieder an zu schreien.

Der Baum drückt sich fester an mich, doch ich schreie.

Die Sonne ist weiß geworden, als ich endlich aufhöre. Die Baumwipfel haben sie weitergereicht und lassen sie langsam hinter sich hinabrutschen.

Ich drehe den Kopf, so weit es geht, und lecke die Tropfen ab, die der Baum für mich an der Rinde herunterrinnen lässt.

2008

Sonntagmorgen

DIE Jalousie klimperte leise, Lichtstreifen tasteten sich die Wand entlang, wiegten sich hin und her.

Sonntagmorgen. Der Morgen, nachdem ich Claudias Zurückhaltung bezwungen hatte und sie dann doch gehen lassen musste.

Die gelben Lichtbänder hüpften auf und nieder, die Lamellen der Jalousie rasselten den Takt dazu, und ich blieb im Bett liegen, eine Stunde lang, an diesem Morgen danach. Ich verschränkte die Arme im Nacken, ich umarmte das Kissen, ich griff nach der *Liebe der Magdalena* auf meinem Nachttisch und legte sie mir auf die Brust, ich streichelte inniglich ihren Buchrücken und ließ voller Hingabe ihre Seiten über meinen Daumen blättern.

Draußen, in dem kleinen, dem *anheimelnden* Garten, wie Claudia ihn genannt hatte, sang eine Amsel. Sie hockte wohl in den Spiersträuchern entlang der Mauer zum Nachbargarten und verkündete beständig im Abstand von wenigen Sekunden, dass sie diesen Platz für sich beanspruchte. Ich hörte die Amsel, und mir fiel eine merkwürdige Feststellung ein, die ich meinte, einmal in einem Roman gelesen zu haben: Die Vögel *brüllten.* War es in einem der wenigen Romane gewesen, die Wolfgang Koeppen geschrieben hatte? Hatte er behauptet, die Vögel *brüllten*?

Ich lauschte nach draußen: Nein, Wolfgang Koeppen in Ehren, wenn er es denn gewesen war, diese Amsel hier, die ich hörte, sang weitgehend melodisch. Vielleicht, das ließ sich nicht leugnen, mit einem leicht aggressiven Unterton, einem Unterton, der jedem möglichen anderen Interessenten zuschrie, dass dies hier ihr Busch sei und jeder, der ihr Besitzrecht nicht akzeptiere, ihren Schnabel zu spüren bekomme.

Ich ließ mir einiges über Vögel im Allgemeinen durch den Kopf gehen, und über diesem Begriff wichen meine Gedanken ab – plötzlich schnüffelte ich in meinem Bettzeug herum. Ich suchte nach Claudias Geruch, dem Duft gerösteter Mandeln, auf den ich gestoßen war, nachdem das Tutti-Frutti-Obstaroma ihres Parfüms dem intensiven Gebrauch ihrer Leiblichkeit nicht standgehalten hatte, gewissermaßen abgewischt worden war.

Ich rollte mich in die Mitte, lag auf dem Bauch, genau an der Stelle, an der Claudia mich aufgenommen hatte, bereitwillig und doch zögernd, als wartete sie, ob ihr die Erlaubnis zu allem Weiteren erteilt würde, als hätte sie sich eigenmächtig einen Vorschuss genommen und hoffte nun auf Zustimmung von ich weiß nicht woher.

Während ihre veilchenblauen Augen über die blauen Wände meines Schlafzimmers hin- und hergewandert waren und Ausschau gehalten hatten, irgendwohin in unergründliche Fernen, hatte ich in ihr stillgehalten – schließlich war ich da angekommen, wohin ich mich gesehnt hatte. Von daher war es mir nicht schwergefallen stillzuhalten. Aber dennoch war ich nicht völlig bewegungslos geblieben, ich war gewachsen, immer lückenloser hatte ich sie ausgefüllt, ich wuchs und sie wuchs mit mir, bis wir ein ungeheures Ausmaß erreicht hatten, ein unfassbares Ausmaß, ich ein ausfüllendes, sie ein umfassendes. Eine Größe von solchen Ausmaßen, dass sie eine Antwort auf Claudias Bitte um Genehmigung gewesen sein musste, denn ihre Augen hatten nicht mehr in unerfindlichen Weiten gesucht, sie waren geschlossen gewesen, und wie zum Zeichen, dass sie die Botschaft verstanden hatte, hatte sie leise gestöhnt, leise und zustimmend.

Immer wieder, mittendrin, hatte sie die Augen geöffnet und eine Frage hinausgeschickt. Dann hatte ich innegehalten und gewartet, bis sie sich wieder sicher war, bis sie mit ihrem zarten Stöhnen mir zunickte und ich fortfuhr.

Ich fiel auf den Rücken, draußen lärmte noch die Amsel, und ich dachte wieder: welch unglaubliches, welch unerhörtes Glücklichsein. Doch während ich so dachte, wurde mir ein wenig bang. Gab es da möglicherweise ein Zuviel an Glück, ein kleines Zuviel, genau dieses

Zuviel, was das Fass üblicherweise zum Überlaufen bringt? Und wenn so ein Fass überlief, dann strömte auch der Rest heraus, unkontrolliert leerte es sich und kaum etwas von der vorherigen, von der unfasslichen Fülle bliebe zurück.

Das ist physikalischer Unsinn, mahnte ich mich, ein Fass kann überlaufen, kein Zweifel, aber dann bleibt es doch immer noch bis zum Rand gefüllt, es sei denn, jemand bohrt es an oder hängt einen Schlauch hinein.

Ich verscheuchte die Vorstellung von dem hängenden Schlauch, stattdessen fielen mir meine Kollegen ein. Es war ja Sonntag, und am Nachmittag würde ich mich in der Redaktion einfinden müssen. Ich sah sie schon vor mir, die mokanten Blicke, unweigerlich würde es sie geben, das wusste ich. Denn ich würde es nicht verbergen können, trotz meines Argwohns gegen dieses Fass, mein Lebensfass, das vielleicht nicht ausreichend Platz bot für eine solche Art von Glück.

Ja, ich fühlte eine anhaltende Neigung zum Grinsen, die in meinen Mundwinkeln klemmte und die mich verraten würde. Da waren meine Kollegen nicht zu unterschätzen, da reichte ein kurzer prüfender Blick, und sie wussten alles, als wären sie dabei gewesen, sowohl während des Nachmittags, der so wenig vielversprechend begonnen hatte, als auch während des so beispiellos wunderbaren Abends und der anschließenden halben Nacht, als hätten sie es miterlebt, mein drohendes Scheitern, meine Resignation und dann die plötzliche Wende, die ich so unerschrocken zugreifend zu nutzen gewusst hatte.

Nein, fragen würden sie mich nicht, dazu waren sie dann doch zu feinsinnig. Aber Bemerkungen würden fallen, nicht an mich gerichtet, sondern von einem Kollegen zum anderen, scheinbar harmlose Bemerkungen, von denen jeder glaubhaft versichern könnte, dass sie nichts mit mir zu tun hätten, die ich mir aber anhören und deren Inhalt ich unentwegt würde analysieren müssen.

Leider waren auch meine Kolleginnen in solchen Situationen keine Hilfe. Nicht dass sie sich an den Anzüglichkeiten beteiligen würden, das nicht, aber auch sie würden Blicke für mich übrig haben, zwar lächelnde, doch zugleich nachspürende Blicke, die den Wunsch ausdrückten, bis ins letzte Detail Bescheid zu wissen, ja, sehnsüchtige Blicke würden es sein, die sich nicht für das große Ganze interessierten, die nur auf die Kleinigkeiten Wert legten, auf jede Berührung der Lippen, jede Lage eines Beines, jeden zarten Griff einer Hand.

Nach dieser einen Stunde im Bett, die ich mir an diesem Sonntagmorgen gegönnt hatte, duschte ich ausgiebig und rasierte mich andächtig, als wäre es das erste Mal.

Ich ging zum Bäcker und holte mir drei Brötchen und einen Kaffee to go. Es regnete nicht mehr, doch die Luft war diesig und feucht, wenn auch warm mit einem lauen, trägen Wind.

Die Erlöserkirche schüttete Glockengeläut in die sonntäglich verwaisten Straßen, es rüttelte an den Fenstern, es machte die wenigen Autos, die behäbig vorüberrollten, stumm und fegte meinen Kopf leer, leer bis auf die Erinnerung an meine Großmutter Rosa, die keine Erinnerung war, sondern eine fantastische Vorstellung. Es gab kein Foto von dieser Großmutter. Nichts, das ihr gehört hatte, lagerte in geheimnisvollen Holzkästchen, wie es in anderen Familien üblich war. Das Einzige, was ich von ihr besaß, war ein Bild in meinem Kopf, ein Bild, das sich ein kleiner Junge gemacht hatte, als die Mutter ihm und dem Bruder ein einziges Mal von dieser Großmutter erzählt hatte.

Fromm war sie gewesen. Ich stellte sie mir vor, als ich beim Bäcker anstand und das Glockengeläut unausgesetzt durch die offene Tür hereinstürzte. Ich stellte mir vor, wie sie an einem solchen trüben Sonntagmorgen Ende Juni mit gesenktem Kopf an den Hauswänden entlanghuschte. Ich sah über die noch unbesetzten Tische des Cafés hinaus auf meine Großmutter, die in einem weiten bunten Rock, ein Tuch um die Schultern, auf dem schwer das dunkle Haar lag, über die Straße eilte, dem zwingenden Befehl der Glocken folgend.

Jeden Sonntagmorgen trieb ihre Frömmigkeit sie aus dem Wohnwagen in die nächste Kirche, wo sie sich abseits von den anderen Frommen nahe zum Eingangstor in die hinterste Bank setzte und auf den Segen wartete und mit dem letzten Amen das Portal einen Spaltbreit aufzog und hinausschlüpfte, bevor der Küster kam und es weit öffnete.

Einer dieser Küster war es dann auch, der an einem solchen Sonntagmorgen meiner Großmutter in den Weg trat, als sie ihren Fuß

– ich erinnerte mich, dass meine Mutter es genau so ausgedrückt hatte: als sie ihren Fuß in Gottes Haus setzen wollte, wie immer leise und unauffällig. Schnallenschuhe habe sie getragen, hatte meine Mutter erläutert, damit wir Kinder diesen Fuß genau vor uns sahen, und sie ergänzte noch: Schnallenschuhe mit Perlen bestickt – Schuhe, die die Großmutter nur sonntags zum Kirchgang anzog, sozusagen geheiligte Schuhe. Der Küster war also hinter dem Flügel der Kirchentür hervorgesprungen, meiner Großmutter in den Weg, und hatte behauptet, für sie sei hier kein Platz frei. Eine infame Lüge, im Eingang zu Gottes Haus, denn meine Großmutter hatte ohne Schwierigkeiten erkennen können, dass im dunklen Innern der Kirche mehr als die Hälfte der Bänke leer stand.

Ich gab meine Bestellung auf. Die Verkäuferin, eine junge Frau mit Kopftuch, sagte: »Gerne, und welchen Kaffee möchten Sie, Cappuccino, Latte macchiato, Caffè Latte, Café crème, Caffè americano? Irish Coffee hätten wir noch, aber da ist Whisky drin, das ist morgens nicht gut.«

Sie lächelte mit auffallend ebenmäßigen Zähnen, ihre dunklen Augen glänzten zufrieden, sie schien im Einklang mit sich selbst.

Ich entschied mich für einen Café crème.

Da draußen spürte ich noch meine Großmutter, die in ihren sonntäglichen perlenbestickten Schuhen zurückschlich, gedemütigt wie nie zuvor: Man verweigerte ihr im Angesicht ihres Gottes, an seiner Gnade teilzuhaben, und dieser Gott nahm es hin, er schickte keinen Donner, die Glocken, die sie gerufen hatten, fielen nicht aus ihrem Turm, sie riefen unbeirrt weiter, riefen alle Menschen, nur sie war nicht gemeint.

Die freundliche Verkäuferin bedankte sich für meinen Einkauf, und ich hatte plötzlich das Bedürfnis, ihr von meiner Großmutter zu erzählen, nicht alles, nur diesen einen Sonntagmorgen, als man ihr klarmachte, dass vor Gott längst nicht alle Menschen gleich sind.

Wäre es möglich, wollte ich fragen, könnte es einer Frau wie meiner Großmutter auch heute passieren, dass ihr der Zutritt in eine jetzt sicher nicht einmal mehr zu einem Viertel besetzte Kirche verweigert würde, sodass sie, die immer auf diesen Gott vertraut hatte, mit ersten Zweifeln im Herzen zu ihrer Familie zurückkehrte?

Das schwarz und golden gemusterte Kopftuch, das das wohlgeformte Gesicht der jungen Verkäuferin einrahmte, machte sie wohl so vertrauenswürdig, dass ich gerade ihr die Kompetenz für eine Antwort zusprach. Sie würde dann auch mich genauer ansehen, meine olivfarbene Haut, meine dunklen Augen, und ihr freundlicher Blick würde traurig werden, vielleicht so traurig, dass sie nichts mehr würde sagen können, nur noch nicken, langsam und nachdenklich.

Selbstverständlich fragte ich sie nicht. Warum auch sollte ich diese hübsche junge Frau, die so glücklich darüber war, am Sonntagmorgen die Bäckereikunden zu bedienen, und die so gekonnt und mit so viel Stolz die internationalen Kaffeezubereitungen aufzählte, warum sollte ich sie aus ihrem Wirklichkeit gewordenen Traum reißen und sie traurig machen?

Mit meiner Brötchentüte und meinem Kaffeebecher ging ich nach Hause. Das Läuten wies jetzt Lücken auf, zögerte mit einzelnen Schlägen wie jemand, dem ein Abschied schwerfällt und der sich immer wieder umdreht und noch eine Bemerkung zurückruft. Es waren nur wenige Schritte vom Bäcker zu meiner Wohnung. Ich freute mich auf das Frühstück, ich war hungrig, ich dachte nicht mehr an meine Großmutter und auch nicht mehr an meine Mutter, und doch ging ich langsam, ich zögerte wie die ausklingenden Glockenschläge.

Hinter den Häusern verteidigte die Amsel immer noch ihr Revier, das Echo ihrer Rufe schwang sich über die Dächer, und aus dem Stadtgarten schallte ihm vielstimmige Konkurrenz entgegen.

Lieblich sollte es doch ertönen, das Vogelgezwitscher – warum war ich dann mit einem Mal beinahe Wolfgang Koeppens Meinung? Selbstverständlich brüllten die Vögel nicht, aber sie schrien, sie schlugen Alarm.

Ich klemmte die Tüte mit den Brötchen unter den Arm und zog mein Handy aus der Hosentasche. Mich überkam der dringende Wunsch, Claudia anzurufen, jetzt sofort. Ich stand vor meiner Haustür, in zehn Sekunden würde ich in meiner Wohnung sein, doch mir erschien es unumgänglich, hier auf der Straße ein Telefongespräch mit ihr zu führen. Noch nicht einmal die Tür würde ich aufschließen können, mit dem Kaffeebecher in der einen Hand, dem Handy in der anderen und der Brötchentüte unter dem Arm. Wer immer sich hinter den gekippten

Fenstern verbarg oder zufällig vorüberging, würde es mit anhören müssen, mein Gespräch mit Claudia, unser erstes Gespräch nach unserer ersten Nacht.

Ich nahm einen Schluck aus dem Kaffeebecher, der Kaffee war heiß, mit einem leichten Vanillearoma. *Café crème* hörte ich die Verkäuferin sagen, sicher und zuverlässig.

Ich nahm den Daumen vom Display und steckte das Handy zurück in die Tasche. Ich verschob den Anruf. Nach dem Frühstück würde der angemessene Zeitpunkt sein. Außerdem: Was wäre, wenn ich wieder eins der Kinder am Apparat hätte? Wie sollte ich Sarah oder Benjamin akustisch gegenübertreten? An diesem Morgen, an dem die Mutter vielleicht auffällig lange schlief, glücklich und erschöpft von der vergangenen Nacht?

Mit Kaffee und Brötchen setzte ich mich in mein Arbeitszimmer. Das schwunglose Lüftchen draußen schien ohne viel Aufheben Wirkung zu entfalten, der feuchte Dunst wurde durchscheinender, die Ahnung eines sonnigen Sommertages spülte das Regengrau von den Parkbäumen.

Ich startete den Laptop und öffnete gewohnheitsgemäß als Erstes das Postfach. Newsletter, Lesermeinungen zu Artikeln, die ich schon fast vergessen hatte, Anfragen von Verlagen und dazwischen – Claudias Name. Er sprang mich an, so unvermutet, dass ich vor Schreck zusammensackte. Ich starrte auf diese eine Zeile, unfähig, etwas wahrzunehmen, und doch sah ich, dass der Betreff fehlte. Und die Uhrzeit las ich: Sie hatte die Mail am frühen Morgen geschrieben.

Ich sprang auf und lief im Zimmer auf und ab. Ich stellte mich ans Fenster und trommelte mit den Fingerkuppen gegen die Scheibe. Ich holte die Whiskyflasche und goss einen Schuss in den Kaffee. Irish Coffee, strahlte die Verkäuferin mich an, da ist Whisky drin, das ist nicht gut am Morgen. Ich stürzte den Kaffee hinunter und ließ mich auf meinen Stuhl fallen. Der Cursor zitterte, zitternd rutschte er auf Claudias Namen zu, und ohne dass ich ihn dazu aufgefordert hätte, drückte mein Zeigefinger die Maustaste.

Liebster!

Was für eine Anrede. Ich schob beide Hände ins Haar. Eine aus der Mode gekommene Anrede, die nicht mich zu meinen schien, sondern jemanden, der vor mir gewesen war, vielleicht hundert, zweihundert Jahre vorher.

Erschrick bitte nicht, aber es gibt einiges, das ich Dir sagen muss, je eher, desto besser.

Ich stand noch einmal auf, ich trug die Whiskyflasche zurück, ich biss in das Brötchen und setzte mich wieder.

Sie habe gut geschlafen und deshalb könne sie wohl auch klar denken, an diesem Morgen, an dem es übrigens so aussähe, als würde das Regentief abziehen. Es sei leichtfertig von ihr gewesen, sich gestern so gedankenlos zu benehmen.

Ich kniff die Augen zusammen: Ja, sie hatte allen Ernstes *benehmen* geschrieben.

Ich wisse doch, dass sie belastet sei.

Belastet! Ich schnaufte. *Belastet* – als ginge es um eine spanische Gurke oder eine holländische Tomate.

Sie wisse ja, dass ich es auch nicht leicht gehabt hätte, und da käme sie mit ihren weitgehend unbewältigten Problemen. Ich hätte ja gefragt, wovor sie Angst habe. Da hätte sie ehrlich sein müssen, anstatt alles über Bord zu werfen. Sie hätte mir sagen müssen, dass sie nur Unglück brächte, dass das, was andere Liebe nannten, bei ihr so etwas wie eine Krankheit sei, mit der man sich infizieren würde und die, wie ich ja wisse, tödlich sein könne.

Ich klemmte, ein Brötchen in der Hand, zwischen der Rückenlehne meines Stuhls und der Schreibtischkante vor dem Laptop. Eine absurde Figur, die es wieder einmal fertiggebracht hatte, verlassen zu werden. Ein lächerlicher Typ, der sich eingebildet hatte, in einer Nacht eine Frau von sich zu überzeugen, und schließlich doch nur heulend dastand und einem sich entfernenden Rücken nachschrie.

Ich solle bitte jetzt keine falschen Schlüsse ziehen. Es sei so wunderschön gewesen und irgendwie sei sie auch glücklich wie nie, aber sie wolle das, was zwischen uns sei, nicht gefährden, und dafür müsse sie das, was sie schon so lange quäle, erst aus der Welt schaffen. Wie genau – darüber müsse sie noch nachdenken, doch ich könne ihr dabei möglicherweise helfen.

Ich stieß den leeren Kaffeebecher vom Schreibtisch, gelangweilt trudelte er über den Teppich. Ich hieb die Faust auf die Brötchentüte, gehorsam vollführte der Laptop einen winzigen Hüpfer vor mir.

Mit einem Ruck setzte ich mich aufrecht, und ich schrieb eine Antwort: *Ich möchte mit Dir sprechen. Ruf mich so schnell wie möglich an.*

Aber was zum Teufel wollte ich ihr denn sagen? Es tut mir leid, aber so darfst du mit mir nicht umspringen? Nichts, nichts wusste sie von mir. Weil sie es sich nicht hatte anhören wollen, in der Nacht. Weil sie nicht in Stimmung gewesen war für solche Geschichten.

Aber kam es nicht auf diese Geschichten an? Waren es nicht diese Geschichten, die ein wirkliches gegenseitiges Verstehen möglich machten? Wer war ich denn ohne meine Geschichte? Ein sicher nicht übel aussehender Mann im besten Alter, der sich bei Frauen schwertat, ein Vater von zwei halbwüchsigen Kindern und ein Redakteur mit mäßigem Erfolg im Beruf. Mehr wäre doch über mich nicht zu sagen, gäbe es da nicht meine Geschichte, die ich mit mir herumtrug, die mich geprägt hatte, die einen wichtigen Teil meiner Persönlichkeit ausmachte.

Ich möchte mit Dir sprechen. Ruf mich so schnell wie möglich an. Ich löschte die beiden Sätze. Stattdessen schrieb ich: *Ich möchte Dich nicht verlieren. Ich möchte Dir helfen und Dich verstehen. Und ich wünsche mir, dass Du mich verstehst.*

Als das Handy klingelte, schickte ich die Mail ab. Es war kein Entschluss, mehr ein Reflex. In der ersten Sekunde, in der nichts mehr zu ändern war, nach der mir nur die Möglichkeit blieb, mit weiteren Mails das Geschriebene näher zu erläutern und dabei alles vorsichtig zu relativieren, in dieser ersten Sekunde, in der der Computer mir beflissen mitteilte, dass die Mail nun unterwegs zu ihrem Empfänger sei, kam wieder die Lust über mich, alles hinzuwerfen. Wäre ich dann nicht frei? Endgültig frei, weil auch die jahrelang gehegte Sehnsucht nach dieser einen Frau sich als Irrweg entpuppt hätte?

Das Handy schepperte dumpf in meiner Jackentasche im Flur. Robert, dachte ich und: Nein, jetzt nicht Robert, jetzt nicht Robert Rede und Antwort stehen müssen und womöglich noch gezwungen sein, sich Erfolgsmeldungen zu Irinas Kinderwunsch anzuhören.

Ich stand auf und schlich in den Flur. Während ich in die Jackentasche griff, gab das Handy auf. Gestern um diese Zeit hatte Claudia hier gestanden, sie hatte mir *Die Liebe der Magdalena* in die Hand gedrückt, und dieses Buch war wie ein Leitfaden gewesen, wie eine Gebrauchsanweisung hatte es mich unterstützt, eigentlich hatte ich ihm alles, was ich gestern erreicht hatte, zu verdanken.

Das Handy in der Hand ging ich ins Schlafzimmer, ich zog *Die Liebe der Magdalena* von meinem Nachttisch und schlug die erste Seite auf. Dabei fiel mein Blick auf das Display des Handys, und ich sah gerade noch, wie der Name *Claudia* verlöschte. Es war nicht Robert gewesen, *sie* hatte angerufen. Ich warf mich auf das Bett und rutschte auf die Bettkante, *Die Liebe der Magdalena* aufgeschlagen auf den Knien. Ich spürte es: Hier in diesem Buch würde ich den Schlüssel finden, damit alles sich einrenkte. Gestern hatte es in den entscheidenden Phasen der Annäherung immer einen passenden Spruch parat gehabt, und es hatte überhaupt nicht störend gewirkt, dass der ursprüngliche Text einige Hundert Jahre alt war. Es hatte sich ja auch nichts geändert. Ja, in der Sexualität waren wir jetzt frei, da gab es keine Hemmungen, beinahe keine Grenzen mehr, aber mit dem, was dahinterstand und was seit Ewigkeiten *Liebe* genannt wurde, da hatte sich nichts, gar nichts getan, das war nach wie vor eine hoch komplizierte Angelegenheit.

Ich strich mit der Hand über die aufgeschlagene Buchseite und rief Claudia an.

Ihre Stimme klang ängstlich: »Martin? Habe ich dich geweckt?«

»Nein«, antwortete ich. Und erschrocken über den unwilligen Ton, den ich gar nicht beabsichtigt hatte, sagte ich schnell: »Du hast mir gestern ein Buch geschenkt, ein weises Buch über die Liebe. Seit gestern sehe ich dieses Buch als meinen Ratgeber an, und jetzt hör bitte zu, was dort auf der ersten Seite steht: *Die Liebe kann alles. Die Liebe wagt alles.«*

Einen Moment lang war es still, und ich nahm an, Claudia dächte über die beiden schwerwiegenden Sätze nach. Doch dann hörte ich ein Schniefen. Ich presste das Handy ans Ohr … es gab keinen Zweifel: Claudia weinte.

Verdammt, das war das Letzte, was ich gewollt hatte. Gestern hatte es doch so gut funktioniert mit den Zitaten aus diesem Buch. Was zum Teufel war an diesem einen denn jetzt falsch? Und was machte man mit einer Frau, die am Telefon weinte? Ohne jede Möglichkeit, sie in den Arm zu nehmen, sie zu streicheln? Man musste sprechen, man musste etwas Tröstliches sagen. Und nicht auszudenken, wenn die Kinder sie so erlebten: Die Mutter telefoniert mit mir, dem Mann, der sich zwischen sie drängt – und weint.

Ich ließ mich nach hinten auf das Bett fallen. *Die Liebe der Magdalena* schlug auf dem Boden auf.

»Claudia, um Gottes willen, was sollen wir denn tun?«, stammelte ich.

Ich schnellte wieder hoch. »Ich komme zu dir«, rief ich, »ich melde mich in der Redaktion krank, in anderthalb Stunden bin ich bei dir.«

»Nein, Martin, bitte … es geht schon wieder.«

Sie beruhigte sich. Sie bat um Entschuldigung. Sie sei so maßlos verwirrt, aber sie habe gerade mit Mireille telefoniert. Mireille werde nächstes Wochenende nach Köln kommen und sie wolle mich kennenlernen.

Mireille? Die hatte ich völlig vergessen. Nahmen die Verwicklungen denn kein Ende? Ich erinnerte mich, Mireille war wie eine Freundin für Claudia, obwohl sie eigentlich ihre Tochter war, wenn auch nicht ihre leibliche, sondern die ihres verstorbenen Mannes. Aber sie war eine erwachsene junge Frau, und sie würde neben Claudia stehen, und sie würde sich ihre Ansichten bilden zu meiner Person und zu der Art der Beziehung, in der ich zu ihrer Mutter stand.

Ob es nicht besser wäre, wenn wir vorher miteinander sprächen, fragte ich. Wie gesagt, es sei kein Problem, dass ich sofort vorbeikäme.

Claudia ging auf meine Frage nicht ein.

Sie habe schon eine Idee, wie sie ihre Ängste loswerden könne, aber sie wolle Mireille erst um Rat fragen, und wenn ich ihr dann helfen würde, dann sähe alles schon anders aus. Was ich davon hielte, wenn wir uns am Samstag träfen?

Also, in der Hundeschule, rief sie plötzlich munter, als wäre nichts vorgefallen, seien sie aufgefordert worden, frühzeitig mit ihren Welpen einen Zoo zu besuchen. Der Gelsenkirchener Zoo sei ihnen empfohlen worden, und es wäre doch wunderbar, wenn wir uns alle dort träfen. Und anschließend könnten wir nach Essen fahren und zu meinem Chinesen gehen.

Na großartig, ich sah mich auf einem Parkplatz aus dem Auto steigen, allein, und sie ständen da, Schulter an Schulter: Claudia neben Mireille und an ihrer anderen Seite Sarah und der kleine Benjamin. Und der Hund, okay der Hund. Vielleicht würde der mich wiedererkennen und sich freuen.

»Martin?«, fragte sie, für meine Begriffe ein wenig zu eindringlich. »Würde dir das passen? Könntest du dich damit anfreunden?«

Ich murmelte etwas Vages, halb Zustimmendes. Und dann fielen mir Nina und Yaro ein. Ich hatte doch auch Kinder, ich würde Nina und Yaro mitnehmen.

Davon wäre sie selbstverständlich ausgegangen, dass ich die beiden mitbrächte, meinte Claudia, wieder leicht verunsichert, und sie fügte hinzu, wohl um meiner Motivation auf die Sprünge zu helfen: »Das wird ein richtiges Familientreffen.«

Natürlich war ich zu feige nachzufragen, was sie mit dem Familientreffen gemeint habe, ob sie der Ansicht sei, dass sich *zwei* Familien träfen oder *eine*.

2008

Mireille

DIESER Ausflug in den Zoo, zusammen mit dieser Mireille – der Tag würde unter keinem guten Stern stehen. Schon während der ganzen Woche hatte ich es gespürt. Und tatsächlich, ich wachte mit einer heftigen Migräne auf. Der Schmerz hatte sich hinter der linken Schläfe gesammelt, wie ein maximal komprimiertes Gas stemmte er sich gegen die Schädelknochen.

War der Himmel einmal auf meiner Seite? Hatte er mir diese grimmige Migräne geschickt, um mich vor einem Desaster zu bewahren?

Claudia wäre enttäuscht, keine Frage. Jeden Tag hatten wir miteinander telefoniert und dabei sehr sorgfältig alle verfänglichen Themen gemieden. Sie wirkte, als wäre sie voller Unternehmungslust, und die Aussicht, diese Mireille neben sich zu haben, wenn wir uns wieder gegenüberstehen, uns ansehen und von Angesicht zu Angesicht miteinander sprechen würden, diese Aussicht schien sie zu beflügeln.

Ja, sie wäre über eine Absage enttäuscht, aber sie hätte auch Verständnis für mich und meinen Kopfschmerz, sie würde mich bemitleiden … nein, sie würde sich die Schuld geben: Ja, so eine Migräneattacke sei, da sei sie sich sicher, eines der ersten Anzeichen der Krankheit *Liebe*, die sie, wie es aussähe, schon auf mich übertragen hätte und gegen die nur absolute Abstinenz helfen würde.

Ich stöhnte und suchte nach einer kalten Stelle auf meinem Kopfkissen.

Oder sie würde der Meinung sein, dass ich Hilfe bräuchte. Sie würden alle zusammen hier anrücken, um mir kalte Umschläge um die Stirn zu wickeln und Tee aufzubrühen und mir stündlich meine

Tabletten zu reichen. In den Augen dieser Mireille wäre ich ein Jammerlappen, möglicherweise nicht ganz zu Unrecht, denn eine solche Migräne an diesem Samstagmorgen hatte ich ja mit offenen Armen empfangen. Die ganze Woche lang hatte ich ihr meine linke Schläfe angeboten, ich hatte sie geködert mit der Perspektive, für ein volles Wochenende in meinem Gehirn Unterschlupf zu finden.

Und dann fiel mir Nina ein. Es war ja nicht damit getan, Claudia abzusagen, mit allen Konsequenzen. Auch vor Nina und Yaro müsste ich Erklärungen abgeben. Yaro würde, wie es seine Art war, meine Entscheidung ohne viel Aufheben akzeptieren, obwohl ich den Eindruck gehabt hatte, dass ihm viel daran lag, Sarah wiederzutreffen. Ihm würde ich es auch zutrauen, kurzerhand eigenständig nach Gelsenkirchen zu fahren, um dort, so als wäre es seine Aufgabe, meine Person bei diesem Zoobesuch zu vertreten. Einen Gefallen würde er mir tun wollen, doch vor dieser Mireille würde ich damit endgültig lächerlich erscheinen.

Aber Nina würde toben. *Loser* war momentan ihr bevorzugter Begriff. Mit diesem Begriff musste ich rechnen. Papa, du bist so was von einem Loser, würde sie in das Handy brüllen, so laut, dass auch ihre Mutter und der neue Lebensgefährte Manfred es hören müssten. Allerdings – es war nicht ausgeschlossen, dass sie ein wenig sanfter mit mir umging, jetzt, da sie meine Geschichte kannte.

Ich quälte mich aus dem Bett und schleppte mich in die Küche. Ich kramte in der Schublade mit den Medikamenten nach meinen Tabletten. Jede Lageveränderung des Kopfes empörte den Schmerz, pochend warf er sich gegen das Schläfenbein, als wäre ihm mein so großzügig angebotenes Gehirn zu klein, als drängte es ihn zu einer Ausweitung seines Betätigungsfeldes.

Tre-pa-nation, dachte ich, während ich zwei Tabletten herunterspülte. Genau, jetzt ein Loch in den Schädel bohren, durch das der Schmerz zischend herausfahren könnte – das wäre eine Erleichterung.

Ich presste die Stirn gegen die kühle Fensterscheibe.

Es war doch merkwürdig, dass man sein Gehirn unter normalen Bedingungen nicht spürte. Man könnte glatt meinen, unter der Knochenschale des Kopfes trüge man einen leeren Hohlraum mit sich herum. Wie präsent sind doch das Herz, der Magen oder die noch weiter unten liegenden Organe, ständig rührt sich etwas in ihnen, ständig machen sie sich bemerkbar. Nur ausgerechnet das Gehirn, das doch die ganze Verantwortung trägt, hält sich bedeckt, operiert aus einer nicht erreichbaren Position. Dazu wird dann schon eine deftige Migräne gebraucht, um einmal einen Eindruck vom Inneren des eigenen Kopfes zu bekommen.

Ich rollte die Stirn auf der Scheibe hin und her. Draußen wirbelte eine Handvoll grüner Blätter vorüber. Ich straffte den Rücken, die Parkbäume konzentrierten ihr Grün mal auf die rechte, mal auf die linke Seite. Ich holte meine Brille aus dem Schlafzimmer. Es war Sommer, Ende Juni, doch es herrschte Aufruhr, die Baumkronen reckten die Zweige hilfesuchend nach Osten, bäumten sich mit dumpfem Brausen auf, schleuderten alles, was sie hatten, für einige Sekunden Richtung Westen und wandten sich dann wieder mit Vehemenz dem Osten zu. Sturmwarnung. Natürlich, wie hatte ich das vergessen können? Schon gestern hatte es gestürmt, mit den entsprechenden Warnungen, und der Sturm hatte sich über die Nacht gerettet und bot mir jetzt seine Hilfe an. Was war eine Migräne, deren Existenz immer von der Bereitschaft der anderen abhing, sie auch anzuerkennen, gegen einen handfesten, aller Welt offensichtlichen Sturm?

Ich startete den Laptop. Alle Wetterdienste waren auf meiner Seite, welchen ich auch aufrief, alle bestätigten in fetter roter Schrift, was bei einem Blick aus dem Fenster ohnehin nicht zu übersehen und übrigens auch nicht zu überhören war: Es stürmte.

Ich rief Claudia an. Während ich auf ihre Stimme wartete, registrierte ich, dass mein Kopfschmerz sich zurückzog, nur für Sekunden, dann wieder heranrollte und sich in Erinnerung brachte, bevor er sich wieder für einen kurzen Augenblick davonstahl. Eine halbe Stunde noch, dachte ich, dann wird er sich dem Medikament geschlagen geben.

Claudia, in beinahe unerträglich gehobener Stimmung – gestern Abend ist Mireille gekommen, jubelte sie –, tat völlig überrascht: Sie hätte noch gar nicht rausgesehen, die Kinder seien mit dem Hund draußen gewesen, hätten aber nichts von einem Sturm gesagt. Ja gut, es sei windig, aber sie werde vorsichtshalber beim Zoo anrufen, damit wir nicht vor verschlossenen Türen ständen. »Ich melde mich gleich wieder«, freute sie sich und war verschwunden.

Ich begann, mich in das Unvermeidliche zu schicken. Ich öffnete den Kleiderschrank und sah mir meine Hemden an. Was hatte Nina mir geraten? Kein Babyblau, sondern Weiß oder Schwarz? Ich entschied mich für ein weißes Hemd, dazu eine dunkelblaue Hose und die hellbraune Windjacke, die richtige Mischung aus Seriosität und jugendlich-modischem Bewusstsein. Dagegen konnte diese Mireille doch beim besten Willen nichts einzuwenden haben. Und Nina würde mit mir zufrieden sein.

Claudias Rückruf brachte dann auch das zwangsläufig zu erwartende Ergebnis: Wir könnten unbesorgt kommen, der Zoo habe nur wenig alten Baumbestand und der würde regelmäßig gepflegt, sei ihr versichert worden. Und so dramatisch stürme es ja auch wieder nicht, finde sie.

Ich fragte sie, ob die Kinder das denn okay fänden, bei solch einem Unwetter loszufahren. *Unwetter*. Das war mir herausgerutscht, und sofort ärgerte ich mich. Ich wollte doch nur herausfinden, ob sie mit Mireille über meine Sorge wegen des Sturms gesprochen hatte, inwieweit ich mich also würde darauf einrichten müssen, dass diese Mireille mich schon vor dem ersten Kennenlernen als Weichling eingestuft hatte. Diese verfluchte Migräne weichte auch das bisschen Selbstverständnis auf, auf das ich mich doch normalerweise ganz gut verlassen konnte.

Ich stöhnte, und Claudia sprang augenblicklich darauf an: Ob mit mir etwas nicht in Ordnung sei, ob es mir nicht gut gehe?

»Nein, nein, ich habe nur eine Migräne«, antwortete ich, leicht widerwillig, als wäre es mir unangenehm, über meine Gesundheitsprobleme zu sprechen: »Der Wetterumschwung und dieser Sturm machen mir zu schaffen.«

Claudia zögerte. Und dann war sie sich sicher: Unser Ausflug müsse verschoben werden, unter diesen Umständen.

Und was tat ich? Jetzt, da ich das erreicht hatte, auf das ich hingearbeitet hatte? Ich redete es ihr aus. Ich versicherte ihr, mit meinem Medikament, das ich gerade geschluckt hätte, ginge es mir in einer halben Stunde bestens, und den Kindern könne man doch diese Enttäuschung nicht antun, die freuten sich doch …

Ich redete und fühlte mich immer besser, ich, der ich unter Schmerzen meine Pflicht erfüllte.

»Ich freu mich auf dich«, flüsterte Claudia schließlich ins Telefon, und ich antwortete ebenso leise: »Ich freue mich auch.«

In Dortmund blieb ich im Auto sitzen. Ich hielt es nicht für nötig, Ulrike schon wieder unter die Augen zu treten. Nina ließ sich auf den Beifahrersitz fallen, und während ich losfuhr, musterte sie mich eingehend.

»Du siehst gut aus, Papa«, urteilte sie.

»Da bin ich ja erleichtert«, versuchte ich zu scherzen.

Yaro tippte mir von hinten auf die Schulter und zeigte mit dem Daumen auf Nina. Ich sah zu ihr hinüber, auf das grün glitzernde Kleid, das sie über einer halblangen Hose trug, und beeilte mich zu sagen: »Aber so hübsch, wie du aussiehst, da wird keiner mit dir konkurrieren können.«

»Danke, Papa«, strahlte sie, »heute kommt es ja auch drauf an.«

Auf meinen fragenden Blick antwortete sie: »Na, wegen dieser Mireille, die soll ja nicht denken, wir wären irgendwelche dahergelaufenen Zigeuner in dreckigen Lumpen.«

Mir verschlug es die Sprache.

»Nina, du übertreibst wieder«, mahnte Yaro.

Ich schluckte. Ich fragte sie, ob sie *in der Hinsicht* Ärger bekommen habe, und nahm mir vor, mit allen Mitteln zu verhindern, dass sie jemals ihre Großmutter kennenlernte.

»Nö«, sagte sie und zupfte an ihrem Kleid herum.

Ich suchte Yaros Blick im Rückspiegel, doch er wich mir aus.

Ulrike, schoss es mir in den Sinn, konnte es sein, dass Ulrike eine abwertende Bemerkung hatte fallen lassen?

Jetzt nichts Voreiliges äußern, beschwor ich mich. Und ich fragte, ruhig und souverän: »Woher die Vorbehalte, so aus heiterem Himmel?«

Nina sah zum Seitenfenster hinaus. Yaro erklärte von hinten: »Das sind keine Vorbehalte, ich würde es Verunsicherung nennen. Du solltest uns damit nicht so alleinlassen. Weißt du, du erzählst uns da Sachen, die uns echt fertigmachen, und dann meinst du, damit wäre deine Pflicht erfüllt. Und überhaupt: Du solltest uns endlich mal ehrlich sagen, ob das, was du in deinem Buch geschrieben hast, nun wahr ist oder wirklich nur ausgedacht.«

»Was würde das für euch ändern?«, wollte ich wissen.

»’ne ganze Menge«, fuhr Nina mich plötzlich an, »denn wenn das alles wirklich so gewesen ist, wenn wir das wüssten, dann würden wir doch alles viel besser verstehen.«

Sie hielt einen Augenblick inne und sah mich eindringlich an: »Mann, Papa, dann würden wir doch auch dich besser verstehen, das muss dir doch wichtig sein …«

»Das finde ich auch«, stimmte Yaro ihr zu. »Und warum hast du es denn aufgeschrieben«, fragte er, »es muss doch irgendwas für dich bedeutet haben?«

Ich suchte nach einer Antwort, doch mir fiel keine ein. Ich saß hier fest, ich konnte noch nicht einmal aufstehen, den Raum verlassen, mich zurückziehen.

Und Yaro fuhr erbarmungslos fort: »Verdammt, das hat doch auch was mit Schuld zu tun. Wer ist denn an der ganzen Scheiße schuld? Deine Mutter? Deine Großmutter? Oder der Krieg? Oder dass sie Roma waren? Oder dass sie von den anderen so scheiße behandelt wurden? Oder was? Darüber muss man doch mal nachdenken und sprechen. Das ist doch wichtig, da hängen wir doch auch mit drin, das kann dir doch nicht egal sein.«

Ich hatte gewusst, dass dieser Tag schwierig würde, aber dass die Schwierigkeiten schon hier anfingen, darauf war ich nicht gefasst gewesen. Noch zwanzig, vielleicht dreißig oder auch vierzig Minuten, wenn die Autobahn wieder dicht war, dann würden wir in Gelsenkirchen sein. Bis dahin musste dieses Thema hier abgehakt sein.

»Also gut«, sagte ich, »ich habe einen Roman geschrieben, und Roman heißt, dass die Geschichte konstruiert ist, also ausgedacht. Das bedeutet aber nicht, dass die grundlegende Idee oder Einzelheiten nicht den Tatsachen entsprechen.«

»Mann, Papa, mach's doch nicht so kompliziert.« Nina schlug sich die Hand gegen die Stirn. »Sag doch einfach, was wahr ist und was nicht.«

Ich räusperte mich: »Vertreibung, Verfolgung, Flucht – das ist wahr …«

»Au Mann«, Nina hämmerte die flache Hand auf das Armaturenbrett, »bleib doch nicht immer so allgemein, sag doch mal was zu den Einzelheiten. Stimmt das mit dem kleinen Bruder? Sag doch einfach mal dazu was.«

»Herrgott, das ist nicht *einfach*«, brüllte ich los, »ich war ein Kind, versteht ihr, ein Kind, als mein Vater es mir erzählt hat.«

Und in das betretene Schweigen sagte ich ruhiger: »Ich weiß es nicht, ich weiß nicht, wo die Grenze zwischen dem verläuft, was mir erzählt worden ist, und dem, was ich dazufantasiert habe. Da könnt ihr mich noch so löchern, ich weiß es eben nicht.«

»Stau«, bemerkte Nina, und ich trat auf die Bremse.

»Meint ihr denn, für mich ist das leicht? Diese Ungewissheit, dieses ständige Grübeln, um sich genau zu erinnern? Und das Gefühl, mit meinem Leben den Kopf hinzuhalten für etwas, das ich nur andeutungsweise überschaue?«

Ich spürte Yaros Hand auf meiner Schulter: »Papa, wir wollen dir keinen Vorwurf machen …«

Ich unterbrach ihn: »Mein Vater hat sich gequält, er hat sich die Schuld gegeben. Er wusste, dass es ihr als Kind während des Krieges dreckig gegangen ist. Er war der Meinung, er hätte damit rechnen müssen, dass sie es nicht verkraftet hat.«

»Ja, okay«, fuhr Yaro fort, »aber darum geht es jetzt gar nicht. Es geht doch jetzt um uns. Wir haben ja kapiert, dass es deiner Mutter als Kind voll schlecht gegangen ist und dass du nachher echt fertiggemacht worden bist, aber irgendwie hängen wir da mit drin, vielleicht nicht so krass wie du, aber irgendwie eben auch.«

Wir rollten im Schritttempo, und ich fragte mich, ob ich mich für die Existenz meiner Kinder entschuldigen sollte, ob ich, der seiend, der ich nun einmal war, möglicherweise kein Recht gehabt hatte, Kinder in die Welt zu setzen, die notgedrungen ein Teil meiner selbst sein würden.

Ich dachte so etwas ja nicht zum ersten Mal, aber es war das erste Mal, dass ich mich eben diesen Kindern gegenüber dazu würde äußern müssen.

Nina wandte sich mir zu. Mit den Fingerspitzen strich sie über meinen Unterarm, eine Geste, die ich von Ulrike kannte.

»Was ist denn mit Robert?«, fragte sie sanft. »Er ist doch älter als du, er kann sich doch wohl besser erinnern?«

Ich starrte auf die Bremslichter eines protzigen Mercedes vor uns und rührte mich nicht.

»Das darf nicht wahr sein«, heulte Nina auf und krümmte sich, »ihr habt nie darüber gesprochen …«

Ich starrte weiterhin nach vorn, auf den C-Klasse-Wagen. Der Fahrer trug eine Baseball-Mütze, das Kabel seiner Freisprechanlage hing ihm aus dem Ohr. Ich überlegte, mit wem er wohl telefonierte. Mit einem Freund, mit dem er sich zum Golfspiel verabredet hatte? Mit Sicherheit lag im Kofferraum dieses Wagens ein hoch aufgerüstetes Golfbag. Verdammt noch mal, dachte ich, haben andere Männer denn keine Sorgen? Nicht die Sorgen, die ich hatte, nein, aber andere, Krach mit der Frau, Ärger mit dem Chef oder rote Zahlen im Unternehmen, irgendetwas, das es ihnen verdarb, so selbstgefällig an einem stürmischen Samstagmorgen im Juni 2008 in ihrem Oberklassewagen zu lehnen und zum Golfplatz zu fahren. Was würde ich jemandem, der mich hier, während ich zehn Meter vorwärtsrollte, bremste, rollte, bremste, was würde ich demjenigen sagen, wenn er mich nach dem Weg zum nächsten Golfplatz fragte? Tut mir leid, ich spiele kein Golf, ich gehöre zur Hälfte einer diskriminierten Völkergruppe an und muss gerade meinen Kindern, die ihr noch zu einem Viertel angehören, ein paar gute Tipps geben, wie sie mit dieser ererbten Hypothek fertigwerden?

Yaro zog seine Hand von meiner Schulter. Er gab sich offensichtlich Mühe, sachlich zu bleiben: »Papa, wir wollen dich nicht bedrängen, aber das Ganze ist schon auch unsere Sache. Ich meine, dass du und Mama, dass ihr nicht miteinander klargekommen seid, das hängt doch auch damit zusammen, und es wird wohl so allmählich Zeit, ein bisschen was anders zu machen als bisher.«

»Vorschläge werden dankend entgegengenommen«, erwiderte ich reichlich sarkastisch.

»Du solltest uns schon ernst nehmen«, ermahnte Yaro mich.

Ich hob die Hände: »Tut mir leid, das war jetzt unangebracht. Okay, sagt mir, was euch weiterhelfen würde, nur muss ich auch das Recht haben zu entscheiden, ob es sich realisieren lässt oder nicht.«

»Was ist denn nun mit unserer Großmutter?«, platzte Nina heraus. »Wir warten die ganze Zeit, dass du mal damit herausrückst, wie der Besuch bei ihr so war … aber kein Wort von dir, totales Schweigen.«

»Gut, wenn ihr es unbedingt wissen wollt: Die Großmutter lebt in der Psychiatrie, in einer geschlossenen Station«, leierte ich herunter, »das heißt, dass die Tür zu dieser Station immer abgeschlossen ist und sie nur in Begleitung einer Schwester mal rausdarf, und das ist seit Jahrzehnten so, weil die kleinste Ablenkung, wie zum Beispiel ein Besuch, sie aufregt und restlos durcheinanderbringt.«

Nina war großzügig, sie überging meinen genervten Tonfall. Robert habe gesagt, meinte sie und lächelte wie ein kleines Mädchen, dass der Besuch teilweise gut und teilweise nicht so gut verlaufen sei.

»Was?«, rief ich. »Ihr habt bei Robert nachgefragt?«

»Ja, Papa«, wetterte Yaro von hinten, »weil du dich ja in absolutes Schweigen gehüllt hast.«

»Und? Was hat er euch noch alles verraten?«

»Nichts, er wollte nicht, er war der Meinung, das sei deine Aufgabe, uns alles genau zu erzählen.«

»Aber darauf können wir ja wohl noch lange warten«, zischte Nina.

Ich schaltete in den zweiten und dritten Gang, es ging wieder voran, und während ich Gas gab und der Wagen Geschwindigkeit aufnahm, sagte ich: »Wie ihr wollt, aber nicht jetzt. Wenn ich euch jetzt von diesem Besuch berichte, dann können wir gleich wieder umkehren, dann bin ich für heute erledigt.«

Plötzlich schmiegte Nina sich an meinen Oberarm: »Papa, du bist ja nicht allein, wir haben dich doch lieb, ne, Yaro?«

»Klaro«, Yaro grinste mich über den Rückspiegel an, »aber nicht wieder vergessen, ich meine unsere Großmutter, das ist wichtig für uns.«

Wir kamen zu spät, wie ich es nicht anders erwartet hatte. An der ersten roten Ampel in Gelsenkirchen nahm ich noch eine Tablette. Vielleicht wäre es nicht nötig gewesen, aber die Kinder verstanden sofort. Nina strich mir sanft über die rechte Schläfe, und sie versprach, heute keinen, auch nicht den kleinsten Ärger zu machen.

Wir bogen auf den Parkplatz ein. Claudia stand zwischen den parkenden Wagen. Ihr suchender Blick tastete die Einfahrt entlang und wandte sich, als er uns erspäht hatte, schnell ab. Diese erwartungsvolle Haltung und dann das erschrockene Erkennen leuchteten mir mit solcher Intensität entgegen, dass ich meinte, die ganze Umgebung, wenn nicht die ganze Welt, müsse davon erhellt werden.

Wieso zum Teufel musste ich gleich wieder das gesamte Universum heraufbeschwören? Eigentlich hatte ich doch nur einen Wunsch: Diese Frau, die da über die Autodächer Ausschau gehalten hatte, mit einer Hand das Haar gegen den Wind im Nacken zusammenhaltend, diese blonde Frau möge auf *mich* warten. Was also ging mich das übrige Universum an?

Ich zog den Schlüssel ab und lehnte mich im Sitz zurück.

»Ey, Papa«, Nina stieß mich an, »los, Claudia wartet auf dich.«

Sie streckte auffordernd den Kopf vor, und sie lächelte, als müsste sie ein bockiges Kind locken.

Ich rührte mich nicht, ich war bereit, den Rest meines Lebens hier so zu sitzen. Es war der perfekte Augenblick: Draußen wartete Claudia, sie wartete auf mich, und Nina sah so hübsch und lieb aus, wenn sie lächelte, und ich war so dankbar, dass ich diese Tochter hatte.

»Bist du dir sicher?«, fragte ich und grinste vor mich hin, ohne mich zu regen.

»Aber hundertpro«, feixte sie.

Und als sie aus dem Auto sprang, auf die Fahrerseite spurtete, die Tür aufriss und mich herausziehen wollte, wehrte ich sie lachend ab und stieg aus.

Sofort schlug der Wind auf mich ein, stieß in die noch jungen Bäume und hetzte weiße Wolken über den juniblauen Himmel. Im Gefolge von treibenden Papiertüten und hüpfenden Styroporschalen rannten Benjamin und Sarah heran, der Hund sprang ihnen um die

Beine. Ein lockeres Hallo für mich, allerdings mit Handschlag, augenfällige Verlegenheit zwischen Yaro und Sarah. Ich wippte schnell in die Hocke zwischen die parkenden Autos, um den vor Freude winselnden Hund zu begrüßen. Hier unten war ich gefeit gegen das Stürmen, das über den Hund und mich hinwegbrauste wie in einer uns nicht betreffenden Ferne.

Ich hockte mit dem Hund zwischen den Autos und wartete auf ein Ereignis, irgendein zufälliges Ereignis, das zwischen mir und Claudia vermitteln könnte, das es mir möglich machte, gelassen auf sie zuzugehen und sie ohne Scheu in die Arme zu nehmen.

Der Hund verlor das Interesse an mir, hüpfte zu den Kindern hinüber, und ich sah, wie Sarah sich hinter dem Heck meines Wagens bückte und den Hund an die Leine nahm. Ich richtete mich auf. Die Kinder standen beisammen, waren laut und lachten, und sie umrundend kam Claudia auf mich zu, neben ihr eine junge Frau. Mireille war einen halben Kopf kleiner als Claudia, mit dunklem, kurz geschnittenem Haar und aufmerksamen Augen. Sie wirkte beinahe unscheinbar neben Claudia, die von ihrer furchtsam fragenden Freudigkeit umstrahlt wurde, als hätte so viel glückselige Erwartungsangst nicht ausreichend Platz in ihrem schmalen Körper gefunden.

Mireille machte es mir leicht. Sie streckte mir gleich die Hand hin, bevor ich Claudia überhaupt direkt anschauen und ihre Stimmung in allen Details einschätzen konnte. Ohne übertriebene Freundlichkeit sagte sie: »Hallo, Martin, ich bin Mireille.«

Ich ging auf ihren klaren, nüchternen Ton ein und erwiderte, dass es mich freue, sie kennenzulernen. Dabei hielt ich dem prüfenden Blick ihrer kleinen braunen Augen stand, und ich registrierte auch ihren betont kräftigen Händedruck. Beides verunsicherte mich merkwürdigerweise nicht; es lag etwas in dem Blick und dem Händedruck, das ich für mich gleich mit dem Begriff unaufgeregte Zuversicht betitelte.

Während unsere Hände sich voneinander trennten, schien es mir so, als nickte Mireille mir zu. Vielleicht täuschte ich mich, vielleicht war es aber wirklich ein andeutungsweises Nicken, mit dem sie, wenn sie mich nicht gerade bestärken wollte, mir doch versichern wollte, dass sie nicht voreingenommen sei und bereit sei, sich von meiner Person überzeugen zu lassen.

Ich kehrte mich dann dem verfänglichsten Moment des Tages zu: Claudia unter Mireilles wohl nicht mehr abschätziger, wie ich den ganzen Morgen befürchtet hatte, sondern mittlerweile und möglicherweise wohlmeinenden Aufsicht zu begrüßen.

Wie schon mehrmals zuvor, so hatte ich auch jetzt Claudia und ihre manchmal unbegreifliche Spontaneität unterschätzt. Sie warf sich mir entgegen, ohne Rücksicht auf die uns observierenden Augenpaare. Ihre Arme umschlangen mich mit nahezu ostentativer Leichtsinnigkeit – eine geradezu herausfordernde Bekundung ihrer Zuneigung, die so gar nicht zu der Mail vom letzten Sonntagmorgen passen wollte. Mit dieser Umarmung will sie ihre Mail widerrufen, dachte ich, oder zumindest für heute vergessen machen.

Während ich sie an mich presste und das Glück mich wieder hemmungslos überrollte, bemerkte ich, dass Mireille sich zurückgezogen hatte. Dass sie diskret sein könnte, so wie man es von anständigen Menschen normalerweise auch annimmt, das war mir nicht in den Sinn gekommen. Ich hielt Claudia in meinen Armen und versuchte, mich zu erinnern, wie ich darauf verfallen konnte, ihre Tochter, die nicht ihre leibliche war, die ihr aber so nahestand, ungesehen in die Reihe jener einzuordnen, die mir ein Recht auf ein Leben zwischen ihnen absprechen wollten. Die Frage, wer *die* denn seien, die mir dieses Recht streitig machten, flammte kurz in meinen Gedanken auf, und wie aus sämtlichen Himmelsrichtungen tönte es in mir: alle – als Claudia leise an meinem Hals sagte: »Martin, ich bin nur wirklich lebendig, wenn du bei mir bist.«

Ich sagte nichts, weil alles, was ich nach diesen Worten zu ihr hätte sagen können, nichtssagend geklungen hätte. Und weil es mich geradezu überwältigte, dass zu den wenigen Menschen, von denen ich wusste, dass sie zu mir hielten – meine Kinder, Robert und vielleicht noch ein oder zwei Kollegen –, ich jetzt auch Claudia zählen konnte. Ich drückte sie noch ein wenig fester an mich. Sie machte sich lachend von mir los, und wir drehten uns zu den Kindern um, die in lautes Gelächter über den Welpen ausbrachen, der sich in ihrer Mitte begeistert auf dem Rücken im Staub wälzte.

Da sah ich Mireille das erste Mal lachen, auf eine so eigenartig klägliche Art, dass sich sofort ein merkwürdig nagendes Elend über das Glück warf, das ich gerade noch empfunden hatte. Sie hatte den Kopf in den Nacken gelegt, die Lippen geöffnet, doch die Zähne fest zusammengebissen, und so, ohne einen einzigen Laut, demonstrierte sie, dass an diese Stelle eigentlich ein Lachen gehörte, dass sie aber nichts anderes hatte als diese jämmerliche Geste, weil sie ihr Lachen verloren hatte und nicht wiederfinden konnte.

Auf unserem Gang durch den Zoo beobachtete ich im Laufe des Tages dieses sonderbare Platzhalter-Lachen immer wieder: den in den Nacken gelegten Kopf und die gebleckten, zusammengebissenen Zähne.

Natürlich blieb es nicht aus, dass ich sie mit Nina verglich, mit Ninas extrovertierter, unverkrampft wirkender Lebhaftigkeit. Vielleicht war es unangemessen, doch ich hatte ja Zweifel gehabt, vor kaum einer Stunde, Zweifel an meiner Berechtigung, zwei Kinder zu haben, und nun, wenn ich Mireilles attrappenhaftes Lachen beobachtete, verloren diese Zweifel jede Relevanz.

Irgendwann, als wir von Käfig zu Käfig wanderten, durch einen übrigens nicht unbedingt harmlosen Sturm, der uns den Sand der Wege in die Gesichter schleuderte und Plastikbecher und von ihm erbeutete Zweige vor uns herjagte, irgendwann während dieser Wanderungen fiel mir auf, wie sonderbar sich die Rollen zwischen Mireille und mir verkehrt hatten: Nicht ich stand unter ihrer Beobachtung, wie ich geargwöhnt hatte, sondern sie war zu meinem Objekt geworden, das ich studierte und zu ergründen versuchte.

Aber es war ja durchaus möglich, dass sie mich und meine Beziehung zu Claudia heimlich kontrollierte, so geschickt, dass ich es gar nicht wahrnahm. Es war ja denkbar, dass sie zählte, wie oft ich auf längeren Wegstrecken nach Claudias Hand griff oder wie oft ich, wenn wir vor einem der Gehege standen, meinen Arm um ihre Schulter legte. Dass ich dann manchmal den Druck meines Armes verstärkte und Claudia fester an mich heranzog und sie mich daraufhin jedes Mal fragend ansah, als wäre sie tatsächlich überrascht über mein Bedürfnis, sie fest bei mir zu fühlen, diese sprachlose Kommunikation entging Mireille unter Umständen. Denn immer wenn ich mich nach einer solchen Situation unauffällig zu ihr umdrehte, befasste sie sich gerade eingehend mit dem Hund oder kehrte uns im Gespräch mit einem der Kinder den Rücken zu.

Ich hatte Claudias Angebot angenommen: Ich ignorierte ihre Mail vom Sonntag. Ich tat so, als hätte es die sonderbare Selbstdiagnose ihrer *Krankheit* nie gegeben. Als bestände keinerlei Notwendigkeit, irgendetwas zu klären. Als würden wir, wenn die Kinder um uns herum sich wieder mit ihren eigenen Angelegenheiten beschäftigten, ganz selbstverständlich da anknüpfen, wo wir vor genau einer Woche gegen Mitternacht wohl oder übel unsere Sache hatten unterbrechen müssen.

Es war vor dem Löwengehege, als mich wieder nach Claudias Nähe verlangte. Inzwischen allerdings auch, um ein Unbehagen zu mildern, das mir das ständige Betrachten der nicht gerade hinter Gittern, aber doch hinter dicken Glasscheiben und Wassergräben eingesperrten Tiere verursachte. Ich tastete mich von hinten um ihre Taille und meinte, so den Anblick einer Gruppe von ruhenden und sinnend vor sich hin schauenden Löwinnen besser zu ertragen. Ich sah, wie vor uns Yaro seine Hand in Sarahs legte, ich sah, wie Sarah Yaros Hand umschloss. Es war mir nicht geheuer, es hatte schon etwas Bizarres, die beiden Hand in Hand und hinter ihnen der Vater des Jungen und die Mutter des Mädchens gleichsam auch Hand in Hand.

Eine der Löwinnen riss lautlos das Maul auf und fiel dann zurück in ihr grübelndes Sinnen. Nina hüpfte vor bis an die Scheibe, drehte sich zu uns um und rief: »Hey, was meint ihr, was würde passieren, wenn man hier mal sämtliche Käfigtüren öffnet und allen Tieren ihre Freiheit gibt?«

Wenn Nina solche Fragen stellte, dann musste ich wachsam sein. Das würde sich sofort als eine ziemlich dumme Idee herausstellen, wollte ich antworten. Doch Mireille war schneller als ich. »Kaum eines der Tiere würde das überleben, sie sind ja auch zu ihrem Schutz eingesperrt«, sagte sie laut, eigentlich unnötig laut. Ein bisschen zu herausfordernd, fand ich.

Wir hatten uns alle Mireille zugekehrt. Sie stand in unserer Mitte und war doch ein wenig einsam, eben wie jemand, der eine provokative Bemerkung hat fallen lassen, zu der niemand aus dem Kreis so ohne Weiteres seine Zustimmung geben wollte.

Da wand Sarah ihre Hand aus Yaros.

Vielleicht sei es ja leichter zu ertragen, tot zu sein als immerzu gefangen, sagte sie ruppig. Dabei beobachtete sie mit schräg gelegtem Kopf ihre Schuhspitze, die über eine Kerbe zwischen den Steinplatten scharrte, vor und zurück.

Schlagartig standen alle erstarrt da. Neben mir zerrte der Wind an Claudias Haaren, klatschte sie vor ihre aufgeschreckte Miene und deckte sie im nächsten Moment wieder auf.

Es war ja der Vater dieser beiden Mädchen, Mireille und Sarah, gewesen, den man auch eingesperrt hatte. Nicht hinter Gittern und verschlossenen Türen, nein, viel unwiderruflicher hatte man ihn eingesperrt, nämlich in die ihm von allen anderen auferlegte Pflicht, ein Leben nach ihren Vorstellungen zu führen. In ein solches Leben hatte die Frau, die er liebte, nicht hineingepasst. Und war er nicht zweifach eingesperrt? War er nicht auch eingesperrt in die Liebe zu dieser Frau, die angesichts geladener Gäste kapitulierte und sich verängstigt auf ihr Zimmer zurückzog, die noch nicht einmal einem Kindergeburtstag gewachsen war und der seine ganze Liebe nicht zu helfen schien? Und als man ihm dann die Tür verriegelte, durch die er von Zeit zu Zeit entfliehen konnte, und ihn in einer Klinik vom Alkohol entwöhnen wollte, da hatte er den Weg gewählt, lieber tot zu sein als immerzu gefangen.

Nun blickten seine beiden Töchter auf drei dösende Löwinnen und diskutierten die philosophischste aller Fragen: Ist das Leben an sich es wert, gelebt zu werden, oder nicht?

Claudias Taille war in meiner Hand zusammengesackt. Doch ich straffte mich innerlich: Dazu musste mir doch etwas Überzeugendes einfallen, etwas allgemein Verbindliches. Etwas, das den Sinn des Lebens betraf. Denn darum ging es doch, um die Aufgabe, einen Sinn für das eigene Leben zu finden. Damit stand oder fiel es doch, ob dieses Leben einigermaßen gelingen würde. In meiner Rolle als Außenstehender stand es mir schließlich zu, etwas Landläufiges klärend anzumerken. Denn nicht zuletzt ging es ja auch darum, uns davor zu bewahren, hier im Zoo von sämtlichen Vergangenheiten eingeholt zu werden.

Aber war ich denn ein Außenstehender? Hatte ich mich nicht an die Stelle gedrängt, die mit Recht ihrem Vater gehört hatte und die jetzt der Erinnerung an ihn zukam? Sollte das Desaster, das von Anfang an über diesem Tag geschwebt hatte, mich auf eine ganz andere Weise einholen?

Ich zögerte. Mir fiel auch keine Formulierung ein, mit der ich ohne Pathos über so etwas Heikles wie den Sinn des Lebens hätte sprechen können. Aber hatte ich nicht einmal wieder viel zu weit gegriffen, viel zu viel interpretiert? Ging es hier überhaupt um den Freitod? Ich atmete tief durch. Fürs Erste war ich erleichtert, dass ich den Mund gehalten hatte.

Da hörte ich Yaro in die immer noch betretene Stille hinein sagen: »Vielleicht ist nicht mehr leben zu wollen gar nichts Negatives, ich meine irgendwie Zerstörerisches, vielleicht ist es ja eine Botschaft, dass es etwas viel Wichtigeres gibt als das eigene Leben. Die, die weiterleben, sind meistens nur total ignorant und verstehen das nicht.«

Ruhig und abgeklärt hatte er es gesagt, mit pubertär brüchiger Stimme. »Wow, Yaro«, rief Nina, »das war jetzt echt hammermäßig. Aber in der Schule sagt er auch manchmal so was irrsinnig Kluges.«

Unter meinem Arm spannte sich Claudias Körper. Wie in Nachdenklichkeit versunken sagte sie etwas von genau richtig und zutreffend. Sie sagte es leise, und ich wusste nicht, ob es außer mir überhaupt jemand gehört hatte. Ich ahnte, was in ihr vorging: Der Mann, den sie einmal geliebt hatte, der hatte den Tod gewählt, weil er mit ihr nicht zurechtkam, aber ohne sie eben auch nicht. Mit seinem Tod hatte er ihr die Botschaft hinterlassen, dass ihm seine Liebe zu ihr wichtiger war als sein Leben. So oder so ähnlich mochte sich ihr Verhältnis zu ihm in posthumer Form geklärt haben.

Jetzt hatte ein vierzehnjähriger Junge sich zu dieser Angelegenheit geäußert, sinnigerweise der Sohn des Mannes, den sie jetzt liebte. Er hatte mit jugendlicher Unbekümmertheit etwas Weises dahergesagt und damit ihre nach jahrelangen Zweifeln erkämpfte Gewissheit, eine Berechtigung zum Weiterleben zu haben, mit einem einzigen, bedächtig vorgetragenen Gedanken bestätigt.

Das war alles auf eine, wenn auch morbide Weise sehr schön, aber ebenso beunruhigend. Yaro klang mir etwas zu düster, etwas zu schwermütig. Er wird es sich angelesen haben, dachte ich. Es war ein Versuch, mich zu beruhigen. Andererseits: Solch ein lakonisch vorgebrachter, geradezu wohlgezielter Kommentar – konnte eine solche wie zufällig angebrachte und dabei so passende Bemerkung denn Zufall sein? Was wusste Yaro über Claudia? Hatte Sarah ihm etwas erzählt? Dieses Händchenhalten zwischen ihm und Sarah … Was wusste ich denn, wie eng der Kontakt zwischen ihnen bereits war? Über mich wusste er ja jetzt Bescheid. Ahnte er etwa, was mich zu Claudia trieb? Verstand er es womöglich noch besser als ich selbst? Und was wusste ich, der ich Wert darauf legte, meine Geschichten für mich zu behalten, denn überhaupt von dem, was hinter meinem Rücken vorging?

Ich fing an zu schwitzen. Ich hätte gerne meine Hand von Claudias Taille gelöst, doch in dieser Situation würde es zwangsläufig zu einer Geste des Zurückziehens werden. Das wollte ich keinesfalls. Also rührte ich mich nicht. Der Wind klatschte kalt wie ein nasses Handtuch in meinen Nacken. Wir standen unbeweglich wie Ausstellungsstücke, die vorübergehend mitten im Weg abgestellt worden waren. Andere Zoobesucher umrundeten uns lärmend. Irgendwie rechthaberisch starrten wir auf die Löwinnen. Jeder von uns schien darauf zu warten, dass einer sich vorwagte und diese missliche Lage beendete. Und ich war dabei, mich lächerlich zu machen, ich, der scheinbar nicht unmittelbar Betroffene, der mit einer überlegenen Bemerkung die Situation hätte klären müssen, ich, mit meiner Migräne.

Claudia war es, die uns erlöste. Plötzlich erwachte sie unter meinem Arm. Sie strich sich das Haar zurück und rief betont munter, sie hätte nicht den Eindruck, dass die Löwen, so entspannt, wie sie dalägen, aussähen, als warteten sie nur auf eine Gelegenheit zum Ausbruch.

Es war, als bröckle eine Kruste, die uns in diese Starre gezwungen hatte, von uns ab. Jeder schüttelte sich ein wenig, und ich klopfte mit der freien Hand meine Hose aus.

Und dann sah ich wieder auf die Löwinnen und sagte: »Also, auf mich wirken die drei da vorne mit ihren in sich ruhenden Blicken, als wären sie in stiller Erwartung einer großen Verwandlung, die bald mit ihnen vorgehen wird.«

Ich sagte es nicht sonderlich laut, es klang ja auch reichlich kindisch und eine Spur zu doppeldeutig, und ich hoffte, der Wind würde das eine oder andere Wort mit sich nehmen, sodass alles weitgehend im Unklaren bliebe. Kaum ausgesprochen fragte ich mich auch, was ich damit überhaupt hatte sagen wollen. Vielleicht war es ein hilfloser Versuch, Yaro von der Unumgänglichkeit des Lebens zu überzeugen.

Offenbar hatten alle gehört, was ich gesagt hatte. Und die Reaktionen, die das auslöste, waren überwältigend. Nina rief: »Typisch Papa.« Und es klang durchaus anerkennend. Sarah griff wieder nach Yaros Hand, und Mireille betrachtete mich freundlich-interessiert. Und Claudia? Claudia küsste mich. Sie küsste mich vor den Augen der Kinder auf den Mund. Es war ein eiliger Kuss, mit geschlossenen Lippen. Für sich gesehen also nichts Umwerfendes. Kein großer Aufreger, wie Yaro sagen würde. Aber hier in aller Öffentlichkeit war dieser Kuss doch eine nachdrückliche Bekundung ihrer Verbundenheit mit mir. Und vielleicht war er ja sogar noch viel mehr: eine Bezeugung ihrer neuen Zugehörigkeit.

Am Abend saßen wir alle entspannt und schon recht vertraut miteinander im China-Restaurant in Essen, bei *meinem* Chinesen, wie Claudia für mein Empfinden etwas zu oft betonte. Gut, Herr Yin hatte mich, mit beiden Augen zwinkernd, wie einen alten Bekannten begrüßt und strich während des Essens immer wieder um unseren Tisch. Kein Zweifel, er weidete sich an meiner gegenüber meinen sonstigen Besuchen explosionsartig vergrößerten Begleitung. Aber sein Interesse war schließlich rein geschäftlicher Art, jeder Gast brachte ihn seinem Ziel näher, irgendwann einmal nach China zurückkehren zu können.

Eines Abends hatte er sich zu mir gesetzt und über seine Heimat gesprochen. Ich würde es an Claudia weitergeben müssen, damit sie Herrn Yin und seine Freude über jeden Gast verstände. Aus Chinas Südwesten sei er, würde ich erklären, den Namen des Ortes hätte ich mir nicht merken können. Traurig hatte er ausgesehen, als er von Chinas Bergen gesprochen hatte, die er sehr vermisste, Berge mit grünem Buschwerk bewachsen unter einem unglaublich blauen

Himmel, sein China war nämlich hauptsächlich grün und blau und ein wenig grau und rot dazwischen. Und was er noch viel mehr vermisse als Chinas Farben, hatte er angefügt, das sei die Sprache, seine Sprache. Als er das gesagt habe, da hätte ich seine Einsamkeit fühlen können, werde ich zu Claudia sagen, ich hätte seine Verlorenheit hier bei uns verstehen können, trotz seines täglich gut gefüllten Restaurants. So oder so ähnlich würde ich es ihr nahebringen, vor allem die Sache mit der Sprache. Aber auch die rechtfertigte nun wirklich nicht das häufige Possessivpronomen.

Bei dem gemeinsamen Essen mit Chop Suey, Ente süßsauer und Buddhistischer Fastenspeise führte ich ein ausgesprochen angeregtes Gespräch mit Mireille. Über die sich verändernde Medienlandschaft und die Aufgabe von Kunst und Literatur in Zeiten der Globalisierung und Vernetzung. Nicht einen Moment lang verlor ich währenddessen den eigentlichen Zweck unserer Unterhaltung aus den Augen, nämlich über ein sachliches, unsere gemeinsamen Interessen betreffendes Thema eine Sympathie zwischen uns zu stiften. Doch gleichzeitig hatte ich auch meine Freude daran, Claudias Mireille so gescheit und eloquent sich äußern zu hören und ihr ebenso gescheit und eloquent zu antworten.

Der Abschied allerdings wirkte halbwegs ernüchternd auf mich. Zwar hatte Mireille mir freundlich die Hand gereicht und beinahe herzlich *Bis zum nächsten Mal* gesagt. Doch Claudia hatte nur verlegen meinen Arm berührt und war schnell in ihren Wagen abgetaucht. Dass sie unter den gegebenen Umständen nicht die Nacht mit mir verbringen würde, war von vornherein klar gewesen. Es stand ja auch immer noch ihre merkwürdige Krankheit *Liebe* zwischen uns, von der sie erst einmal geheilt werden wollte. Aber eine kleine Zärtlichkeit, die ihr Bedauern über unseren Abschied ausdrückte, wäre immerhin ein Trost gewesen.

Statt Claudia blieben Nina und Yaro einige Tage bei mir. Es waren ja Ferien, da erlaubten die Besuchsregelungen auch schon einmal ein längeres Beisammensein mit mir. Außerdem stand morgen das Fußballfinale an, Europameisterschaft, Spanien gegen Deutschland, das gab es nicht alle Tage, das musste bis ins Letzte ausgekostet werden.

Fußballgucken zu Hause, das sei total ätzend, hatte Nina ihren Wunsch begründet, bei mir zu bleiben. Manfred interessiere sich nicht für Fußball und niemand zwänge ihn, mitzugucken, aber er könne es nicht sein lassen, sich in seinen Sessel zu hängen und ständig voll bescheuerte Kommentare abzugeben.

Ich hatte aufmerksam zugehört und bangend auf Yaros Einwand gewartet: Nina, du übertreibst mal wieder. Doch Yaro hatte genickt, und nicht nur das, er hatte Nina bestätigt: »Das kannst du dir nicht vorstellen, Papa, das ist wirklich ätzend.«

Trotzdem hatten wir vorher nichts verabredet, und Yaro hatte während des Essens bei meinem Chinesen hinausgehen und Ulrike anrufen und um ihr Einverständnis bitten müssen. Er blieb ziemlich lange draußen, und ich befürchtete, alles liefe darauf hinaus, dass ich mit ihr würde sprechen müssen. Und tatsächlich wedelte Yaro plötzlich mit seinem Handy vor meinem Gesicht herum: »Mama will dich noch sprechen.«

Nina hatte gerade eine ihrer schlagfertigen Bemerkungen fallen lassen, und alle am Tisch lachten laut auf. Selbst Mireille schien vergessen zu haben, dass ihr das Lachen doch eigentlich abhandengekommen war. Sie hatte lachend den Mund geöffnet, zwar nur einen Spaltbreit, doch durch diese Fuge quetschte sich tatsächlich ein beinahe sattes Glucksen. Ulrike musste unsere Heiterkeit gehört haben. Es stärkte meine Position. Entsprechend gelassen rief ich mein *Hallo* in Yaros Handy, während ich den Stuhl abrückte und aufstand. Doch Ulrike wirkte recht zahm. Vielleicht hatte unsere allgemeine Vergnüglichkeit ihr den Wind aus den Segeln genommen, vielleicht auch tat ich ihr wieder einmal unrecht. Sie wolle mich nur daran erinnern, dass die Kinder am Donnerstag einen Zahnarzttermin hätten.

Der Sturm hatte etwas nachgelassen, und ich lehnte draußen vor der Tür an einem lebensgroßen goldenen Buddha, der sich angenehm warm anfühlte und dessen Ohrläppchen breit und geschwollen auf seinen Schultern ruhten. Sein durch und durch seliges Lächeln über dem wohlgenährten Leib hätte mich eigentlich entspannen müssen.

Doch in Ulrikes, wenn auch nur akustischem Beisein konnte ich nicht entspannen und wollte mich auch nicht entspannen. Von *erinnern* könne wohl keine Rede sein, sagte ich, da ich von diesem Termin in genau diesem Moment zum ersten Mal erführe. Und wieso die beiden ausgerechnet in den Sommerferien zum Zahnarzt müssten, wollte ich wissen.

Weil sonst wieder ein halber Schultag draufgegangen wäre, biss Ulrike jetzt zurück, speziell mit Ninas Zeugnis könne man ja wohl nicht zufrieden sein.

Zeugnis? Dass es Zeugnisse gegeben hatte, daran hatte ich überhaupt nicht gedacht. Ich fühlte nach meiner Migräne. Sie ließ mich im Stich, da war nichts mehr, kein Pochen, nicht ein Rest von Druck hinter der Schläfe, nichts, auf das ich mich hätte berufen können, um mildernde Umstände zu fordern. Gleich würde ich es zu hören bekommen, dieses aus der Mode gekommene Wort, das Ulrike aber mit Vorliebe auf mich anwandte: Egoist. Du bist ein unerträglicher Egoist.

War es denn tatsächlich wahr, dass ich mich nur um mich selbst drehte? Warum zum Teufel hatten die beiden auch nichts gesagt? Um mich auf die Probe zu stellen? Um die Tage zu zählen, bis ich endlich nach ihren verdammten Zeugnissen fragte?

Na ja, machte ich. Aber Yaros sei doch ganz ordentlich, bemerkte ich auf gut Glück.

»Woher willst du das wissen? Die Zeugnisse liegen ja noch hier.«

»Möglicherweise haben wir darüber gesprochen?«

»Jaja«, schnaubte Ulrike, »dann hättest du gesagt: exzellent. Yaros Zeugnis ist nämlich exzellent. Ninas lässt zu wünschen übrig. So sieht es aus. Und es wäre durchaus hilfreich, wenn du dich mal darum kümmern würdest, anstatt *mich* zu belehren.«

Ich hatte ihr unrecht getan. Es war die Rolle, die ich spielte, unvermeidlich, wenn wir miteinander sprachen. Ich hatte ihr einmal unrecht getan, und nun gehörte es zu mir, es war ein Teil meiner Persönlichkeit: ihr unrecht zu tun.

»Mir geht es im Moment nicht so gut«, sagte ich unvermittelt. Es klang erbärmlich.

Da stand Nina unversehens neben mir und riss mir das Handy vom Ohr. »Mama, er hat Kopfschmerzen«, schimpfte sie in das Mikro und lächelte gleich darauf mich an, charmevollendet.

Mein kleiner Räuber. Herangeschlichen hatte sie sich, meine und ihre Haut rettete sie.

Ich zog mich in den Gastraum zurück. Am Tisch diskutierten Yaro und Mireille über Sinn und Unsinn von Klassenfahrten. Claudia blickte wohlwollend mal auf meinen Sohn, mal auf ihre große Tochter. Ich setzte mich neben sie, und sie flüsterte mir zu, ob alles in Ordnung sei.

»Alles bestens«, behauptete ich. Ich legte meine Hand, vom Tisch vor allen Blicken abgeschirmt, auf ihren Oberschenkel, auf den rauen Stoff ihrer Jeans.

»Vorsicht«, sagte sie, »weck Alaska nicht auf, er schläft auf meinen Füßen.«

Und dann auch noch dieser Abschied, flüchtig verschämt, eine kleine Berührung wie nebensächlich, beinahe kühl. Und das unter den wachsamen Augen der Kinder.

Auf dem Weg zu meiner Wohnung hängte Nina sich an meinen Arm. Vielleicht wollte sie mich trösten, vielleicht wollte sie auch nur für gute Stimmung sorgen. Es stand ja noch die jetzt unumgängliche Frage nach den Zeugnissen aus.

Ich entkorkte als Erstes eine Flasche Rotwein. Über die Zeugnisse sprächen wir am Montag, sagte ich.

Nina zuckte mit den Schultern, als könnte es ihr gleichgültig sein, wann sie sich offenbaren müsse. Aber wenn ich angenommen hatte, dass sie auch mich verschonte, sozusagen als Gegenleistung für den Aufschub, den ich ihr gewährte, dann hatte ich mich geirrt.

»Erzähl uns von unserer Großmutter«, forderte sie ohne Erbarmen.

Ich ließ mich zwischen meine Kinder auf das Sofa fallen. Ob das heute Abend sein müsse, fragte ich und rieb mir das Gesicht.

»Ich habe dir eben den Arsch gerettet«, unterstrich Nina ihre Forderung.

Sie griff nach dem Umschlag mit den Fotos, der seit einer Woche hier auf dem Tisch lag. Ich legte den Kopf zurück auf die Lehne und schloss die Augen. Neben mir lautes Gelächter.

»Papa, du sahst echt gut aus.« Nina streichelte mir die Wange. Und dann Yaros stimmbrüchige Stimme: »Ey, Papa, wer ist denn das? Sind sie das?«

Ich öffnete langsam die Augen. Über mir schwebte meine Mutter als Zehnjährige, schwarz-weiß, vor den Kriegstrümmern, den kleinen Gero auf dem Schoß.

1943

Rubina und Angelika

RUBINA drückte die Fäuste an die Ohren, sie stopfte ihre verfilzten Locken in die Gehörgänge, sie presste den Kopf zwischen die Knie. Nichts brachte Erleichterung. Wimmern, Jaulen, Schreien, langes klagendes Heulen. Wie die Sirenen, die in der Ferne aus den Dörfern zu hören waren.

Weitab vom Lager, hinter den Haselbüschen, hatten sie der Mutter ein Bett aus Tannenzweigen fertig gemacht. Aber was konnten die Haselbüsche, die gerade erst ihr Grün wiedergefunden hatten, gegen dieses Heulen ausrichten? Selbst die brechenden Zweige waren zu hören, wenn die Mutter unwillig ihren massigen Körper hin- und herrollte. Die Tanten umringten ihn, diesen riesigen Ballon, der sicher in sich zusammenfallen würde, hätte nur eine von ihnen den Mut, einen zugespitzten Ast hineinzutreiben.

Der Vater saß am Feuer. Er briet zwei junge Kaninchen. Seine Hände zitterten, wenn er den Spieß drehte. Er starrte mürrisch auf die beiden kleinen dunkelroten, nackten Wesen, die bei jeder Drehung zuckten, ihren Kopf, ihr Fell zurückverlangten.

Bruno und Gescha stritten leise. »Schwester«, zischte Gescha. »Bruder«, brummte Bruno. Großvater Wilhelm lehnte mit geschlossenen Augen an einem Baumstamm.

Waren sie denn alle taub? Wie hielten sie dieses Sirenengeheul aus?

Für dich halten wir es aus, würden sie sagen, würde sie zu fragen wagen.

Es war ja ihr Geburtstag, jedenfalls so ungefähr. Die Vögel lärmten, die Bienen waren aufgewacht, die Buschwindröschen wieder verblüht, und da brauchten sie ein Geschenk. Ein ganz besonderes sollte es sein.

Damit sie nicht weiter ihr Feuer mied, damit sie wieder mit ihnen sang und aß, musste ein Brüderchen her, das würde sie heute geschenkt bekommen. Das hatten sie ihr versprochen. Schon seit Monaten drängten sie sich ihr auf mit diesem Brüderchen, um das sie sich bald kümmern müsse.

Und was war mit Mario? Nichts war geklärt. Rubina hatte gesehen, wie sie ihn in ein Erdloch gelegt hatten. Viele Tage hatten sie an diesem Loch gegraben, mit dem einen krummen Spaten, den sie noch hatten. Die Erde war gefroren gewesen und sie erschöpft und hungrig. Dann hatten sie Mario dort in das kalte Loch gelegt und die Erdbrocken, die sie ausgegraben hatten, auf ihn geworfen. Sie hatten Zweige ausgebreitet, und der Vater hatte Marios Holzschwert dazwischengesteckt.

Und trotzdem hatten sie an ihrem Feuer einen Platz für ihn. Er säße dort, behaupteten sie, und sie solle sich neben ihn setzen.

Aber sie spürte ihn nicht, nicht seine Hand in ihrer. Und doch hatten sie auch recht, denn manchmal war er tatsächlich bei ihr. Aber dann, gerade dann, wenn er mit ihr sprach, vermisste sie ihn am meisten. Sie vermisste ihn, und er nickte zufrieden. Sie war einsam, und er sagte: »So einsam war ich, als ich bleich im Fieber am Feuer lag und du nicht kamst, um meine Hand, die mit den Fingern, zu halten, um mir zu helfen, weiterzuleben mit der anderen Hand, weiterzuleben mit der Hand ohne Finger.«

Dann sagte sie: »Aber ich habe gekämpft, mit den schnaubenden Männern habe ich gekämpft.«

Und Mario schüttelte den Kopf: »Mit den Männern hast du gekämpft, ja, und die Axt, die durch die Luft zischte, war stärker als du, da hätten auch Bruno und Gescha nichts ausrichten können. Aber du hast nicht mit dem Tod gekämpft, du warst zu feige, dich neben mich zu setzen und für mich mit dem Tod zu kämpfen, für mich im Wundfieber, der ich keine Kraft mehr hatte. Du hast nicht gekämpft, obwohl alle wussten, dass du stärker sein würdest als er.«

So redete er mit ihr, obwohl er doch erst drei Jahre alt war und obwohl sie genau gesehen hatte, wie sie ihn in dieses Loch im Waldboden gelegt hatten.

Und nun sollte sie sich über ein *neues* Brüderchen freuen. Ihren Geburtstag wollten sie feiern. Und damit sie ein Geschenk für sie hatten, musste die Mutter ein neues Brüderchen zur Welt bringen. Sie musste dieses unerträgliche Gejammer hinausschreien, das durch den Wald hallte und sie noch alle verraten würde. Sie wollten ihr eine Gelegenheit geben, es besser zu machen. Deshalb sollte sie dieses neue Brüderchen bekommen. Sie wollten ihr eine Gelegenheit geben, sich nicht mehr feige zu verstecken, sondern mutig mit dem Tod zu kämpfen.

Rubina sprang auf. Der Vater sah zu ihr herüber, voller Missmut.

»Setz dich wieder«, befahl er, »setz dich hier ans Feuer.«

Sie stemmte beide Füße fest auf. Sie verschränkte die Arme und blickte über ihre Schulter auf das Moos hinunter.

»Du sollst dich zu uns setzen.« Der Vater drehte heftig den Spieß, die beiden Kaninchen gerieten in Panik, rüttelten ihre nackten glänzenden Körper, rutschten hin und her, wollten fliehen.

Rubina stemmte die Füße auf, noch einmal, mit Nachdruck. Die Mutter schrie hinter den Haselbüschen, die Tanten sangen auf die monströse Kugel ihres Bauches hinunter. Großvater Wilhelm öffnete die Augen. Rubina starrte immer noch über die Schulter auf den Waldboden, auf Käfer, die munter unter trockenen Blättern hinwegtauchten.

Bruno stand langsam auf, er kam auf sie zu.

Sie rannte los, Richtung Unterholz, dorthin, wo es am dichtesten war. Sie machte sich klein, sie senkte den Kopf, schob die rechte Schulter vor, dann die linke und verschwand hinter Ranken und modernden Ästen.

Lange trabte sie durch den Wald. Die Sonne vor ihr, dann neben ihr, dann hinter ihr. So war es richtig, so lief sie nicht im Kreis. Es wurde heller, das Ende des Waldes kündigte sich an. Sie war darauf vorbereitet, doch dann kam es plötzlich: Die Bäume wichen hinter sie zurück, vor ihr tat sich ein Wiesenhang auf, breitete sich wohlig in der Sonne des späten Nachmittags aus.

Rubina ging sofort in die Hocke. Sie spähte hinunter: vereinzelt schwarze Hausdächer, Kuhweiden, eine Straße, über die ein Pferdefuhrwerk kroch.

Und das Große, Dunkle, Stille? Ja, das war der See mit der riesigen Staumauer. Sie erinnerte sich, der See, die Staumauer, sie lagen dort unten wie alte Vertraute, die auf sie gewartet hatten.

Sie würde hier oben bleiben. Bis es dunkel war. Dann würde sie sich zu dem Bauernhof dort unten schleichen, um irgendetwas zu essen zu finden. Sie war ja allein.

Sie döste ein wenig, auf dem Bauch liegend, den Kopf auf den verschränkten Armen. Sie träumte: Gadsche schleppten Milchkannen, sie schleppten sie den Wiesenhang hinauf, die Kannen schepperten, Kühe muhten. Plötzlich ließen sie die Kannen fallen, Milch versickerte im Gras, sie stürmten auf sie, die am Boden lag und schlief, zu und umringten sie. Und dann trat eine Frau vor, sie hatte ihre Milchkanne fest in der Hand, ihr helles Haar hing bis auf den Rücken, und als sie sich über Rubina beugte, kitzelte eine Strähne ihre Wange.

Angelika.

Rubina sprang auf. Angelika war ihr im Traum erschienen, sie rief sie.

Ja, natürlich, Angelika wird sie es sagen müssen. Mario war Angelikas Patenkind. Und niemand hatte sie benachrichtigt. Angelika fragte nach Mario, auch sie vermisste ihn.

Rubina wusste, was sie zu tun hatte. Sie würde heimlich zu den Gadsche zurückkehren: sich am Tage verstecken und nur nachts laufen. Sie würde Angelika suchen – und sie finden.

Ihr musste sie es sagen. Angelika würde weinen, ja, aber Angelika war klug, sie hatte viele Bücher gelesen, sie würde etwas dazu sagen können. Angelika würde es wissen und ihr erklären können, dass ein siebenjähriges Mädchen, das im Wald lebte und vielleicht heute Geburtstag hatte und jetzt acht Jahre alt war, allenfalls den Kampf mit dem Hunger und der Kälte gewinnen konnte, aber niemals einen Kampf gegen schnaubende Männer und niedersausende Äxte. Und schon gar nicht einen Kampf mit dem Tod, dem ein paar blutende Fingerstümpfe reichten, um wie eine weiße glitschige Made durch diese Stümpfe in einen Körper zu kriechen, in dem er blitzschnell wuchs und den er ganz für sich beanspruchte. Angelika würde es auch Mario erklären, damit er aufhörte zu quengeln, dass Rubina hätte kommen müssen, um seinen Tod zu vertreiben, um ihn rückwärts, mit dem Pferdefuß zuerst, wieder aus den Fingerstümpfen zu zwingen.

Der Schatten des Waldes wickelte Rubina in eine kalte, feuchte Decke ein. Sie rutschte den Abhang ein Stück hinunter, bis die Sonne die Decke herunterzog und ein seidiges, warmes Tuch um sie legte. Sie streifte die Felle von den Füßen. Mit den Sohlen tastete sie über das warme Gras. Unter ihr, wo die Gadsche lebten, war alles ruhig. Hinter ihr im Wald pfiffen und trillerten die Vögel, um sie herum brummten die ersten Bienen.

Heute war ihr Geburtstag. Da gab es keinen Zweifel. So warm, wie die Sonne schien, so laut, wie die Vögel sangen, da konnte es nur ihr Geburtstag sein.

Zu den anderen, weit hinter ihr im Wald, gehörte sie nicht mehr. Sie war hinter ihnen hergelaufen, sie hatte gegessen, was die Mutter ihr gegeben hatte, doch sie hatte nicht mit ihnen gesprochen, so lange hatte sie nicht mit ihnen sprechen wollen, bis sie es Mario gesagt hätten, dass er sie nicht quälen darf.

Nein, sie würde nicht zurückkehren. Nicht zu dem Geschrei der Mutter. Und nicht zu dem neuen Brüderchen, das von ihr verlangen wird, beschützt zu werden.

Rubina drückte das Kinn auf die Knie und wartete. Sie hatte gelernt zu warten. Langsam ließ sich die Sonne fallen und suchte eine Lücke zwischen den Bäumen auf der gegenüberliegenden Seite des Sees. Dort ruhte sie eine Weile, von den Baumwipfeln gestützt. Rubina blickte zu ihr hinüber. Auge in Auge mit der Sonne wartete sie.

Und dann blinkte das Auge der Sonne hell auf, es verriet ihr den Weg, auf dem man über das Wasser würde gehen können. Golden streckte die Sonne den Pfad auf dem schwarzen Wasser aus, von einem Ufer zum anderen.

In der Dunkelheit stieg sie den Abhang hinunter. Lange hockte sie in einem Gebüsch. Neben ihr Kühe, die sich mit gesenkten Köpfen aneinanderdrängten. Rubina wartete, bis im Haus das Licht gelöscht wurde. Dann schlich sie sich von hinten auf den Hof. Vorne wachte der Hofhund. Sie musste in seinem Rücken bleiben.

Sie entdeckte einen Schuppen, in dem Äpfel und Birnen lagerten. Im Pferdestall fand sie ein paar Möhren, eine Tränke mit Wasser und eine Pferdedecke. Als der Hund anschlug, war der Sack an ihrem Gürtel gefüllt.

Sie zwängte sich durch einen Zaun und lief zum See hinunter. Den Pfad über das Wasser, den die Sonne ihr gezeigt hatte, konnte sie aber nicht entdecken.

Unterhalb der Böschung, links die Straße, rechts der See, arbeitete sie sich vorsichtig voran. Sie suchte einen Weg auf die andere Seite. Weit weg von der Mutter und dem Brüderchen. Einen Weg zu Angelika.

Da stieg plötzlich vor ihr aus dem Wasser etwas Massiges, Dunkles auf. Blitzschnell warf sie sich auf den Boden.

Die große Staumauer. Das Mächtige im Wasser, es war die Staumauer mit ihren Türmen.

Eine Weile blieb Rubina bewegungslos liegen. Dann robbte sie auf dem Bauch über die Straße, die Decke und den Sack auf dem Rücken. Denn dort, an der Mauer, waren Männer auf und ab gegangen.

Sie schlug einen Bogen durch den Wald und kehrte zum See zurück. Die Staumauer lag jetzt hinter ihr. Sie kroch weiter am Ufer entlang. Der See krümmte sich und änderte die Richtung. Geduckt rannte sie über die Holzbohlen einer Brücke, unter ihr zwängte sich der schwarze See in einen Fluss. Auf der anderen Seite lockte das Seeufer sie wieder voran. Bis die schwarze Wand eines Waldes vor ihr stand. Sofort schlug ihr Herz ruhiger. Sie tauchte in das Dickicht des Waldes ein und stieg die Anhöhe hinauf, so weit es ging. Durch die Zweige eines Baumes tastete sie sich hoch bis in die Krone.

Sie war müde. Sie musste schlafen. Und wenn sie kein Feuer hatte, musste sie auf einem Baum schlafen.

Sie hüllte sich in die Pferdedecke und aß die Möhren und eine Birne. Und dann lehnte sie den Kopf an den Baumstamm und weinte.

Die Sterne weckten sie, und der Mond. Sein weißes Licht tanzte zwischen den schwarzen Blättern. Rubina schmiegte sich an den Baum. Sie lauschte. Das Flüstern der Bäume in der Nacht – es war ihr so vertraut. Zärtlich streichelte sie die Rinde.

Aus der Ferne rollte ein Geräusch heran. Rubina horchte in die Dunkelheit. Etwas surrte in ihre Richtung. Ohne Unterbrechung brummte es durch die Nacht.

Unter ihr im Tal heulten die Sirenen los. Tief in ihren Bäuchen grummelten sie, dann schwangen sie sich hoch und jaulten, die ganze Welt schrillte.

Die Mutter, wie laut konnte sie jetzt jammern, dort oben auf der anderen Seite im Wald. Niemand würde sie hören, wenn sie das Brüderchen aus ihrem Bauch herausschrie. Nicht bei diesem Gekreisch hier unten.

Rubina zog die Decke über den Kopf. Die Sirenen brüllten.

Sie brüllten aus Angst vor den Flugzeugen. Sie trieben die Gadsche unter ihre Häuser, wo sie sich versteckten.

Rubina umklammerte den Ast vor sich. Mit der anderen Hand suchte sie nach einem Apfel in ihrem Vorratssack. Sie kaute und achtete auf das Grollen. Es näherte sich in den kurzen Augenblicken, in denen den Sirenen die Luft ausging. Dann, mit einem Mal, war es ganz nah. Direkt vor ihr. Und es platschte. Laut platschte es. Als hätte der dunkle Himmel den Mond genommen und heruntergeworfen, mitten in den See.

Gleich darauf wurde geschossen.

Drüben, auf der anderen Seite des Sees, in dem großen Wald, hatten sie es oft gehört. Der Vater hatte immer den Kopf geschüttelt. Er hatte ausgespuckt. Seine Stimme war verächtlich gewesen: »Sie schießen wieder, ihnen fällt nichts Besseres ein, als zu schießen, als ob ihnen das helfen wird.«

Rubina knotete die Decke um einen Ast. Sie kletterte höher in die Baumkrone. Links unter ihr, im Mondlicht, wachte die große Staumauer über den See. Blitze zuckten aus ihr hervor, Lichtkreise schwammen unruhig auf dem Wasser. Und dann schoss ein riesiges Feuer empor. Die Mauer leuchtete hell, als hätte die Sonne schnell einmal nach ihr sehen wollen. Rubina zog den Kopf ein. Über sie hinweg taumelte ein Flugzeug, auch hell leuchtend.

Schon wieder dröhnte es heran. Wieder platschte es. Es krachte, Wasser sprang weiß hervor. Und dann schüttelte sich der Baum. Wie im Schreck bebte er. Rubina griff fest in die Zweige.

Dort unten vor ihr, wo die große Mauer stand, stürmte plötzlich etwas voran. Es brauste und rauschte. Ohne innezuhalten. Als wären mit einem Mal alle Winde und alle Wasser frei geworden. Und es donnerte, nicht von oben aus Wolken, nein, von unten aus dem Tal donnerte es zu ihr herauf.

Der Baum raschelte mit den Blättern. Sie solle nicht weggehen, flüsterten die Blätter, nicht in dieser Nacht weiterwandern.

Kalter Nebel kroch über den Wald. Nass tropfte es auf Rubina und den Baum herunter. Sie rutschte zurück und wickelte sich in die Decke. Sie spürte die Nachtkälte, und sie spürte den Baum. Sie hatte keine Angst. Zwischen seinen Ästen und Blättern war sie geborgen. Und die Nacht schützte sie. Da konnte es poltern und schießen, so viel es wollte. Da konnte dort vorne bei den Gadsche Wasser zum Himmel spritzen, da konnte der Mond sich hinter Nebelschwaden verstecken.

Solange es dunkel war, solange der Baum sie bei sich aufnahm, so lange war sie sicher.

Rubina schloss die Augen. Und unter dem fortwährenden gleichmäßigen Rauschen des Wassers und dem Grollen des Erdbodens schlief sie ein.

Rubina wanderte am Rand des Wassers entlang. Über Geröll und Treibholz. Bäume trieben vorüber und Hausdächer. Kühe schwammen willenlos mit. Manchmal ein Mensch, steif auf dem Rücken liegend. Es war etwas geschehen. Etwas, das die Flugzeuge in der Nacht gebracht hatten.

Sobald es hell geworden war, hatte sie erkannt, dass ihr Baum in einem winzigen Waldstück stand, umgeben von Feldern. Sie hatte gesehen, dass der große See mit einem Mal nackt war. Nackt und klein lag er zwischen seinen hellen sandigen Ufern. Und sie hatte das Loch in der dicken Staumauer gesehen. Und das Wasser, das weiß in dem

Loch schäumte, um den Waldrand strich und gurgelnd in das Tal drängte.

Hier durfte sie nicht bleiben, um den Abend abzuwarten.

Es war etwas geschehen, das alles verändert hatte. Rubina war von ihrem Baum geklettert. Sie hatte die Pferdedecke zusammengerollt und sie sich auf den Rücken gebunden. Unschlüssig hatte sie die Schulter an der Baumrinde gerieben. Alles war über Nacht fremd geworden. Der See, der schwarz und stolz die Dunkelheit gefüllt hatte, lag jetzt verwundet und hilflos da. Und die Bäume am Waldrand, die sie in der Nacht mit ihrem Schutz umgeben hatten, standen bleich und ohne Laub und starrten wie verwirrte Geister auf das vorwärtsströmende Wasser.

Rubina lief am Rand des Wassers hin und her.

Sie wollte zurück. Zurück auf die andere Seite. Sie wollte zu den anderen. Zurück in den großen Wald. Hier war sie so allein. Sie wollte wieder hinter den anderen hertrotten.

Aber die Brücke war nicht mehr an ihrem Platz. Da, wo sie in der Nacht hinübergeschlichen war, war sie nicht mehr zu finden. Rubina folgte dem Wasser. Sie suchte nach einem Übergang. Vorsichtig bewegte sie sich hinter Büschen voran. Sie suchte Schutz hinter aufgetürmten Trümmern und nassen verlassenen Häusern. Manchmal kam ihr ein Gadscho oder eine Gadschi entgegen. Dann duckte sie sich unter Holzplanken oder hinter Mauerreste, verharrte still und hielt den Atem an.

Doch die Gadsche krochen wie sie über die Schuttberge. Sie stolperten über das Geröll. Und sie sahen auch aus wie sie, schmutzig und nass. Sie weinten und schrien auf das Wasser hinaus. Rubina wagte, aus ihren Verstecken hervorzulugen. Niemand sah sie an. Niemand beachtete sie. Sie richtete sich auf und lief weiter. Ohne Deckung. Niemand versuchte, sie einzufangen. Die Gadsche gingen an ihr vorüber, als wäre sie eine von ihnen.

Den großen Wald auf der anderen Seite hatte sie aus den Augen verloren. Und noch immer gab es keinen Übergang. Keine Brücke führte hinüber. Häuser bedeckten den Hang, zwischen ihnen liefen Menschen auf und ab.

Rubina hockte sich in die schlammige Ecke eines Hauses, das nur drei Mauern hatte. Langsam aß sie den letzten Apfel aus ihrem Vorratssack. Sie band die zerrissenen Felle an ihren Füßen auf und versteckte sie unter einem nassen Teppich. Sie wischte sich den Morast von den Beinen.

Nein, sie würde nicht aufgeben, sondern einen Weg hinüber finden. Auf der anderen Seite des Wassers wollte sie zurücklaufen. Sie war allein, aber sie würde es schaffen.

Irgendwo vor ihr waren Stimmen zu hören, viele Stimmen. Rubina sah auf das breite Wasser hinaus. Sie sah ein Boot. Es glitt zu ihr herüber. Sie spähte um die Mauerkante. Frauen und Kinder hatten sich am Ufer versammelt. Männer standen in einer Gruppe beisammen. Sie blickten alle zu dem Boot hinüber. Mit Rudern wurde es vorangetrieben. Auch in dem Boot saßen Menschen. Sie kletterten hinaus, kaum dass es das Ufer erreicht hatte. Dann stiegen die Wartenden ein. Die Ruder tauchten ins Wasser, und das Boot schwamm wieder zur anderen Seite hinüber.

Das Boot. Mit dem Boot würde sie hinüberkommen. Ihre Blicke tasteten es ab, als es zurückkehrte.

Aber wie sollte sie sich dort verstecken? Dicht gedrängt saßen die Gadsche darin. Da gab es keinen Unterschlupf.

Und wie auch sollte sie unbemerkt dorthin gelangen?

Sie kauerte vor dem zerstörten Haus in einer Mauernische und kaute auf dem Apfelstiel herum. Sie kämmte sich mit den Fingern das Haar aus dem Gesicht. Mit den Augen suchte sie das Wasser ab. Sie stützte den Kopf in die Hände und presste die Lippen aufeinander.

Nein, sie würde nicht weinen. Nicht jetzt, wo alles davon abhing, ob sie einen Weg auf die andere Seite fand.

Plötzlich fiel ein Schatten auf sie. Eine Stimme sagte: »Kleine, möchtest du hinüber? Auf die andere Seite?«

Es waren Worte einer Sprache, die sie lange nicht gehört hatte. Doch sie verstand sie sofort. Rubina spannte den Körper, bereit fortzulaufen.

Eine Frau sah auf sie herunter. Ihr Kleid war schmutzig. Beinahe so schmutzig wie Rubinas. Und die Ärmel ihrer Jacke waren zerrissen. Rubina stand langsam auf, um loszurennen.

Aber sie rannte nicht. Sie sah in die blauen Augen der Frau. Die waren so blau wie der Himmel über ihnen. Und traurig.

Die Frau griff nach ihrer Hand. Rubina floh hinter das Haus. Sie drückte sich an die Mauer und wartete.

Das Boot rückte näher heran. Die Stimmen am Ufer schwirrten über das Wasser. Vor ihr steckte ein Auto im Schlamm. Spatzen flatterten durch das Fenster ein und aus, und laut riefen sie sich zu, wie herrlich doch so ein im Schlamm liegendes Auto war.

Rubina äugte um die Ecke. Die Frau stand immer noch dort. Dort, wo sie nach Rubinas Hand gegriffen hatte. Sie sah betrübt vor sich hin.

Rubina wagte sich hervor. Die Frau hob den Kopf. Ihre blauen Augen blickten müde und unglücklich.

»Wenn du hinüberwillst, musst du kommen«, sagte sie bekümmert, »das Boot ist gleich da.«

Rubina ging langsam auf sie zu. Die Frau streckte ihr die Hand entgegen. Rubina legte ihre vorsichtig hinein. Gemeinsam stellten sie sich zu den anderen Menschen.

»Wartet drüben jemand auf dich?«, fragte die Frau. Rubina nickte.

»Wie heißt du, Kleine?«

Rubina öffnete den Mund, und sie antwortete: »Rubina.«

Es war das erste Mal, seit der letzte Winter gekommen war, dass sie ihre Stimme hörte.

Die Frau sah auf sie herunter, nachdenklich und traurig. Dann nickte sie, als hätte sie etwas verstanden.

Nacheinander stiegen sie in das Boot. Es schaukelte sie über das Wasser. Rubina beobachtete die anderen Menschen, die so nahe bei ihr saßen, dass sie jederzeit zugreifen konnten. Doch die Frau legte schützend ihren Arm um Rubina.

»Ich bin Elisabeth«, sagte sie leise. Und: »Mein Haus hat das Wasser weggerissen. Ich habe auch ein Mädchen wie dich. Und einen kleinen Jungen. Sie haben in dem Haus geschlafen. Und jetzt kann ich sie nicht finden.«

Und dann weinte die Frau, die Elisabeth hieß. Sie hielt sich die Hand vor die Augen, ihre Schultern bebten, sie wimmerte leise.

Rubina spürte den Arm der Frau.

Vielleicht hieß der kleine Junge auch Mario?

Rubina hob ihre schmutzige Hand. Sie streichelte das Gesicht der Frau, dort, wo es nass war von den Tränen.

Die Frau hörte auf zu weinen. Sie wischte sich mit dem zerrissenen Jackenärmel über die Augen und drückte Rubina fest an sich.

»Willst du nicht mit mir kommen?«, flüsterte Elisabeth. »Ich sorge für dich.«

Rubina schüttelte den Kopf. Langsam rollten die Wörter der fremden Sprache aus ihrer Kehle: »Ich will nach Hause.«

Nach Hause: Das waren die hohen Bäume, das Feuer, die Stimmen der anderen, wenn sie sangen.

Drüben schlüpfte Rubina aus dem Arm der Frau. Sie sprang aus dem Boot und watete durch das Wasser. Mit den Augen suchte sie nach dem großen Wald hinter den Häusern.

Gegen das Wasser musste sie laufen, um zurückzukommen.

Die Frau Elisabeth ließ sie nicht aus den Augen. Sie streckte den Arm, berührte Rubinas Schulter und bat: »Komm doch mit mir, dir wird nichts geschehen.«

Rubina glitt unter der Hand hervor.

Wie würden die anderen mit ihr schimpfen, könnten sie sie hier sehen. Hier, zwischen den vielen Gadsche, die über die Trümmer kletterten, auf die Straße zu. Immerzu machte sie Fehler. Immerzu brachte sie alle in Gefahr. Hatte sie es denn immer noch nicht gelernt? Den Gadsche war nicht zu trauen. Aber einer Gadschi, die weint …

Da flog plötzlich ihr Name durch die Luft. »Rubina?«, schallte es über schlammigen Hausrat. »Rubina?« Über hingeworfene Türen. Über Treppen, die nirgendwohin führten.

Vorne auf der Straße sprang jemand von einem Pferdefuhrwerk. Golden blitzte es in der Sonne.

Angelika?

Rubina rannte. Sie wich zusammengetriebenem Holz aus, sie rutschte über eine Badewanne, sie sprang über zerbrochene Fenster. Sie flog in die Arme, die sich für sie ausbreiteten. Arme, die sie umschlossen, während das gelbe Haar über ihr Gesicht strich.

»Rubina, wo kommst du her? Wo sind die anderen?« Angelika ging in die Hocke. Sie schob Rubina ein Stück von sich.

»Du bist groß geworden, aber du siehst elend aus. Was ist geschehen? Wo ist Mario?«

Rubina senkte den Kopf. Sie starrte auf ihre Füße. Auf das Blut, das langsam zwischen den Zehen aufstieg. Aus den Augenwinkeln sah sie die Frau Elisabeth. Unsicher stelzte sie durch den Morast und hielt dabei ihren Blick fest auf Rubina in Angelikas Armen gerichtet.

»Ich habe sie drüben in den Trümmern gefunden«, rief Elisabeth. Sie stand noch auf der anderen Seite der Straße. »Gehört sie zu Ihnen?«

Ihre Augen glitten hin und her. Argwöhnisch. Von Angelika zu Rubina und wieder zurück.

»Ja«, antwortete Angelika, »sie gehört zu mir.«

Sie hob Rubina auf den Pferdekarren und stellte sich vor sie.

»Aber was ist mit Ihnen?«, rief sie. »Brauchen Sie Hilfe?«

Die Frau kam langsam über die Straße, auf Angelika zu. Sie weinte wieder. Und Rubina hörte es mit an: von den Kindern, die in ihren Betten mit dem Haus davongetrieben waren, während die Frau Elisabeth einen Besuch gemacht hatte, einen Besuch in der Nacht, den sie als ihre Sünde bezeichnete, für die sie nun bestraft worden sei und für die ihre armen Kinder büßen mussten.

Angelika tröstete sie. Das sei doch Unsinn, das mit der Sünde und dem Büßen, das habe doch nichts mit den Bomben auf die Staumauer zu tun.

Sie nahm die Hand der Frau zwischen ihre Hände. Sie klopfte ein paarmal auf den Handrücken.

Beim Bürgermeister sei ein Amt eingerichtet worden, sagte sie, dort könne man die Vermissten melden und dort bekomme man Hilfe.

Angelika stützte die Frau, als sie auf den Karren stieg. Rubina saß zwischen ihnen beiden. Sie schmiegte sich an Angelikas Arm. Und die Frau Elisabeth sagte wieder, sie würde sich gerne um Rubina kümmern. Angelika machte der Frau Mut. Sie werde ihre eigenen Kinder sicher wiederfinden, sagte sie, und sie behauptete, Rubina sei die Tochter eines Arbeiters auf ihrem Hof.

Rubina freute sich: Wie klug Angelika doch war. Denn das, was sie gesagt hatte, stimmte. Auch wenn es nicht die Wahrheit war.

Elisabeth war vor dem Bürgermeisteramt abgestiegen. Die Pferdehufe klappten wieder fröhlich über die Straße. Da sagte Angelika, es sei eine Fügung. Es sei eine ganz und gar unglaubliche Fügung, dass sie Rubina hier gefunden habe. Sie lebten nämlich jetzt auf dem Hof ihrer Tante. Der Hof bei Remscheid, der sei arg zerstört worden und da sei sie hierher zu ihrer Tante gezogen. Und wenn sie noch in Remscheid wären, dann hätten sie sich nie gefunden, denn, das wisse Rubina vielleicht nicht, Remscheid sei zu weit weg, als dass sie sich heute so über den Weg hätten laufen können.

Rubina unterbrach sie, sie fragte nach den Pferden, die sie dort bei Angelika und dem Bauern zurückgelassen hatten.

»Die Pferde«, sagte Angelika, »denen musste der Gnadenschuss gegeben werden, der Polizist hat es gemacht. Sei nicht traurig, Rubina, sie sind zu schwer verletzt gewesen.« Aber das gehöre wohl alles dazu, rief sie munter, alles gehöre zu dieser Fügung, die sie beide heute an diesem einen Punkt auf der Erde zusammengeführt habe, dort an dieser so riesig angeschwollenen Ruhr. »Weißt du, die Molkerei, die uns immer die Milch abgenommen hat, ist von einer Granate getroffen worden, und deshalb bin ich heute hierhergefahren, um mit einer anderen Molkerei zu verhandeln. Das kann doch nur Fügung sein.« Und dann sei seit dem Winter auch der Vater wieder bei ihnen. Er sei in Russland von einem Granatsplitter im Bein verletzt worden und habe lange im Lazarett gelegen, bis sie ihn dann nach Hause geschickt hätten. Auch das sei eine Fügung gewesen. Und auch das Wasser habe bei ihnen nur ein paar Wiesen überschwemmt.

Wie fröhlich das Pferd seinen Weg entlangtrabte. Wie warm die Sonne schien. Rubina schmiegte sich noch enger an Angelika.

Sie hatte Hunger. Und Durst. Ihre Füße taten weh. Aber die Sonne schien so schön warm. Und ihre Wange klebte an Angelikas nacktem Arm. Jetzt würde alles, alles gut werden.

Und dann kauerte Rubina in einem großen Sessel, eingewickelt in eine weiche Decke. Sie duftete nach Seife und trug ein hellblaues Nachthemd, das einmal Angelika gehört hatte. Ein Stück Wurst hatte sie gegessen mit einer dicken Scheibe Brot und ein Glas Milch getrunken. Jeder Bissen, der Geschmack des Brotes, jeder Schluck Milch hatten sie an den Wohnwagen erinnert. Und an Mario und die anderen. Sie hatte gegessen und geweint.

Und nun erzählte sie. Ihre Hände lagen auf der weichen Decke. Die Füße in den weißen Verbänden standen still nebeneinander auf der Sesselkante. Vor ihr saßen Angelika, der Vater mit seinem verstümmelten Bein und die Tante. Rubina erzählte langsam. Sie ließ nichts aus. Manchmal wurde sie ermahnt, weil sie ins Romani gewechselt war. Doch immer leichter fand sie die Wörter der fremden, aber auch vertrauten Sprache wieder. Rubina hörte ihrer eigenen traurigen Stimme zu.

Wenn Angelika laut aufschluchzte, räusperte sich der Bauer und strich sich über das Haar und dann über sein schmerzendes Bein, und die Tante zupfte ihr Kleid zurecht.

Schließlich wurde Rubina die Treppe hinaufgeführt. Sie sollte sich in Angelikas Bett legen, doch Rubina wollte auf dem Fußboden schlafen. Angelika schleppte Kissen heran. Sie zwang Rubina, sich auf diese Kissen zu legen. Wie solle sie wohl ruhig in ihrem Bett schlafen, fragte sie bekümmert, wenn Rubina neben ihr auf den Holzdielen läge?

Noch bevor es hell geworden war, wurde Rubina geweckt.

In dieser Nacht war beschlossen worden, dass sie sich in der Kammer über dem Pferdestall verstecken sollte.

Angelika brachte sie hinauf. Wenn es dunkel geworden sei und die Russinnen, die tagsüber auf dem Feld halfen, gegangen seien, dann dürfe sie herunterkommen. Sie dürfe dann zu den Pferden gehen und zu den Kühen. Und sie dürfe mit Angelika und dem Vater und der Tante zusammen essen.

Rubina wollte nicht: »Ich will nach Hause, ich will zu den anderen.«

Angelika erklärte, sie wüssten nicht, wie sie die anderen finden sollten, es sei viel zu gefährlich. Und nach dem Dammbruch würde allmählich wieder die alte Ordnung einkehren und dann würde Rubina draußen auffallen, auch wenn sie ihr das Haar schnitten und sie saubere Kleidung trüge. Im Dorf wären sie schnell dabei zu reden. Und nachts während der Ausgangssperre würde man auf der Stelle erschossen.

Und der Bauer stand unten an der Leiter zu der Kammer und drohte ihr: Sie müsse das tun, was sie ihr sagten, oder sie müssten sie melden, weil sonst sie alle des Todes seien.

Und Rubina wagte nicht zu fragen, warum sie dann alle des Todes seien.

In der ersten Zeit in der Kammer träumte Rubina oft vom Wald. Sie hörte die Stimmen der anderen, sie saß zwischen ihnen und sang mit ihnen.

Wenn sie nicht schlief, lauschte sie auf die Geräusche im Haus, auf das Stampfen der Pferde unter ihr, auf das Klappern der Milchkannen. Manchmal hörte sie Menschen aus der Stadt. Sie bettelten um ein paar Kartoffeln oder eine Scheibe Speck. Sie brachten silberne Löffel mit und glitzernde Ketten. Die Ketten legte Angelika sich abends um den Hals. Und dann stolzierte sie auf und ab und rief mit piepsender Stimme: »Oh, ich bin ja so vornehm, seht meine Ketten und meine Ringe.« Rubina und die Tante saßen nebeneinander auf Stühlen wie in einem Theater und klatschten und lachten.

Rubina trug Kleider, die die Tante aus ihrer Kinderzeit auf dem Dachboden aufbewahrt hatte. Sie mied das Fenster ihrer Kammer, so wie es ihr gesagt worden war, und verhielt sich still. Schien die Sonne zu ihr herein auf die Dielenbretter, setzte sie sich in den hellen warmen Fleck. Sie schloss die Augen und stellte sich vor, draußen im Wald auf einer Lichtung zu sitzen. Und dort, in der Dachkammer über den Pferden, auf den sonnigen Dielen, geschah es das erste Mal, dass die Luft neben ihr schwer und undurchdringlich wurde. Sie tastete neben sich, und sie spürte: Mario war neben ihr. Still saß er neben ihr, ohne eine Klage, ohne einen Vorwurf.

Rubina musste keinen Hunger mehr leiden. Und im Winter bekam sie so viele Decken, dass sie nicht frieren musste.

Abends, wenn sie ins Haus kommen durfte, übte Angelika mit ihr Schreiben und Rechnen. Und sie lernte von der Tante, wie man eine Jacke und kleine Babyschuhe häkelte.

Angelika hatte Bücher, die Rubina mit in die Kammer nehmen durfte. In ihrem Versteck schob sie ihren Finger von Wort zu Wort und las das Buch von Robinson Crusoe. Und die Geschichten von dem Jungen Mowgli, der im Wald bei den Wölfen aufwuchs. Und sie las von Heidi. Heidi, die ihre Berge verlassen musste. Und von dem kranken Mädchen, das nie über eine Wiese laufen würde. Angelika zeigte ihr Bilder von den Bergen, und sie sagte, die Berge seien für Heidi das, was für sie, Rubina, der Wald sei.

Wenn sie aus ihrer Kammer geholt wurde und die Verdunkelungsrollos an den Fenstern sie alle im Haus einschlossen, rannte Rubina die Treppen auf und ab. Die Tante ermahnte sie, sie solle sich benehmen.

»Sie ist ein Kind«, rief Angelika, »sie muss sich bewegen, sie muss doch den ganzen Tag still sitzen.« Und dann stürmte Angelika mit ihr zusammen die Treppen hinauf und hinunter und durch die Küche in den dunklen Stall und durch die große Diele in die Stube. Sie rannten und sie lachten, und Rubina spürte, dass Mario weder rannte noch lachte, obwohl er doch dicht und brennend neben ihr war.

Manchmal trieb Angelika Wolle auf. Dann beugte Rubina sich den ganzen Tag über ihre Häkelarbeit, und schließlich lieferte sie der Tante eine Jacke oder einen Umhang ab. Die Tante verkaufte die Arbeiten im Dorf, und niemand zweifelte daran, dass die Tante selbst sie angefertigt hatte.

»Das machst du sehr schön«, lobte sie, »so verdienst du dir dein Essen.«

Rubina löffelte die Milchsuppe und tunkte das Brot ein, und obwohl sie sich beides verdient hatte, wusste sie, es war falsch, es war falsch, diese Köstlichkeiten zu essen, ohne den anderen davon abzugeben. Dann fragte sie, wie lange sie sich noch verstecken müsse, wie lange es noch dauere, bis sie nach den anderen suchen dürfe, und immer antwortete Angelika: »Bald, es kann nicht mehr lange dauern.«

1976

Der Baum

MEIN Kopf hängt, das Kinn stützt sich auf den Strick um den Hals. Um mich herum ist es still. Eine leere Stille. Die Stille, wenn nichts da ist. Wenn nie etwas gewesen ist und nichts erwartet wird.

Es gibt nur mich und den Baum und die Stricke, die mich halten.

Meine Beine, die so geschmerzt haben, sind jetzt auch still. Sie sind nicht mehr da, als wären sie davongelaufen, verschluckt von der Stille und dem Nichts um uns herum.

Nur der Rücken tut noch weh.

Gut, dass der Baum da ist und die Stricke, dass ich so fest an ihn gebunden bin. Ohne ihn wäre ich längst umgefallen.

Mein Kopf hängt, und ich würge.

Ich erinnere mich: Um uns herum waren Bäume. Ich erinnere mich nicht an einzelne, nur daran, dass sie da gewesen sind. Sie haben mich nicht angesehen, sie haben weggeschaut, zur Seite oder hinter sich.

Jetzt sind sie nicht mehr da. Es gibt nur noch Grau, Grau, das uns umwabert, mich und den Baum, mal heller, mal dunkler.

Die braunen vertrockneten Blätter unten am Fuß des Baumes, die sind noch da. Sie richten sich manchmal auf, unschlüssig, als dächten sie daran fortzulaufen. Doch dann ducken sie sich wieder, sie bleiben.

Und um uns herum diese Stille, die man nicht hören kann, die einfach da ist, leer und grau.

Und plötzlich steht sie vor mir, lachend und wie im Sonnenlicht. Von oben ist sie heruntergefallen. Sie lacht, wiegt die Schultern hin und her und singt leise, und ich bin glücklich. Ich wusste es ja, ich habe es gewusst, sie würde kommen. Sie streckt die Arme nach mir aus. Ihre Ringe blitzen im grellen Sonnenlicht, sie blitzen, bis ich geblendet bin und alles verschwindet.

2008

Zu Hause

DIE Ukraine hatten wir soeben hinter uns gelassen. So behauptete es der Bildschirm vorne über dem Gang. Jetzt überquerten wir den südlichen Zipfel von Russland, mit dem es an Vorderasien andockt.

Die Maschine stand in der Nacht, die Kabine mit dem gedämpften Licht hing schwerelos in dem schwarzen Raum. Auf dem Bildschirm tastete sich das Flugzeug zwischen Rostow und Wolgograd auf das Kaspische Meer zu und zog eine rote Markierung hinter sich her. Ich sah hinunter, Lichter waren nicht zu erkennen. Eine dichte Wolkendecke über dem südlichen Russland hatte der Wetterbericht angekündigt.

Claudia schlief, sicher schon seit einer Stunde. Ihre Lippen waren leicht geöffnet, die Zähne dahinter fest aufeinandergepresst. Kein Wunder, dass sie sich so häufig mit Zahnschmerzen herumquälte. Manchmal bebte die Oberlippe und warf zwei kleine quere Fältchen unter der Nase auf.

Sie hatte Glück gehabt, der Sitz hinter ihr war frei geblieben. So konnte sie die Lehne zurückklappen, und irgendwo über der dunklen Ukraine war sie eingeschlafen. Im Flieger nach Frankfurt hatte sie am Fenster gesessen, doch sie ließ bald das Rollo herunter.

Das Hinuntersehen bekomme ihr nicht, hatte sie erklärt, und nach dem Umsteigen wolle sie lieber in der Mitte sitzen.

Es beunruhigte mich, dass der Mann hinter mir ungeniert auf ihr schlafendes Gesicht blicken konnte. Vielleicht fand ich deshalb keine Ruhe. Zweimal hatte ich mich zur Seite gebeugt und die Decke über Claudia zurechtgezogen, und jedes Mal hatte der Mann konzentriert sein iPhone betrachtet. Er trug ein weißes Hemd und eine dunkelgrüne

Krawatte, die er gelockert und über die Schulter geworfen hatte – ein Business-Reisender, den in Neu-Delhi anstrengende Verhandlungen erwarteten, der jedes Vierteljahr einmal diese Strecke flog und der es sich nicht verkneifen konnte, von Zeit zu Zeit einen Blick, einen langen Blick, auf das weibliche Wesen zu werfen, das sich mehr oder weniger neben ihm schlafen gelegt hatte.

Auf dem Platz am Gang saß glücklicherweise eine Frau. Sie hatte sich als Niederländerin vorgestellt, und in dem typisch verwaschenen Deutsch der Holländer hatte sie erzählt, sie sei vor einem Jahr in Rente gegangen und würde sich nun die Welt ansehen. Jetzt las sie in einem Buch.

Das Flugzeug rutschte weiter auf das Kaspische Meer zu. Ich lehnte den Kopf zurück und schloss die Augen. Selbstverständlich hätte ich sie niemals allein fliegen lassen. Es war nicht ganz leicht gewesen, so kurzfristig eine Woche Urlaub zu bekommen, und das zwei Wochen, bevor mein bewilligter Urlaub begann. Aber ich hatte ja einen guten Draht zum Chef, und eine Kollegin in der Kulturredaktion war bereit gewesen, ihre Urlaubswoche mit meiner zu tauschen. Es passe ihr gut in den Kram, behauptete sie, doch ich hatte den Eindruck, dass ihr daran lag, mir einen Gefallen zu tun. Vielleicht wäre sie nicht so bereitwillig gewesen, hätte sie gewusst, zu welchem Zweck ihr Angebot diente.

Claudia war wie besessen von ihrer Idee gewesen. Alle Hebel hatte sie in Bewegung gesetzt, und tatsächlich brachte sie es fertig, dass man ihr ohne die übliche Bearbeitungsfrist die Visa ausstellte. Es ging um diese Krankheit, so sprach sie von der Liebe. Eine Krankheit war es. *Die Krankheit Liebe*, so nannte sie es eigensinnig.

»Wohlgemerkt bei mir«, fügte sie immer hinzu, »nur bei mir ist es so, bei anderen mag es anders sein.«

Um diese Krankheit zu besiegen, musste diese Reise unternommen werden. Mireille hatte Claudias Mutter ausfindig gemacht. Erst hatte es aussichtslos ausgesehen, bis Claudia der Gedanke kam, die Mutter unter dem Namen ihrer in Auschwitz umgekommenen Eltern zu suchen. Dann sei es ganz einfach gewesen, behauptete Mireille und demonstrierte es mir: Ein paar gezielte Eingaben, und schon war die Mutter für uns präsent, mit Foto und Biografie, in der zwar ihre im

Nazi-KZ umgebrachte Familie, aber nicht Claudia, ihre Tochter, vorkam. Sie war von Afrika nach Indien übergesiedelt und leitete dort im Süden seit Jahren ein Waisenhaus, in der Nähe von Chennai.

Claudia hatte sich schnell abgewandt, obwohl sie die Seite ja nicht zum ersten Mal sah. »Waisenhaus … was für ein Widersinn«, bemerkte sie bissig. Und sie empörte sich, weil die Mutter alt geworden war. »Mein Gott, wie kann sie bloß so alt geworden sein«, hatte sie gemurmelt, als hätte die Mutter mit dem Altwerden warten müssen, wenigstens bis zu einem Wiedersehen.

Denn schließlich konnte nur sie helfen, das war Claudias unverrückbarer Standpunkt. Sie sollte Rede und Antwort stehen, sie sollte plausibel machen, warum man sein Kind von einem Tag zum anderen alleinlassen musste. Warum sie als Mutter es alleingelassen hatte. Das sollte sie erklären. Obwohl doch sie sich schuldig gemacht hatte mit ihrer Untreue gegenüber dem Vater. Dazu sollte sie sich endlich einmal äußern. Und – was ja alles andere in den Schatten stellte – auch dazu: Warum sie, die Mutter, es nicht verhindert, sondern geradezu provoziert hatte, dass das Kind mit ansehen musste, wie sich dieser Vater nahezu vor den Augen des Kindes aufgeknüpft hatte. Das sollte sie ihr verständlich machen. Und dann sollte sie um Verzeihung bitten. Aufrichtig sollte die Mutter um Verzeihung bitten.

Dann würde auch *sie* verzeihen können, und dann wäre sie geheilt von der Angst vor der Liebe. So stellte Claudia sich den Heilungsprozess vor. Und dafür musste diese Reise unternommen werden, mitten im indischen Sommer, der höllisch sein konnte, zumindest für einen normalen Europäer, mit der Wahnsinnshitze, der Luftfeuchtigkeit und dem Monsunregen, mit den Mücken und den schnell verderbenden Speisen.

Als ich aufwachte, war der Sitz neben mir leer. Die Lehne war aufgerichtet, die Decke lag zusammengefaltet in der Ablage. Der Mann hinter mir schnarchte leise. Ich nahm die Brille ab und rieb mir die Augen, ich spannte die Beinmuskulatur an und ließ sie wieder locker. Claudia kam den Gang entlang, vor der Stewardess, die das Frühstück austeilte. Sie sah frisch aus. Sie lächelte mir zu und verstaute eine kleine Tasche in ihrem Gepäck.

»Ausgeschlafen?«, fragte sie.

Ich schüttelte den Kopf und sah ihr zu, wie sie sich setzte, das Haar mit einer Hand zusammenraffte und sich über die Schulter legte.

»Aber du siehst ausgeschlafen aus«, erwiderte ich, »erschreckend ausgeschlafen.«

Ich legte meinen Arm um sie, sie lehnte ihren Kopf an meine Brust, gemeinsam sahen wir hinaus. Es war hell geworden. Wir flogen der Sonne entgegen, die aus der glühenden Falte zwischen Wolken und Himmel aufgestiegen war und die uns auf gleicher Höhe wie ein Gastgeber erwartete.

»Ich hab ein bisschen Angst«, sagte Claudia.

»Dass es nicht so laufen wird, wie du es dir wünschst?«, fragte ich in ihr Haar.

»Mhm«, machte sie. Und sie fügte hinzu: »Und davor, dass es am Ende noch schlimmer wird als vorher.«

»Das hängt dann auch von dir ab. Wie du mit dem, was du in den nächsten Tagen erleben wirst, umgehst.«

Sie schwieg, und als ich aufstehen wollte, um zur Toilette zu gehen, sagte sie: »Martin, ich bin so froh, dass du mitgekommen bist.«

Während des Landeanflugs auf Neu-Delhi hielt Claudia die Augen geschlossen. Ich spürte eine merkwürdige Erregung. Unter mir im Sonnendunst einzelne Dörfer und Rechtecke von Feldern. Alles lag unter einer transparenten Decke aus weißem Licht. Der Fluss, den wir überflogen, die Straßen, eine Hochhaussiedlung, alles war mit diesem Licht versilbert. Es wirkte so heimisch, so wohlbekannt, dieses alles überglänzende Licht, als wüsste ich schon immer Bescheid über ein Leben in einem solchen Licht.

Und dann der Indira Gandhi Airport: nicht enden wollende Laufwege, lautlos über rot-goldene Teppichböden, durch polierte Marmorhallen vorbei an Monumenten der indischen Kultur – Figuren, die eine sonderbare Gelassenheit ausstrahlten, eine wissende Ruhe, die sie wie ein stilles Angebot bereithielten, gleichmütig und ihres Wissens gewiss.

Wir warteten lange auf unser Gepäck. Wir tauschten Euro in Rupien, standen an der Passkontrolle an und wurden eingehend geprüft. Unter missbilligenden Blicken wurden unsere Formulare hin- und hergeschoben, mehrmals der Computer befragt. Mir wurde heiß, ich war mir nicht sicher, ob es angebracht war nachzufragen. Oder erwartete man hier Geld? Ich hatte das Bedürfnis, dieses Problem zu googeln, und fingerte in der Hosentasche nach meinem Handy. Claudia berührte meinen Arm, in ihren Augen eine Warnung. Sie befürchtete, das Handy würde mir hier im Gedränge aus der Hand gerissen. Ich blickte mich um. Hinter uns unsere Sitznachbarin, die Holländerin, und einige Europäer, die mit uns geflogen waren, sonst um uns herum Inder, Männer und Frauen, freundliche Gesichter, die mir eigenartig vertraut erschienen. Für einen Moment wurden mir die Knie weich, und ich wusste nicht, ob der mürrische Umgang des indischen Beamten mit unseren Papieren dafür verantwortlich war oder die plötzliche Anwandlung, hier kein Fremder zu sein.

Endlich erfolgte der erlösende Griff zum Stempel, und mit einer knappen Handbewegung wurden wir in das Land hinausgeschickt.

Wir standen also vor Terminal drei, draußen unter der Überdachung. Die Wärme nahm mich auf, als stiege ich in warmes Wasser, und selbst der leichte Rauchgeruch, der, wie ich wusste, vom Smog über Delhi herrührte, hatte etwas Behagliches. Doch Claudia schnappte ein paarmal nach Luft und umklammerte erschrocken meinen Arm, als müsste sie sich festhalten, um nicht umzufallen.

Auf meiner Uhr: Ortszeit morgens halb zehn.

Ich sah mich suchend um. Ich hatte mich informiert, ich suchte nach einem Schalter, an dem ich ein Taxi würde mieten können. Claudia wartete vor dem Flughafenausgang, und ich bewegte mich zwischen Menschen, deren Sprache ich nicht verstand, obwohl die Laute mir irgendwie geläufig erschienen. Ich bewegte mich auffallend aufrecht und gelöst.

Als hätte sich eine Klammer gelockert, dachte ich, eine Klammer, die dich dein Leben lang eingezwängt hat.

Ich kaufte ein Ticket, und wir heuerten ein Taxi an. Der Fahrer sprach mich gleich auf Hindi an, und ich fragte ihn, ob er Englisch spreche.

»Are you not from India?«, wunderte er sich, während er unser Gepäck verstaute. »From where are you?«

Mir wurde wieder heiß.

Claudia beugte sich vor: »We are from Germany«, antwortete sie.

»Oh Germany«, strahlte der Fahrer, »welcome in India, then.«

Im Taxi griff Claudia nach meiner Hand, als müsste ich getröstet werden.

Darauf sei ich nicht gefasst gewesen, sagte ich dann auch.

Ich war ratlos, was mich denn mehr verwirrte, die selbstverständliche Annahme des Taxifahrers, ich sei einer von ihnen, oder mein merkwürdiges Empfinden, hier nicht nur schon einmal gewesen zu sein, sondern schlechthin hierherzugehören.

Claudia lächelte mir zu, aufmunternd, vielleicht auch besorgt.

Das Taxi startete, und wir holperten los, ließen den Flughafen hinter uns und warfen uns unversehens in ein fließendes Gemenge von vorwärtsschießenden und vorwärtsruckenden Fahrzeugen – Mopeds, Kabinenroller auf drei Rädern, Autos, Rikschas, klapprige Lkws, die alle vorandrängten, die einander umtanzten, manchmal in tollkühner Geschwindigkeit, und deren Fahrer allesamt damit beschäftigt waren, unentwegt auf die Hupe zu drücken.

An den Straßenrändern reihte sich Indiens Armut auf, unter Plastikplanen, im Staub hockend, mit ungerührtem Blick auf den Verkehr. Wir schoben und stießen uns in Straßen vor, die dicht bebaut waren mit Häusern, Häuser, über die soeben eine Katastrophe hinweggegangen sein musste und die sich, eingesponnen in schwarze Elektrokabel, nun mit letzter Kraft aufrecht hielten. Und immer wieder streunende Hunde und ab und zu Kinder, die die Müllhaufen durchsuchten oder teilnahmslos herumlungerten.

»Wie furchtbar«, flüsterte Claudia, »als ob sie auf etwas warten.«

»Ja«, sagte ich matt, »vielleicht auf ein besseres Leben?«

»Gibt es denn niemanden, der ihnen sagt, dass sie nur dieses eine haben?«

Ich hob die Schultern. »Das ist ja nur eine unbewiesene Annahme, dass wir nur ein einziges haben«, meinte ich. Und als ich noch vorsichtig anmerkte, wie gut es sei, dass es Menschen gäbe, die sich dieser Kinder annähmen, verschloss sich Claudias Miene sofort.

Einmal geriet alles ins Stocken, die Fahrzeuge standen dicht gedrängt, Spiegel an Spiegel, das Hupen verstummte. Vor uns schritten bedächtig drei Kühe über die Fahrbahn. Nirgendwo in den Wagen um uns herum, auf den Mopeds, auf der dicht besetzten Ladefläche eines Lasters neben uns, nirgendwo sah ich eine Geste der Ungeduld. Und ganz behutsam rührte sich in mir, irgendwo unter meiner Ratlosigkeit, eine tiefe Ruhe, als wäre ich lange Zeit fort gewesen und endlich zurückgekehrt.

Und dann diese plötzlichen klaren Momente, wie ausgeschnitten vor meinen Augen, mich mitreißend wie eine Sehnsucht nach dem Selbstverständnis des Lebens: Drei Mopeds schlängeln sich hintereinander an uns vorüber, seitlich auf dem Sozius sitzend in bunten Saris jeweils eine Frau, kerzengerade, die Füße nebeneinander auf einer Trittfläche, einen Arm locker-elegant auf der Schulter des steuernden Mannes. Sie lachen, und von Moped zu Moped führen sie über das Knattern und Heulen der Motoren hinweg eine entspannte Unterhaltung.

Wir bogen ab und stoppten vor einer weißen Mauer. Eine Sperre wurde beiseitegeräumt und ein Tor geöffnet. Sachte rollte das Taxi eine Einfahrt hinauf, der Straßenlärm blieb hinter uns und verstummte, wir hielten vor dem Eingang unseres Hotels. Hier lag kein Staubkorn herum, kein Blättchen hatte sich auf die gepflasterten Wege zwischen den Grünanlagen verirrt, als hätte sich sämtlicher Schmutz der Welt draußen vor dem Tor gesammelt und diesen Ort um dieses luxuriöse Hotel herum ausgespart.

Ein junger Mann empfing uns, kümmerte sich um unser Gepäck und führte uns zur Rezeption. Wir wurden durch eine Halle geleitet, und mir fiel sofort das Wort Palast und dann Maharadscha ein.

Der Palast eines Maharadschas, dachte ich, obwohl meine Kenntnisse Maharadschas betreffend nicht über eine vage Erinnerung an Abenteuergeschichten aus meiner Kinderzeit hinausgingen.

Doch ich hegte keinen Zweifel: Diese Empfangshalle war eines Maharadschas würdig. Nur ein Maharadscha würde angemessen über die weichen rosabraunen Teppichböden schreiten können, nur er würde die stolze Haltung haben, um an der riesigen Marmorblüte zu verweilen, in der sanft Wasser plätscherte, nur ihm stände es zu, in einem der Sessel Platz zu nehmen, zwischen den weiß blühenden Pflanzen, unter den gigantischen glitzernden Deckenleuchten.

Ich behielt meinen Eindruck erst einmal für mich, aber Claudia flüsterte, sie fühle sich wie im Märchen, was dann auch prompt ein wenig einfältig klang, besonders da aus einer der Sitzgruppen amerikanisches Englisch zu hören war.

Auf unserem Zimmer, über das sich dieser Maharadscha, der mir nicht aus dem Kopf gehen wollte, als Schlafgemach sicher auch nicht beklagt hätte, setzte Claudia sich auf die Bettkante und meinte, sie habe ein schlechtes Gewissen, dieser Luxus und nur ein paar Schritte weiter diese Armut und dieses Elend.

Und dabei sei dieser Luxus für uns noch nicht einmal sonderlich teuer, erwiderte ich, und das auch nur deshalb, weil die Armut in diesem Land ihn erschwinglich mache.

Und ich versuchte es ein weiteres Mal: Man könne schon verstehen, dass diese Verhältnisse jemanden zum Handeln aufforderten, wenn nicht gar zwängen.

Claudia sah mich immerhin nachdenklich an, schwieg aber.

In den zwei Tagen, die wir uns für Delhi Zeit genommen hatten, bevor wir mit unserer eigentlichen Mission beginnen wollten, ließen wir uns sämtliche Sehenswürdigkeiten zeigen. Wir ließen uns, wie es sich für Touristen gehört, mit einer Rikscha herumfahren, wir besichtigten Tempel und Parks und lernten die Stadt ein wenig kennen. Während unserer Rundfahrten wies Claudia mich ständig auf *ganz normale* Familien, wie sie es nannte, hin, und sie bestand darauf, dass doch offensichtlich, wenn auch vielleicht nicht die Mehrzahl, so doch viele Inder ein gesichertes auskömmliches Leben führten und es bei Weitem nicht nur Armut und Luxus gäbe. Ich stimmte ihr jedes Mal zu. Sie tat mir leid mit ihrem schlechten Gewissen und den Versuchen, den Einsatz ihrer Mutter für Indiens Waisen für überflüssig zu erklären.

Für den Morgen unseres Abflugs äußerte ich einen Wunsch, den Claudia mir nur zögernd erfüllte: Ich wollte in der Frühe, noch vor unserem Frühstück, mit ihr durch den Teil von Delhi laufen, der – ich wusste nicht, ob nur unter Touristen – *Old Delhi* genannt wird. Die Amerikaner in unserem Hotel hatten uns diesen Ausflug empfohlen als ein ursprüngliches Erlebnis. »A very very original experience«, hatten sie gerufen. Und genau danach verlangte ich. Nach all den beeindruckenden, aber weitgehend von Touristen bevölkerten Attraktionen und dem springbrunnenrauschenden Aufenthalt in den Luxusräumen des Hotels sehnte ich mich nach dem urtümlichen Indien, nach dem Indien, das, wie ich mir sagte, wohl das eigentliche war. Ohne den Schutz eines Taxi- oder Rikschafahrers wollte ich durch die Straßen gehen, miterleben, wie sich die Türen öffneten, wie die Händler ihre Stände aufstellten, wie ein ganz normaler indischer Tag begann.

Dazu kamen wir dann allerdings zu spät, das Leben und Gedränge in Old Delhis Straßen war schon in vollem Gange, als wir aus dem Taxi stiegen und zu Fuß weitergingen.

Claudia hatte zwar erst gezögert, aber dann gemeint, wenn mir diese Erfahrung wichtig sei, sollten wir den Ausflug unternehmen.

Ich sah ja, wie dieses Land sie anstrengte. Die Schwüle und die Temperaturen setzten ihr zu, ebenso das Lärmende und das Fremdartige. Und manchmal warf sie mir einen beinahe ängstlichen Blick zu, als würde auch ich, zu dem sie doch so schnell Zutrauen gefasst hatte, ihr fremd, als müsste sie hilflos mit ansehen, wie das, was ihr als möglicher Halt erschienen war, sich Stück für Stück von ihr entfernte.

Und ich? Ich begann ganz allmählich zu akzeptieren, was mit mir geschah. Ich spürte, dass ich hier ein anderer war. Oder war ich endlich ich selbst? Hier gab es keine schnellen neugierigen Blicke auf mich, hier kam man mir nicht distanziert oder bemüht korrekt entgegen. Hier war ich einer unter unzähligen anderen, einer, der nicht weiter auffiel. Ich sprach unbefangen mit dem Hotelpersonal, ich schlenderte entspannt über die weiten Plätze, ich saß ungezwungen auf den Bänken in den Parks neben der blonden europäischen Frau, züchtig, ohne direkte Berührung, wie es sich für einen Inder geziemte.

Jetzt also, als finales Erlebnis sozusagen, Old Delhi: Wir passten uns dem Tempo der Menschen an, die sich geschäftig, aber nicht hastig voranbewegten. Wir wichen Männern aus, die riesige Säcke auf dem

Kopf transportierten, und umrundeten hoch beladene Karren. Manchmal wurden wir daran erinnert, dass es noch früher Morgen war: Ein Mann mit nacktem Oberkörper wusch sich in einer Wassertonne am Straßenrand, jemand ließ sich vor seinem Haus rasieren, daneben ein Mann, der sich die Zähne putzte.

Kaum eine Frau war unterwegs. Welche Aufgaben hatten indische Frauen um diese Tageszeit?

Ich machte Claudia darauf aufmerksam. Ich sah, dass sie angespannt, aber auch gefangen war von der Atmosphäre emsiger Betriebsamkeit, von dem zielgerichteten Gewühl, den ständig wechselnden Gerüchen nach rauchenden Grills, frisch Gebackenem, nach Curry und Honig und manchmal nach gärenden Abfallhaufen.

»Ich weiß so wenig über diese Leute«, bedauerte sie, »ich weiß nicht, ob Frauen hier eine traditionelle Rolle haben.«

Bei einem jungen Mann, der kein Englisch verstand und uns mit einem auffordernden Lächeln herangelockt hatte, kaufte ich eine Tüte mit warmen Teigtaschen, die mit etwas unglaublich Süßem gefüllt waren. Claudia fand sie lecker, meinte aber, davon könne man nicht viel essen, schon gar nicht vor dem Frühstück. Und ich musste sie davon abhalten, die umherstreifenden Hunde damit zu füttern.

Sie ließ sich überreden, bei einem Händler einige Hemden und bunte Tücher auszusuchen, deren Farben sie *einfach umwerfend* fand. Während der Mann ihr mit einem bemerkenswerten Enthusiasmus ein Kleidungsstück nach dem anderen anbot, löste sich ihre Anspannung ein wenig. »It's enough«, lachte sie.

Ich machte mir Sorgen wegen des Zolls.

»No duty, no duty«, rief der Händler begeistert, und ich tat ihm den Gefallen und nickte erleichtert.

Als wir mit unserem Einkauf, in Zeitungspapier gewickelt, zu unserem Taxi zurückkehrten, wagte ich Claudia gegenüber das anzusprechen, was mich seit unserer Landung hier beschäftigte.

»Kann es sein«, fragte ich sie, »dass man über Jahrhunderte hinweg ein Zugehörigkeitsgefühl mit sich herumträgt? Zu einem Land und seinem Volk? Sodass man ganz deutlich spürt, wenn man in dieses Land kommt: Hier gehöre ich hin, hier ist mein Zuhause?«

Sie warf mir wieder einen ihrer besorgten Blicke zu, aber sie antwortete mir in einer Weise, die mich verstehen ließ, warum ich sie liebte: »Ich habe mal gelesen«, sagte sie, »dass es Leute gibt, die, wenn sie das erste Mal nach Afrika kommen, sofort spüren, dass dort ihre eigentliche Heimat gewesen ist. Und das ist immerhin zigtausend Jahre her, dass wir von dort aufgebrochen sind.«

2008

Claudia und Jutta

WIR landeten nachmittags in Chennai. Die Stadt empfing uns mit Regen. Unser Taxi tuckerte durch das Wasser, Gischt spritzte an die Scheiben. Der Fahrer hatte sein Vergnügen und lachte, wenn es ihm gelungen war, eine besonders hohe Fontäne aufsteigen zu lassen. Singende Kinder hockten auf den Plätzen in den Pfützen, und es gab Einheimische, die ohne Schirm durch den dichten Regen liefen, die Kleidung klebte ihnen am Körper, aus den Haaren troff das Wasser, und sie strahlten ein Glück aus, das jeden Europäer, der bei Regen mürrisch die Hand zur Tür hinausstreckt, beschämen musste.

Unser Hotel war kaum weniger luxuriös als der Palast in Neu-Delhi. Hier vergaß man die Nässe draußen, doch bei jedem Blick aus dem Fenster schrak man überrascht zurück vor dem grauen weichen Vorhang, der sich auf den Pool und den Garten niedersenkte, während von oben unentwegt Stoff nachgereicht wurde.

Wir blieben im Hotel, Claudia wollte für den nächsten Tag Kräfte sammeln. Sie hatte beschlossen, gleich am Morgen ihre Mutter aufzusuchen, ohne Anmeldung. Sie sollte mit der Anwesenheit ihrer Tochter überrumpelt werden, sodass sie, wie Claudia kalkulierte, keine Zeit haben würde, sich eine Erklärung zurechtzulegen oder sich durch eine Abreise der Konfrontation zu entziehen. Sie würde also eine spontane und damit ehrliche Reaktion zeigen müssen.

Ich gab zu bedenken, dass die Mutter sie möglicherweise nach mehr als zwei Jahrzehnten nicht wiedererkennen würde, und Claudia antwortete, sie nähme ihren Reisepass mit, um sich auszuweisen.

Wir schliefen beide schlecht in dieser Nacht. Streng genommen waren ja unsere indischen Nächte die ersten, die wir bis zum Morgen gemeinsam verbrachten. Und diese indische Nacht war nicht die erste nicht ganz leichte mit Claudia. Es war nicht nur die ungewöhnliche Wärme, die ihr zusetzte, die Temperaturen fielen ja kaum unter dreißig Grad, mehr noch war es wohl meine Anwesenheit, die sie beunruhigte. Sie ließ zwar die eine oder andere Zärtlichkeit zu, hier, wo wir alle Freiheiten hätten genießen können und uns jeden Abend zusammen in einem Bett wiederfanden, blockte aber sofort ab, wenn ich allzu deutlich wurde.

Sie müsse erst ihre Angelegenheiten klären. Damit zog sie sich von mir zurück. *Angelegenheiten* nannte sie die schicksalsträchtige Unterredung mit ihrer Mutter, mit der sie seit Jahrzehnten keinen Kontakt mehr gehabt hatte und von der möglicherweise unsere gemeinsame Zukunft abhing.

Ich fragte sie nicht, wie es denn mit uns weitergehen würde, sollte die Gegenüberstellung mit ihrer Mutter nicht das heilende Erlebnis sein, das sie sich erhoffte. Und ich verbot mir jede Überlegung, was es für mich bedeuten und wie ich damit umgehen würde, sollte sie sich mir ganz verschließen.

Wir saßen also etwas übernächtigt am Frühstückstisch. Das Hotel bot zum Glück auch eine Art europäische Weizenbrötchen an, die Claudia gut vertrug. Sie kaute langsam, ihr Blick war abwesend, wenn er nicht gerade mich streifte. Dann wurde er zweifelnd. Ich aß hier in Indien jeden Morgen mit Appetit eine Schüssel mit Linsen und Kartoffeln, ein Gericht, das mich in eine merkwürdig gehobene Stimmung versetzte und das mir wenigstens eine Stunde lang das Gefühl verlieh, jederzeit Feuer spucken zu können, auch wenn die Bedienung versicherte, dieses Essen sei nicht scharf gewürzt.

Ich löschte das Feuer in meiner Kehle, so gut es ging, mit *Lassi*, einem Joghurtgetränk, und drängte zum Aufbruch. Claudia zog das Frühstück ungewöhnlich in die Länge, und ich hielt es nicht für ausgeschlossen, dass sie jetzt, unmittelbar vor der Ausführung, ihr Vorhaben für wenig aussichtsvoll oder sogar für unsinnig erklären könnte und wir letztendlich trotz unserer aufwendigen Reise in Sachen *Krankheit Liebe* keinen Schritt weitergekommen sein würden.

Doch Claudia setzte meinem Drängeln kaum einen Widerstand entgegen. Nur die Kleiderwahl zog sich in die Länge. Sie hatte sich für ein helles Kleid mit großen bunten Punkten entschieden, fühlte sich aber vor dem Spiegel darin nicht wohl. Meinen Vorschlag, unter diesen Umständen doch etwas anderes zu wählen, beachtete sie nicht. Sie fuhr fort, unentwegt einen Schritt auf ihr Spiegelbild zuzugehen und einen Schritt zurückzutreten und sich dabei prüfend zu betrachten. Als ich zu bedenken gab, dass sie in dem Kleid, auch wenn es über die Knie reichte, ihre Beine den Mücken anbiete, zerrte sie wortlos eine gelbe Jeans aus ihrem Koffer hervor und etwas Dunkelblaues, das ich ihr auf dem Rücken zuknöpfen musste.

Und dann war der Augenblick gekommen, dass wir in ein Taxi stiegen und ich dem Fahrer die Adresse des Waisenhauses nannte. Claudia hatte keine Anstalten gemacht, ihm unser Fahrziel anzugeben.

Es regnete nach wie vor, und unser Taxifahrer sang fröhlich vor sich hin, während er in flottem Tempo durch Straßen rauschte, in denen knöchelhoch das Wasser stand.

Das Waisenhaus lag hinter Mauern wie auch die meisten Hotels in Indien. Ich bat den Fahrer zu warten, ich wollte mir die Möglichkeit offenhalten, schnell von hier wegzukommen.

Am Eingangstor mussten wir uns mit Rufen bemerkbar machen. Wir blickten in einen Garten mit Bäumen und rosa blühenden Oleanderbüschen, im Hintergrund ein niedriges, lang gestrecktes Gebäude, das hinter dem Regen und dem saftigen Grün des Gartens sehr grau wirkte.

Lange Zeit rührte sich nichts, trotz unseres lauten Hello-Geschreis. Ich sah unseren Therapieversuch schon scheitern, bevor er überhaupt begonnen hatte. Unser Taxi wartete am Straßenrand, der Fahrer hatte sich zurückgelehnt, er schien zu schlafen. Ich überlegte, ob man ihn um Rat fragen könnte. Doch gerade als ich den Entschluss gefasst hatte, es zu versuchen, kam zwischen den Bäumen eine junge Frau auf uns zu. Sie lief mit nackten Füßen durch das Wasser, schützte sich aber mit einem Schirm gegen den Regen. Mit vor der Brust zusammengelegten Händen begrüßte sie uns, den Schirmgriff klemmte sie währenddessen zwischen Schulter und Kinn fest. Sie öffnete das Tor, ließ uns eintreten und schloss hinter uns wieder ab.

Ihr Blick wanderte zwischen Claudia und mir hin und her. Sie schien mit sich uneins, wie sie uns ansprechen solle, und entschied sich schließlich für das Unverfänglichste. Sie sei Devi, stellte sie sich auf Englisch vor und fragte, wie sie uns helfen könne. Ich überließ Claudia das Wort. Ich hatte mir vorgenommen, in dieser *Angelegenheit* eine Statistenrolle einzunehmen und nur im Notfall einzugreifen.

Claudia war sehr ernst, aber gefasst, als sie der jungen Frau sagte, sie wolle Frau Weiß sprechen.

Die Frau schüttelte leicht den Kopf, was, wie wir inzwischen wussten, Zustimmung signalisierte, und wandte sich nach rechts. Wir folgten ihr durch den Garten, vorbei an einer Reihe von einfachen Gebäuden, aus denen Kinderstimmen und Singen zu hören waren, bis vor ein weiteres Tor, das auf einen Innenhof führte.

Devi trat vor uns in ein einstöckiges Haus ein, von dessen Dach das Wasser strömte und als milchiger Schleier vor den Fenstern hing, als sollte alles Dahinterliegende vor uns verborgen werden.

Wir standen in einem Vorraum, in dem an der Wand Regenkleidung hing und auf einer langen Bastmatte sich Schuhe in allen Größen aneinanderreihten. Devi nahm uns die triefenden Schirme ab und deutete auf die Bastmatte. Gehorsam bückten wir uns und zogen unsere Schuhe aus.

Ein Mädchen hüpfte lachend mit einem großen, zartknochigen Hund, einer Art Windhund, in den Vorraum hinein. Der Hund trug ein breites, leuchtend blaues Halsband, mit dem er sich unmissverständlich von den vielen streunenden Hunden abhob, denen wir in den letzten Tagen begegnet waren.

Devi ermahnte das Mädchen: »Sunita, say Good Morning, we are having guests at the moment.« Das Mädchen blieb stehen, legte die Hände zum indischen Gruß zusammen und sagte: »Good Morning.« Der Hund lief zu Claudia und schnüffelte an ihren nackten Füßen, Claudia streichelte ihn sofort und nannte ihn Sweety, das Mädchen strahlte und sagte: »It's Jenny.«

Ich stand mit nassen Socken auf dem groben Steinboden und geriet kurz ins Wanken. Das indische Mädchen – es war, als lachte meine Mutter mir zu, als hätte sie die Gelegenheit wahrgenommen, mich für einen Moment teilhaben zu lassen an ihrer Zeit, der Zeit, in der sie ein kleines glückliches Mädchen war.

Claudia warf mir einen kurzen Blick zu, und ich riss mich zusammen. Ich meinte, in ihrem Blick eine Andeutung von Zuversicht erkannt zu haben, sie hielt die Begrüßung durch den Hund wohl für ein gutes Omen.

Devi ging auf eine halb geöffnete Tür zu, blieb im Türrahmen stehen und sagte in den Raum hinein, wieder auf Englisch, hier seien zwei Gäste, die Frau Weiß sprechen wollten, wobei sie das *Weiß* eher wie *White* aussprach. Durch einen offenen Durchgang neben uns sah ich in einen weiteren Raum, in dem auf dem Boden Kinder hockten und malten.

»Okay, let them in«, wurde Devi geantwortet. Sie öffnete die Tür ganz, und wir betraten, Claudia voran, ein bunt gefliestes Zimmer – links eine Sitzgruppe mit roten Sesseln, rechts ein Schreibtisch, dahinter Regale mit Aktenordnern und Büchern und an dem Schreibtisch eine Frau.

Sie wirkte deutlich älter als auf dem Foto der Webseite, sie trug ein grünes Männerhemd, das graue Haar war lang und im Nacken mit einem Tuch zusammengebunden. Sie sah uns über ihre Lesebrille hinweg erwartungsvoll entgegen. Vermutlich hielt sie uns für ein Paar, das sich für die Adoption eines Waisenkindes interessierte, ein begüterter Inder und seine europäische Frau.

Ich grüßte spontan mit *Good Morning*, obwohl ich nichts hatte sagen wollen, hielt mich aber einen Schritt hinter Claudia. Sie blieb zwei Meter vor dem Schreibtisch stehen und blickte ohne ein Wort auf ihre alt gewordene Mutter hinunter.

Die beiden Fenster des Zimmers standen offen, dort rauschte der Regen.

Die Mutter sah fragend von ihrer Tochter, die sie offensichtlich nicht erkannte, auf mich.

Da sagte Claudia auf Deutsch: »Ich bin Claudia.«

Der Blick der Mutter blieb starr auf mich gerichtet. Die Stille, in der wir drei bewegungslos verharrten, war nicht zu hören, denn vor den Fenstern rauschte ja der Regen.

Stuhlbeine kratzten über die Fliesen, die Mutter erhob sich, ihre Brille warf sie auf den Schreibtisch.

»Devi, tea please«, rief sie laut, als wäre sie verärgert, und ging an uns vorüber. Sie wies mit dem Arm auf die Sessel. Claudia drehte sich um, ihre nackten Füße klatschten auf den Boden. Sie setzte sich als Erste, ich ließ mich in dem Sessel neben ihr nieder, die Mutter uns gegenüber, zwischen uns ein niedriger Tisch.

Eine Weile blieb es still, die Mutter sah an uns vorbei zum Fenster hinaus.

Claudia rutschte auf die Sesselkante. Sie suchte wohl eine geeignete Ausgangslage, um das Gespräch zu beginnen.

Doch die Mutter kam ihr zuvor: »Willst du mir deine Begleitung nicht vorstellen?«, fragte sie leise und ein wenig rau, ohne den Blick vom Fenster abzuwenden.

Mir fiel gleich auf, dass sie ohne jede Schwierigkeit Deutsch sprach, selbst ein Ruhrgebiet-Akzent klang an. Nach der langen Zeit, die sie im Ausland lebte, hätte es mich nicht gewundert, wenn sie sich mit der deutschen Sprache schwergetan hätte.

Claudia fauchte: »Das ist Martin.«

Ich zuckte zusammen, diese Stimme kannte ich nicht. Ich war versucht, aufzustehen und mich vernünftig vorzustellen, aber die Mutter sagte mechanisch, ohne mich anzusehen: »Nice to meet you, Martin, I'm Jutta.«

Meinen Namen sprach sie englisch aus.

»Du kannst deutsch mit ihm sprechen«, bemerkte Claudia bissig, »er ist aus Essen.«

Die Mutter schloss kurz die Augen. Und dann sah sie ihre Tochter an: »Warum bist du gekommen? Was erwartest du von mir?«

Es fehlte nicht viel, dass es demütig geklungen hätte.

»Eine Antwort«, erwiderte Claudia mit einer scharfen Stimme, die mir beinahe Angst einjagte.

»Dann frag«, sagte die Mutter leise.

Und Claudia kam ohne jede Einleitung zur Sache: »Wieso hast du unser Zuhause zerstört?«, zischte sie. »Woher hast du dir das Recht genommen wegzugehen?«

Die Mutter schwieg, sie hielt den Kopf schräg und sah wohl unter den Tisch, auf ihre Füße hinunter. Ich weigerte mich, sie auch nur in Gedanken Jutta zu nennen. Ihre eigentümliche Begrüßung hatte mich dann doch unangenehm berührt.

Als sie den Blick wieder hob, kam Devi mit einem Tablett ins Zimmer. Sie stellte Gläser vor uns hin und goss uns Tee ein. Ich bedankte mich, die beiden anderen starrten vor sich hin.

Devi war schon längst gegangen, da sagte die Mutter: »Mein Zuhause ist hier.«

Damit waren Claudias Fragen natürlich nicht beantwortet, und nach der langen Zeit des Schweigens klang es auch ein wenig unmotiviert.

»Du hast mich, dein Kind, alleingelassen«, rief Claudia, »du kümmerst dich um Waisenkinder und hast dein eigenes Kind zur Waise gemacht.«

»Hier kümmere ich mich um Hunderte von Kindern«, sagte die Mutter, nahezu bittend.

»Darf man das?«, rief Claudia aufgebracht. »Darf man das eigene Kind gegen hundert andere aufrechnen?«

»Ja, das darf man«, erwiderte die Mutter, »denn du warst versorgt, dir hat es an nichts gefehlt, aber hier geht es um Leben oder Tod.«

»Erstens hat es mir an dem Wichtigsten gefehlt, das ein Kind braucht, die Fürsorge seiner Mutter, und außerdem ging es bei mir auch um Leben und Tod, und ich war lange Zeit dem Tod näher als dem Leben.«

Claudia schossen die Tränen in die Augen.

Ich saß regungslos, das Teeglas in der Hand – und immer gegenwärtig: der niederrauschende Regen.

Claudia weinte, und ich wagte nicht, sie zu trösten. Ich wagte es noch nicht einmal, ihren Arm zu berühren, der fest auf der Sessellehne lag. Aber ich stellte mein Teeglas ab und zog aus meiner Hosentasche ein Taschentuch. Ich reichte es ihr hinüber. Sie griff danach, als käme es aus einem Papierspender.

Es entstand eine längere Pause, in der Claudia weinte und schniefte, die Mutter wieder zum Fenster hinaussah, vor dem der nasse Schleier schwebte, in der Mitte spitz zulaufend wie eine Tüllgardine, und ich stumm und hilflos in meinem Sessel hing.

Plötzlich sagte Claudia: »Die ganzen Jahre hast du dir keine Mühe gegeben, mich zu finden.«

Sie schluchzte immer noch, ihre Stimme hatte das Beißende verloren.

»Du hast den Kontakt abgebrochen«, rief die Mutter jetzt, und das erste Mal wurde sie laut: »Du hast aufgehört zu schreiben.«

»Das wäre wohl der Zeitpunkt gewesen, zu kommen und dich zu kümmern.«

Claudia fand zu der ihr sonst so fremden Wut zurück. Sie schleuderte der Mutter einen Monolog entgegen, in dem es um das Internat ging, um Einsamkeit und Hilflosigkeit. Ausgesetzt sei sie gewesen, in das Leben ausgesetzt, ohne eine schützende Hand, die sie geleitet hätte, ganz auf sich gestellt …

In das Leben ausgesetzt – ich zog ein weiteres Taschentuch hervor und wischte mir den Schweiß aus dem Gesicht. In das Leben ausgesetzt – was hielt mich davon ab, aufzustehen und Claudia in meine Arme zu nehmen?

In das Leben ausgesetzt – profan und kraftlos klang dagegen die Empörung der Mutter, als sie dazwischenrief, Claudia wisse nicht, in was für Verhältnissen sie, die Mutter, gelebt habe, sie hätte ihre Arbeit doch nicht mir nichts, dir nichts im Stich lassen können.

»Alles war dir wichtiger als ich«, heulte Claudia auf. Und sie schmiss ihren Worten das zerknüllte Taschentuch hinterher, auf den Tisch, zwischen die Teegläser.

Die Mutter fuhr erschrocken zurück, mit zwei Fingern packte sie das Taschentuch und ließ es in der Brusttasche ihres Hemdes verschwinden. In Indien gehört ein allzu offener Umgang mit dem Nasensekret zu den groben Unhöflichkeiten.

Vielleicht streifte mich deshalb jetzt ein um Entschuldigung bittender Blick der Mutter. Sie konnte es wohl nicht lassen, in mir einen Einheimischen zu sehen.

Ich wich ihrem Blick aus. Ich schielte zu Claudia hinüber. Sie kauerte in dem Sessel, die Beine aneinandergepresst, die Füße nebeneinander, nur die Zehen berührten den Boden. Das Haar hing ihr wie ein zerrissener Vorhang vor den Augen. Man müsste es ihr aus dem Gesicht streichen, dachte ich. Auch wenn sie nach meiner Hand schlagen wird, sollte ich es versuchen, so kann man sie hier nicht sitzen lassen … so ausgesetzt ins Leben. Und hatte ich nicht ausreichend Erfahrung mit einer Mutter, die ihr Kind ins Leben aussetzte?

Ich räusperte mich. Mir war nicht ganz klar, wie ich mich hier einmischen würde, doch dass ich mich irgendwie einschalten musste, schien mir unvermeidbar.

Und dann sagte ich: »Wie es aussieht, wird es so keinen Konsens zwischen euch geben.«

Und meine Männerstimme, fand ich, klang ausgesprochen sonor, nach all der weiblichen Hitzigkeit. Auch duzte ich die Mutter ungefragt, die Situation, in der wir uns befanden, schien mir jenseits der üblichen Formalitäten zu liegen.

Die Mutter wandte sich mir überrascht zu, vielleicht hatte sie nicht damit gerechnet, dass ich in der Lage war, eine Meinung zu äußern.

»Wäre es möglich«, fuhr ich fort, »dass ihr euch darauf einigt, unterschiedliche Standpunkte zu haben, und euch immerhin bemüht zu verstehen, warum der andere bei seiner Sichtweise bleibt?«

Ich wartete auf eine Reaktion, und zu meiner Verblüffung beugte die Mutter sich über den Tisch ihrer Tochter entgegen und sagte leise: »Ich habe viel falsch gemacht, jeder Mensch macht Fehler, der eine mehr, der andere weniger. Ich gehöre zu denen, die mehr Fehler gemacht haben, und es tut mir sehr leid, dass du darunter leiden musstest. Ich habe mein zerstörtes Leben auf dir abgeladen. Ich würde gerne einiges davon wiedergutmachen, und deshalb bitte ich dich um Verzeihung.«

Claudia rührte sich nicht, sie hielt den Kopf gesenkt, aber ich spürte, dass sie beeindruckt war.

Und dann fügte die Mutter ihren vielen Fehlern einen weiteren hinzu. Sie beugte sich noch weiter vor, und fast flüsternd sagte sie: »Das war es doch, was du von mir erwartet hast.«

Vielleicht war es wirklich nur ein Versuch, Claudia daran zu erinnern, dass sie ihr Ziel erreicht hatte, ein Versuch, ihr eine

Zustimmung zu entlocken und das Entgegenkommen der Mutter zu würdigen.

Doch die Wirkung war verheerend. Claudia sprang auf, ihr Blick hasserfüllt. Sie kaute mit dem Kiefer, als müsste sie sich für ihren Hass passende Worte zurechtbeißen. Aber ihr Hass schien so maßlos, dass jedes noch so hässliche Wort zu kümmerlich gewesen wäre, sie brachte nur ein paar knurrende Laute hervor.

Die Mutter war auch aufgesprungen und streckte beide Arme über den Tisch ihrer Tochter entgegen. Sie redete schnell und etwas konfus – von einem Neuanfang, zu dem sie bereit sei und für den es doch nie zu spät sei, und sie sei jedes Jahr im August in Deutschland, auch dieses Jahr, denn schließlich habe sie dort viele Sponsoren, und dann könne sie doch einen Besuch bei Claudia machen, und bis dahin hätten sie beide Zeit, noch einmal über alles nachzudenken, und dann könnten sie doch in Ruhe über alles sprechen.

Mir war sofort klar, dass sie jetzt den verhängnisvollsten ihrer Fehler begangen hatte: Sie war jedes Jahr im August in Deutschland gewesen? Und sie hatte sich nie die Mühe gemacht, ihre Tochter aufzusuchen? So wenig war diese Tochter ihr wert, dass sie sich nicht wenigstens einmal telefonisch bei ihr gemeldet hatte, aus München, aus Hamburg, aus Berlin, oder wo immer sie sich aufgehalten hatte?

Ich stand auf, ich legte meinen Arm um Claudia und schob sie aus dem Zimmer. Claudia ließ es geschehen, doch sie wandte sich noch einmal um, und sie brüllte, sie brüllte so laut, dass ich für einige Sekunden taub auf meinem linken Ohr war: »Wage es ja nicht, dich bei mir blicken zu lassen!«

Von irgendwoher war Devi aufgetaucht und hatte uns das Tor aufgeschlossen. Im Taxi verbarg Claudia ihr Gesicht in den Händen. Nur einmal jammerte sie in ihre Handflächen: »Dieser entsetzliche Regen.« Als wäre der fortwährend niederstürzende Regen für ihr so völlig missglücktes Versöhnungsunternehmen verantwortlich.

Dem Fahrer war bei Claudias Anblick wohl das Singen vergangen, ernst steuerte er uns zurück. Ich gab ihm viel zu viel Trinkgeld, von dem er partout einen Teil nicht annehmen wollte. Claudia lehnte an einer der Säulen, die eine Art steinernen Baldachin vor dem

Hoteleingang stützten. Ich drängte dem Taxifahrer das Geld auf, als hinge alles Weitere von seiner Bereitschaft ab, es in seinen Beutel zu stecken. In meinem Rücken schluchzte Claudia laut auf, und ich fuhr den Fahrer an, wenn er es nicht haben wolle, dann solle er es doch seiner Frau oder sonst wem schenken. Worauf er irritiert in seinen Wagen stieg und davonfuhr.

Ich war erleichtert, als ich Claudia ohne Zwischenfälle auf unser Zimmer gebracht hatte. Sie warf sich gleich auf das Bett und heulte. Ich zog die Vorhänge zu, um sie vor der fortgesetzten Präsenz des Regens zu schützen, ich bestellte Kaffee und Whisky, ich flößte ihr beides ein, bis sie in der Lage war, mit mir zu sprechen.

Und dann versetzte sie mich in maßloses Erstaunen: Kein böses oder auch nur enttäuschtes Wort über die Mutter war von ihr zu hören. Nein, sie bezichtigte sich selbst, sich selbst warf sie vor, die Chance zur Versöhnung ausgeschlagen zu haben. Sie bezichtigte sich, ein schlechter Mensch zu sein, der nicht verzeihen könne.

»Was für ein abgrundtief schlechter Mensch bin ich«, weinte sie, »dass ich eine ausgestreckte Hand wegschlage, dass ich nach so langer Zeit einfach nicht vergessen und vergeben kann.«

Ich hielt sie in meinen Armen, und ich sagte ihr, sie sei der wundervollste Mensch, dem ich je begegnet sei, und nie wieder wolle ich sie verlieren, komme, was wolle. Und ich erinnerte sie daran, dass sie als Kind in einem sehr sensiblen Alter ganz entsetzlich verletzt worden sei, und ich versicherte ihr, unter diesen Umständen sei es kein Wunder, wenn solche Verletzungen immer wieder aufbrächen, im Grunde genommen sei es ganz normal, weil es eben für solche tiefen Verletzungen keine dauerhafte Heilung gebe. Nur einen Weg gebe es: Man müsse sie akzeptieren, so schwer es auch sei, und man müsse versuchen, damit zu leben.

Sie klammerte sich an mir fest, und ich weinte mit ihr, und dann liebten wir uns. Das zweite Mal überhaupt.

Nachher lagen wir nebeneinander auf dem Bett, und ich hielt Claudias Hand, weil jede weitere Berührung trotz der summenden Klimaanlage zu schweißtreibend war.

Während ich mit meinen Fingerkuppen über ihren Handrücken strich, dachte ich über Absurditäten nach. Ich rief mir die eine oder andere Absurdität ins Gedächtnis, an die ich mich entsann, und ich dachte über Absurditäten im Allgemeinen nach. *Absurdus*, das hieß eigentlich *misstönend*. Doch wie wenig misstönend war die Absurdität, die ich heute erlebt hatte: Aus dem totalen Misserfolg in Sachen *Versöhnung mit der Mutter* resultierte ein Erfolg – Claudia war bereit gewesen, mit mir zu schlafen. Ohne Wenn und Aber. Ohne um Erlaubnis bittende Blicke an die Zimmerdecke. Und sie war die treibende Kraft gewesen, sie hatte es gefordert, sie hatte mich geradezu überreden müssen, weil ich mich scheute, in ihre Bedrückung einzudringen, weil ich mich vor dem Vorwurf fürchtete, ihre Situation ausgenutzt zu haben.

Aber das *Absurd-gleich-misstönend* wollte mir nicht aus dem Kopf gehen, deshalb drehte ich mich zu ihr und streichelte probehalber ihre Brust. Sie sah mich an, in ihren Augen eine maßlose Verzagtheit.

Ich versuchte, ihr Mut zu machen: Sie habe ihr Leben doch auch ohne ihre Mutter gemeistert, mit all den Schicksalsschlägen, an denen andere zerbrochen wären – ich dachte an den Suizid ihres Mannes, aber ausgerechnet ihn, den Mann, wollte ich nicht allzu deutlich zwischen uns treten lassen, nicht jetzt, da meine Hand auf ihrer nackten Brust lag und ihre Augen von mir forderten, den Knoten ihres Lebens zu lösen. Deshalb blieb ich bei dem schwermütigen Wort Schicksalsschlag. Mit diesen Schicksalsschlägen, wiederholte ich, sei sie fertig geworden, sie habe ihren Kindern in jener schweren Zeit Halt gegeben, und sie sei doch gerade dabei, sich für etwas Neues zu öffnen. Da brauche sie doch keine Mutter, schon gar nicht eine Mutter, die offenbar nur in einem Einsatz für die Ärmsten der Armen einen Lebenssinn fände und dafür bereit gewesen sei, alle Brücken hinter sich abzubrechen.

»Darum geht es nicht«, flüsterte Claudia, »das Schlimme ist doch, dass das Leben mich schlecht gemacht hat, es hat mich zu einem Menschen gemacht, der ich nicht sein will.«

Und als ich protestieren wollte, hielt sie mir mit dem Zeigefinger den Mund zu: »Ich weiß, was du sagen willst … dass man es in der Hand hat, wie man auf das Leben reagiert … aber das stimmt nicht.«

Ich solle mich doch hier nur einmal umsehen. Ob ich denn allen Ernstes der Meinung sei, dass die Menschen, die da am Straßenrand vor sich hin vegetierten, so lebten, weil das ihre Wahl sei?

Sie redete sich in Rage: »Und was ist denn mit den Reichen, die so viel haben, dass jeder von ihnen Hunderten oder Tausenden helfen könnte, wenn er nur wollte, und noch nicht mal etwas vermissen würde? Warum wohl, deiner Meinung nach, tun sie es nicht? Weil es in allen drinsteckt.«

In allen stecke es drin, immer nur an ihren eigenen Vorteil zu denken. Denn das wisse man ja wohl inzwischen, dass so ein Vorteilsdenken eben nicht der Allgemeinheit helfe, dass es sich nicht ergänze oder neutralisiere oder was auch immer zu einem für alle zuträglichen Leben. »Sondern es führt nur dazu, dass die Menschen nie ein Interesse daran haben, dass es allen gut geht. Und durch dieses Immer-nur-an-sich-Denken wird jeder Mensch schlecht«, jammerte sie, »die Mütter bringen es ihren Kindern bei und so wird jeder Mensch schlecht. Weil er unter den anderen und mit ihnen leben muss und dabei aber nur an sich denkt.«

Dazu fiel mir auf Anhieb eine ganze Menge ein, von Nietzsches *Willen zur Macht* bis zum Kapitalismus, und auch der viel zitierte und zu Unrecht zitierte *Wolf im Menschen*, denn Wölfe sind bekanntlich ja sehr soziale Tiere, von deren Sozialverhalten Menschen noch lernen könnten. Und auch an Mahatma Gandhi dachte ich.

Aber nichts von alledem schien mir angebracht, um Claudia vor einem erneuten Weinkrampf zu bewahren.

Also sagte ich nichts. Ich zog sie ganz zu mir, und ich streichelte ihr Haar.

So nahe bei mir, an meiner Schulter, beschuldigte sie nun doch noch ihre Mutter: Dieser Altruismus, dieser Einsatz für die Kinder, das sei doch auch nichts anderes als der Versuch, mit ihrem eigenen kaputten Leben klarzukommen, sie brauche das Mitleid mit den Kindern, um ihrem Leben einen Sinn zu geben …

Ich unterbrach sie, ich umfasste eine Haarsträhne an ihrem Hinterkopf und zog ihren Kopf behutsam in den Nacken, ich küsste sie auf die Stirn, und dann fing ich an zu reden. *Schicksal*, das war mein

Thema. Irgendwie würde es schon passen, zu diesem Tag, zu dem, was Claudia gerade beschäftigte.

»Schicksal«, sagte ich bedeutungsvoll an ihrer Stirn vorbei in das luxuriöse Hotelzimmer, »darum geht es doch am Ende immer, um das, wie das Schicksal mit uns umspringt, und um das, was wir von ihm einfordern.«

Claudia lag still in meinen Armen, und ich redete drauflos, was mir gerade so zu diesem fabelhaften, weil fast alles erklärenden Begriff in den Sinn kam. Vom Schicksal als den Ereignissen, die uns von der Welt aufgenötigt würden, und vom Schicksal als dem, was jeder Mensch mitbrächte, und dem, was er sich für sein persönliches Leben vorstellte. Und wie schwierig es sei, beides, das Äußere und das Eigene, zu vereinen. Dass es aber genau darauf ankäme. Die eigenen Vorstellungen müsse man mit dem, was sich nicht ändern ließe, zu einem bewussten und eben nicht nur willkürlichen Leben verknüpfen. Auch wenn diese Aufgabe manchmal zu recht extremen Lebensläufen führe. Und die Existenzialisten zum Beispiel …

»Ach, Martin«, seufzte Claudia dazwischen, und ich verstummte sofort. Sie sah mich mit ihren traurigen blauen Augen an, diesen veilchenblauen Augen, in denen ich mich immer als ein Liebhaber aus einem Balzac-Roman spiegelte. Ein bisschen vorwurfsvoll und ein bisschen belustigt sah sie mich an, sodass es nicht ganz klar wurde, ob mein Gerede sie überfordert oder ob ich sie möglicherweise ein wenig amüsiert hatte.

In der folgenden Nacht hatte es aufgehört zu regnen. Die Feuchtigkeit hing satt in der Luft, doch von oben war es trocken, aus den Straßen war das Wasser abgelaufen. Zwei Tage mussten wir noch ausharren bis zu unserem Rückflug. Ich schlug vor, das Beste daraus zu machen. Wir waren also wieder Touristen und sahen uns Chennai an. Ich war überwältigt von dem unglaublich kräftigen Grün, das um uns herum spross, und den unbeschreiblich farbenprächtigen Pyramiden, auf die wir überall in der Stadt stießen, Pyramiden und Tempel mit einem Gewusel von bunten Figuren, dass man stundenlang hätte Geschichten dazu erzählen können.

Claudia nahm alles mit einem neuen und nachdenklichen Interesse auf. Eine Sphäre der Melancholie umgab sie, einer eigenartig versonnenen Melancholie, die auch mich ergriff, vielleicht sogar mit ganz ähnlichen Gedanken.

Claudia, so schien es mir, nahm Abschied. Sie nahm Abschied von der Hoffnung, ein Leben nachzuholen, zu dem eine Mutter gehörte. Sie nahm Abschied von der Hoffnung, eine Mutter zu haben, mit der sie immerhin von Zeit zu Zeit würde telefonieren können, der sie von den eigenen Kindern würde erzählen können und von der einen oder anderen Alltagssorge und an deren Alltag auch sie ein wenig würde teilhaben können. Es war der Abschied von der Hoffnung, die Jahre der Trennung hinter sich zu lassen und in der neuen gegenwärtigen Gemeinsamkeit die Entzweiung der vergangenen Jahre zu vergessen.

Auch ich nahm Abschied. Deshalb waren wir uns in diesen Tagen so nahe. Ich nahm Abschied von einem Leben, das ich nicht gelebt hatte, das aber als Möglichkeit von nun an immer zugegen sein würde.

Ich stand vor den gewaltigen Tempeln, ich besuchte die große Bibliothek, und ich wanderte mit Claudia den Strand entlang.

Dort, am Strand, saßen wir auf einem rund geschliffenen Stein, Teil eines Felsens, der sich flach in den Sand duckte, als robbte er auf die Brandung zu, um in sie einzutauchen und langsam auf dem Meeresgrund zu versinken. Weit vor uns zwängte sich das Meer unter den Horizont, der graublau und schwer auf das Wasser drückte, als wollte er es zum Strand zurücktreiben.

Und dort sagte ich auf die Wellen des Bengalischen Golfs hinaus: »Wenn das Schicksal es freundlicher mit mir gemeint hätte, dann hätte es mich hier zur Welt kommen lassen.«

Offensichtlich spukte *das Schicksal* mir immer noch im Kopf herum.

Nach einer Weile fragte Claudia, auch auf das Meer hinaus: »Und was wäre dann aus mir geworden?«

»Du wärst heute hier am Strand spazieren gegangen, und ich hätte dich schon von Weitem gesehen und meine Arme ausgebreitet, und du wärst glücklich lachend hineingeflogen.«

Ich hatte gehofft, ihr wenigstens ein Lächeln zu entlocken, doch sie fragte eindringlich, als wäre meine Antwort von maßgeblichem

Belang: »Du meinst also, dass wir auch in einem anderen Leben unserem Schicksal nicht entkommen wären?«

Ich ging nicht auf ihren Ton ein: »Wenn du *mich* dein Schicksal nennst«, versuchte ich es noch einmal humorig, »ja, dann meine ich das.«

Sie bohrte ihre Zehen mit den rot lackierten Nägeln in den nassen Sand und erwiderte traurig: »Ich glaube, es ist eher so, dass man sich ein bisschen Glück teuer erkaufen muss. Wenn man eine Riesenmenge Einsamsein und Traurigsein und Verzweifeltsein auf dem Konto hat, dann bekommt man dafür ein bisschen Glücklichsein. Und wenn man dann meint, jetzt hast du es geschafft, jetzt gehört es zu dir, dann stellt sich heraus, dass das ganze angesparte Unglücklichsein nur die Leihgebühr war, es ist nur die Leihgebühr, damit auch du dir mal ein kleines Glücklichsein für eine Zeit lang überziehen kannst.«

Es war dann während unseres Rückflugs, als Claudia, nachdem sie lange mit geschlossenen Augen neben mir gesessen hatte, als schliefe sie, meinen Arm berührte und sagte, sie habe eine Idee: Sie wolle meine Mutter kennenlernen.

Ich sackte in meinem Kabinensessel zusammen. Ich ahnte, dass jeder Versuch, ihr diese Idee wieder auszureden, zum Scheitern verurteilt sein würde. Trotzdem argumentierte ich. Ich führte meine Sorge um ihre emotionale Belastbarkeit an. Schon allein der Besuch auf dieser Station, die vielen Kranken, die ganze Stimmung, sei eine Herausforderung, der nicht jeder gewachsen sei. Und dann meine Mutter … es erfordere schon einige Stärke zu akzeptieren, dass von einer lebenslustigen Frau nur noch ein Schatten existiere. »Ach was, Schatten«, sagte ich, »nur noch ein Zerrbild ihres Schattens.«

Selbstverständlich überzeugte ich Claudia damit nicht. So weit hatte ich sie inzwischen kennengelernt: Wann immer es um Mütter ging, war sie unerbittlich.

Und noch etwas hatte ich erfahren. Sie war durchaus in der Lage, für sich zu kämpfen. Angesichts einer Mutter, die unrecht getan hatte an ihrem Kind, zeigte Claudia Zähne und fuhr Klauen aus. Da fiel ihr sonstiges Wesen von ihr ab, dieses sich vorsichtig durch das Leben tastende Wesen. Da kam etwas zum Vorschein, das ich, so wie es in ihr schlummerte, nie in ihr vermutet hätte.

Hatte sich mein Bild von ihr verändert? Nein, nicht verändert, sagte ich mir, es hat sich erweitert. Und sie war mir, das fühlte ich, nähergekommen. Sie war nicht mehr diese nur elegische Seele, die man kaum zu berühren wagte. Sie hatte einen starken, harten Kern, das wusste ich nun, auf den würde ich mich stützen können, wenn es eines Tages darum ginge, mir Verständnis entgegenzubringen.

Claudia hatte mich von der Seite beobachtet, unnachgiebig wie ein Kind, das einen verrückten Wunsch geäußert hat und überzeugt ist, sich trotz einer Ablehnung durchzusetzen.

Und sie köderte mich. Wenn wir zusammenblieben, flüsterte sie und prüfte mit einem Blick, ob unsere Sitznachbarn aufmerksam geworden seien und vielleicht lauschten, zusammenblieben, wiederholte sie, dann sei es ja nur recht und billig, dass sie meiner Mutter vorgestellt würde.

Immerhin, ein Lächeln huschte über ihr Gesicht.

Aber wie stellte sie sich das vor? Meiner Mutter vorgestellt werden?

Ich sah Claudia vor mir in dem vergitterten Zimmer, vor dem Sessel mit der verdörrten und verwirrten alten Frau stehend und ihr die Hand reichend … und ich empfand wieder diese Katastrophenstimmung, die mich seit meinem Besuch in der *Psychischen*, wie mein Bruder es ausdrückte, von Zeit zu Zeit heimsuchte.

Noch kannte Claudia meine Geschichte nicht, die Geschichte meiner Mutter und ihres Sohnes. Sie hatte mein Buch gelesen, das war alles. Und alles andere würde ich ihr nach diesem Besuch, der sich wohl kaum noch abwenden ließ, sagen müssen. Und das Foto würde ich ihr endlich zeigen müssen, das Foto, auf dem alles zu sehen war, das Leben meiner Mutter und mein eigenes.

1945

Rubina und die Amerikaner

ANGELIKA hatte sich gegen die Tante durchgesetzt: Nachdem die ersten Bomben gefallen waren, auf das Gehöft an der Hauptstraße und auf die Kuhweide hinter der Scheune, holte sie Rubina aus ihrer Kammer und nahm sie mit in den Keller. Rubina hatte flach auf den Holzbohlen gelegen und war, als die Luke sich öffnete, Angelika entgegengekrochen. Sie hetzten die Treppen hinunter, während die Granaten ins Dorf krachten und Bomben durch die Luft pfiffen. Das Gebälk des Hauses krümmte sich knarrend und der frische Frühlingswind wehte durch die geöffneten Fenster.

Die Tante kauerte allein auf einer Bank in der Kellerecke, in der Mitte auf dem Boden brannten drei Kerzen. Der Bauer war nicht bei ihnen, er war zum Volkssturm abkommandiert worden. Zwei Männer hatten ihn frühmorgens aus dem Kuhstall geholt. Schließlich könne man die Flak auch bedienen, wenn man humpeln müsse, hatten sie erklärt und ihn gleich in ihrem Auto mitgenommen. Angelika hatte sich unter ihrem Bett versteckt, und der Bauer hatte gelogen und behauptet, seine Tochter sei bei Verwandten in Remscheid.

Und die Russinnen, die waren schon seit Tagen nicht mehr gekommen.

Angelika kettete auch Ponto ab und lockte ihn in den Keller. Er verkroch sich hinter der Kiste mit dem Brennholz, nur manchmal hob er seinen braunen Kopf und sah mit angelegten Ohren zu ihnen herüber.

Rubina saß auf Angelikas Schoß und presste die Handballen an die Ohren. Trotzdem hörte sie die Tante, die neben ihnen wimmerte und sich unentwegt bekreuzigte. »Jetzt kann nur Gott uns helfen«, jammerte sie. Und Angelika lachte abfällig und sagte, das hätte er ja schon längst tun können, bevor der Vater da draußen erschossen würde und bevor die Panzer den Winterroggen zermalmten.

Rubina nahm die Hände von den Ohren und fragte, ob die Panzer auch in den Wald schießen würden.

Angelika schüttelte den Kopf: »Nein, du musst keine Angst haben, auf deine Familie wird nicht geschossen, sie hat ja nichts Böses getan.«

Warum sie sich dann verstecken müssten, wollte Rubina wissen, und Angelika sagte: »Weil andere böse sind. Vor denen müssen manche sich verstecken … und manche müssen ihnen nur aus dem Weg gehen.«

»Sind das die Feinde«, fragte Rubina, »die Bösen?«

»Nein«, Angelika schüttelte wieder den Kopf, »die Feinde werden die Bösen verjagen, deshalb müssen sie so viele Bomben werfen und schießen. Und wenn wir Glück haben, werden die Feinde vielleicht unsere Freunde.«

»Und dann müssen wir uns nicht mehr verstecken?«

»Nein, ganz sicher nicht mehr.«

»Mein Papo«, erklärte Rubina stolz, »mein Papo sagt immer: Es gibt nichts Schöneres auf dieser Erde, als wenn aus Feinden Freunde werden.«

Angelika nickte: Da stimme sie dem Großvater zu, und es sei so schade, dass es so selten vorkäme.

Die Tante neben ihnen vergaß für einen Moment das Jammern. Sie hob den Zeigefinger und dachte nach, und dann strich sie Rubina freundlich über das Haar. Vielleicht, überlegte sie, vielleicht sei es ja nützlich, dass Rubina bei ihnen sei, so könnten sie doch beweisen, dass sie geholfen hätten.

Angelika fauchte der Tante wütend ins Gesicht, sie solle lieber weiterbeten.

Gegen Abend, als das Dröhnen und Grollen draußen nachließ, half Rubina, die Pferde zu versorgen und die Kühe zu melken. Ponto trabte durch die Ställe und über den Hof und hob sein Bein an den Zaunpfosten. Die Luft war grau, und es stank nach Verbranntem, über dem Dorf schwebte eine dunkle Rauchwolke. Und die Tante hängte zwei weiße Betttücher zu den Fenstern hinaus.

Zusammen schleppten sie Decken und Matratzen in den Keller, und dann hockten sie wieder dort unten. Sie aßen eingemachte Pflaumen und Kartoffeln, die die Tante gekocht hatte, und tranken Milch, so viel Milch, dass Rubina immer wieder nach oben schleichen musste, um zum Klo zu gehen, Milch, die sie nicht verkaufen konnten und die sie wohl würden wegschütten müssen, obwohl die Kühe sehr unruhig gewesen waren und nicht viel gegeben hatten.

Rubina lag neben Angelika auf der Matratze, der Hund hatte sich zu ihren Füßen zusammengerollt. Die Tante kauerte noch auf der Bank in der Kellerecke, ihr Kopf lehnte an der Wand, die Augen waren geschlossen, aber der Mund war weit geöffnet, und dort, in dem dunklen Loch, gurgelte der Atem. Draußen war es ruhig geworden, nur in der Ferne wurde noch geschossen.

Ein Auto fuhr auf den Hof, Schritte polterten durchs Haus.

Angelika kroch unter der Decke hervor und sprang auf. Rubina solle still liegen bleiben, flüsterte sie und langte nach dem Kartoffelmesser. Sie schob es unter den Pullover hinter den Bund ihres Rockes. Die Tante war aufgewacht und wimmerte wieder, sie verbot Angelika, nach oben ins Haus zu gehen.

Angelika beachtete sie nicht und stieg die Kellertreppe hinauf. Rubina rutschte näher an Ponto heran. Sie hörte Männer laut und rau sprechen, dazwischen Angelikas feste klare Stimme.

Ein Mann in einer Uniform stampfte die Treppe herab, in der Hand schlenkerte er eine Pistole. Angelika folgte ihm. Ponto richtete sich auf, er fletschte die Zähne und knurrte, Rubina klammerte sich an seinem Hals fest.

Der Soldat hob seine Pistole und zielte auf den Hund. Die Tante kreischte, und Angelika machte einen Satz vor die Mündung der Pistole. Der Soldat warf den Kopf zurück und lachte dröhnend, er steckte die Pistole weg und griff Angelika ins Haar. Die hämmerte mit beiden Fäusten auf seinen Arm und schrie in einer Sprache, die Rubina nicht verstand, auf ihn ein.

Da sprang ein weiterer Soldat die Treppe herunter. Die Haut seines Gesichts und seine Hände waren schwarz. Er herrschte den anderen in der fremden Sprache an. Der lachte noch einmal laut auf, zog sich aber sofort von Angelika zurück.

»Keine Angst, keine Angst«, rief der Soldat mit dem schwarzen Gesicht zur Tante hinüber und lachte Rubina mit großen weißen Zähnen an. Er wandte sich an Angelika und fragte: »Waffen?«

Angelika zog ihren Pullover zurecht, sie knickte in den Knien ein, als wollte sie sich hier vor den Soldaten auf den Kellerboden setzen. Aber sie setzte sich nicht. Sie warf das Haar zurück, streckte die Beine und verschränkte die Arme vor ihrer Brust. Und so, aufrecht und mit einem spöttischen Lächeln, mit dem sie etwas Verwunderlichem nachzuspüren schien, antwortete sie dem Soldaten mit dem schwarzen Gesicht in der fremden Sprache.

Der andere Soldat wühlte währenddessen in der Kiste mit dem Brennholz und schüttelte die Weckgläser mit den Pflaumen und Birnen. Dann stiegen sie nacheinander wieder die Kellertreppe hinauf, der Soldat mit der schwarzen Haut als Letzter. Rubina sah ihm nach, bis seine grünen Hosenbeine und schwarzen Stiefel in der Türöffnung verschwunden waren.

Ponto knurrte immer noch leise, und Rubina drehte sich zur Tante um, die ganz still geworden war und die doch sicher jetzt erleichtert sein würde, weil der Soldat mit der Pistole weggegangen war, ohne dass er geschossen hatte. Doch die Tante hatte die Hände vor das Gesicht geschlagen und weinte, und Rubina bemerkte, dass ihre Schürze unten herum nass war, und sie sah auch den dunklen feuchten Fleck auf dem Boden vor der Bank. Und schnell blickte sie wieder zur Treppe hinüber.

Als das Auto mit den Soldaten fortgefahren war, trugen sie die Decken und Matratzen wieder hinauf. Rubina musste fest mit anpacken, denn Angelikas Hände zitterten so, dass alles, was sie anfasste, gleich wieder hinunterfiel.

Die Tante war sofort in ihrem Zimmer verschwunden, ohne ein Wort. Dabei hätte sie doch Angelika dankbar sein müssen. Angelika hatte die Soldaten wieder weggeschickt. Und eigentlich, fand Rubina, wäre das die Aufgabe der Tante gewesen, sie war die Älteste hier.

Und weil die Tante sich so merkwürdig benahm, lobte Rubina Angelika: Sie sei so froh, dass der Freche von den Soldaten nicht auf Ponto geschossen habe und dass Ponto jetzt wieder draußen über den Hof laufen könne.

Angelika nahm sie in die Arme, sehr fest drückte sie zu: »Ja, ich bin auch froh, dass es Ponto gut geht«, sagte sie leise. Und sie versprach Rubina, dass jetzt überhaupt nicht mehr geschossen würde, denn das Dorf hätte sich ergeben. Aber die Städte im Ruhrgebiet, die müssten die Amerikaner noch erobern, und so lange sollten sie im Haus bleiben.

»Und der Wald«, fragte Rubina ängstlich, »müssen sie auch den Wald noch erobern?«

Angelika versicherte ihr, der Wald sei den Amerikanern egal, aus dem Wald würden sie ja nicht angegriffen.

»Die Amerikaner«, wollte Rubina wissen, »sind das die Feinde, die jetzt unsere Freunde werden?«

Und Angelika antwortete: »Ja, hoffentlich.«

Mit den Amerikanern war auch der Frühling gekommen, so, wie er jedes Jahr kam, mit dem morgendlichen Gesang der Vögel, mit dem zarten Grün, das sich Tag für Tag weiter aus den kahlen schwarzen Zweigen der Büsche hervorbohrte, mit den weiß leuchtenden Bäumen und mit den Osterglocken und Tulpen, die in dem Gärtchen hinter dem Haus so unbekümmert bunt blühten, als wären nie irgendwo Bomben gefallen und Menschen verbrannt und Kinder in Häusern ertrunken und Pferde, von Kugeln zerschossen, zusammengebrochen.

Bald kehrte auch der Bauer zurück. Er humpelte an ihnen vorüber und schloss sich in seinem Schlafzimmer ein. Nach zwei Tagen setzte er sich abends zu ihnen an den Tisch und sagte, er habe ein Flugzeug abgeschossen. Obwohl er versucht habe danebenzuzielen. Und er habe gesehen, wie der Pilot brennend heruntergestürzt sei … er sage ihnen das jetzt, damit sie Bescheid wüssten, und dann wolle er sein Leben lang nicht mehr auf diesen Krieg angesprochen werden.

Die Tante machte ihm Vorhaltungen. »Danebenschießen«, schnaubte sie. Was er sich denn dabei gedacht habe? Wo er denn jetzt wohl sitzen würde? An welchem Tisch? Wenn das feindliche Flugzeug hier über diesem Haus seine Bomben abgeworfen hätte?

Der Bauer sah sie müde an. Angelika küsste ihn auf die Wange und fütterte ihn, denn er machte keine Anstalten, den Löffel in die Hand zu nehmen und seine Suppe zu essen. Rubina wunderte sich, dass die Tante es wagte, so laut mit dem Bauern zu schimpfen. Dass sie sich selbst unten im Keller, als die Amerikaner zu ihnen gekommen waren, so schlecht benommen hatte, das schien sie vergessen zu haben.

Im Mai, als auch das Schießen in der Ferne aufgehört hatte und die Flugzeuge verschwunden waren und aus dem silbrigen Himmel hoch oben nur das Singen der Lerchen über die Felder schwirrte, war es endlich so weit. Rubina durfte in den Wald zurückkehren. Angelika begleitete sie, und Rubina malte sich aus, wie sehr Bruno und Gescha und die Eltern sich freuen würden, Angelika wiederzusehen.

Der Molkereiwagen hatte sie mitgenommen. Rubina saß zwischen Angelika und dem Fahrer, die beide über sie hinweg miteinander scherzten. Der Molkereifahrer lachte in einem fort, und er sagte Dinge, die Rubina nicht verstand. Als er am Stausee hielt, um sie aussteigen zu lassen, wollte er Angelika nicht gehen lassen. Er griff vor Rubinas Augen nach ihrer Hand, und grinsend fragte er, ob Angelika sich morgen früh, wenn er die Milch hole, vielleicht mal blicken ließe.

Angelika lachte auch – viel zu laut, fand Rubina –, und sie legte den Kopf schräg und schüttelte ihr Haar. »Vielleicht«, rief sie und sprang vom Sitz, und dann winkte sie dem Wagen lange hinterher.

Rubina war unbehaglich zumute. Angelika benahm sich so seltsam, so ganz anders, als sie es von ihr kannte. Dieses laute Lachen. Und wie sie immerzu das helle Haar vor das Gesicht hatte fallen lassen …

Sie gingen an dem Hof vorbei, an dem Rubina sich damals mit Äpfeln und Birnen versorgt hatte, und stiegen zum Wald hinauf. Sie stapften nebeneinander durch das Gras, und eigentlich sollte Rubina sich doch leicht fühlen und glücklich, denn sie kehrte zurück. Nach zwei langen Jahren würde sie gleich in ihrem Wald und bei den anderen sein. Aber sie war verstimmt. Weil Angelika still vor sich hin lächelte, als wäre sie gar nicht bei ihr, sondern als wäre sie immer noch bei dem lustigen Molkereifahrer. Obwohl es doch so schön war, gemeinsam durch die warme Sonne zum Wald hinaufzuklettern.

Und als sie Angelika schließlich fragte, ob sie immer noch an den Molkereifahrer denke, lachte Angelika, und sie kniff Rubina in die Wange und sagte, Rubina solle ein paar Jahre warten, dann würde es ihr genauso ergehen. Und an dem Molkereifahrer, meinte Angelika, an dem sei ja wohl nichts auszusetzen, er sei jung und hübsch und kräftig und nicht dumm, und sie müsse auch an die Zukunft denken, denn irgendjemand müsse ja den Hof der Tante übernehmen. Ihren alten Hof in Remscheid würde ja der Bruder bekommen, und auch das Land gehöre ihm, auch wenn der jetzt noch Gefangener bei den Amerikanern sei. Aber ewig würde das ja nicht dauern. So sei das. Und sie, Angelika, habe Glück, dass die Tante kinderlos sei. Aber einen tüchtigen Mann brauche sie schon …

Und dann fügte sie noch hinzu: »Aber wenn du möchtest, dann kannst du immer bei uns bleiben. Wir richten für dich ein Zimmer ein, vielleicht das vom Vater, denn der kommt ja kaum noch die Treppe hinauf und schläft sowieso viel lieber unten auf dem Sofa. Und du könntest in der Stadt in die Schule gehen und wie ich Englisch lernen … das wolltest du doch so gerne.«

Rubina zupfte einen Halm aus dem Gras und wickelte ihn um ihren Daumen. Sie war doch gerade dabei zurückzukehren. Und nun stellte sich heraus, dass zurückkehren hieß, das, was bislang war, zu verlassen. Sie würde Angelika und den Bauern und die Tante verlassen müssen, wenn sie zu ihrer Familie zurückkehrte. Oder sie würde ihre Familie verlassen müssen, wenn sie bei Angelika bleiben würde. Und außerdem, dachte sie, sollte ein Molkereifahrer so albern zu mir sein, würde ich sofort aussteigen.

Sie waren stehen geblieben und sahen zurück in das Tal. Das Loch in der Staumauer war längst geschlossen worden, und der See lag wieder dunkel und ruhig da. Um sie herum summten die Bienen, hinter ihnen in den Bäumen am Waldrand sangen die Vögel, und obwohl sie jetzt Schuhe trug, spürte Rubina das warme Gras an ihren Füßen, und sie spürte wieder ganz deutlich, wie Mario ihr fehlte, auch wenn sie ihn manchmal neben sich fühlte als eine Verdichtung und Schwere in der Luft. Doch jetzt bemerkte sie etwas anderes, dort an ihrer Seite, etwas, das sie nicht klar wahrnehmen konnte und das sich an Marios Stelle drängte.

Sie ließ die Arme hängen. Angelika stieß sie mit den Fingerspitzen an. »Hey«, sagte sie, »du musst das nicht jetzt entscheiden, das hat Zeit, und deine Eltern müssen ja auch damit einverstanden sein.«

Rubina schüttelte den Kopf. »Ich habe Angst vor dem neuen Brüderchen«, flüsterte sie.

Aber Angelika war sich sicher: Alles würde sich finden und Angst müsse Rubina sowieso nicht haben.

Sie griff Rubina an den Schultern und drehte sie zum Wald um, und beide standen sie vor dem Waldrand wie vor der Tür zu einem großen, geheimnisvollen Haus. Es war ein Haus, das Rubina vertraut war. So vertraut war es, dass sie, kaum hatten sie es betreten, alles vergaß, alle Molkereifahrer und alle Schulen, in denen sie würde Englisch lernen dürfen, und selbst das neue Brüderchen und Angelika vergaß sie. Sie fiel in einen leichten Trab und hüpfte über Äste und wand sich durch Büsche, bis Angelika hinter ihr schnaufte und rief: »Rubina, langsam, renn doch nicht so.«

Da hielt sie inne. Und sie dachte: Nur Mario, dass Mario nicht bei mir ist, das kann ich nie vergessen.

Den ganzen Tag streiften sie durch den Wald. Rubina fand die Lagerplätze, und sie fand die Lichtung, auf der sie Mario beerdigt hatten. Doch wo waren die anderen? Ihre Spuren waren da, aber sie wiesen nirgendwo hin. Keine Botschaft für Rubina steckte zwischen den Zweigen, nicht an den verlassenen Lagerplätzen, nicht bei Marios Grab.

Dort, an dem Grab, wollte Angelika wissen, ob Rubina sich ganz sicher sei, ob sie wirklich die richtige Stelle gefunden habe. Und dann weinte sie ein wenig, und danach erklärte sie, Rubina sei jetzt ihr Patenkind, das habe Mario ihr eben zugeflüstert. Und Rubina weinte auch, denn sie hatte ja nicht aufgepasst, sie hatte ihn nicht beschützt vor den Männern mit der Axt und erst recht nicht vor dem Tod, der viele Tage lang um ihn herumgeschlichen war.

Die Sonne strich über die Baumwipfel, hinten, auf der anderen Seite des Stausees, als sie die Tür des Waldes hinter sich zuschlugen und wieder zur Straße hinabstiegen. An der großen Staumauer hielt Angelika einen Jeep an, in dem zwei Soldaten saßen. Angelika verhandelte mit ihnen. Sie zeigte mal auf Rubina, mal auf den Wald. Rubina hörte die Soldaten *Yes* und *No* sagen und: *We don't know*. Das hatte Angelika ihr schon beigebracht. Schließlich öffneten sie die Autotür und ließen sie beide einsteigen.

»Sie fahren uns nach Hause«, sagte Angelika, »und sie meinen, wir sollten deine Familie als vermisst melden, beim Roten Kreuz.«

Auch hier, hinten in dem Jeep, musste Rubina mit ansehen, wie die Männer mit Angelika scherzten. Sie drehten abwechselnd die Köpfe zu ihr um, und Angelika lachte ständig und strich sich unentwegt das Haar aus der Stirn. Aber Rubina war den Soldaten nicht so böse wie dem albernen Molkereifahrer, denn der Amerikaner auf dem Beifahrersitz schenkte ihr Schokolade und eine Packung Kekse. Und als Rubina höflich *Thank you* sagte, fing er an, auch mit ihr herumzuspaßen.

Angelika übersetzte lachend: »Du bist ein hübsches Mädchen mit wunderschönen Augen.« Und sie knuffte Rubina in die Seite und grinste verschwörerisch, als wäre es ein maßloser Spaß, sich von einem amerikanischen Soldaten anhören zu müssen, was für Augen man habe.

Rubina versuchte, sich ihre Augen vorzustellen. Ja, sie konnte sich an ihre Augen erinnern. Wenn sie sich manchmal im Spiegel betrachtete, dann waren ihre Augen nicht wunderschön. Sie waren traurig, und es stand etwas darin geschrieben. Dass Mario nicht bei ihr war, das stand darin geschrieben. Aber das hatte der Soldat wohl nicht lesen können. Vielleicht lag es daran, dass er ein Soldat war und sie ein kleines Mädchen und dass er aus Amerika hierhergekommen war und nicht wusste, dass es hier vorkommen konnte, dass kleinen Jungen die Finger mit einer Axt abgeschlagen wurden, kleinen Jungen, die nur die Wahl hatten, zu verhungern oder sich die Finger abhacken zu lassen.

Der Soldat beugte sich vor, und er holte aus einem Fach vor sich eine weitere Tafel Schokolade und forderte Rubina auf, sie zu nehmen.

»Du sollst nicht so traurig sein«, übersetzte Angelika. Sie legte ihren Arm um Rubina, und sie redete lange auf die Soldaten ein. Die lachten und alberten nicht mehr herum. Sie waren plötzlich ernst und sahen Rubina manchmal still an, und der Soldat auf dem Beifahrersitz schrieb etwas auf einen Zettel, den er Angelika gab.

Später, im Haus, schob Angelika den Zettel in die Schublade ihres Nachttisches. Der Amerikaner habe ihr aufgeschrieben, wo sie ihn finden könnten, wenn sie Hilfe bräuchten, sagte sie.

»Sind sie jetzt unsere Freunde«, fragte Rubina, »die Amerikaner?«

»Ja, ich glaube schon«, antwortete Angelika, »aber sag der Tante nichts davon.«

Und dann saßen sie beide am Küchentisch und aßen die Schokolade und die Kekse. Die Tante rückte mit ihrem Stuhl ein wenig von ihnen ab, und sie schimpfte: Das sei nicht recht, dass sie Geschenke von den Amerikanern angenommen hätten. Und sie behauptete, Angelika sei ein Flittchen, weil sie sich mit den Amerikanern einließe.

Angelika schimpfte zurück: Es sei ungerecht von der Tante, ihr so etwas vorzuwerfen.

Da hob der Bauer den Kopf in seinem Sessel, und er befahl seiner Schwester, seine Tochter in Ruhe zu lassen: »Angelika ist eine großartige Tochter, die ohne Mutter zurechtgekommen ist und die ihren Mann im Leben steht, und du hast es zu keinem einzigen Kind gebracht und kein Recht, an meiner prächtigen Tochter herumzunörgeln.«

Rubina nickte. Auch sie fand, dass Angelika großartig war. Und sie hätte dem Bauern gerne erzählt, wie Angelika mit dem Soldaten, der Ponto mit der Pistole erschießen wollte, gekämpft hatte, während die Tante nur in der Ecke gesessen und geheult hatte und noch viel Schlimmeres getan hatte, das man gar nicht sagen konnte.

Aber Rubina wusste, dass sie es nicht erzählen durfte. Sie wusste, dass Wörter wie Pistole oder Bombe oder Flugzeug vor dem Bauern verboten waren. Weil sie nämlich, das hatte Angelika ihr erklärt, in seinem Kopf etwas aufleuchten ließen. So wie man am Lichtschalter drehen konnte und das Licht leuchtete auf, so konnten diese Wörter im Kopf des Bauern den brennenden Piloten wieder aufleuchten lassen, der aus dem Flugzeug gestürzt war, das er, der Bauer, abgeschossen hatte. Und dann musste der Bauer, ob er wollte oder nicht, brüllen, ganz schrecklich musste er brüllen, damit das Bild von dem brennenden Piloten wieder dunkel wurde.

Also sagte Rubina nichts. Aber sie und Angelika setzten sich zu dem Bauern auf die Sessellehnen, jede auf eine Seite. Angelika überredete ihn, auch von den Keksen und der Schokolade zu nehmen. Und Rubina fand, dass es sehr schön war, hier am Abend zu dritt zusammenzusitzen und Schokolade zu essen, und sie war sich sicher, noch nie in ihrem Leben etwas so Köstliches gegessen zu haben.

Am nächsten Mittag nahm Angelika Rubina mit in die Stadt. Sie stellten sich beim Roten Kreuz in die Schlange, um Rubinas Familie als vermisst zu melden. Als sie endlich zu einem der Tische vorgerückt waren und Angelika der Frau dahinter erklärte, was sie in ihre Formulare eintragen solle, weigerte die sich. Sie sah abschätzig auf Rubina und fragte mit bissiger Stimme, wie Angelika sich das vorstelle, man könne doch kein fahrendes Volk als vermisst melden, das sei doch völlig widersinnig.

Angelika wurde wütend. Sie schrie auf die Frau hinunter, das seien Menschen, und Menschen könne man als vermisst melden. Und sie solle sofort ihren Stift wieder in die Hand nehmen und notieren, was Angelika ihr sage, anderenfalls würde sie sich über sie beschweren.

Die Frau lachte spöttisch auf: Wo Angelika sich denn beschweren wolle?

»Bei den Amerikanern«, schimpfte Angelika, »denn die haben uns eigens hierhergeschickt, um diese Vermisstenanzeige aufzugeben.«

Die Frau griff widerwillig nach ihrem Stift. Angelika beugte sich vor und passte auf, dass sie alle Namen korrekt aufschrieb und das Formular ordnungsgemäß bei den anderen abheftete.

Zurück im Dorf, sollte Rubina in der Dorfschule angemeldet werden. So hatte es Angelika beschlossen. Wenn Rubina Englisch lernen wolle und es zu etwas bringen wolle, dann müsse sie hier in der Dorfschule anfangen. Und danach könne man weitersehen.

Die Schule war leer, es war ja inzwischen später Nachmittag. Der Hausmeister führte sie zu dem Zimmer der Rektorin. Die warf einen schnellen, prüfenden Blick auf Rubina und wollte von Angelika wissen, warum nicht die Mutter gekommen sei, um ihr Kind anzumelden.

Angelika antwortete, die Eltern und Geschwister würden vermisst und deshalb sei sie, die Patentante, gekommen.

Die Rektorin fragte noch einmal nach: Angelika sei also die Patentante?

Angelika trat ungeduldig von einem Bein auf das andere: Ja, die Frau Rektorin habe richtig gehört, sie sei die Patentante.

Die Rektorin stand unschlüssig in der Zimmertür, der Hausmeister wartete am Treppengeländer, bereit, sie wieder mit hinauszunehmen. Die Rektorin strich ihr graues, ohnehin glattes Haar mit der Handfläche noch glatter, scheuchte mit derselben Hand den Hausmeister fort und ließ sie beide hereinkommen. Sie mussten sich auf zwei Stühle setzen, während die Rektorin hinter ihrem Pult die gefalteten Hände auf die Tischplatte legte.

Rubina stieß Angelika mit dem Fuß an, sie wollte lieber wieder gehen, die Rektorin gefiel ihr nicht. Sie roch merkwürdig, und sie hatte ein strenges Gesicht, noch viel strenger als das der Tante auf dem Hof, und wässrige blaue Augen hatte sie, die Rubina nur streiften, als wäre es ihnen unangenehm, sie richtig anzusehen.

Doch Angelika übersah Rubinas Bitte. Sie saß steif auf ihrem Stuhl, und Rubina ahnte, dass sie so dort sitzen bleiben würde, bis sie bei der Rektorin durchgesetzt hätte, was sie für Rubinas Recht hielt.

Die Rektorin zählte viele Hinderungsgründe auf, derentwegen es ihr nicht möglich sei, Rubina in ihre Schule aufzunehmen. Rubinas fehlende Geburtsurkunde, die ohnehin überfüllten Schulklassen, die begrenzte Zahl der Tische und Stühle.

Doch Angelika wehrte alle Einwände ab: Was denn mit den anderen Kindern sei, mit denen, die ihre Eltern verloren hätten, die ausgebombt worden seien, ob die alle mit der Geburtsurkunde in der Hand im Keller gesessen hätten? Und Rubina könne während des Unterrichts auch auf dem Fußboden sitzen, und die Frau Rektorin könne sie gerne prüfen, um einzuschätzen, wie weit Rubina mit dem Lernen sei.

Die Rektorin strich sich wieder das Haar glatt, und offenbar war sie mit dem, was ihre Hand auf dem Kopf vorfand, recht zufrieden, denn sie gab nach und willigte ein, Rubina zu prüfen.

Rubina musste sich an das Pult der Rektorin setzen und einen Aufsatz schreiben zu dem Thema *Meine Heimat*. Für Angelika hatte Rubina häufig Aufsätze geschrieben. Aber Angelika hatte immer lustige Ideen gehabt: Der Käfer Krabbelbein trifft auf der Landstraße den Frosch Hüpfebein. Oder: Wie das Fohlen springen lernte.

Jetzt hätte Rubina gerne von ihrem Wohnwagen erzählt, auf den sicher auch Bomben gefallen waren, und vom Wald, von den Bäumen und den Vögeln. Doch sie las in Angelikas Augen, dass sie etwas anderes erzählen solle. Deshalb schrieb sie von Heidi, deren Heimat die Berge waren, weil sie dort glücklich war. Und sie schrieb über den Hof, über Angelika, den Bauern und die Tante, über die Pferde, die Kühe und Ponto. Und sie erklärte, dort sei jetzt ihre Heimat, weil sie dort glücklich sei.

Das harte Gesicht der Rektorin änderte sich nicht, während sie Rubinas Geschichte las. Sie stellte Rubina einige Rechenaufgaben und sagte dann, ohne sie anzusehen, man könne es ja versuchen und Rubina solle am nächsten Morgen kommen und sich in die vierte Klasse setzen.

Endlich stand Angelika auf. Größer als die Rektorin lächelte sie auf das bitterernste Gesicht hinunter, und Rubina kam es eher wie ein Auslachen vor, ein stilles, aber ein triumphierendes Auslachen, dieses Lächeln so von oben herab. Und weil Rubina so genau über Angelikas Lächeln nachdachte, vergaß sie beinahe, der Rektorin zum Abschied die Hand zu reichen, und musste erst von Angelika ermahnt werden. Aber der Arm der Rektorin hob sich kaum, als Rubina ihr die Hand hinstreckte, und ihre Finger berührten Rubinas nur ganz schlaff, als wäre die Rektorin mit einem Mal furchtbar schläfrig geworden, unfähig zu einem Händedruck.

Draußen in der Sonne lachte Angelika laut auf. »Der alten Kuh haben wir es gezeigt«, freute sie sich. Und sie schien gar nicht daran zu denken, dass Rubina ja nun jeden Tag zu dieser alten Kuh in die Schule würde gehen müssen.

1976

Der Baum

SELBST den Baum habe ich vergessen. Ihn, den Baum, habe ich vergessen und auch die Stricke, die mich halten.

Und mich habe ich vergessen. Es war das Letzte, das ich vergessen habe. Mich habe ich vergessen.

Aber sie habe ich nicht vergessen. Vielleicht vergäße ich auch sie, doch sie ist immer wieder da. Lachend im hellen Sonnenlicht, tanzend, mit den blitzenden Ringen.

Den Baum gibt es nicht mehr, die Stricke nicht und mich nicht. Doch sie ist da. Immer wieder ist sie da. Sonst ist nichts.

Das Licht um sie ist hell, und sie in dem Licht funkelt und blitzt. Sie löst sich auf, sie zerläuft, sie zerläuft ins Dunkel, und wieder flimmert sie auf, sie leuchtet.

Immer strahlender und greller wird das Leuchten um sie, und in dem grellen Leuchten langen Griffe nach einem Körper. Die Griffe aus dem Nichts packen den Körper. Sie bewegen ihn, sie falten und strecken ihn, sie kneten ihn, sie formen ihn, sie geben ihm eine Mitte.

Dort in der Mitte wird der Körper warm, er schwimmt in der Wärme, er steigt auf und gleitet wieder hinab, er schwebt und wird gehalten. Ein Rauschen bricht in den Körper ein, es bricht ihn auf. Das Rauschen, ein Wirbel, der aus dem Körper stürmt, und dann ein Sog in ihn hinein, ein Strudel – und plötzlich Schmerzen, plötzlich ist wieder etwas, Schmerzen, Schmerzen.

Ich schreie. Die Welt, das sind Schmerzen und meine Schreie und laute Stimmen und Hände, Hände von überall, die an mir zerren, die mich beugen, mich spannen, die meinen Kopf halten, die mir einen Löffel an die Zähne stoßen.

Ich winde mich, und ich drehe den Kopf weg, ich will nicht.

Sie schleudern ihre lauten Stimmen auf mich herab, sie drücken mein Gesicht, sie zwingen mir diesen Löffel auf, den ich nicht will.

Sie schieben ihn mir in den Mund, diesen Löffel Leben, den ich nicht mehr will.

2008

Claudia und Rubina

DER Juli hatte in die Wetterkiste gegriffen, flickte Regen, Kälte und Sturm zusammen und klatschte den Fetzen mitten im Hochsommer auf den Westen Deutschlands. Während des Rückflugs hatte ich noch den indischen Sommer auf meiner Haut gespürt, wohltuend brennend wie eine heiße Dusche. Im Shuttlebus, der uns am Düsseldorfer Flughafen zu meinem Wagen brachte, fing ich an zu frieren, und ich fror, als ich in Köln Abschied von Claudia nahm. Ich akzeptierte es wohl oder übel, dass sie nach dem missglückten Versöhnungsversuch mit ihrer Mutter erst einmal für sich sein wollte. Es blieb offen, wann wir uns wiedersehen würden.

In der Nacht, gegen vier Uhr, draußen begann es zu dämmern, brach der Infekt aus, der mir bei unserer Ankunft aufgelauert hatte. Ich wickelte mir einen Schal um den Hals, lutschte eine Halspastille nach der anderen und sah von meinem Bett aus zu, wie vor dem Fenster das Tageslicht aufstieg, als wäre der Garten ein Gefäß, das mit Helligkeit gefüllt wurde.

In der Redaktion hielt ich es nur wenige Stunden aus. Vor meinem Büro stand ein kleiner Pappkarton mit hellgrünen Mundschutzmasken. Ich hatte sie dort hingestellt, aber niemand machte Gebrauch von ihnen. Wahrscheinlich meinte man, mich zu beleidigen, wenn man vermummt an meinen Schreibtisch trat. Dabei machte ich es vor, doch das war wohl etwas anderes. Vielleicht hielt man es auch für übertrieben, dass ich da mit dem grünen Vlies vor dem Gesicht am Schreibtisch saß. Vermutlich wollte ich mich nur wichtigtun, eine ganz normale Erkältung hochspielen, um mein Pflichtbewusstsein zu demonstrieren, das mich trotz schwerer Erkrankung in die Redaktion trieb. Ein Kollege sprach mich mit *Doc* an, und statt nach dem

Redaktionsplan fragte er nach dem *OP-Plan*. Das sorgte für Heiterkeit. Hinter meiner Maske war ich zum Glück nicht gezwungen, meine Miene der allgemeinen Stimmung anzupassen, und ich spielte mit dem Gedanken, immer und überall vor dem Gesicht so ein Ding zu tragen.

Zu Hause lag ich auf dem Sofa. Ich hörte *Shangri-La* von Mark Knopfler, über Kopfhörer, damit ich die Musik laut aufdrehen konnte und mein rasselnder Atem übertönt wurde. Musik, die mich tröstete und die Rankühne dieses Infekts ertragen half. In jedem Hustenreiz, in jedem Niesen spürte ich eine Feindseligkeit, die dieser Kontinent, dieses Land mir entgegenbrachte. Dabei war ich doch hier zu Hause, hier war ich geboren und aufgewachsen, und ich fühlte mich diesem Land zugehörig, mit allem, was es ausmachte. Aber diese Zugehörigkeit wurde immer wieder infrage gestellt, mit jedem prüfenden Blick, der mich traf, mit jeder höflichen, aber distanzierten Geste, die mir galt. Stand ich deshalb diesem Land auf eine geradezu lächerliche Weise argwöhnisch gegenüber? Bildete ich mir ein, jetzt zu wissen, wo ich eigentlich hingehörte? Oder war das alles nicht mehr als eine fixe Idee, mit der ich imaginäre Ressentiments gegen mich nährte, eingebildete Spinnereien, die ich gewohnheitsmäßig täglich vom Himmel pflückte, wie Ulrike, reichlich barock, zu sagen pflegte?

Ich hörte Mark Knopfler zu, seiner melancholisch rauen Stimme und seinem Gitarrenspiel, in dem ich mich wiederfand, während die englische Sprache mir immer fern geblieben war, obwohl ich sie nicht schlecht sprach. Die deutsche Sprache, in ihr war ich geistig zu Hause, und diese sprachliche Heimat sollte mich doch überzeugen, sie sollte reichen, um nicht jedem, der mir begegnete, Vorurteile zu unterstellen. Die Sprache war das Werkzeug, mit dem ich arbeitete, das ich beherrschte, das mich repräsentierte. Sie hatte mich aufgenommen, da sollten es doch wohl auch die Menschen tun, die sie sprachen. Und das Land, das von ihr geprägt war.

Und würde in Zukunft nicht sowieso alles anders, mit Claudia? Würden wir uns nicht gegenseitig Halt geben? Ich ihr und sie mir?

Ich stöhnte: Hatte das schon jemals funktioniert, zwei schwankende Gestalten, die sich gegenseitig stützten? Zwei schwankende Gestalten, die sich gegenseitig in den Abgrund rissen, viel tiefer, als sie allein hätten fallen können … war es nicht immer so?

Ich zerrte mir den Kopfhörer von den Ohren. Dieses verfluchte Kranksein, das mich zur Passivität verdammte, die mir in den Muskeln brannte wie unzählige kleine Wunden, die sich erst unter intensiver Bewegung schließen würden. Diese Julitage entglitten mir, sie verkeilten sich, rauschten dahin und zerrten gleich die noch kommenden mit sich. Hatte ich nicht ein Ziel gehabt in diesen Schulferien? Eine Woche mit Claudia und den Kindern an der See?

Jetzt waren Nina und Yaro mit Ulrike nach Ibiza geflogen, und Claudia hatte ihre Kinder samt Hund bei einer Verwandten im Schwarzwald abgeladen.

Diese Zeit, die Claudia und ich wenigstens für uns hätten haben können, die widmete ich dem Schleimlöser und der Pipette mit Nasentropfen. Gut, wir telefonierten jeden Abend. Aber war das ein Ersatz? Jeden Abend riet ich ihr, nicht hierherzukommen, und jeden Morgen hoffte ich, sie würde diesen Rat nicht befolgen, sie würde in der Küche stehen, mir heiße Zitrone kochen, mir Multivitaminsaft einflößen und ihre Hand auf meine Stirn legen.

Doch Claudia schien mit der Situation nicht unzufrieden. Deshalb wohl rechtfertigte sie sich ständig: Die Sache mit ihrer Mutter, die müsse sie erst einmal verdauen.

Ich bot ihr meine Hilfe an. Die wurde abgelehnt. Bis ihr eines Abends plötzlich eingefallen war, wie ich ihr doch würde helfen können. Wenn ich geglaubt hatte, sie hätte ihre irrsinnige Idee, die sie auf dem Rückflug geäußert hatte, vergessen oder sie sei zur Vernunft gekommen, dann wurde ich jetzt eines Besseren belehrt: *Meine* Mutter müsse sie kennenlernen, eine ganz andere Mutter müsse sie erleben, das würde ihre Perspektive verändern, ihren Blick erweitern, möglicherweise könnte es sogar dazu beitragen, dass sie es mit ihrer Mutter noch einmal versuchen würde. Das verstände ich doch, dass dieser Besuch bei meiner Mutter sozusagen eine Notwendigkeit sei.

Nein, ich verstand es nicht. Und doch, ich verstand etwas: Vor dem Bild, das meine Mutter vor Claudia abgäbe, würde ihre Mutter in ihrer ganzen Extremität harmlos erscheinen, so harmlos und gutartig und heilbar, dass man mit Recht hoffen durfte, wenn zwar nicht ein gerade harmonisches, so doch ein geregeltes Verhältnis zueinander zu finden.

Claudia war entrüstet: Warum ich sie mit aller Macht missverstehen wolle? Ihr solche Hintergedanken zu unterstellen, das sei ungerecht, wenn nicht beinahe gemein.

Ich unterdrückte die aufsteigende Hustensalve nicht. Ich drückte die Freisprechtaste und legte den Hörer auf den Tisch. Ich bellte und rotzte in meine Taschentücher, und dann krächzte ich in Richtung Telefon, ich wolle, verdammt noch mal, keinen Streit mit ihr. Und ihre Reaktion würde ich mir damit erklären, dass sie sich keine, aber auch überhaupt keine Vorstellung von dem machen könne, was sie dort in der Psychiatrie bei meiner Mutter erwarte. Außerdem solle sie doch bitte auch mich mal verstehen, meine Angst, wenn durch diese Mutter plötzlich ein ganz anderes Licht auf mich falle, meine Angst, welches Bild ich dann in ihren, Claudias, Augen abgäbe.

Claudia reagierte kleinlaut: So heftig habe sie nicht sein wollen, aber es sei so, dass sie sich so ausgeschlossen fühle, sie habe doch den Wunsch, ganz mit mir vertraut zu werden, und dazu gehöre nun mal, dass sie auch meiner Mutter begegne, dass sie nicht nur über mich von ihr höre, sondern auch persönlichen Kontakt zu ihr habe. »Und du, du bist mir auch immer noch ein Rätsel«, fuhr sie jetzt mit fester Stimme fort, »und bis jetzt hast du noch nicht viel getan, um daran etwas zu ändern. Da ist ein Besuch bei deiner Mutter immerhin ein erster Schritt. Weißt du, ich möchte endlich ernst genommen werden. Ständig werde ich wie eine Mimose behandelt, weil man mich angeblich schonen will, dabei habe ich schon Pferde kotzen gesehen, und da ist eine Mutter in der Psychiatrie nun wirklich ein Klacks.«

Ich sagte eine Weile nichts. Ich hustete auch nicht, räusperte mich nicht und schniefte nicht. Mir war klar, dass sie auf ihre Weise recht hatte. Sie hatte keine Ahnung von mir, weil ich nicht mit meiner Geschichte hausieren ging, aber auch, weil vor Wochen nach unserer ersten gemeinsamen Nacht, als ich bereit gewesen war, alles preiszugeben, sie diese Geschichte nicht hatte hören wollen. Sie wusste nicht, was mich ausmachte, während ich ihre Vergangenheit ja bis ins Detail kannte.

Ich wusste von ihren Eltern, dem Vater aus der Nazi-Familie und der jüdischen Mutter, die die deutsche Vergangenheit vergessen machen wollten. Ich wusste von dem Anspruch der Eltern an sie, ein Zeichen der Versöhnung zu sein, einem Anspruch von einer solchen Absurdität, dass er von vornherein zum Scheitern verurteilt war. Ich hatte ja ihre Aufzeichnungen gelesen, ich hatte verstanden, wie sehr ihre Eltern sie verletzt hatten und wie einsam sie gewesen ist. Und ich wusste von ihrer eigenen unglücklichen Ehe und dem Suizid ihres Mannes.

Ich unterdrückte ein Niesen und dachte wieder *Schicksal*, diesen alle unsere Fragen und unser Nichtwissen umfassenden Ausdruck, der mir nie besser aufgehoben schien als in Claudias Familiengeschichte.

Es war nicht nur ein Drama der deutschen Geschichte, dieses Begriffs, hinter dem so vieles in Anonymität versank, es war die Folge des Handelns von Menschen. So zog das Schicksal sich aus der Affäre, es führte die Fäden und verknüpfte sie und hatte doch alles in die Verantwortung von Menschen gelegt.

Das ging mir durch den Kopf, während ich schwieg, mich noch nicht einmal räusperte. Und in dieser Stille langte behutsam wie auf Zehenspitzen Claudias ängstliche Stimme bei mir an.

»Martin?«, fragte es vorsichtig aus dem Lautsprecher. Und ich antwortete. Gurgelnd, denn ich hatte mich ja nicht geräuspert, sagte ich: *»Ich liebe dich.«* Und dann hustete ich. Ich weiß nicht, warum. Weil es für die entzündeten Bronchien höchste Zeit war, den angestauten Schleim loszuwerden? Weil ich die Stille nach diesen drei Wörtern füllen musste? Den drei Wörtern, die keine Frage waren, sondern eine Feststellung, und die doch nach einer Antwort verlangten wie keine Frage sonst, die ohne Erwiderung sinnlos ins Leben hinausgesprochen waren, sinnlos und vernichtend, möglicherweise tödlich.

Und dann aus dem Hörer auf dem Tisch Claudias Stimme, bebend: »Martin, ich liebe dich auch, und ich wünsche mir nichts mehr, als dass wir es schaffen, dass ich es schaffe und dass du es schaffst.«

Ich liebe dich, hatte ich zu Claudia gesagt. Vielleicht waren es Worte, die mir ein Schamane nahegelegt hätte, um sie auszusprechen und damit alle Viren aus meinem Körper zu vertreiben. Überstürzt und über Nacht mussten sie geflohen sein. Am nächsten Morgen war mein

Kopf klar, der Verbrauch an Taschentüchern hatte sich halbiert, und das Husten war zu einem Hüsteln degeneriert.

Die drei Wörter, die ich ausgesprochen hatte, nicht weil es Zeit war, sie zu sagen, sondern weil es in jenem Augenblick die einzigen waren, die ich Claudia hatte sagen wollen, weil es die einzigen waren, mit denen sich alles umfassen ließ: ihr Lachen, ihre Verzweiflung, ihr einfühlender Blick, ihr Gang, ihre Haut, ihr langer schmaler Körper, mein Körper an ihrem, ihre Hand auf meinem Geschlecht, ihre Ängstlichkeit, ihre Hartnäckigkeit, die ganzen letzten Wochen, ihre Kinder, meine Kinder, meine Wünsche an die Zukunft. Diese drei Wörter, die dies alles in sich bargen, hatten nicht nur für meine Genesung gesorgt, sie waren auch über Nacht in die Atmosphäre aufgestiegen, sie hatten dort die noch am Abend zuvor regenschweren Wolken fortgeräumt und dahinter so etwas wie einen Sommertag hervorgeholt, mit einer kräftigen Sonne, die sich redlich bemühte, den von Regen und Wind angerichteten Schaden zu lindern.

Meine wundersame Heilung zwang mich allerdings zum Handeln, ich würde mich in das Unvermeidliche schicken und Robert anrufen müssen. Wenn unsere Fahrt in den Norden, um Claudia meiner Mutter vorzustellen, wie sie es immer euphemistisch umschrieb, sich nicht abwenden ließ, dann sollte dieser Ausflug so bald wie möglich stattfinden, bevor die Kinder zurück sein würden.

Ich hatte also Claudia versprochen, mit Robert zu reden, schob diesen Anruf aber vor mir her. Ich würde Robert nach seinen Erfolgen fragen müssen, ob es ihm oder ihnen schon gelungen sei, na, er wüsste schon, ob der erste Schritt in ihrer Familienplanung mit Kind wunschgemäß verlaufen sei, ob ihre Versuche sozusagen auf fruchtbaren Boden gefallen seien. Und er würde schallend lachen: Mein Gott, Martin, frag mich doch, ob ich ihr schon ein Kind gemacht habe.

Nein, genau so würde ich nicht fragen.

Und dann war da noch mein mehr oder weniger heimlicher Besuch bei unserer Mutter. Ein Mal hatten Robert und ich inzwischen miteinander telefoniert. Ich hatte während des Gesprächs keine rechte Gelegenheit gefunden, diesen Besuch zu erwähnen, obwohl mir klar gewesen war, dass er davon erfahren würde, wenn Schwester Julia ihr

Versprechen wahr gemacht hatte, das Foto von Nina und Yaro zu rahmen und auf Rubinas Nachttisch zu stellen, über die Schublade mit den ungefähr zwanzig Handcremetuben. Diesen Besuch also würde ich ansprechen müssen, auch wenn es reichlich kindisch war, erst jetzt damit herauszurücken, zu einem Zeitpunkt, da er ohnehin schon offensichtlich war.

Einen Tag Aufschub gönnte ich mir noch, schließlich war ich eben erst annähernd genesen. Aber dann kam Robert mir zuvor. Er rief spätabends an, um mir mitzuteilen, dass es unserer Mutter wieder recht gut ginge, dass sie sogar von mir gesprochen habe, von Martin habe sie gesprochen, und von Nina und Yaro, sehr vernünftig habe sie von uns gesprochen und sich gewünscht, dass wir mal reinschauen.

»Sie hat tatsächlich *reinschauen* gesagt, als säßet ihr im Zimmer nebenan«, regte Robert sich auf, und ich erwartete sein obligatorisches *Typisch Klapse*, doch er schnaubte nur abfällig und fragte: »Und du?«

Keine Bemerkung zu meinem Besuch bei Rubina, nur die kommentarlose Feststellung, unsere Mutter wünsche Nina und Yaro zu sehen – und ich wusste wieder, was ich an meinem Bruder hatte.

Die Idee, statt mit Nina und Yaro mit Claudia zu kommen, fand er grandios. Irina, nein, sie beide würden sich wahnsinnig freuen, das Gästezimmer stände für uns bereit. »Und was unsere Mutter dazu sagen wird, das werden wir dann ja sehen. Und gut, dass ihr jetzt kommt, denn das Gästezimmer soll ja mal Kinderzimmer werden.« Er legte eine kurze Pause ein und fügte hinzu, aber noch bestände kein Anlass dazu.

Dieses Thema war also ebenfalls abgehakt. Meine Zuneigung zu meinem Bruder wuchs ins Unermessliche. In seiner Nähe zerfiel alles Unaussprechliche, Schwierige, es zersetzte sich zu etwas Alltäglichem und Händelbarem. Ich suchte ein paar aufmunternde Bemerkungen für Irina zusammen. »Spende lieber mir Trost«, klagte Robert, »wenn mir in den nächsten Monaten nichts gelingt, sucht Irina sich noch einen Samenspender und legt mir ein Kuckucksei ins Nest, so besessen, wie sie ist.«

Darauf wusste ich nichts zu erwidern als: »Wird schon werden. «

Claudia kam am Freitagnachmittag. Für die Samstagsausgabe der Zeitung hatte ich alle Aufgaben delegiert und mir für das Wochenende freigenommen. Ich hielt sie fest in meinen Armen, minutenlang. Ich vergaß, sie zu küssen, ich vergaß, ihr Outfit zu loben, etwas Weiches, Schokoladenbraunes, das ihre Arme nackt ließ und bei jeder Bewegung glitzerte und sich herrlich eng an ihren Körper schmiegte. Ich hielt sie fest an mich gepresst und dachte: So jetzt untergehen, das wäre das absolute Glück.

Wie immer, wenn man sich etwas Außergewöhnliches wünscht, passiert nichts. So auch dieses Mal. Also kein Untergang, stattdessen eine biegsame Drehung von Claudia, mit der sie sich befreite. Sie lachte verschämt, aber auch irgendwie beseligt, bildete ich mir ein.

Und dann, aus unbegreiflich unzugänglichen Tiefen und ganz und gar zur Unzeit, schnellte ein Gedanke hoch, ein völlig unangebrachter Gedanke: Solche Momente, solche durch und durch glückseligen Momente gibt es nur, weil wir uns immer wieder trennen, weil wir nicht zusammenleben.

Ich spürte, wie mir die Bestürzung ins Gesicht fuhr. Warum das jetzt? Sehnte ich mich nicht seit Wochen nach einem gemeinsamen Leben? Warum dann eine solche Eingebung? War es meine Erfahrung, die mich warnte? Aber wovor? Doch nicht vor Claudia? War mit ihr nicht alles anders, von Anfang an anders?

Ich rettete mich in einen Hustenanfall, nicht zu heftig, damit sie nicht annahm, ich sei noch krank. Aber ausgiebig genug, um mich zu sammeln.

Doch ich hatte sie wieder einmal unterschätzt. Ob sie etwas falsch gemacht habe, fragte sie. Und ich schloss sie ein weiteres Mal in die Arme, und ich flüsterte, die Lippen an ihrem Ohr: »Lass mich nicht allein …«

Am Abend aßen wir bei meinem Chinesen, und in der Nacht war sie überwältigend zugänglich. Am nächsten Morgen rollten wir dann über die A1 nach Norden. Claudia neben mir wirkte gelöst, sie lachte viel, und ich wagte etwas. Der Augenblick schien mir günstig und schließlich war *sie* jetzt einmal an der Reihe, mir ein wenig entgegenzukommen. Ich wagte es und rückte mit meinem Wunsch heraus: wir beide mit den Kindern eine Woche an der See.

»Warum nicht?« Claudia strich sich das Braune über der Taille zurecht. Die Kinder verständen sich ja gut.

Sie war nachdenklich geworden.

»Wenn du Bedenken hast, dann sag es«, forderte ich sie auf. Es fiel mir nicht leicht, halbwegs gelassen zu klingen.

Nein, Bedenken habe sie nicht, natürlich nicht, sie sei sich nur nicht sicher, ob Mireille mitkommen solle.

»Warum nicht?«, fragte ich jetzt. »Wenn sie möchte?«

Nein, das sei es eigentlich auch nicht, es ginge nicht so eigentlich um Mireille, ich und Mireille, wir seien ja bei unserem Zooausflug bestens miteinander klargekommen …

Sie bückte sich zwischen ihre Beine und wühlte in ihrer Tasche, sie zog die Sonnenbrille hervor und setzte sie auf. Ich wartete. Sie zupfte an ihrem Haar herum, sie drehte ihren Ring um den Finger und sah ihm beim Kreisen zu, ein schmaler silberner Ring mit einem Aquamarin.

Ich starrte auf den grauen Beton der Autobahn. Warum zum Teufel hatte ich ihr noch keinen Schmuck geschenkt? Nein, keinen Ring, das wäre zu aufdringlich – eine Kette, deren Anhänger sie beim Gespräch sinnend zwischen den Fingern halten könnte, eine dezente Erinnerung an meine Existenz. Ich könnte Irina um Rat fragen, schließlich hatte sie Mode oder so etwas Ähnliches studiert. Oder Nina. Ich würde Nina bitten, mir zu helfen. Wir beide in einem Juwelierladen, die Tochter, die den Vater berät, damit er sich nicht blamiert bei seiner neuen Freundin.

Ich beobachtete Claudia neben mir aus den Augenwinkeln. Sie sah vor sich hin, auf ihren Schoß, auf ihre Hände, wie eine Beterin in der Kirche, zwischen anderen und doch mit sich allein.

Ich starrte wieder auf den Beton. Und dann packte mich die Panik. Und mir fiel nichts Besseres ein, als dagegen anzurasen. Ich wechselte von der Mitte auf die linke Spur und trat auf das Gas. Das Grün des Mittelstreifens wie ein ewig langer Pinselstrich neben meinem linken Auge, das Pfeifen des Motors wie das verzweifelte Wüten meiner

Mitte, meines Herzens, meiner Seele. Vor mir freie Bahn, die Straße, die mir entgegenflog, auf die ich alles hinausschleuderte, alles, was ich war und nicht sein wollte, nie hatte sein wollen.

Und plötzlich dort auf der leeren Spur abgestellt, dort, wo einen Lidschlag vorher nichts gewesen war, nichts außer grauem, glattem Beton, gelbe Warnlichter und rote Bremslichter, so weit ich sehen konnte.

Bremsen, brüllte es in mir. Aber eine Sekunde lang zögerte ich, eine Sekunde, in der alles möglich war, eine Sekunde, in der es so leicht erschien, ein Kinderspiel, eine Sekunde, in der ich befreit war, entbunden von allem Ballast, unbehindert von Absichten und Zielen.

Dann schlug ich den Fuß auf die Bremse und den Zeigefinger auf den Schalter der Warnblinkanlage. Das Antiblockiersystem sprang an, schüttelnd stürzten wir auf die gelben Lichter zu.

Claudia stemmte einen Arm gegen das Armaturenbrett. Ich stieß den Rücken in den Sitz: Nein, nicht das, das war es doch nicht, was ich wollte. Ich umklammerte das Lenkrad, ich streckte das rechte Bein, als wollte ich das Pedal unter die Kühlerhaube treten.

Die Reihe der Bremslichter erlosch. Der Wagen vor uns wich langsam zurück. Ein Stück noch hetzten wir hinterher. Dann ein Ruck und Stille. Der Motor abgewürgt, die Schlange vor uns rollte davon. Ein Blick in den Rückspiegel, unser Hintermann stand.

Claudia nahm die Sonnenbrille ab, langsam, als fiele es ihr schwer. Und langsam wie im Schritttempo, wie ein Gegengewicht zu meinem Gerase blickte sie zu mir herüber. Überrascht oder fragend oder skeptisch?

Ich ließ die Stirn auf den Lenker fallen: Das war es jetzt. Alles, was überhaupt je an Vertrauen aufgebaut war, war verspielt. »Tut mir leid.« Mehr brachte ich nicht hervor.

Claudia sagte nichts. In Zeitlupe wandte sie den Kopf, nach vorne zur Straße hin, die Sonnenbrille vor ihrer Brust in der Hand mit dem Ring.

Hinter uns wurde gehupt. Ich startete und berührte vorsichtig das Gaspedal, ich schloss zur Reihe der vorwärtskriechenden Wagen auf, blinkte und wechselte auf die mittlere Fahrspur.

Über das wieder beruhigte, vertraute Summen des Motors legte sich unvermittelt Claudias Stimme, als wäre nichts gewesen: »Ich weiß nicht, wie viel ich den Kindern zumuten kann, ich weiß nicht, ob sie schon mit dem Tod ihres Vaters abgeschlossen haben, ob sie schon bereit sind für etwas Neues. Ich habe Angst, sie unter Druck zu setzen und damit alles von vornherein zu verderben.«

Sie kehrte sich mir wieder zu: »Sie mögen dich, Martin, es hat nichts mit dir zu tun, es ist die Situation …«

Wir rollten mit Tempo vierzig voran, Teil der Autoschlange, die versuchte, einem Stau zu entkommen.

»Es tut mir leid«, wiederholte ich. Und ich faselte etwas von meiner Haut, aus der ich nicht könnte, und von dem Besuch, der vor uns lag.

Sie setzte die Sonnenbrille wieder auf. Ich befürchtete, dass sie mich jetzt fragen würde nach meinem letzten Besuch bei Rubina, der ja mein erster Besuch war und nach dem sie sich nicht ein Mal erkundigt hatte, und nach Rubina überhaupt, seit wann sie denn dort sei und wie es dazu gekommen sei.

Doch nach einer Weile, in der mir alle möglichen ausweichenden Antworten durch den Kopf gegangen waren und Claudia abermals ihre Hände in ihrem Schoß betrachtet hatte, hob sie die Sonnenbrille an und zeigte mir ihre blauen Augen, wie jemand, der sich sicher ist, dass man seinen Augen, diesen so verdammt blauen Augen, nicht misstrauen kann, und sie sagte: »Das sollst du auch nicht, ich meine, aus deiner Haut raus. Ich liebe dich so, in deiner Haut, nur solltest du darauf mal vertrauen.«

Diese drei Wörter. Dieses Mal nicht solitär, sondern eingebunden, untergeordnet, alltagstauglich gemacht. War das ein gutes oder ein schlechtes Zeichen? Nahm sie mir mein fahrlässiges Rasen, meine panische Verantwortungslosigkeit nicht übel? War dieser erste Ausfall, den ich mir in ihrem Beisein geleistet hatte, kein Anlass für sie, mich in Zweifel zu ziehen? Meine Tauglichkeit infrage zu stellen?

Robert und Irina nebeneinander in der offenen Haustür, wie Eltern zum Empfang der zukünftigen Schwiegertochter, eine zaghafte Umarmung zwischen Irina und Claudia und ein erhobener Daumen von Robert hinter Claudias Rücken – war das der Anfang von Familie?

Familie, wie sie im besten Fall sein sollte? Solidarisch? Ein Ort der Zuflucht? Ein Hort, um Kinder großzuziehen?

Claudia folgte Irina ins Haus, über die Schulter warf sie mir ein Lächeln zu, ein Lächeln der Erleichterung, weil der Empfang so herzlich war.

Aber woher dieser Einfall? Eine Familie, in deren Obhut *ein Kind* aufwachsen könnte? Ein Kind? Darüber hatte ich mir bislang nicht ein Mal Gedanken gemacht. Hatte Claudia daran gedacht? Ein gemeinsames, ein spätes Kind der Liebe? Gäben wir dann das perfekte Bild für die Dokumentation einer modernen Familie ab: meine Kinder, deine Kinder, unsere Kinder? Bis jetzt taten wir alles, um es zu vermeiden, das Kind.

Ich dachte daran, dass die Sache mit der einen Woche an der See sich nicht hatte klären lassen, und entschied, die Frage nach dem Kind sei momentan nicht drängend.

Die Gesprächsthemen beim Abendessen nahmen dann zum Glück auch eine völlig andere Richtung als bei meinem letzten Besuch. Claudia und ich sollten von Indien erzählen, was uns auch ganz gut gelang: lange Schilderung sämtlicher Sehenswürdigkeiten und der luxuriösen Ausstattung der Hotels, außerdem das Wetter, die Freundlichkeit der Inder, unser Ausflug ins *Old Delhi*. Irina war vor acht Jahren in Indien gewesen und steuerte eigene Erfahrungen bei.

Dass unsere eigentliche Mission missglückt war, davon hatte ich Robert schon am Telefon berichtet. Er hatte sich für jede Einzelheit interessiert, immerhin kannte er Claudias Lebensgeschichte, und für Brüche in Lebensläufen und gescheiterte Existenzen hatte er immer eine schickliche Anteilnahme übrig, denn mit seinen Haushaltsauflösungen war er menschlichen Verhängnissen sozusagen berufsmäßig verbunden.

Wir kamen dann auf das Reisen im Allgemeinen zu sprechen. Irina hatte am meisten zu erzählen. Es gab keinen Kontinent, den sie nicht bereist hatte – jede Reise eine Reise im Auftrag der Mode. Sie hatte sogar ein kleines Buch geschrieben, über den Zusammenhang von Klima und Mode. Claudia sprang sofort darauf an, und Irina griff in das Bücherregal hinter sich. Sie legte einen schmalen Band zwischen die Teller. Auf dem Cover eine Inderin im Sari, dahinter in endloser

Reihe, immer kleiner werdend, Frauen aller möglichen Ethnien in bunter Kleidung und darüber der Titel: Was ziehe ich heute an.

»Schenke ich dir«, sagte Irina, »es wird nicht mehr verlegt.«

Und während Claudia begeistert in dem Buch blätterte und die Zeichnungen bewunderte, die Irina angefertigt hatte, stellte Robert in seiner manchmal gedankenlos unsensiblen Art fest: »Wenn ich Irina so höre, muss ich sagen, dass Martin und ich, dafür, dass wir von fahrendem Volk abstammen, doch beide erstaunlich sesshaft sind.«

Wenn es auch sonst wohl niemand bemerkte, ich spürte, wie Claudia neben mir zusammenfuhr. Meinetwegen fuhr sie zusammen. Da war ich mir sicher. Nicht weil sie selbst durch Roberts Bemerkung unangenehm berührt war, sondern weil sie annahm, dass es *mich* treffen würde. Mich würde es treffen, so dachte sie, dass er so unverblümt an unsere Herkunft erinnerte, und das im Angesicht der Psychiatrie, die nicht weit von hier lauerte, samt einer unberechenbaren alten, verwelkten Frau, von der ich morgen würde sagen müssen: Das ist meine Mutter.

Und mich *traf* diese Bemerkung, die Robert so taktlos zwischen die Reste des Essens und die halb geleerten Weingläser und über die farbenfrohe Mode anderer Kontinente hatte fallen lassen. Sie traf mich, weil ich davon ausgehen musste, dass Claudia meinetwegen unliebsam aufgeschreckt worden war.

Dass Irina unbekümmert lachte, Robert auf die Wange küsste und *Ach, mein wilder Zigeuner* rief, machte die Lage in meinen Augen nicht gerade leichter.

Doch Claudia, Irinas Modebüchlein in der Hand, lächelte zu ihnen hinüber, ein wenig sinnend, als täte sich da eine brauchbare Möglichkeit auf, mit einer verkorksten Herkunft umzugehen, eine Möglichkeit, mit der sie so nicht gerechnet hatte.

In der Nacht, als ich mit Claudia im Gästebett lag und sie in meinen Armen hielt, ohne einen Wunsch, mehr zu verlangen als dieses stille ineinander verhakte Liegen, versuchte ich noch einmal, meiner Raserei auf der Autobahn eine schwerwiegende psychologische Erläuterung überzustülpen. Claudia wollte nichts davon hören. Sie küsste jede Erklärung weg, und dann sagte sie, sie fände die beiden, Robert und

Irina, wunderbar und sie sei sehr, sehr glücklich, sie kennengelernt zu haben.

Unvermeidliches lässt sich meistens nicht abwenden, manchmal allerdings löst es sich mit einem gewissen Wohlwollen in Luft auf. Dieses Wohlwollen vermisste ich: Unweigerlich stellte sich der Sonntagvormittag ein, der Besuchssonntag, mit klarem blauem Himmel, mäßigen Temperaturen und einem scharfen Wind, meteorologische Bedingungen, die zwangsläufig meinen ersten Besuch sechs Wochen zuvor heraufbeschworen, sodass ich, als wir zu dritt durch den sonnigen, sturmbewegten Park der psychiatrischen Klinik gingen, ein deutliches Déjà-vu-Empfinden hatte mit der unstrittigen Gewissheit, keiner Täuschung aufzusitzen, vielmehr tatsächlich eine Wiederholung zu erleben. Allerdings, heute lief Claudia neben mir, was die Angelegenheit weiß Gott nicht unproblematischer machte, sondern komplizierter, wenn nicht bedrohlicher.

Wir passierten die Dame in ihrem Glaskasten hinter der Eingangstür, schritten schweigend durch die Gänge mit den in den Nischen flüsternden Besuchern. Robert voran, in der einen Hand den Blumenstrauß für Schwester Julia, in der anderen die Tasche mit dem Kirschsaft. Claudia und ich dicht auf seinen Fersen, Claudia mit dem Beutel, gefüllt mit Handcremetuben, ich mit dem Schokoladensortiment.

Claudia hatte gefragt, ob sie wissen müsse, warum wir ausgerechnet diese Utensilien in die Psychiatrie schleppten. Robert und ich hatten uns angesehen und einvernehmlich den Kopf geschüttelt. Wir wüssten es selbst nicht, hatte Robert behauptet, und ich hatte gedacht: Wir haben uns darauf geeinigt, es nicht zu wissen.

Dann das Warten vor der Milchglasscheibentür, das Rumoren des Schlüssels im Schloss und das Öffnen der Tür. Heute begrüßte uns Schwester Nicole. Schwester Julia habe Urlaub, erklärte sie, als wäre sie verpflichtet, ihre Anwesenheit zu rechtfertigen. Dabei war sie mir gleich sympathisch, ihre dunklen Locken, die bauschig und wirr an ein Gestrüpp bei Nacht erinnerten, und ihr offener erfahrener Blick aus weit auseinanderstehenden Augen in dem runden Gesicht.

Eine Schwesternschülerin, die uns als *unsere kleine Lara* vorgestellt wurde, sodass ich gleich an Dr. Schiwago denken musste, nahm die Blumen und den Kirschsaft entgegen. *Unsere kleine Lara.* Schwester Nicole brachte es mit dieser liebevollen Betitelung fertig, eine beinahe familiäre Atmosphäre zu wecken, hier hinter der Tür, die für alle dahinter Eingeschlossenen das Nadelöhr in eine andere Welt war.

Sie führte uns den Flur hinunter, langsam und bedächtig. Und, wieder wie zur Entschuldigung, schlug sie mit der Hand auf ihre linke Hüfte: »Die will nicht mehr so«, lachte sie. Sie klopfte auf ihren runden Bauch: »Der viele Kuchen«, seufzte sie, und Robert bemerkte, es sei doch prima, dass sie Appetit habe, deshalb sei sie immer so guter Laune und die würde sich auch auf die anderen übertragen.

Ich warf einen prüfenden Blick zu Claudia hinüber. Sie wirkte angespannt, aber unbeirrt. Und mit dieser Entschlossenheit sah sie in die offenen Zimmer, die im Gegenlicht der Sonne traulich, geradezu einladend wirkten. Die Konturen zergingen in dem warmen gelben Licht, es verschleierte das, was wir nicht erkennen sollten, was wir mit unseren Maßstäben, die sich rühmten, sich an einer Realität zu orientieren, doch nie verstehen würden.

Dr. Schiwago ging mir nicht aus dem Sinn, sein bewegtes Leben in Zeiten einer Revolution, und ich fragte mich, ob auch mein Leben für einen Roman taugte. Zwar würden politische Umwälzungen fehlen, und doch war das Leben, das ich führte, die Folge grausamster politischer Verhängnisse.

Dann folgte mein zweites Déjà-vu: die Lichtquadrate auf dem Fußboden, Rubina in ihrem Sessel, der rote Bademantel, die gepflegten Hände mit den Ringen, die verwitterten Beine in den gelben Socken, mein sich vergewissernder Blick zum Waschbecken hinter der Tür. Obwohl heute die Übelkeit ausblieb.

»Mutter«, rief Robert, »Überraschung. Rate mal, wen ich mitgebracht habe. Martin und seine Freundin Claudia.«

Er tat einen großartigen Schritt zur Seite, als zöge er einen Vorhang auf und machte den Weg frei für die Hauptakteure. Also trat ich an den Rand der Bühne, beugte mich zum Publikum hinunter, die Hände fest verschränkt auf dem Rücken, und sagte: »Hallo Mutter, ich möchte dir Claudia vorstellen.«

Claudia rückte vor, blickte tapfer in das vertrocknete Feigengesicht mit den dunklen, feuchten Augen und hielt den gepflegten Händen im Schoß des Bademantels ihre eigene Hand entgegen.

»Guten Tag«, sagte sie, schüchtern wie ein kleines Mädchen. Und ich griff ihren Arm, riss ihn weg und schüttelte warnend den Kopf.

Meine Mutter sah zu Claudia auf, und augenblicklich glättete ein Leuchten die Furchen. »Angelika«, rief sie mit der Stimme, die ich noch so gut kannte, »Angelika, wie schön, dass du gekommen bist, ich habe so lange auf dich gewartet.«

Und so ging es weiter beim gemütlichen Beisammensitzen mit Kaffee aus dem Automaten: Angelika hier, Angelika dort, immerzu mit einem strahlenden Lächeln.

Beim obligatorischen Gang über den Flur wurde kein Zimmer ausgelassen. Sie schlurfte von einer Tür zur anderen, eingehakt bei Claudia, und jedem rief sie mit ihrem durchsonnten Lächeln zu: »Angelika ist gekommen, sie besucht mich.«

Robert und ich trotteten hinterher. Robert zuckte mit den Schultern: »Mann, was willst du mehr, es läuft doch bestens.«

Ich blieb misstrauisch, das Entscheidende stand uns noch bevor, der Abschied.

Als Rubina wieder in ihrem Sessel saß, erschöpft und eindeutig glücklich, und ich mich wieder zu ihr hinunterbeugte, die Hände fest an die Seiten gepresst, sagte sie: »Martin, das ist so lieb von dir, dass du Angelika mitgebracht hast.«

Ich trat zurück, allen Mario- und Gero-Attacken entkommen, befreit aufatmend und einen Moment lang unachtsam, nur einen Moment, in dem es passierte: Claudia reichte meiner Mutter die Hand. Ich erstarrte … Meine Mutter umfasste mit beiden Händen, ihren zarten Händen, Claudias Handgelenk, sie streichelte mit den weichgepflegten Fingerspitzen Claudias Handrücken, und sie sagte: »Jetzt kommst du sicher öfter, nicht wahr, Angelika?«

Und Claudia versprach, sie so bald wie möglich wieder zu besuchen, denn sie habe sich auch so gefreut, sie, Rubina, *wiederzusehen.*

Robert nickte anerkennend, und ich floh aus dem Zimmer, schweißnass, und rettete mich auf den Flur, über den gerade Schwester

Nicole hinuntereilte, so schnell es ihre Hüfte zuließ, und im Laufen noch Zeit fand, mir zuzuzwinkern.

Claudia erschien im Türrahmen, zurückgewandt und winkend, vor Robert, der Schwester Nicole noch ein »Bis zum nächsten Mal« hinterherrief.

Während der Rückfahrt war Claudia geradezu beunruhigend aufgekratzt. Sie verstände gar nicht, warum wir diese arme alte Frau so geheim hielten. Und warum wir solch ein Aufheben von dieser Psychiatrie machten. Sie jedenfalls sei total happy, dort gewesen zu sein, und sie würde ihr Versprechen halten, so bald wie möglich wiederzukommen.

Ich sagte nichts, und ich dachte an Irina, die am Abend vorher auf die Frage, ob sie heute mitkäme, erklärt hatte: einmal und nie wieder. Und bevor ich mich mit dem Eindruck beschäftigen konnte, diese Haltung sei mir wesentlich näher als Claudias, bemerkte Claudia: Und Angelika zu sein, das sei doch eine Ehre, sie habe ja schließlich mein Buch gelesen.

Am Abend, wieder zu Hause, Claudia neben mir auf dem Sofa, zerschlagen von der langen Autofahrt auf viel zu vollen Straßen, hielt ich ihr das Foto hin, schwarz-weiß, meine Mutter als Zehnjährige, den kleinen blonden Jungen Gero auf dem Schoß, vor den Trümmern der Häuser, 1945. Und ich sagte müde und der ganzen Geschichte überdrüssig: »Das ist meine Mutter, und der Kleine ist Gero. Was du nicht weißt, der Kleine bin auch ich, ich meine: der Kleine hier auf dem Foto.«

Claudia rückte von mir ab, um mich anzusehen, um mich leicht belustigt mit dem kleinen Gero zu vergleichen. Ich zog sie wieder an mich heran: »Natürlich nicht leibhaftig. Aber dort, in jenen Wochen nach Kriegsende, knapp zwanzig Jahre, bevor ich geboren wurde, da hatte es sich schon entschieden …«

»Was hatte sich entschieden?«, fragte Claudia sanft.

»Mein Schicksal«, antwortete ich.

1945

Rubina und Gero

DIE Glocke zur Pause riss der Lehrerin die Wörter von den Lippen. Die Kinder sprangen auf, Stuhlbeine kratzten über die Dielen. Alles drängte auf die Tür zu, stieß und rempelte, zwängte sich durch die Öffnung und stolperte ins Freie. Rubina drückte sich an die Wand des Klassenzimmers. Als sie allein war, schlich sie hinaus, lief gebückt hinter den Büschen am Schulhaus entlang zu der Ecke mit den Mülltonnen. Hier hockte sie, bis der Hausmeister wieder die Glocke läutete. Dann musste sie zurück, sie musste sich mit den anderen in das Schulgebäude schieben, sie musste die Stöße ertragen, mit denen man sie zwang, Abstand zu halten, sie musste die Schreie *Igitt* erdulden, wenn sie eins der Kinder im Gedränge berührt hatte.

Sie wolle doch etwas lernen, hatte Angelika gesagt, na also, dann müsse sie auch in die Schule gehen.

»Aber ich weiß das alles schon.« Rubina verschränkte die Arme vor der Brust und wandte das Gesicht ab. Über die Schulter auf den Boden hinunter sagte sie, sie gehöre nicht in diese Schule, nicht zu den anderen Kindern, niemals würde sie dazugehören.

Doch Angelika blieb fest: Durchbeißen müsse sie sich, das könne sie doch, und es sei nur eine Frage der Zeit, dann hätte sie sich Respekt verschafft.

Rubina stampfte mit dem Fuß auf: Aber sie sei ganz allein und die anderen so viele. Und wie sollte sie zeigen, dass sie etwas wusste, wenn die Lehrerin nie den Finger, mit dem sie sich meldete, beachtete? Wenn ihr, sobald sie etwas zu sagen hatte, befohlen wurde, den Mund zu halten?

Doch das verstand Angelika nicht. Und wenn Rubina es ihr am Abend am Küchentisch noch einmal ganz genau erklären wollte, dann knatterte der Molkereifahrer mit seinem Moped auf den Hof, und er nahm Angelika mit, und das Letzte, was Rubina von ihnen hörte, war Angelikas Lachen, das sie für den lustigen Molkereifahrer hatte, der jetzt Dieter hieß.

Im Juni gab es im Dorf wieder eine Zeitung zu kaufen. Die Tante schnaufte: »Von der Besatzungsmacht herausgegeben.« Trotzdem las sie sie, jede Seite. Und eines Mittags schob sie Rubina einen Artikel hin: Die ersten Zigeuner seien ins Ruhrgebiet zurückgekehrt und nähmen zum Leidwesen der unter der Zerstörung leidenden Bevölkerung ihre alten Lagerplätze wieder in Besitz.

Die Tante erlaubte ihr, den Artikel auszuschneiden. Und so, nicht eine unbedeutende Meldung zwischen anderen, sondern herausgehoben, für sich stehend, wollte Rubina ihn Angelika zeigen, bevor der Molkereifahrer Dieter mit seinem Moped auf den Hof schepperte.

In Remscheid waren sie ja schon einige Male mit dem Pferdekarren gewesen. Sie hatten an dem Platz, an dem sie dort zuletzt gelagert hatten, nach den Eltern und Geschwistern gesucht. Doch der Platz war leer gewesen. Selbst die zurückgelassenen Wagen fehlten. Auch der Hof – das Vaterhaus, wie Angelika sagte – war verwaist, und die Ställe und die Scheune lagen in Trümmern.

Aber nun konnte man es in der Zeitung lesen. Es war eine Botschaft, eine Verkündigung, die Rubina galt, die ihr den Weg der Rettung wies, der Rettung vor den unendlich langen Schulstunden, vor den boxenden Kindern, vor den grimmigen Lehrerinnen. Denn längst hatte Rubina sich entschieden: Sie würde nicht bei Angelika bleiben.

Bei Angelika zu bleiben, das hieße, Tag für Tag die Schulstunden zu durchleiden, das hieße, sich mit dem Molkereifahrer Dieter abzufinden, und das hieße, in der freien Zeit zwischen dem Bauern, der unentwegt vor sich hin starrte, und der immerzu nörgelnden Tante zu sitzen und still in den Büchern zu lesen, die sie alle schon kannte, ohne einmal singen zu dürfen, zu lachen oder gar zu tanzen. Immer heftiger sehnte sie sich nach ihrer Familie, nach den Geschwistern und selbst nach dem neuen Brüderchen, das ihr so viel Angst gemacht hatte. Und Englisch lernen wollte sie sowieso nicht mehr.

Sie hatte auch verstanden, was Angelika von Zeit zu Zeit andeutete, worüber sie vorsichtig mit ihr zu sprechen versuchte. Doch davon wollte Rubina nichts wissen. Seit sie in die Schule gehen musste und seit sie nicht mehr in die Schule gehen wollte, spürte sie, dass ihre Familie auf sie wartete. Ganz deutlich spürte sie, dass sie von ihr nie alleingelassen würde, auch wenn sie so dumm gewesen war fortzulaufen, auch wenn den Eltern und Geschwistern, dem Großvater und den Tanten dort im Wald von allen Seiten Gefahren gedroht hatten.

Denn eins konnte Angelika vielleicht nicht einsehen: Bedrohungen gab es überall, und in manchen Zeiten lauerte der Tod unausgesetzt nach den Körpern, und er war grausam und rücksichtslos, doch er ließ sich manchmal auch herab und schloss Abkommen mit seinen Opfern. Ja, er nahm sich, wonach ihm gerade gelüstete, und zuweilen gelüstete es ihn nach kleinen Brüdern, aber dann war er fürs Erste zufrieden, er sonnte sich in seiner Macht, und deshalb war er großzügig und hielt sich zurück. Denn das hatte Rubina längst gelernt: Dem Tod war seine Beute gewiss, ihm gehörte die Zeit, und vielleicht grinste er tatsächlich wie auf den Bildern, die es von ihm gab, weil er sich so sicher sein konnte, weil das Leben nur eine Frage der Zeit war, seiner Zeit.

Das wollte Angelika nicht begreifen. Sie wollte es wohl nicht begreifen, weil es gerade so schön war, mit dem Molkereifahrer Dieter zu lachen, und weil es so schön war, zu lachen und sich einzubilden, so in alle Ewigkeit weiterlachen zu können. Obwohl, das war Rubina aufgefallen, Angelika in den letzten Tagen nicht mehr so ausgelassen lachte, sondern manchmal sehr ernst ihr Bein über den Mopedsitz schwang und ihre Wange still an Dieters Rücken legte.

Und ausgerechnet dieser Dieter war es dann, der Rubina verstand. Er las aufmerksam den Artikel, den sie eigentlich für Angelika bestimmt hatte. Er musterte sie beinahe so freundlich, wie er sonst nur Angelika ansah, und er schlug einen Ausflug zu dritt vor, in die Städte, ins Ruhrgebiet, zu dritt auf seinem Moped.

Gleich am nächsten Sonntag brachen sie auf. Der Junimorgen war noch kühl, aber Rubina klemmte warm zwischen Dieter und Angelika auf dem Mopedsitz. Ihre Arme hatte sie um Dieters Bauch legen müssen. Angelikas Kopf ruhte auf ihrer Schulter, Angelika schlief, während sie über die Landstraßen tuckerten. Erst in der Nacht war sie nach Hause gekommen und hatte schon früh die Kühe melken müssen.

Rubina musste achtgeben, dass der Rucksack, den Angelika auf ihrem Rücken trug, sie nicht vom Mopedsitz zog. Denn der Rucksack war vollgestopft mit Brot, Wurst und Käse und schwer. Heimlich hatte Angelika ihn in der Speisekammer gefüllt, und Rubina hatte aufpassen müssen, dass die Tante sie nicht erwischte. »Wir brauchen doch ein Gastgeschenk«, hatte Angelika geflüstert, und Rubina hatte sich gefreut, weil Angelika einsah, dass ihre Familie sie nicht aufgegeben hatte, auch wenn sie nur ein kleines, dummes Mädchen war, das vor einem neuen Brüderchen geflüchtet war.

Der Fahrtwind schob Rubina lange Finger ins Haar und bauschte es auf. Sie kniff die Augen zusammen und fing an zu singen. Der Kanister mit dem Ersatzsprit, der vorne am Lenker hing, klapperte den Takt dazu. Den Sprit hatte Dieter in der Molkerei *abgezweigt*. Er hatte mit einem Auge gezwinkert und den Kanister gestreichelt wie einen kleinen Hund. Überhaupt war er sehr stolz auf alles, was er *abgezweigt* oder *organisiert* hatte.

Rubina sang alte Lieder, die sich tief in ihr wie ein unberührtes Sediment abgelagert hatten. Und nun, durch das Holpern der Reifen und die munteren Stöße des Windes, war es aufgerührt worden. Sie sang in Romani, und Dieter wandte den Kopf, er lachte und sagte, es klänge so traurig, dass er am liebsten heulen würde. Und Rubina rief zu seinem Nacken hinauf, sie sähe ja, dass er lache und gar nicht traurig sei, und es seien ja auch fröhliche Lieder.

Rubina sang, bis sie das Ruhrgebiet erreicht hatten. Hier rollten sie langsam durch schmale graue Gassen, die zwischen den Trümmern freigeschaufelt worden waren. Rubina konnte so weit sehen, in alle Richtungen hatte sie freie Sicht über Häuser, die es nicht mehr gab oder die erschöpft in sich zusammengesunken in der jetzt warmen Junisonne vor sich hin brüteten.

Viele Menschen waren unterwegs. Sie waren alle sehr emsig, sie trugen Eimer mit sich und schleppten Rucksäcke oder schoben Karren durch die Schluchten zwischen den Trümmern, sie krochen zwischen den Ruinen und dem Schutt umher und versuchten, Ordnung in die Zerstörung zu bringen. Trotz der vielen Menschen erschien Rubina die Stadt so leer. Ein Riese, dachte sie, ein Riese hat mit seiner großen Hand alles vom Tisch gefegt, was einmal dort seinen Platz gehabt hatte.

Welche Erleichterung, wenn sie bei ihrer Suche nach dem Lagerplatz in Straßen gerieten, in denen aufrecht und unversehrt Reihen von Häusern standen. Dann hätte Rubina am liebsten gejubelt, als wäre das Ende der steinigen Wüste erreicht. Doch hinter der nächsten Ecke lauerte schon wieder der blanke blaue Himmel.

Dieter fragte einige Male nach dem Weg. Er las den Straßennamen aus dem Zeitungsartikel vor, und die meisten der geschäftigen Menschen zuckten die Schultern: Sie hätten keine Ahnung, wie man durch den Schutt dort hinkäme. Manche konnten wenigstens die Richtung anzeigen. Und obwohl Dieter im Weiterfahren fluchte, er verlöre zwischen dem Dreck die Orientierung, kreischte Rubina plötzlich auf. Sie fuchtelte mit beiden Armen. Sie hatte ihn gesehen, einen Wohnwagen hatte sie gesehen, vielmehr das Dach des Wagens. Gewölbt, hellblau hatte es zu ihr herübergewinkt, weit vor ihnen, über eingestürzte Schornsteine und leere Flächen hinweg.

Angelika hatte nichts gesehen und auch Dieter nicht. Trotzdem brauste er die Straße weiter hinunter. Merkwürdig verlassen wirkte hier alles. Mächtige Schornsteine lagen gefällt wie im Sturm geknickte Bäume, Stare quollen zwischen ihnen hervor, verdichteten sich zu einer dunklen Wolke, die sich auf die Straße senkte und mit einem Brausen wieder davonglitt.

Das Moped ratterte auf eine Wiese zu, Lerchen stiegen auf und fielen herab, störten sich nicht an den beiden Pferden, die grasten und geduldig die Schweife über die Fliegen wischten. Und dort hinter den Pferden neben einer Holunderhecke standen sie, drei Wagen nebeneinander. Das Licht der Junisonne hatte sich zwischen den Speichen der Räder verfangen, unter dem verwitterten Lack der Wände zwängte sich das schwarze Holz hervor, befleckte die Wagen, als hätten sie eine lange Reise über schlammige Straßen hinter sich.

Dieters Moped holperte über rostige Eisenbahnschienen, und Rubina klammerte sich an ihm fest, so fest, als wollte sie ihn nie wieder loslassen. Nur wenige Schritte vor den Wagen hielt Dieter sein Moped an. Angelika stieg ab, Rubina kletterte zaudernd vom Sitz und blieb neben ihr stehen.

Zwischen den Wagen kam eine Frau hervor, sie trug nasse Wäsche über dem Arm. Sie schien erschrocken über die Fremden. Angelika gab Rubina einen kleinen Stoß in den Rücken. Rubina ging auf die Frau zu – und plötzlich rann jede Bewegung, jeder Blick, jedes Wort wie von selbst hervor, als hätte das Leben den unterbrochenen Lauf wieder aufgenommen, als hätte es das Ende des zerrissenen Fadens zu fassen bekommen.

Rubina schnatterte drauflos: ihre Mutter Rosa, ihr Vater Johann, der Großvater Wilhelm, die Geschwister … und sie selbst, Rubina. Nur Mario … den Namen mochte sie nicht aussprechen.

Die Frau sagte, sie sei Mala. Sie zeigte auf den Wohnwagen neben ihr, auf die offene Tür, und bevor sie weitersprechen konnte, schrie es: »Rubina!« und die Tante Kathi stürzte aus dem Wagen hervor, hinter ihr Rubinas Cousinen Maria und Klara.

Sie saßen im Gras im Schatten des Wagens, sie hatten die Vorräte aus Angelikas Rucksack gegessen, Kathi hatte Kräutertee gekocht.

Rubina konnte nicht still sitzen. Sie hüpfte auf die Wiese zu den Pferden und wieder zurück zu Kathi und Angelika. Kein Tag sei vergangen, sagte Kathi, an dem sie nicht von ihr gesprochen hätten.

Vorfreude, würde Angelika sagen, wenn sie nicht so bedrückt wie gerade jetzt die Stirn auf ihre aufgestellten Knie pressen würde.

Vorfreude, denn jeden Moment konnten sie hier ankommen, die Eltern und Geschwister. Die Familie hatte sich getrennt, um nicht aufzufallen, auf verschiedenen Wegen waren sie losgezogen, und dieser Lagerplatz hier sollte der Treffpunkt sein.

»Welch ein Glück«, lachte Kathi, »dass die drei alten Wagen hier standen.«

Dieter fragte, woher sie denn die Pferde hätten.

Darauf wollte Kathi keine rechte Antwort geben, und Rubina hockte sich neben sie, sie schmiegte sich an sie und fragte schüchtern: »Und das neue Brüderchen?«

Auch darauf wollte Kathi keine Antwort geben, aber Rubina ließ nicht locker: »Das Brüderchen? Das neue Brüderchen?«

Kathi schüttelte den Kopf: Das Brüderchen sei ein Schwesterchen gewesen …

Ein Schwesterchen? Das konnte nicht sein …

»Und dieses Schwesterchen«, sagte Kathi und streichelte Rubinas Haar, »das hat nur wenige Stunden gelebt.«

Rubina kauerte sich zusammen, machte sich ganz klein unter Kathis Hand. Wieder. Wieder hatte sie nicht aufgepasst. War fortgelaufen, anstatt sich um das Schwesterchen zu kümmern.

Kathi verstand sie sofort. Nein, nein, das Schwesterchen sei zu schwach gewesen, viel zu klein sei es gewesen.

Und sie hielt ihre Hände nebeneinander: »So klein ist es gewesen, da hat es drin liegen können.«

Rubina sah zu den Pferden hinüber. Wie dumm war sie gewesen. Fortlaufen – als ob dadurch irgendetwas gut werden könne.

Doch Kathi wusste es besser. Es sei klug gewesen, Angelika zu suchen. Sie hätten alle fürchterlich gehungert, aber es sei wohl Gottes Gnade gewesen, dass sie es überlebt hätten.

Das wiederum wusste Rubina besser, doch sie schwieg. Sie spürte den grinsenden Tod neben sich, der also auch das Schwesterchen hatte haben wollen, der eine Vorliebe zu haben schien, nicht für alte Menschen, sondern für die kleinen, die noch kaum gelebt hatten. Und mit einem Mal wurde ihr klar, dass *er* es war, der sie begleitete, dass *er* Marios Platz eingenommen hatte, dass er dabei sein wollte in ihrem Leben und dass sie hier jetzt nur zusammensaßen, weil sie ihn duldete, weil sie ihn, den Tod, nicht fortgejagt hatte.

Die Cousinen sprangen auf und rissen Rubina mit sich. Rubina tobte mit ihnen um die Wagen, sie versuchten, sich gegenseitig zu fangen, doch das Spiel wurde ihr schnell langweilig.

Sie setzte sich zu Mala auf die Stufen vor ihrer Tür. Mala starrte unentwegt auf die kleine Wiese vor ihnen, auf die beiden Pferde und die Lerchen, die auf und nieder flatterten. Sie hatte mit ihnen gegessen und sich dann hier auf die Treppe zurückgezogen. Hinter ihnen, in der Holunderhecke, sang eine Amsel, und Rubina dachte darüber nach, wo die Vögel sich wohl versteckt hatten, als die Bomben auf die Häuser fielen, schließlich hatten sie nur Büsche, allenfalls Nester, und keine Keller mit Mauern.

Wahrscheinlich dachte auch Mala an die Bomben, denn sie fing an zu erzählen, und Rubina vergaß die Vögel und lauschte ihrer Geschichte: Viele Jahre hätten sie im Gefängnis gesessen, sie und ihr Mann Anton. Weil der Hunger sie so gequält habe und sie ein Huhn gestohlen hätten, seien sie eingesperrt worden. Und dann habe man sie dort im Gefängnis vergessen. Erst habe man sie geschlagen und herumgestoßen und dann habe man sie vergessen. Anton sei krank geworden und sie habe ihm nicht helfen können, er sei ja bei den Männern eingesperrt gewesen. Irgendwann in dieser langen Zeit habe man ihr gesagt, Anton sei längst tot. Sie habe immer an ihn gedacht, wie man an einen Lebenden denkt, und dabei sei er tot gewesen. Und jetzt sei sie hier allein und sie wisse nicht, wo ihre Kinder seien, wo sie nach ihnen suchen solle und ob sie an sie denken solle, wie man an Lebende denke, denn sie wisse ja gar nicht, ob sie überhaupt lebten …

Rubina streichelte Malas Arm und dabei sah sie zu Kathi hinüber, die sanft auf Angelika einsprach, und sie wusste, was Kathi zu Angelika sagte: Lass sie hier, sie gehört hierher, zu uns, sie kann bei Mala schlafen, Mala ist ganz allein, wir haben sie in unsere Familie aufgenommen.

Mala starrte weiter auf die Wiese, auf die Pferde und die fröhlich schwirrenden Lerchen.

Sie wartet, dachte Rubina, sie wartet, dass dort ihre Kinder kommen. So wie wir dort plötzlich erschienen sind, so hofft sie, dass auch ihre Kinder dort plötzlich stehen werden. Und ihr fiel die Frau Elisabeth ein, die sie an dem angeschwollenen Fluss mit in das Boot genommen hatte, auf die andere Seite, zu Angelika, und deren Kinder fortgeschwemmt worden waren, verschwunden wie Malas Kinder. Wie überflüssig waren doch Mütter, die mit einem Mal keine Kinder mehr hatten, und wie überflüssig waren Kinder, zu denen es keine Eltern gab. War es da nicht sinnvoll, sie taten sich zusammen? Die Mütter ohne Kinder und die Kinder ohne Mütter?

Seit Tagen erklomm Rubina Schuttberge, sie streifte zwischen Mauern entlang und kletterte in Ruinen, in Häuser, denen eine Wand fehlte, die aber noch drei Stockwerke hoch aufrecht standen. Sobald Kathi keine Aufgabe mehr für sie hatte, zog sie los, in die Trümmer. Sie machte es wie die anderen Menschen, die über die Steine krochen, hinter jede Mauer sahen.

Sie suchen etwas, wunderte Rubina sich, dabei ist doch alles zerstört oder verbrannt. Vielleicht suchen sie nach ihrem alten Leben, sie vermissen es so, und deshalb meinen sie, es säße hier zwischen den Trümmern und warte auf sie. Sie müssen nur um die nächste Ecke gucken, da hockt es, ihr altes Leben, es breitet die Arme aus und ruft: Da seid ihr ja endlich, jetzt lasst uns weitermachen, da, wo wir aufgehört haben.

Sie taten ihr leid, die Menschen, die alle etwas verloren hatten, genau wie sie. Ich suche ja auch mein altes Leben, dachte Rubina, ich klettere hier herum und suche wie sie, dabei ist es ja ganz unmöglich, dass ich mein Leben hier wiederfinde, zwischen den Häusern, und trotzdem suche ich hier.

Sie krabbelte auf allen vieren über einen Wall aus Steinen und zwängte sich in einen halb verschütteten Hauseingang. In dem Zimmer dahinter war es schattig, Rubina kauerte sich in eine Ecke und ruhte sich ein wenig aus. Doch sobald sie stillhielt, überfiel sie die Erinnerung an den Abschied von Angelika. Angelika hatte so heftig geweint. Rubina konnte sich nicht entsinnen, dass Angelika in den Jahren des Krieges, in denen sie, Rubina, sich hatte verstecken müssen, auch nur ein Mal geweint hatte. Und nun hatte sie fürchterlich geschluchzt, obwohl sie doch schon am Sonntag wiederkommen wollte, mit Vorräten und mit Rubinas Kleidern. Dieter hatte sie in den Arm nehmen und ihr das nasse Gesicht küssen müssen, damit sie sich beruhigte. Aber möglicherweise war es ja das gewesen, was Angelika sich gewünscht hatte. Dieters Küsse waren sicher viel mehr wert, als wenn sie, Rubina, doch noch auf das Moped aufgestiegen wäre.

Rubina zeichnete mit dem Finger Figuren in den Staub, eine lange Reihe von Menschen, eine Prozession, und dahinter Häuser ohne Dächer. Die Dielen, die einmal täglich sauber gefegt worden waren, hatten jetzt unter dem Schmutz sicher vergessen, wie es früher gewesen war.

Seit Mario nicht mehr bei ihr war und stattdessen der Tod sie überall begleitete, hatten alle Dinge zwei Seiten, sie sahen sie mit zwei ganz und gar unterschiedlichen Gesichtern an, einem früheren, das durch und durch Leben gewesen war, und einem heutigen, das zwar lebendig, aber unweigerlich dem Tod geweiht war.

Deshalb suche ich wie die anderen zwischen den Trümmerhaufen, dachte sie. Solange wir suchen, ist das, was vorher war, immer noch ein bisschen da.

Sie hockte in dem zerstörten Haus, in einem Zimmer voller Staub und Steinen, und sah den Gedanken zu, die hier leicht wie Schmetterlinge um sie herumflogen und sich ohne Mühe einfangen ließen. Und in das Geflatter der Gedanken hinein drang mit einem Mal ein zartes Geräusch. Ein Wimmern, ein dünnes Jaulen wie von einem Hund.

Rubina rutschte an den Wänden entlang und horchte. Das Winseln kam nicht aus den Wänden, es drang aus einem Haufen Geröll hervor. Es gab keinen Zweifel, hinter dem Geröll war etwas, das leise vor sich hin weinte. Rubina riss die Steine beiseite. Sie hustete, der Staub verklebte ihr die Augen. Sie arbeitete, obwohl das Weinen verstummt war. Als sie ihre Hand in einen Schlitz zwischen den Steinen schieben konnte und einen freien Raum dahinter ertastete, grub sie ungestüm weiter.

Sie zwängte sich durch den Spalt, den sie freigescharrt hatte, und lag dann auf dem Bauch in einer engen Kammer. Es stank entsetzlich. Oben unter der Decke klaffte ein Loch in der Wand, auf den Rändern der Öffnung ruhten Sonnenstrahlen, die sich auf den Staub in der Luft stützten und schräg in die Kammer glitten. Rubina folgte mit den Augen den Fühlern, die die Sonne ausstreckte, und dort, wo sie weich auf dem Boden aufsetzten, entdeckte sie ein Kleiderbündel.

Sie robbte zu dem Bündel hin und tippte es vorsichtig an. Sobald ihre Fingerspitzen es berührten, hob sich ein Kopf hervor, Beine entfalteten sich und Arme – und vor ihr kauerte ein Kind.

Rubina fuhr zurück. Das Kind spähte ängstlich zu ihr herüber, und Rubina betrachtete es scheu. Ein kleiner Junge, da gab es keinen Zweifel. Er stank entsetzlich, er war sehr schmutzig, aber es war ein kleiner Junge, und er hatte so helles Haar wie Angelika.

Haar wie das von Angelika, dachte Rubina, und ein kleiner Junge … wie Mario.

Sie streckte die Hand nach ihm aus. »Wer bist du?«, fragte sie leise.

Der Junge sah sie unverwandt an, als prüfte er ihre Absichten, und dann sagte er: »Gero.«

»Gero?«, fragte Rubina. »Das ist dein Name?«

»Gero«, bestätigte der Junge.

Und plötzlich wusste Rubina, was zu tun war.

»Du musst hier raus«, sagte sie und lockte ihn zu der Öffnung, die sie gegraben hatte.

Gero kroch sofort hinter ihr her. Doch draußen war er so schwach, dass er kaum laufen konnte. Rubina trug ihn immer wieder ein Stück auf ihren Armen, obwohl sie sich vor seinem Gestank ekelte. Und sie erzählte ihm von ihrer Familie, von Kathi und von den Cousinen. Und sie beschrieb ihm Kathis Freude, wenn sie ihn sehen würde.

Doch die Tante Kathi freute sich nicht. Sie blickte den kleinen Gero argwöhnisch an, und sie schüttelte verärgert den Kopf über Rubinas grenzenlose Dummheit.

»Wir waschen ihn«, sagte sie unwirsch, »und dich am besten gleich mit. Wir geben ihm zu trinken und zu essen, von dem wenigen, was wir haben, und dann bringst du ihn zurück, genau dorthin, wo du ihn mitgenommen hast, und kommst allein wieder hierher.«

»Warum soll ich ihn zurückbringen?« Rubina stemmte die Hände in die Hüften. Sie sollte diesen kleinen Jungen, der hilflos in dem zerstörten Haus auf sie gewartet hatte, wieder in diese Kammer scheuchen und ihn dort alleinlassen? Warum hatte sie ihn denn gefunden? Warum war sie, gerade sie, in dieses Haus gekrochen?

Schließlich gab es Hunderte von zusammengefallenen Häusern dort, aber sie hatte sich dieses eine ausgesucht. Es gab nur eine vernünftige Erklärung: Marios Mulo war es gewesen, der sie dahin geführt hatte. Er hatte den Tod für einen kleinen Moment beiseitegedrängt und hatte sie dorthin gelenkt. Und nun sollte sie sich darüber hinwegsetzen? Sie sollte Marios Auftrag missachten?

»Warum, warum?« Kathi stöhnte. »Weil er nicht zu uns gehört. Und weil man auf den ersten Blick sieht, dass er nicht zu uns gehört. Und weil man behaupten wird, wir hätten ihn gestohlen. Weil man sagen wird: Da sieht man es wieder, sie stehlen, sie stehlen alles, was sie kriegen können, und jetzt sogar schon kleine blonde Kinder mit blauen Augen.«

Es half nichts, dass der kleine Gero mit zitternden Lippen von einem zum anderen blickte und Rubina versicherte, sie habe ihn nicht gestohlen, er sei eingeschlossen gewesen, verschüttet, und er sei gerne mit ihr mitgekommen. Und Marios Mulo sei es gewesen, der ihr gesagt habe, den Kleinen hierherzubringen. Weil es ein kleiner Junge sei, wie Mario es selbst gewesen ist.

Doch die Tante Kathi war erbost: Wie Rubina so etwas vermuten könne? Nie, nie würde Marios Mulo sie überreden, etwas zu tun, was sie alle in schlimme Schwierigkeiten stürzen könnte.

Da versuchte Mala, sich einzumischen, ihr Finger zeigte auf Rubina, ihre Brauen waren sorgenvoll zusammengezogen. Rubina hielt sich schnell die Ohren zu, keinesfalls wollte sie hören, was Mala zu sagen hatte.

Auch Kathi wollte es wohl nicht hören, sie ließ Mala nicht zu Wort kommen, sie rief laut und bestimmt, der Junge würde jetzt gewaschen und bekäme zu essen und dann würde er zurückgebracht, und weiter gäbe es dazu nichts zu sagen.

Rubina breitete die Decke auf den schmutzigen Dielen aus. Mala hatte sie ihr mitgegeben. Damit der Kleine eine Decke habe, wenn er allein zurückbleiben würde.

Gero beobachtete sie, er schmatzte an dem harten Brotstück herum, das sie ihm gegeben hatte. »Das ist dein Abendessen«, hatte sie gesagt, »iss es langsam, mehr gibt es heute nicht.«

Sie hatte einen Bäcker gefunden, der ihr erlaubt hatte, seinen Hof zu fegen. Als Lohn bekam sie eine Tüte mit trockenen Brotresten. Und sie musste dem Bäcker versprechen, nicht wiederzukommen.

Hier, hinter dem halb zerbombten Haus, dem Gero-Haus, entdeckte sie eine Treppe. Sie kletterte in das obere Stockwerk. Dort oben lag zwischen Schutt und Scherben Hausrat herum. Sie wählte einen Eimer aus, einen großen Löffel und ein Kissen.

Mit dem Eimer hatten sie sich an der nächsten Wasserstelle in die Schlange gereiht. Er stand jetzt in der Mitte des Zimmers, und wenn Gero durstig war, half sie ihm, den Löffel zu füllen. Und sie hatte ihm gezeigt, wo er sein Geschäft verrichten durfte, draußen hinter dem Haus, in einer Kuhle. Am Lagerplatz hatte sie Geros Hose gewaschen, und Kathi bestand darauf, dass er sie sofort wieder anzog, so nass, wie sie war, damit keine Zeit verloren ginge, um ihn zurückzubringen.

Gero hielt fest ihre Hand, während sie zusammen durch die Straßen gingen. In dem Händedruck spürte sie das, was sie so lange vermisst hatte. Gero vertraute ihr. Und dieses Mal würde sie es nicht falsch machen, dieses Mal würde sie wachsam sein. Da konnte die Tante Kathi befehlen, was sie wollte. Sie würde ihn verteidigen, gegen jeden Angriff würde sie ihn verteidigen.

Und sie würde auf Angelika warten. Sie hatte die Tage mitgezählt, in zwei Tagen würde Angelika kommen, sie würde wissen, was zu tun ist, und vielleicht auch Dieter. Rubina hatte die Stelle schon ausgesucht, wo sie sich verstecken konnten, damit sie Angelika nicht verpassten.

Auf ihrem Weg zurück zu dem zerstörten Haus hatte sie Gero auch gefragt, wie alt er sei.

Drei Finger hielt er hoch, Zeigefinger, Mittelfinger und Ringfinger.

»Drei Jahre?«, fragte sie, und Gero nickte. Das ist eine gute Auskunft, hatte Rubina gedacht, ich werde mir ganz viel Mühe geben, alles richtig zu machen.

Die Sonne stand tief, das Hämmern der Steineklopfer, die die Backsteine vom alten Mörtel säuberten, verstummte, nur ein paar Fliegen surrten herum, suchten nach einem Platz für die Nacht. Rubina und Gero legten sich nebeneinander auf das Kissen, Rubina wickelte die Decke um sie.

»Schlaf gut, Gero«, sagte sie leise.

»Schlafen«, antwortete Gero und kniff die Augen zu. Er riss sie wieder auf und strich mit den Fingern über Rubinas Augen. »Augen zu«, forderte er.

Rubina lachte: »Wenn ich *jetzt* sage, dann machen wir beide die Augen zu, ja?«

Sie ließ sich Zeit, während Gero sie erwartungsvoll ansah, mit seinen hellen blauen Augen. Sie spürte seinen Atem in ihrem Gesicht. Es ist nicht Mario, dachte sie, und doch ist es, als wäre er es. Und langsam, als gäbe sie ein Geheimnis preis, flüsterte sie: »Jetzt.«

Am Sonntag warteten sie auf Angelika. Sie versteckten sich in der zerbombten Kokerei, zwischen den Schornsteinen, die tot, ohne ihre Rauchfahnen, wie gefällte Bäume nebeneinanderlagen. Es war nicht weit von der Straße, die unmittelbar zum Lagerplatz führte. Rubina hörte das Moped, lange bevor es zu sehen war. Sie stellte sich am Straßenrand auf, Gero neben sich. Und gleich sah sie, dass Angelika fehlte. Sie zog Gero näher heran und umklammerte seine Hand noch fester.

»Sie ist krank«, behauptete Dieter und stellte den Motor ab. Aber sie habe ihn geschickt, weil sie es doch versprochen habe. Und nächste Woche würden sie heiraten, dann ginge es Angelika wieder besser. Und wenn Rubina sich bei Kathi nicht wohlfühle, dann solle sie doch mit ihm zurückfahren. Nur den Kleinen, den müsse sie hierlassen, der gehöre in ein Waisenhaus, damit seine Eltern ihn dort fänden.

Rubina drehte sich um, mit Gero lief sie zurück in ihr Versteck. Sie duckten sich zwischen die Steine und ließen Dieter nicht aus den Augen. Eine ganze Weile saß er mit gespreizten Beinen auf seinem Moped. Er konnte sich wohl nicht entschließen, Rubina hinterherzulaufen. Aber weiterfahren, zu Kathi, das mochte er auch nicht. Deshalb hockte er dort und dachte nach. Was würde Angelika zu alldem sagen, Angelika, die zu Hause krank im Bett lag und auf gute Nachrichten von Rubina hoffte? Würde sie damit einverstanden sein, dass Rubina Gero, den sie gefunden hatte, weil Mario es so gewollt hatte, dass sie Gero in einer dieser Sammelstellen für verlassene Kinder ablieferte?

Spatzen hüpften die Mauerziegel hinauf und hinunter, schrien unentwegt aufeinander ein. Sie steckten die Schnäbel zwischen die Steine, zogen zappelnde Käfer hervor und zeigten sie triumphierend herum, als wollten sie jedem Hungrigen Mut machen, es immer wieder zu versuchen.

Schließlich kam Dieter zu einem Entschluss. Er stieg von seinem Moped, er bockte es auf und legte den Sack, den er mitgebracht hatte, im Schatten einer Mauer ab. Dann wendete er sein Moped und fuhr davon.

Rubina machte keinen Fehler, schon gar nicht sprang sie gleich auf. Sie verhielt sich ruhig, lange rührte sie sich nicht. Auch Gero machte alles richtig und blieb still neben ihr auf dem Bauch liegen. Dann schlichen sie schrittweise voran, immer wieder Deckung suchend.

Sie erreichten den Sack. Rubinas Augen waren überall, sie hatte die Straße im Blick, die zerstörte Kokerei hinter ihr und Gero an ihrer Seite.

Doch nichts geschah. Sie hörte die Spatzen, sie hörte die Lerchen, die sich die Wiese am Ende der Straße mit den Pferden und den drei Wohnwagen teilten, und sie stellte sich Kathi vor und Mala und die Cousinen, die alle auf Rubina schimpften, wie unverbesserlich sie doch sei, immer fortzulaufen, wenn es darauf ankäme zusammenzuhalten.

Sie schleppte den Sack in ihr Haus. Die Vorräte würden für viele Tage reichen, und das wusste Rubina inzwischen: Man musste das Brot in Stücke brechen und in der Sonne trocknen lassen, damit es nicht schimmelte.

Wenn gar nichts gelang, wenn nichts zu finden war, kein Blatt eines Löwenzahns, keine Kamillenblüten, dann halfen die Amerikaner. Mit Keksen, manchmal sogar mit einer Dose voller Fleisch, die Rubina mit einem Stein aufschlagen musste, und natürlich mit Schokolade. Wenn sie in ihren Jeeps hielten und die Menschen sich um sie scharten, blieb Rubina abseits stehen, an der einen Hand den kleinen Gero, in der anderen den leeren Eimer. Sie fürchtete sich vor den Fäusten, die so blitzartig aus der Menge hervorschnellen konnten.

Bald hatte sie herausgefunden, worauf es ankam. Es kam darauf an, auf die richtige Art und Weise am Straßenrand zu stehen, außerhalb des Gewühls der stoßenden und drängelnden Menschen. Wenn sie die richtige Form des Abseitsstehens wählte, war es leicht. Es war wichtig, unbeweglich dazustehen und nur hinüberzusehen zu den Soldaten, die ihre Päckchen in die ausgestreckten Hände verteilten. Nur hinübersehen, ohne Lachen, ernst und regungslos. Wenn das gelang, dann dauerte es nicht lange und einer der Soldaten hob den Arm und winkte. Dann zögerte Rubina nicht. Mit Gero und Eimer ging sie bedächtig auf den Jeep zu.

Es war wichtig, nicht zu hasten, und es war wichtig, den Soldaten, der gewinkt hatte, anzusehen. Man musste ihm entgegenblicken mit der richtigen Mischung aus Traurigsein und Hoffnung. Und tatsächlich bildete sich eine Gasse zwischen den Menschen, und sie konnten bis an die Wagentür herantreten. Der Amerikaner griff nach dem Eimer und füllte ihn mit diesen unglaublichen Leckereien, die Rubina vorher nicht gekannt hatte. Und dann war es ganz und gar in Ordnung, dass Gero vor Freude zappelig wurde und unentwegt seinen Namen rief, damit er nicht vergessen würde.

Und wichtig war es, *Thank you* zu sagen, wenn der Soldat den jetzt schweren Eimer Rubina überreichte, und es war auch richtig, an dieser Stelle des Geschehens zu lächeln und anschließend genauso ruhig, wie man gekommen war, wieder zurückzugehen.

Ja, die Amerikaner waren jetzt ihre Freunde. Nie wurde sie dazu aufgefordert, Gero irgendwo abzuliefern, beim Roten Kreuz oder in einem Waisenhaus.

Wenn Rubina morgens wach wurde, Gero in ihrem Arm, und ein weiterer Sommertag vor ihnen lag, an dem sie durch die Stadt streifen würden auf der Suche nach etwas, das ihren Hunger stillen könnte, schloss sie die Augen wieder, und ganz leicht glitt sie hinüber in den Wald. Sie grub mit Mario nach Wurzeln, pflückte Beeren und sammelte Pilze. Und jedes Mal geschah das Merkwürdige, dass neben Mario ein anderer kleiner Junge im Waldboden wühlte, ein Junge mit Angelikas hellem Haar. Und sie hörte sich selbst, wie sie im Weitergehen zwei Namen rief: Mario. Gero. Und sie spürte ganz deutlich, auf ihrem Lager in dem halb zerfallenen Haus, wie glücklich sie war, wenn die beiden Jungen vor ihr herliefen, wenn sie neben ihr hockten, mit Tannenzapfen spielten oder miteinander balgten.

Alles wurde schwieriger, nachdem die Amerikaner abgezogen waren. Rubina hatte es von den anderen Menschen gehört: Die Soldaten, die in ihren Wagen durch die Trümmergassen fuhren, waren jetzt die Briten. Die Briten hielten nicht an. Sie brausten vorbei, ohne die verlangenden Blicke zu bemerken. Auch ernstes Warten am Straßenrand konnte sie nicht überzeugen, auch kein Mädchen mit dunklen Haaren und dunklen Augen, neben dem fröhlich ein kleiner blonder Junge auf und ab hüpfte.

Es war der Hunger, der Rubina wieder zum Lagerplatz trieb. Wenn doch die Eltern endlich zurück wären. Gegen den Vater würde die Tante Kathi sich nicht auflehnen. Und der Vater würde glücklich sein, endlich wieder einen Sohn zu haben, einen Sohn, für den er Schwerter aus Holz schnitzen könnte, dem er zeigen könnte, wie man einen Tisch glatt hobelt, wie man neue Latten an den Wagen klopft und das Dach abdichtet.

Sie krochen auf dem Bauch über die rostigen Schienen, sie robbten auf die kleine Wiese, vor ihnen die Pferde. Einen Frosch scheuchten sie auf. Rubina widerstand der Versuchung, ihn zu fangen. Man hätte ihn in der Sonne trocknen können. Doch der Frosch, den sie hätte trocknen können, um lange auf seinen Knochen herumzubeißen, er hüpfte weiter, auf die Wagen zu, in denen Kathi und Mala wohnten, und auf den dritten, der unbewohnt war – und vor dem jetzt eine Feuerstelle brannte.

»Gero«, flüsterte sie, und Gero blickte zu ihr auf, bereit, ihr zu folgen, wohin auch immer.

Ein erwachsenes Mädchen beugte sich über das Feuer und rührte in einem Topf. Ein Mann kam aus dem Wagen, groß und hager. Rubina war sich so sicher gewesen, den Vater nicht vergessen zu haben, und doch erkannte sie ihn nicht wieder. Sie drückte sich in das hohe Gras und starrte zu dem Vater hinüber, der vor der Tür des Wagens stand und seinen Blick schweifen ließ.

Warum weiß ich, dass es der Vater ist, grübelte sie, wenn ich ihn nicht erkenne? Und wird er auch mich nicht erkennen und trotzdem wissen, dass ich Rubina bin? Und woher weiß ich selbst, ob ich Rubina bin? War ich, Rubina, mit Mario nicht eine andere als ich, Rubina, mit Gero?

Und mitten in dieses unlösbare Rätsel fiel plötzlich wie vom Himmel ein junger Mann. Auf den Bauch ins Gras neben sie fiel er und sah sie neugierig an. Wie eigenartig, sie hatte kein Verlangen fortzulaufen. Sie erwiderte den Blick des jungen Mannes, den sie nicht kannte, den sie aber wie selbstverständlich, als wäre nicht lange, lange Zeit vergangen, beim Namen nannte: »Bruno?«

Bruno lachte, als könnte er nicht glauben, was er sah: »Rubina, kommst du zu uns zurück?«

Sie nickte. Sie prüfte seine Fremdheit, ob sie nur die Oberfläche sei, hinter der sich das Vertraute verbarg. Der Bruder stieß sie mit der Schulter an und schüttelte den Kopf.

Es will nicht hinein in seinen Kopf, dachte Rubina, dass er mich hier im Gras gefunden hat, diese Rubina, von der sie jeden Tag gesprochen haben wie von einer Toten, die sie nie mehr wiedersehen würden. Zweifellos wusste er ja schon längst, dass sie lebte. Kathi wird es ausgeplaudert haben. Rubina lebt, und sie war hier, und jetzt ist sie schon wieder fort. So wird sie geredet haben.

Ja, sie war lebendig, und zum Zeichen ihrer Lebendigkeit zog sie Gero näher zu sich heran.

»Ich bringe Gero mit«, sagte sie. Es war ihr Geschenk an die Familie, ihre Gabe, mit der sie um Wiederaufnahme bitten würde und mit der sie es wiedergutmachen würde, dass sie Mario verloren hatten.

»Gero«, stellte Bruno fest, »du hast ihn also nicht zurückgebracht.«

Gero hörte seinen Namen und bestätigte: »Gero.«

Rubina erwiderte darauf nichts, und Bruno wollte wissen, ob sie die ganzen Jahre wirklich bei Angelika gewesen sei.

Rubina nickte: Ja, sie sei bei Angelika gewesen. Und sie machte Bruno darauf aufmerksam, dass Geros Haar genauso hell sei wie Angelikas.

»Gero also«, bemerkte Bruno wieder. Und mit einem Mal sprang er auf.

»Dann komm«, rief er, »wir haben lange genug auf dich gewartet.«

Im Laufen bückte er sich und fing den Frosch.

»Man kann sie rösten, sie schmecken wunderbar«, lachte er.

Die Mutter saß auf einer Kiste in dem beinahe leeren Wagen. In einer Ecke waren Decken aufeinandergeschichtet, ordentlich zusammengefaltet. Auf einem Bord über dem Fenster lagen einige Löffel, an der Decke hing ein gehäutetes Kaninchen, von Fliegen umschwirrt.

Die Mutter strich sich über das müde Gesicht. Sie war wohl zu erschöpft, um sich über Rubina zu freuen. Und sie war zu erschöpft, um es wieder und wieder zu erklären: »Der Junge kann nicht hierbleiben.«

Rubina stand vor ihr, sie presste Gero fest an sich, und sie war fassungslos über die grobe Unhöflichkeit der Mutter. Ein Geschenk hatte sie mitgebracht, und die Mutter wies das Geschenk zurück. So etwas hatte Rubina noch nie erlebt. Und noch nie hatte sie erlebt, dass der Vater es hinnahm. Geschwiegen hatte er und war hinausgegangen.

Gescha mischte sich ein. Gescha war jetzt eine junge Frau und sie hatte das Recht, ihre Meinung zu sagen, und Gescha meinte, der Kleine könne doch heute erst einmal bleiben, und morgen würde man beraten, wie es weitergehen solle.

Bruno schlug sogar vor, ein bisschen zu feiern, immerhin sei Rubina wieder bei ihnen.

In der Nacht konnte Rubina nicht schlafen. Sie lauschte auf die ruhigen Atemzüge um sie herum. Alles wollte sie dieses Mal richtig machen. War es richtig, dass sie hier mit Gero bei ihrer Familie lag? Mit Gero, den die Familie nicht aufnehmen wollte? Von dem sie behaupteten, er gehöre nicht zu ihnen? Sie, Rubina, gehöre zu ihnen, das hatten sie immer wieder betont. Und wenn Rubina ihnen dann erklärt hatte, dass Gero doch zu ihr gehöre und damit auch zu ihnen, waren sie verärgert gewesen. Sie hatten mit ihr geschimpft, sie nähme sich zu viel heraus.

Und die Tante Kathi hatte sie ein dummes Mädchen genannt, weil sie immer fortlaufe, wenn es nicht nach ihrem Kopf ginge, sie müsse lernen, sich der Familie unterzuordnen. Es drehe sich nicht immer alles um sie, es ginge um sie alle zusammen, das müsse sie endlich verstehen.

Und Rubina hatte versprochen, von jetzt ab alles richtig zu machen.

Gefeiert hatten sie dennoch. Als Großvater Wilhelm gekommen war. Er hatte zwei Kaninchen gefangen, und er hatte Gero vom ersten Moment an nicht beachtet. Doch er war nicht eingeschritten, als Gescha auch Gero zu essen gegeben hatte.

Sie hatten auch gesungen und sogar getanzt. Gero hatte mit Rubina getanzt, es hatte sehr lustig ausgesehen, aber niemand hatte sich darüber gefreut, nur sie allein hatte gelacht.

Und nun lag sie hier zwischen den anderen, lauschte auf ihre Atemzüge und grübelte, schlief ein wenig und grübelte auch im Schlaf weiter, was denn das Richtige sei. Als sie am Morgen erwachte und wie jeden Morgen Gero neben ihr lag, das helle Haar klebte feucht auf seiner Stirn, da war ihr mit einem Schlag klar, wie es sich mit dem Richtigen verhielt: Bevor etwas geschah, gab es kein Richtig oder Falsch, es war fest miteinander verwachsen und ließ sich nicht trennen, auch wenn man noch so oft darüber nachdachte. Erst *nachdem* etwas geschehen war, sonderte es sich ganz von allein und man konnte es genau unterscheiden, das Richtige und das Falsche.

War es also gleichgültig, wie sie sich entschied, was sie tat, ob sie blieb oder wieder fortlief?

Ich kann nicht beides gleichzeitig, hierbleiben und fortlaufen, dachte sie, eins von beiden werde ich auswählen.

Gero wurde wach, er riss die Augen auf und sah sie verwirrt an. Dann setzte er sich auf und sah um sich, und plötzlich lachte er. »Khelel«, rief er laut, und er schwenkte die kurzen Arme, als tanzte er im Sitzen. Die Mutter hob benommen den Kopf von ihrer Decke, und Gero rief es noch einmal: »Khelel.« Die Mutter blickte ihm verwundert ins Gesicht.

Gero sprach Romani, tanzen wollte er. Rubina hielt den Atem an. So also trug es sich zu: Das Leben suchte etwas aus, es machte einen Vorschlag, es half bei der Entscheidung. Jetzt würde die Mutter erkennen, dass es Mario gewesen war, der ihnen Gero geschickt hatte.

Aber dann hörte sie Mario, er schrie und weinte, weil er mitkommen wollte, weil er dabei sein wollte, wenn sie auf dem Feld Kohlköpfe stahlen …

Es war eine grausame Wahl gewesen, die das Leben damals getroffen hatte. Und was bedeutete das? Hatte es sich geirrt? Oder war es ihr gar feindlich gesinnt, das Leben, das doch vergnügt sein sollte, sonnig? Hatte sie es sich nicht immer so vorgestellt? Ja, solange Mario bei ihr gewesen war, solange war es so gewesen. Und jetzt war Gero bei ihr, und sie war wieder bei den anderen, der Krieg war vorüber, jetzt könnte es zurückkehren, das alte Leben, in dem gelacht und getanzt wurde.

Rubina lief durch die Straßen, sie kroch in das Gero-Haus, sie schnürte sich die Decke und das Kissen auf den Rücken, und mit dem Eimer in der einen Hand und Gero an der anderen kehrte sie zum Lagerplatz zurück.

Viele Male zog sie dann mit dem Eimer los, holte Wasser zum Kochen, Wasser zum Waschen. Bruno und Gescha hatten Kartoffeln gefunden, und wie am Tag zuvor bekam Gero zu essen. Nur sprechen mochte niemand mit ihm, außer den Cousinen, die mit ihm Fangen spielten.

In dieser Nacht schlief Rubina gut und fest, und als sie am Morgen aufwachte, war der Platz neben ihr leer.

Sie setzte sich auf und rief leise nach Gero. Sie stieg über die schlafende Familie und suchte Gero dort, wo sie ihr Geschäft verrichteten. Sie stürzte in den Wagen zurück, sie rüttelte die anderen wach, sie schrie: »Wo ist Gero?«

Die Mutter befahl ihr, still zu sein, der Kleine sei dort, wo er hingehöre.

»Er gehört zu mir!«, kreischte Rubina. Sie fiel über die Mutter her, schlug sie mit ihren Fäusten. Der Vater trug sie hinaus, er schüttete ihr Wasser über den Kopf.

Mala kam aus ihrem Wagen, sie hielt sich eine Hand vor den Mund, ihre Augen wanderten ängstlich hin und her.

Rubina rannte los, das Wasser rann ihr aus dem Haar, der Vater befahl ihr laut zurückzukommen.

Rubina stürmte durch die Straßen, weinend und schreiend: »Gero!« Und immer wieder: »Gero!«

Da, vor ihr war das Gero-Haus. Dort würde sie ihn finden, dorthin hatten sie ihn zurückgebracht. Das Haus wirkte verändert, der Eingang war freigeräumt worden.

Rubina fiel durch die Tür in das Zimmer, Geros und ihr Zimmer. Sie hob den Kopf und sah in zwei fremde Gesichter, in Augen, die sie verblüfft anstarrten.

»Gero«, schrie sie, »wo ist Gero?«

Eine Frau kam auf sie zu. »Was willst du hier?«, fragte sie barsch.

»Gero«, rief Rubina verzweifelt, »wo ist Gero?«

Sie kniete, die Hände arbeiteten sich durch den Staub auf den Dielen.

»Hier ist kein Gero.« Die Frau wedelte gereizt mit den Händen. »Und jetzt mach, dass du fortkommst, du hast hier nichts verloren.«

Rubina kroch auf die Öffnung der kleinen Kammer zu, der Kammer, in der sie Gero gefunden hatte. Doch die Frau verstellte ihr den Weg.

»Hast du nicht gehört?«, schimpfte sie. »Verschwinde hier.«

Rubina richtete sich auf. Ein Mädchen, so groß wie Gescha, sprang auf sie zu und stieß mit beiden Händen gegen Rubinas Schulter.

»Hau ab«, rief es.

Rubina taumelte gegen die Wand. »Gero«, stammelte sie.

»Kapierst du nicht?«, schrie das Mädchen. »Hier ist kein Gero, wir wollen nichts mit dir und deinem Gero zu tun haben. Hau endlich ab.«

Rubina presste sich an die Wand: »Er muss hier sein, er war doch hier …«

Das Mädchen trat ihr gegen das Bein: »Willst du eine Tracht Prügel? Die kannst du haben.«

Es hob die Fäuste und ließ sie drohend durch die Luft sausen.

Rubina drückte sich an der Wand entlang bis zur Tür, verfolgt von den kreisenden Fäusten. Und sie wankte aus dem Haus, ihrem Haus, dem Gero-Haus.

»Gesindel«, zischte die Frau hinter ihr her. Und das Mädchen lachte laut: »Immer Schiss in der Hose, das Lumpenpack.«

Rubina irrte umher, vorbei an Menschen, die geschäftig hin- und herliefen, die zwischen den Trümmerhaufen hockten und auf die Steine klopften. Sie rief nicht mehr, sie suchte nicht mehr. Manchmal kauerte sie sich an den Straßenrand und weinte, dann stülpte sich das Hämmern der Steineklopfer wie eine Glocke über sie, unter der sie sich krümmte in ihrer Einsamkeit. Wie eine der plötzlich einfallenden Mauern in den Hausruinen war die Einsamkeit auf sie gestürzt. Rubina wehrte sich nicht, die Einsamkeit drückte sie nieder, und sie schleppte sie mit sich. An Marios Stelle folgte der Tod ihr, und an Geros statt ging nun die Einsamkeit mit ihr.

Am Abend schlich sie erschöpft und hungrig zurück, zurück zum Lagerplatz, zurück zu der Familie, zu der sie gehörte.

2008

Der Baum

»MEIN Schicksal«, hatte ich gesagt und Claudia das Foto von meiner Mutter mit dem kleinen Gero überlassen.

»Wieso *dein* Schicksal?«, fragte sie, sehr behutsam.

Ich, in den Polstern meines Sofas, die Beine auf dem Tisch, noch das Summen des Motors im Ohr nach der stundenlangen Autofahrt und das Bild von Rubina vor Augen, wie sie Claudias Hand umklammert und mit den Fingerspitzen ihren Handrücken streichelt, ich suchte nach dem Weg zurück.

Konnten wir es nicht bei dem belassen, bei dem, was wir bislang voneinander wussten? Warum sich noch weiter vorwagen? Jeder Schritt näher an die Vergangenheit konnte Unberechenbares heraufbeschwören. Sie war vermint, meine Vergangenheit, und ich hatte keine Ahnung, wo sie verborgen waren, die Minen, die bei der kleinsten Berührung explodieren konnten. Aber ich kannte ihre Sprengkraft, sie riss erbarmungslos auseinander, was man für fest verschweißt gehalten hatte. Wenn selbst Nähte, die doch eigentlich für die Ewigkeit eines Lebens gedacht waren, dieser Sprengkraft nicht widerstanden, was war dann erst mit einer Verbindung, die noch undichte Stellen aufwies? Die schon Gefahr lief, sich zu zerstören durch den schlichten Wunsch nach einer gemeinsamen Woche an der See?

Ich rührte mich nicht. Und Claudia schob mir zwei Finger ins Haar, vom Ohr an aufwärts bis auf den Oberkopf. Ich drehte mich zu ihr hin, ihren Unterarm jetzt vor meinen Augen. Langsam zog sie ihre Hand zurück, und als läse sie meine Gedanken aus meinem Gesicht, sagte sie: »Es gibt nur die eine Chance für uns, radikale Offenheit. Nichts sonst kann ich akzeptieren.«

Ihre Pupillen waren erweitert, das Blau an den Rand gedrängt, als wollten die Augen diese radikale Offenheit demonstrieren. Ich machte eine Bewegung, sie zu mir heranzuziehen, um sie zu küssen. Doch sie wehrte mich ab: »Du denkst sicher: Hier hat sie gesessen, es ist erst einige Wochen her, und war nicht in der Lage, meine Nähe zuzulassen und jetzt … ja, Martin, es hat mich Überwindung gekostet, aber ich habe mich überwunden, und jetzt will ich dich ganz, auch mit deinen stillen Gedanken und mit dem, was dir Angst macht.«

Ich rutschte ihr entgegen, ich ließ den Kopf an ihre Brust fallen, in die weiche Elastizität, die nicht eigentlich nachgibt und doch ein Versinken zulässt, und ich rang mein Widerstreben nieder, vorerst: »Wenn wir morgen früh aufstehen, dann reicht die Zeit noch, bis ich in die Redaktion muss.«

»Ja«, sagte sie leise, »dann stehen wir früh auf.«

Claudia hatte nicht nachgefragt, weder am Abend noch am nächsten Morgen.

Wir fuhren kurz nach sechs los. Im Stadtpark wurde es morgens jetzt schon ruhiger, die Vögel nahmen es hin, dass der Sommer seinen Abschied nicht mehr ausschloss.

Ich wählte die direkte Verbindung, die A40, der aufsteigenden Sonne entgegen. Am Kreuz Dortmund/Unna weiter auf der A44.

Claudia hatte bei unserem Start nur einen schnellen Blick auf das Display des Navis geworfen und geschwiegen. Wir schwiegen auch während der anderthalb Stunden, die wir unterwegs waren. Nur einmal, noch in Essen, hatte sie mich gebeten, bei einem Bäcker zu halten. Sie hatte zwei Becher mit Kaffee und eine Tüte Brötchen gekauft, und dann hatten wir geschwiegen.

Ich war betont rücksichtsvoll gefahren, nicht so sehr aus Vorsatz, sondern weil mir unser einvernehmliches Schweigen guttat, weil ich es so lange wie möglich ausdehnen wollte.

Ich folgte dem Navi, Ausfahrt Soest. Wir rollten südwärts über die Bundesstraße 229. Rechts und links Felder, mal ein Dorf oder

Industrieansiedlungen. Wir passierten die Brücke über den Möhnesee und kurvten dann am Südufer entlang.

Als wir die Autobahn verlassen hatten, war Claudias Haltung straffer geworden, sie blickte aufmerksam um sich, als wäre ihr die Gegend bekannt, als suchte sie nach Anhaltspunkten für eine Erinnerung, die nur ein wenig aufgefrischt werden müsste, um wieder völlig präsent zu sein.

Ich fand den Parkplatz am See, unterhalb des Waldes. Hier hielt ich. Wir sahen uns an, und ich sagte: »Wir müssen ein Stück laufen.« Claudia nickte. Zu Hause hatte sie gefragt: »Soll ich Sandalen anziehen oder die Ballerinas?«

Ich hatte mir die Ballerinas zeigen lassen, und ich hatte zu den Ballerinas geraten.

Vorher hatte sie im BH vor mir gestanden und mir ein T-Shirt hingehalten, schwarz oder dunkelblau: Ob das den Ansprüchen unseres Ausflugs genügen würde?

Ich hatte nach Spuren von Spott in ihrer Miene geforscht, aber sie hatte zweifelnd die Brauen zusammengezogen, als wäre sie tatsächlich unsicher über die angemessene Bekleidung für einen Tag, der meinem Schicksal gewidmet sein sollte und damit unter Umständen auch ihrem.

Wir hielten uns erst an den Weg, dann führte ich Claudia den Wiesenhang hinauf. Ich ging voran durch das warme Gras. Mit jedem Schritt scheuchte ich Schwärme von Insekten auf, die kopflos beiseitesurrten, perplex über diesen Angriff auf ihre bislang so harmonisch verlaufene Existenz.

Ich spürte Claudia hinter mir, wie sie sich nach meinen Schritten richtete, wie sie der Schneise folgte, die ich in das Gras trat.

Wie ein Kind, schoss es mir durch den Kopf, vertrauensvoll wie ein Kind, das keine Wahl hat, das angewiesen ist auf den, der vor ihm hergeht und den Weg weist.

Einmal blieb ich stehen und sah mich um. Gleich traf mich der Schreck, als wäre ich Orpheus, der jetzt, mit diesem Zurückblicken, seine Eurydike für immer verloren hätte. Doch Claudia, hinter mir mit erhitztem Gesicht, blickte fragend zu mir auf und drehte sich dann auch um. Unter uns der dunkle See, über uns der sommerliche

Morgenhimmel mit einzelnen weißen Wolkenfeldern – die mustergültige Kulisse für einen gemeinsamen stimmigen Wanderausflug.

Ich stieg weiter zum Wald hinauf, obwohl mir das Atmen schwer wurde und das Herz im Hals und in den Ohren wummerte.

Als ich den Waldrand erreicht hatte, wandte ich mich nach links und spähte durch die erste Baumreihe.

Ich erkannte ihn sofort. Vor zehn Jahren war ich das letzte Mal hier gewesen, und seitdem hatte er sich kaum verändert. In den gut drei Jahrzehnten, die ich ihn kannte, war er zwar kräftiger und höher geworden, trotzdem erkannte ich ihn jedes Mal wieder. Aber wie jedes vorherige Mal musste ich mich neu vergewissern, welcher Art er angehörte.

»Da, die Rotbuche«, sagte ich mit rauer Stimme. Ich zeigte an den Stämmen des Waldrandes vorbei auf *den* Baum.

Claudia nickte. Ihre Augen fragten. Sie verstand nicht.

Ich ging auf den Baum zu, ich zögerte nicht mehr, ich ging entschlossen, ich blickte kurz in die Baumkrone hoch, dann presste ich den Rücken und die Arme an den Stamm, ich schloss die Augen. Ich wartete.

Claudias Stimme, hilflos, bittend: »Mein Gott, Martin, was willst du mir denn sagen?«

Ich hämmerte den Hinterkopf an den Stamm. Warum zum Teufel verstand sie es denn nicht?

Und dann kam das, was ich hatte kommen sehen. Mich schüttelte ein Weinkrampf. Im Magen ballte er sich zusammen, zuckte unter den Bauchmuskeln, schnellte hoch und füllte die Kehle mit einem Druck, dem ich nicht standhielt. Ich rutschte den Stamm hinab und rollte mich auf dem Waldboden am Fuß des Baumes zusammen.

Claudia war sofort bei mir, sie rüttelte meine Schulter: »Martin, was ist hier passiert?«, schrie sie. »Sag es mir, du musst es mir sagen.«

Sie trommelte mit den Fäusten auf mich ein, sie riss an meinem Arm herum, bis ich auf den Rücken rollte.

»Martin, sag es mir«, schrie sie auf mich herab, »hörst du mich, sage es mir.«

Ich öffnete die Augen. Sie weinte, sie hatte Angst. Ich zog sie zu mir herunter, doch sie stemmte sich dagegen. »Du musst sprechen«, brüllte sie, »aussprechen musst du es.«

Ich richtete mich auf, ich stellte mich wieder an den Baum, presste Rücken und Arme gegen den Stamm.

»So«, sagte ich leise, »so hat sie mich gefesselt.«

»Gefesselt? Wer?«

Ich antwortete nicht, ich sah sie nur an.

»Rubina?«, flüsterte sie. »Du sagst, deine Mutter hat dich hier an diesen Baum gefesselt?«

Sie hatte es ausgesprochen. Es war gut, dass sie es ausgesprochen hatte.

»Es war November. Nebelig. Zwei Nächte. Zwei Tage. Dann haben sie mich gefunden.«

Claudia hatte die Hände vor das Gesicht geschlagen. Dort, hinter ihren Händen, fragte sie: »Wann? Wann war das?«

»Ich war elf.«

Sie ließ die Hände herabfallen.

»Martin«, sagte sie eindringlich, »so etwas überlebt ein Kind nicht.«

Ich klebte an dem Baum, mit dem Rücken, mit den Armen: »Sie wollte nicht, dass ich sterbe. Sie war immer wieder hier. In hellem Sonnenlicht. Sie leuchtete in dem Licht. Um sie herum war alles dunkel, aber sie leuchtete. Und sie hat getanzt und gelacht und gesungen. Wenn sie nicht da war, habe ich auf sie gewartet. Und der Baum hat mir Tropfen abgegeben. Sie rannen den Stamm hinunter. Aber hauptsächlich habe ich gewartet, und dann kam sie auch immer. Aber ich hatte mich vollgepinkelt und in die Hose geschissen, mehrmals, immer auf den alten Brei noch einen drauf.«

Claudia riss mich weg. Sie weinte an meiner Schulter. Sie fror. Sie zerrte mich weg, weg von dem Baum, in die Sonne.

Wir setzten uns an den Wiesenhang. Sie hielt meine Hand, sie streichelte meinen Handrücken, wie meine Mutter ihren gestreichelt hatte, und sie wollte alles wissen. Alles: Warum? Und ich? Und Rubina? Und überhaupt, wie es weitergegangen sei?

Die Sonnenwärme auf meinem Rücken sickerte durch die Haut, rieselte in mich hinein, und mit bemerkenswertem Gleichmut antwortete ich: »Krankenhaus, zwei Wochen Krankenhaus. Lange nur im Nebel und ganz allmählich: die Wärmedecken, die Infusionen, die Schwestern, mein Vater, meine Oma … also die Mutter meines Vaters. Sie blieb dann bei uns und sorgte für ein ausgeglichenes, für ein ereignisloses Leben. Manchmal war auch Robert an meinem Bett. Er hatte es aus Rubina herausgelockt. Ich nehme an, sie konnte es nicht mehr trennen, Vergangenheit und Gegenwart, es vermischte sich. Und das verwirrte sie, oder es war schon die Verwirrung selbst. Wir haben die Anzeichen übersehen, es hatte sich ja angekündigt, mit diesem ständigen ›Niemals werde ich euch weggeben‹. Wir haben sie nicht ernst genommen … wir haben sie alleingelassen mit ihrer Angst. Den Rest kennst du ja …«

»Und seitdem ist sie dort, in der Psychiatrie?« Claudia legte sich meine Hand an die Wange.

»Sie war ungefähr so alt wie du. Robert hat sie vor Jahren dort oben in den Norden verlegen lassen.«

Und dann sagte ich: »Sie hatte mir vorher mein Lieblingsessen gekocht, Hefeklöße mit Kirschen. Das war Robert aufgefallen.«

»Und warum?«, fragte Claudia in meinen Handteller hinein. »Warum hat sie gerade das getan? Wegen Gero? Oder wegen ihres kleinen Bruders? Weil sie damals ein Kind war und mit allem nicht fertiggeworden ist?«

Sie hatte ja mein Buch gelesen, und nun legte sie sich alles zurecht. Das ging ganz mühelos, ganz schnell war aus einer Geschichte *meine* Geschichte geworden. Sie legte es sich zurecht wie jeder, der es gelesen hatte und sich dann mich, den Autor, ansah und sich alles zurechtlegte. Doch dass sie alle, die mich auf diese Weise ansahen und meine Mutter auf noch schlimmere Weise angesehen hatten, dass sie alle daran beteiligt waren, auf den Gedanken kamen sie nicht.

Aber eine Geschichte brauchten sie, auf die sich alles zurückführen ließ. Anderenfalls müssten sie es ja aushalten, dass alles willkürlich geschah, dass sie uns ablehnten, weil ihnen unser Aussehen nicht passte, unser Anderssein. Das würden sie vor sich nicht vertreten können, nicht mit ihren liberalen Anschauungen, mit ihrer aufgeklärten

Toleranz. Deshalb brauchten sie Geschichten, Geschichten, die ihnen taugliche Ursachen lieferten.

Auch Claudia hatte eine Geschichte gebraucht, um mit sich selbst klarzukommen. Vor vier Jahren, da hatte sie das, was sie für ihre Geschichte gehalten hatte, aufgeschrieben. Deshalb saßen wir hier nebeneinander im Gras, hinter uns der Wald mit dem Baum und unter uns der Stausee. Weil sie diese Geschichte aufgeschrieben und ich sie gelesen hatte. Denn eine Geschichte wird erst zur Geschichte, wenn jemand sie gelesen hat.

Und dann war ich der Meinung, auch ich müsste eine Geschichte aufschreiben, und allmählich und ganz beiläufig wurde diese Geschichte jetzt zu meiner Geschichte. Denn zu Hause, auf meinem Tisch, da lag ein Foto, ein altes Foto. Und dieses Foto war plötzlich zu einem Beweisstück geworden, mit einem Mal bezeugte es die Geschichte, die ich geschrieben hatte. Und dann gab es noch die alte, zerbrochene Frau, die meine Mutter gewesen war und die, wie jeder andere auch, nur ein einziges Leben gehabt hatte und die um dieses einzige Leben betrogen worden war. Auch sie machte aus einer hingeschriebenen Geschichte meine Geschichte.

Klammerte auch ich mich an Geschichten fest? Würde ich es sonst nicht ertragen – wie meine Mutter es nicht ertragen hatte?

So starrte ich vor mich hin, ohne auf Claudias Fragen zu antworten. Vielleicht waren ihre Fragen auch keine an mich gerichteten Fragen gewesen, denn sie griff, ohne dass ich etwas gesagt hatte, einen meiner Gedanken auf, und ich erkannte, dass ich sie wieder einmal unterschätzt hatte, und ich spürte eine schnelle, warme Zuneigung für sie.

»Eigentlich«, überlegte sie und deponierte meine Hand auf ihrem aufgestellten Knie, »eigentlich sind wir ja schuld, ich meine wir« – sie streckte den Arm und wies ins Tal hinunter – »oder vielmehr die Vorfahren von denen, von den Deutschen, weil sie solche Ansichten, ich meine, solche Vorurteile in die Welt gesetzt haben.«

Sie tat sich schwer, sich auszudrücken. Sie musste sich in Acht nehmen, in meiner Gegenwart keine abwertenden, keine diskriminierenden Begriffe zu gebrauchen.

Das reizte mich. Obwohl mir eben noch warm geworden war, obwohl ich mich gerade noch darin bestätigt gesehen hatte: Sie ist anders, sie versteht es, mit ihr wird alles anders. Obwohl es mir so offenkundig erschienen war, reizte mich nun jedes Wort, das sie gesagt hatte, und ich fragte grob: »Zigeuner stehlen kleine blonde Kinder, das meinst du mit *Ansichten*?«

Sie nickte: »Das meinte man doch damals …«

»Das meint man auch heute noch«, erwiderte ich erbarmungslos. Sie wollte doch nicht geschont werden, warum also sollte ich Rücksicht nehmen auf ihre Feinfühligkeit?

»Das glaube ich nicht«, behauptete sie und streichelte wieder über meine Hand auf ihrem Knie.

Ich zog die Hand zurück: »Was du glaubst, zählt wenig, ich kann dir versichern, ich weiß, dass es so ist. Und außerdem, ändern würde sich für mich sowieso nichts. Ich bin das Kind meiner Mutter, und beide sind wir Vergessene, an die Zeit Vergessene.«

Es klang einmal mehr sehr pathetisch, doch so war es nun einmal, es ging nicht ohne Pathos.

Claudia schüttelte den Kopf. Nein, sie war nicht amüsiert, sie nahm mein Gerede ernst. Und sie gab nicht auf: »Es würde etwas ändern«, beharrte sie, »für deine Kinder würde es etwas ändern, und für alle anderen Kinder auch.«

Vielleicht hatte sie recht, vielleicht auch nicht. Ich mochte nichts mehr dazu sagen, und eine Weile saßen wir still nebeneinander in der Sonne. Bienen, wie im Formationsflug, schossen über die Gräser hinweg, ein Käfer erklomm mühsam einen Halm, der sich unter dem Gewicht zum Boden neigte und den Käfer fallen ließ. Claudia stieß ihn mit dem Fingernagel an, sodass er wieder auf die Beine fand. Die ersten Segler, hingespritzte weiße Sprenkel auf dem dunklen See, legten Ferienstimmung nahe. Das Signalhorn eines Zuges wehte, wie ein dünner Faden eingesponnen in den leichten Wind, zu uns herauf.

Claudia brach unser Schweigen: »Es ist so schön hier. Es ist alles so paradox, so unbegreiflich paradox. Weil es so schön sein kann. Und gleichzeitig so unerträglich.«

Ich stand auf. Ich musste zurück, ich wollte nicht zu spät kommen.

2008

Notausgang

ICH erledigte meine Arbeit, schrieb sogar eine längere Rezension zu einer schon im Frühjahr erschienenen Novelle von Siegfried Lenz. Warum ich mich gerade heute dazu entschloss, darüber weigerte ich mich, Rechenschaft abzulegen. Dabei war mir der Inhalt in seinen Einzelheiten schon weitgehend entfallen.

Ich ignorierte das Erstaunen meiner Kollegen, von denen erwartungsgemäß keiner sich dazu äußerte, die aber auch nicht darauf verzichteten, ihrer Verwunderung mit dem Klicken von Kugelschreibern oder dem Scharren von Füßen Ausdruck zu verleihen.

Ich schrieb gegen schon längst erschienene Rezensionen an, die beinahe allesamt die kleine Liebesgeschichte zwischen einem Schüler und seiner Lehrerin lobten, aber ein Manko an Leidenschaft konstatierten. Diesen Punkt griff ich auf, und ich verteidigte eben diese fehlende Leidenschaft einer ersten Liebe, die ja nicht fehlte, sondern nicht ausdrücklich hervorgehoben war. Ich verteidigte sie mit der Begründung, nur so, gezügelt in der Ausdrucksweise, sei für den Erzähler eine solche ungleiche Liebesbeziehung überhaupt darzustellen.

Ich las mir den Artikel anschließend nicht ein einziges Mal durch, aber ich spürte durchaus, dass während des Schreibens eine unheilvolle Stimmung in mir aufgezogen war. Ich führte es auf meinen Ausflug mit Claudia am Morgen zurück, dieses Gefühl der Gefahr, der Gefahr des Verlassenwerdens, des Ausgeliefertseins, ohne sich rühren zu können.

Und wie jedes Mal, wenn diese Bedrohung heraufzog, bot sich auch dieses Mal nur die eine Möglichkeit, ihr zu entrinnen: sich ihr früh genug zu entziehen, es gar nicht erst so weit kommen zu lassen, plötzlich verlassen dazustehen. Auf das Rechtzeitig kam es an, auf den richtigen Zeitpunkt, einem Fortgeschicktwerden zuvorzukommen.

In dieser Gemütsverfassung, die ich nicht in klaren, gesonderten Gedanken formulierte, die mich aber wie eine düster-diffuse Aura begleitete, ging ich durch den späten Sommerabend nach Hause. Dort würde Claudia auf mich warten, so hatten wir es vereinbart, erst am nächsten Vormittag wollte sie zurückfahren.

Claudia hatte eine Flasche Rotwein geöffnet, sie hatte ein Abendessen zubereitet und den kleinen Tisch in meiner Küche gedeckt. Ich betrachtete eingehend eine Schüssel mit Salat und Teller, auf denen sich Tomaten unter zerlaufenem Käse duckten, und ich dachte: Henkersmahlzeit.

Ich erschrak. Und gleich darauf erschien mir diese Eingebung als die logischste und präziseste, die mir heute zugeflogen war. Ich beobachtete Claudia, wie sie den Wein eingoss, wie sie immer wieder unsicher mit den Augen meine Richtung suchte, ohne mich wirklich anzusehen.

Sie verbirgt etwas, vermutete ich. Und was sich hinter dem Etwas versteckte, das brauchte ich nicht lange zu analysieren, das erklärte sich mir von selbst.

Ich hob das Weinglas, und ohne auf Claudias Geste, mit mir anzustoßen, einzugehen, trank ich es aus. Ich setzte es ab und stellte mich ans Fenster: die Straßenlaternen, der dunkle Park dahinter, schwarz, eine mondlose Nacht.

Was für eine sinnlose Einrichtung, dachte ich, Tag Nacht Tag Nacht. Und ein ganzer Planet mit allem, was darauf war, hatte sich dem angepasst, seit Millionen von Jahren, und da er sich diesem Unfug nicht hatte entziehen können, hatte er alles dafür getan, es zu einer zweckvollen Institution zu erheben.

Ich drehte mich um. Claudia stand mit hängenden Armen neben dem Tisch und sah mir ängstlich entgegen.

Ich blickte über sie hinweg auf die Küchenuhr über der Tür, und ich sagte über sie hinweg: »Bevor unser beider Leben im Chaos versinkt, ist es besser, wir gehen getrennte Wege. Es war illusorisch zu glauben, wir hielten so etwas wie Glück füreinander parat. Was wir einander anzubieten haben, ist nur unser Leid, und damit ist man besser allein.«

Claudia starrte mich an. Ich war ihr zuvorgekommen, sie schien überrumpelt.

»Das meinst du jetzt nicht ernst …« Sie versuchte zu lachen.

Mir fiel nur ein prosaisches »Doch, bitterernst« ein.

»Du schickst mich also weg?«, fragte sie mit aufgerissenen Augen, ihre Lippen beinahe ohne Bewegung.

»Ich sorge für unsere Sicherheit, für meine und deine.«

Ich antwortete ruhig. Ja, ich war ruhig, ich war gefasst. Nur der Magen rebellierte, und das Herz, das Herz sowieso.

»Sicherheit? Was für eine Sicherheit?«, stieß Claudia hervor.

»Damit wir uns gegenseitig das Leben nicht noch schwerer machen …« Ich suchte hinter mir Halt mit den Händen an der Fensterbank.

Hatte ich ein Mal darüber nachgedacht, wie Claudia reagieren könnte? Wie sie es aufnehmen würde? Welche Gefühle es auslösen würde? Ich war einem Impuls gefolgt. Ohne eine Überlegung, blindlings. *Es ist für uns beide besser, wir gehen getrennte Wege ...* Ich hatte *das* ausgesprochen, was ein Mechanismus, der vor langer Zeit in meinem Leben einmal in Gang gesetzt worden war, von Zeit zu Zeit hochspülte, damit ich es in Worte formulierte.

Dass Claudia sie hören würde, dass sie eine Wirkung bei ihr hervorrufen würden, daran hatte ich keinen Gedanken verschwendet. Es überraschte mich ja selbst, das, was ich da so beherrscht gesagt hatte, auch wenn mir diese Worte, einmal ausgesprochen, folgerichtig und klar erschienen. Und hätte ich mich mit den Konsequenzen beschäftigt, hätte ich mich in Claudia versetzt, hätte ich mir eine Vorstellung gemacht … es wäre überflüssig gewesen. Denn mit dem, was dann, was jetzt passierte, hätte ich ohnehin nicht gerechnet.

Claudia griff sich mein Weinglas, mein leeres Weinglas, und schleuderte es auf mich. Ich wich ihm aus, es zerbarst mit einem Knall an der Fensterscheibe, Bruchstücke trafen mich im Nacken.

Und sie brüllte, die Augen schwarze Inseln in dem bleichen Gesicht, sie brüllte: »Du schickst mich nicht weg, hörst du, mich jagst du nicht davon wie die anderen Frauen, bring mich um. Wenn du mich loswerden willst, dann bring mich um, dann musst du mich umbringen …«

Ich glotzte sie an, und ohne einen Sinn fiel mir nichts anderes als die Nachbarn ein: Es war bereits nach Mitternacht, jedes Wort würde man hören können, über uns, unter uns. Doch niemand klopfte mit dem Besenstiel an die Decke, niemand rief uns zur Räson. Wir standen uns gegenüber, Claudia mit vorgestrecktem Kopf, erschreckend bleich, mit bebenden Schultern, und ich, der ich hervorbrachte: »So geht es doch nicht …«

Was ich damit meinte, ob das Zusammenleben so nicht ginge oder ob eine Trennung so nicht zu bewerkstelligen sei, ich wusste es nicht. Ich wusste nur, Claudia hatte irgendwie die Spielregeln missachtet. Wo blieb das Weinen, das Sich-verletzt-Zurückziehen? Wo blieb die Beschimpfung: Schuft, feiges Arschloch und was ich mir sonst noch hatte anhören müssen? Stattdessen: Bring mich um.

Und es war noch längst nicht zu Ende: »Ich bring mich nicht um.« Ihre Stimme schrillte durch das stille Haus: »Denk nicht, dass ich dir den Gefallen tue und mich umbringe. Du musst es machen …«

Und dann flog das zweite Weinglas, ihr Glas, aus dem sie noch nicht getrunken hatte. Es prallte gegen meine Brust und zersprang auf dem Küchenboden vor meinen Füßen, und es markierte seine Flugbahn mit einer roten Spur über das Tischtuch, über die Teller mit dem Käseüberbackenen, wie ein Makel in einem Stillleben.

Ich stand vor dem misslungenen Stillleben, ungerührt und fest entschlossen. Ich war mir meiner Sache sicher, verdammt sicher. Ich hatte den Notausgang gefunden, ich war gerettet, und was immer noch geschah, *mir* würde es nicht geschehen.

Claudia stand mir gegenüber, mit kaltem Blick, ebenso unbeirrt wie ich, darauf wartend, dass ich sie aus dem Weg räumte.

Bring mich um, hatte sie geschrien, und nun versperrte sie mir den Weg zur Tür, ich war gefangen in meiner Küche. Nur über meine Leiche, nur über meine Leiche, skandierten ihre Augen, die sonst so empathisch blau leuchtenden Augen, die jetzt unerbittlich schwarz auf den Mörder in mir lauerten.

Und dann sackte sie zusammen, neben dem Tisch. In mir Panik: Hatte ich es getan? Nein, niemals, ich hatte mich doch überhaupt nicht gerührt.

Claudia am Boden, ihre Handflächen klatschten auf die Fliesen, irrsinnig schnell, sie schrie und weinte, Unverständliches, Verzweifeltes.

Und in mir zerriss etwas. Ein klemmender Reißverschluss wurde gewaltsam aufgerissen, und alle Bedrückung, alle Trauer, alle Verzagtheit und Mutlosigkeit quoll hervor. Ich war allen Ernstes dabei zu morden, nicht mit meinen Händen, nein, ich mordete mit dem Wahnsinn, der sich in meinem Leben eingenistet hatte, der mir aufgezwungen worden war, der *uns* aufgezwungen worden war.

Es war das erste Mal, dass ich *uns* dachte, ein solidarisches *Uns*. Ich sah sie mit ihren Wagen durch die feindseligen Städte ziehen, ich sah sie zusammengetrieben und verschleppt, und ich sah sie, wie sie auch heute kämpften und sich verzweifelt behaupteten, allen Anfeindungen zum Trotz. *Wir*, zu denen auch ich gehörte und die ich auf eine anständige Art zu vertreten hatte.

Ich stürzte zu Claudia hinunter, ich hielt sie, ich weinte, dass es mich schüttelte. Sie griff sofort nach mir, und wir umklammerten einander, während wir auf den Abgrund zutaumelten.

Und so knieten wir miteinander, als an der Tür geklingelt wurde.

Wir schreckten hoch und lauschten. Es wurde an die Tür gehämmert, und jemand rief: »Machen Sie auf, sonst müssen wir die Polizei verständigen.«

Bestürzt löste ich meine Arme von Claudia, doch sie rappelte sich auf. Vielleicht fühlte sie sich verantwortlich, sie hatte den Lärm gemacht, und sie war die Frau, einer Frau geschah Gewalt, sie musste sich zeigen, sie musste die Besorgnis zerstreuen.

Sie wischte sich mit einer Serviette über das Gesicht und strich ihr T-Shirt glatt. Ich hörte, wie sie die Tür öffnete und wie sie jeder möglichen Frage vorgriff: »Es tut uns leid, wir hatten einen heftigen Streit, aber jetzt ist alles in Ordnung.«

Ich hörte eine Stimme aus dem Hausflur, fordernd: »Wo ist Herr Heuser?«

Und dann Claudia, mit heiser geschriener Stimme: »Martin, kommst du bitte?«

Mir war klar, das war mein Ende hier, ich würde mir eine andere Wohnung suchen müssen, kein Park mehr vor den Fenstern, kein bequemer Fußweg in die Redaktion.

Ich stand neben Claudia in der offenen Tür, vor uns das Rentnerehepaar von unten, in gestreiften Bademänteln. Ich stammelte etwas von einem fürchterlichen Missverständnis, brachte mehrere Bitten um Entschuldigung für die Ruhestörung hervor.

Misstrauische Blicke ruhten auf meinem Hemd.

»Das ist Rotwein«, erklärte ich schnell, und Claudia dazwischen, beinahe sanft: »Wie gesagt, wir hatten einen heftigen Streit.«

Der Nachbar strich sich über das graue, müde Gesicht: »Herr Heuser, wir kennen Sie als hilfsbereiten, freundlichen Mann. Was sollen wir denn jetzt denken?«

Und wieder Claudia mit zarter, wenn auch rauer Stimme: »Hatten Sie denn nie eine Auseinandersetzung? Haben Sie sich nie gestritten?«

Die Nachbarin zog ihren Mann am Ärmel: »Komm, wir sollten wieder runtergehen.«

Der Mann war noch nicht überzeugt: »Können wir Sie jetzt ohne schlechtes Gewissen allein lassen?«

Ich dankte ihnen, ich weiß nicht wofür. Dafür, dass sie Claudia und mich vom Küchenboden hochgebracht hatten? Der Nachbar hob abwehrend die Hand und wandte sich zur Treppe, seine Frau hakte sich bei ihm unter.

Claudia wartete, bis sie um den Treppenabsatz verschwunden waren, und schloss leise die Tür.

Wir fielen beide auf mein Bett, und dort lagen wir nebeneinander, nur unsere Hände berührten sich. Es gab nichts, was wir uns hätten sagen können. Also lagen wir stumm nebeneinander. Nur Claudia sagte einmal: »Wir sollten morgen Blumen besorgen und die Leute zum Kaffee einladen.«

Und ich dachte, dass sie wohl *heute* meinte.

2008

Das Meer

SCHAUMFLOCKEN, gerade der Brandung entkommen, fliehen über den Sand, bringen sich in Sicherheit vor der nächsten Welle. Das zurücklaufende Wasser will mich zu Fall bringen, schwemmt mir den Sand unter den Füßen weg. Ich ziehe mich einige Schritte zurück und sehe auf das Meer hinaus, auf das Blau, das unentwegt seine Farbe ändert und sich am Horizont mit dem diesigen Blau des Himmels mischt und das so unbegreiflich blendend weiße Wellenkämme hervortreibt. Und ich frage mich, wie man jemandem, der es nicht kennt, das Meer beschreiben soll, ohne in Kitsch und Klischees abzusinken.

Vielleicht ist das Meer nicht in erster Linie Farbe, sondern Kraft, Wucht, die gegen das Land anläuft, das Land, das die Gewalt des Meeres sanft auffängt, wenigstens hier am Strand. Oder es ist Schall, urtümliches brausendes Gedonner, im Einklang mit dem Wind, mit den Schreien der Seemöwen. Oder es ist Beständigkeit, es ist Alter, es ist Millionen an Jahren währende Stetigkeit.

Ich pfeife nach dem Hund, der einen Schwarm Seevögel aufscheucht. Er stürmt auf mich zu, mit angelegten Ohren, ein glückliches Hundegrinsen im Gesicht.

Hinter mir höre ich das Lachen der Kinder, von den Böen in Fetzen gerissen.

Ich bleibe stehen und bücke mich lobend zu dem Hund hinunter. Ich drehe mich um: Claudia zwischen den Kindern, der Wind drückt ihr das Haar dicht an den Kopf.

Ich blicke wieder auf das Meer hinaus. Irgendwo dort hinten entscheidet es sich, das Meer, Sekunde für Sekunde, immer wieder entscheidet es sich, dem Land entgegenzurollen und sich umgehend wieder zurückzunehmen, und das seit Millionen von Jahren auf die immer gleiche Weise, in ununterbrochener Beharrlichkeit.

Und ich denke das, was gewöhnlicherweise an dieser Stelle gedacht werden muss: Wie elend klein in der Zeit und wie sprunghaft ist dagegen ein Menschenleben, ist dein Leben …

Aber warum füllt es dann, jedes einzelne winzige Leben, mit seinen Sehnsüchten und Ängsten eine ganze Welt?

Eine kleine Bitte zum Schluss …

Wir hoffen, Ihnen hat dieses Buch gefallen …

Der schnellste Weg, andere Leser da draußen an Ihren Erfahrungen mit diesem Buch teilhaben zu lassen, ist eine Rezension im Online-Buch-Shop. Ihr Feedback hilft nicht nur anderen Lesern, Neues zu entdecken, sondern auch dem Autor, zu verstehen, was aus Lesersicht in diesem Buch gut und weniger gut ist. So kann sich der Autor weiterentwickeln und Ihnen sowie anderen Lesern in Zukunft noch schönere Geschichten präsentieren. Außerdem sind Ihre Erfahrungen, Erkenntnisse und Eindrücke als ehrliches Leser-Feedback eine enorme Wertschätzung vieler liebevoller Arbeitsstunden, die in dieses Buch geflossen sind.

Danke also schon im Voraus, wenn Sie sich zwei bis drei Minuten Zeit nehmen und eine kleine Bewertung zum Buch z.B. auf Amazon veröffentlichen.

Mehr zum Autor finden Sie auf
www.facebook.com/charlottekliemann2019
www.feuerwerkeverlag.de/kliemann/

Weitere Bücher des Verlages

Immer noch wir

Elja Janus

Über fünfundzwanzig Jahre ist es her, dass Lina und Joe ihre bepinselten Händchen gegeneinander drückten, um eine neue Farbe zu erschaffen - so einzigartig wie ihre Freundschaft. Als sie sich nun unerwartet auf einer Party wieder gegenüberstehen, wissen beide schnell: Dieses Mal ist es so viel mehr. Doch mit den Gefühlen füreinander wächst auch Joes Impuls zu fliehen. Kann Lina ihn davon überzeugen, dass es für die Liebe immer eine zweite Chance gibt?

Die vorletzte Reise der Ewa Kalinowski

Regina W. Egger

Ewa ist krank, todkrank. Für sie jedoch kein Grund, Trübsal zu blasen. Ganz im Gegenteil! Sie verkauft ihre Wohnung und begibt sich gemeinsam mit ihrem guten Freund Lukas und ihrem Yorkshire-Terrier Zizou auf eine Reise quer durch Europa.

Der Wohnmobil-Roadtrip ist geprägt von Ewas Erinnerungen an ein langes, erfülltes Leben und alles, was sie je geliebt hat. Ihr Humor, ihre Lebensweisheiten sowie die Geschichten aus ihrer Heimat Polen begleiten das ungleiche Trio auf diesem großen Abenteuer.

Für Lukas wird Ewas vorletzte Reise schließlich zur schwersten Herausforderung seines Lebens. Und für Ewa wird es Zeit, sich vom letzten, großen Geheimnis ihres Lebens zu befreien …

Dem Horizont so nah

Jessica Koch

Jessica ist jung, liebt das unkomplizierte Leben und hat Aussichten auf eine vielversprechende Zukunft. Als sie eines Abends das Haus verlässt, ahnt sie nicht, dass sie ihrer großen Liebe begegnen wird. Sie ahnt nicht, dass diese Begegnung ihr gesamtes Weltbild verändern wird. Und vor allem ahnt sie nicht, dass sie schon bald vor der schwerwiegendsten Entscheidung ihres Lebens stehen wird ...

Die Geschichte einer großen Liebe. Eine Geschichte über Vertrauen, Mut, Schmerz, Verzweiflung und die Kraft loszulassen. Eine wahre Geschichte.

Das Haus der Sehnsucht

Romina Gold

Michelle und Alexander lieben sich. Und doch dürfen sie nicht zusammen sein, denn Alexander ist verheiratet und hat einen kleinen Sohn. In ihrem Liebeskummer zieht sich Michelle in ein idyllisch gelegenes Haus am Pleasant Lake zurück. Dort trifft sie auf den sympathischen Matt, der wieder Freude in ihr Leben bringt. Doch so sehr sie es auch versucht, sie kann Alexander nicht vergessen. Erst ein schockierender Schicksalsschlag bringt sie dazu, ihre Lebensplanung erneut zu überdenken ...